DAS ORIGINAL AUS BAYERN

TURMSCHREIBER 2019

FREUNDESKREIS DER TURMSCHREIBER E.V.

HERZLICH WILLKOMMEN!

WER SIND WIR?

Als gemeinnütziger Verein wirken wir mit, das Ideen- und Gedankengut der Turmschreiber in der Öffentlichkeit bekannt zu machen. Autoren unterstützen wir bei der Veröffentlichung ihrer Werke. Anfängern helfen wir bei ihrem literarischen Start.

WIR LADEN SIE EIN, KOMMEN SIE ZU UNS!

Im Rahmen regelmäßig stattfindender literarischer Abende lernen Sie die Turmschreiber kennen – dazu können Sie Ihre eigenen Texte vorstellen. Das Hausbuch der Turmschreiber erhalten Sie jedes Jahr kostenlos.
Wir lassen uns immer wieder Überraschungen für Sie einfallen.

Werden Sie Mitglied in unserem Freundeskreis für jährlich 33 Euro (also monatlich nur 2,75 Euro)

NA WIE WÄR'S – MÖCHTEN SIE NICHT MITMACHEN?

TURMSCHREIBER

GESCHICHTEN, GEDANKEN, GEDICHTE

DAS BAYERISCHE HAUSBUCH AUF DAS JAHR 2019

IM 37. JAHRGANG

DAS ORIGINAL AUS BAYERN

Volk Verlag München

KAFFEE & BIER
07.11.18
DIE POMPFÜNEBERER
10. + 11.11.18
RAUHNACHT
04. + 05.01.19
STEFAN
LEONHARDSBERGER
IM SILBERSAAL
TICKETS: 089 – 55 234 444
www.deutsches-theater.de
Bühne der Stadt München
DEUTSCHES
THEATER

BAYERN neu ERLEBEN
Der Klappermichl
Schauermärchen aus Bayern
Das rote Seidenband
Liebesmärchen aus Bayern
volk
Bayerische Märchen – eindrucksvoll illustriert, Hardcover mit Schutzumschlag und Leseband
Der Klappermichl
Schauermärchen aus Bayern
14,90 Euro
Das rote Seidenband
Liebesmärchen aus Bayern
14,90 Euro
volk.verlag
LUST AUF BAYERN

INHALT

STEINBOCK 22.12.-20.01.

JANUAR

WASSERMANN 21.01.-19.02.

1 DIENSTAG
Neujahr, Hochfest der Gottesmutter Maria
Maria

2 MITTWOCH
Basilius, Gregor v. Nazianz, Adelhard, Dietmar, Markarius

3 DONNERSTAG
Genoveva, Adele, Telemach, Hermine, Odilo

4 FREITAG
Angelika (Angela), Christiane, Anneliese, Elisabeth

5 SAMSTAG
Emilia, Edward, Gerlach, Roger, Johann Nepomuk

6 SONNTAG
Hl. 3 Könige (Kaspar – Melchior – Balthasar), Erscheinung des Herrn
Andreas, Erminold

KW 2

7 MONTAG
Raimund, Reinhold, Knud Lavard, Sigrid, Valentin

8 DIENSTAG
Severin, Erhard, Gudula, Thorfinn, Thorsten, Gudrun

9 MITTWOCH
Julian, Adrian, Alice

10 DONNERSTAG
Agatho(n), Gregor X., Wilhelm, Paulus, Leonie

11 FREITAG
Theodosius, Paulinus, Thomas

12 SAMSTAG
Ernst, Tatjana, Xenja, Margarita (Margot), Antonius, Anton

13 SONNTAG
1. Sonntag im Jahreskreis u. Fest der Taufe des Herrn
Hilarius, Jutta, Gottfried, Hilmar, Remigius

KW 3

14 MONTAG
Felix, Malachias, Engelmar, Rainer, Berno, Diomira

15 DIENSTAG
Francisco (Franz), Romedius, Maurus, Habakuk, Arnold

16 MITTWOCH
Priscilla, Marcellus, Theobald, Tilmann, Tasso

17 DONNERSTAG
Antonius, Rosalind, Mildwina

18 FREITAG
Priska, Margarethe, Regina, Ulfried

19 SAMSTAG
Marius, Agritius, Pia, Martha

20 SONNTAG
2. Sonntag im Jahreskreis
Fabian, Sebastian, Ute, Ursula

KW 4

21 MONTAG
Agnes, Epiphanius, Meinrad, Patroklus, Ines

22 DIENSTAG
Vinzenz, Dietlinde, Walther, Anastasius

23 MITTWOCH
Heinrich, Emerentia, Hartmut, Eugen, Nikolaus, Reinhold

24 DONNERSTAG
Franz, Arno, Theorigtith, Vera, Thurid

25 FREITAG
Pauli Bekehrung
Wolfram, Eberhard

26 SAMSTAG
Timotheus (Tim, Timo), Titus, Paula, Alberich, Robert

27 SONNTAG
3. Sonntag im Jahreskreis
Angela, Alrun, Antonia, Enrique (Heinrich), Georg, Julian

KW 5

28 MONTAG
Thomas, Karl, Manfred, Caroline

29 DIENSTAG
Valerius, Aquilin, Gerhard (Gerd), Josef, Julius, Gildas

30 MITTWOCH
Martina, Adelgunde, Balthilde, Jacinta, Louis-Joseph, Serena

31 DONNERSTAG
Johannes, Marcella, Emma, Eusebius

Hornschlittenrennen in Garmisch-Partenkirchen
aus: Roger Fritz / Ottfried Fischer
„Extrem Bayerisch"
Volk Verlag
240 Seiten, 19,90 €

BRAUCHTUM

26. Januar:
Donauschwimmen in
Neuburg (50. Jubiläum)

BAUERNREGEL

Am Neujahrstage
Sonnenschein lässt das Jahr
uns fruchtbar sein.

BAUERNREGEL

Wenn zu Antoni
die Luft ist klar,
gibt's ein trockenes Jahr.

BRAUCHTUM

Vom 6. Januar bis 5. März:
Schäfflertanz in München
(nur alle 7 Jahre)

Foto: Roger Fritz

WASSERMANN 21.01.–19.02.

FEBRUAR

FISCHE 20.02.–20.03.

1 FREITAG
Katharina, Barbara, Brigitta, Siegbert, Severus, Reginald

2 SAMSTAG
Mariä Lichtmess
Alfred, Bodo, Jakob, Maria Katharina, Hannah

3 SONNTAG
4. Sonntag im Jahreskreis
Blasius, Ansgar, Berlinda, Claudia, Helene, Neithard,

KW 6
4 MONTAG
Veronika, Hrabanus Maurus, Gilbert, Hector, Johanna

5 DIENSTAG
Agathe, Adelheid (Elke), Ingenuin u. Albuin, Melvin, Tabea

6 MITTWOCH
Dorothea, Amandus, Paul, Aline, Gaston

7 DONNERSTAG
Richard, Ava, Moses, Ronan

8 FREITAG
Hieronymus, Anna Margareta, Josefina, Phillip, Jacoba, Elfrieda

9 SAMSTAG
Apollonia, Alto, Lambert, Anna Katharina (Antje, Anke)

10 SONNTAG
5. Sonntag im Jahreskreis
Scholastika, Wilhelm, Silvano, Siegmar

KW 7
11 MONTAG
Gregor (II.), Theodor(a), Benedikt, Eleonora, Maria Lourdes

12 DIENSTAG
Reginald, Eulalia, Ludan, Helmwald (Helmfried)

13 MITTWOCH
Reinhilde, Wiho, Jordan, Irmhild, Gosbert, Adolf, Christina, Castor

14 DONNERSTAG
Cyrill u. Methodius, Licinius, Maron, Valentin

15 FREITAG
Claude, Drutmar, Siegfried, Faustinus u. Jovita, Friedrich, Georgia

16 SAMSTAG
Juliana, Onesimus, Philippa, Pamphilius

17 SONNTAG
6. Sonntag im Jahreskreis
Ebermut, Lukas, Isfried, Bonosus, Alexius, Benignus

KW 8
18 MONTAG
Simon, Koloman, Constanze, Angelikus

19 DIENSTAG
Konrad, Irmgard, Hedwig, Alvaro, Bonifaz

20 MITTWOCH
Falko, Amata, Corona, Eucherius

21 DONNERSTAG
Petrus (Peter), Gunhild, Henrike (Henriette), German, Irene

22 FREITAG
Kathedra Petri (Petri Stuhlfeier), Marald, Isabella, Margaretha

23 SAMSTAG
Polykarp, Romana, Raffaela, Willigis

24 SONNTAG
7. Sonntag im Jahreskreis
Matthias, Edelbert, Eunike

KW 9
25 MONTAG
Walburga, Adelhelm, Adeltrud, Sebastian

26 DIENSTAG
Dionysius, Ottokar, Edigna, Gerlinde

27 MITTWOCH
Markward, August, Baldomer, Gabriel

28 DONNERSTAG
Weiberfastnacht, Unsinniger Donnerstag
Oswald, Roman, Silvana, Sirin

Garmischer Schellenrührer um 1900
aus: Dirk Eckert
„Die Werdenfelser Fasnacht und ihre Larven"
Volk Verlag
432 Seiten, 49,90 Euro

BRAUCHTUM

2. Februar: Gottesdienste mit Kerzenweihe zu Maria Lichtmess in ganz Bayern

BAUERNREGEL

Ist der Februar trocken und kalt, kommt im März die Hitze bald.

BAUERNREGEL

Auf dieses kann man zählen jede Zeit, dass es am 30. Februar nicht schneit.

BRAUCHTUM

Mitte Februar: Beginn der Starkbierzeit in Bayern

Foto: Maurer / Garmisch-Partenkirchen

FISCHE
20.02.–20.03.

MÄRZ

WIDDER
21.03.–20.04.

1
FREITAG
Albin, David, Eudokia (Dunja), Roger, Leontine, Swidbert

2
SAMSTAG
Agnes, Karl d. Gute, Volker, Hubert

3
SONNTAG
8. Sonntag im Jahreskreis
Kunigunde, Tobias, Leif, Frederick, Kathrin, Camilla

KW 10
4
MONTAG
Rosenmontag
Kasimir, Humbert, Basin, Christopher, Edwin

5
DIENSTAG
Faschingsdienstag
Dietmar, Gerda, Olivia, Ingmar

6
MITTWOCH
Aschermittwoch
Fridolin, Chrodegang, Nicoletta, Amalie, Rosa. Quiriak

7
DONNERSTAG
Perpetua u. Felicitas, Volker, Reinhard, Jean

8
FREITAG
Johannes v. Gott, Gerhard, Michael

9
SAMSTAG
Franziska, Bruno, Anne, Dominik

10
SONNTAG
1. Fastensonntag
Emil, Maria Elisabeth (Marlies), Gustav, John

KW 11
11
MONTAG
Ulrich, Rosina, Alram, Heinrich

12
DIENSTAG
Engelhard, Beatrix, Innozenz, Almut, Maximilian, Serafina

13
MITTWOCH
Judith, Leander, Paulina, Roderick

14
DONNERSTAG
Mathilde, Paulina, Einhard, Eva

15
FREITAG
Klemens, Zacharias, Luise, Lukretia, Dieter

16
SAMSTAG
Heribert, Rüdiger (Rudger), Gummar

17
SONNTAG
2. Fastensonntag
Patrick, Gertrud, Jan

KW 12
18
MONTAG
Cyrill, Sybille, Eduard

19
DIENSTAG
Josef, Gero, Marcel, Sybille

20
MITTWOCH
Frühlingsanfang
Irmgard, Wolfram, Claudia, Alexandra, Gisbert

21
DONNERSTAG
Christian, Axel, Alexandra, Benedikt, Emilia, Nikolaus, Richeza

22
FREITAG
Lea, Reinhilde, Elmar, Herlinde, Clemens

23
SAMSTAG
Otto, Toribio, Rebekka, Marbod

24
SONNTAG
3. Fastensonntag
Margaret, Karin, Elias, Gabriel, Hidelinde

KW 13
25
MONTAG
Luzia, Prokob, Maria Rosa, Judith, Dismas, Annunziata

26
DIENSTAG
Emmanuel (Manuel), Ludger, Castulus, Larissa

27
MITTWOCH
Rupert, Heimo, Frowin, Augusta, Ernst

28
DONNERSTAG
Guntram, Adelheid, Ingbert

29
FREITAG
Helmut, Berthold, Ragnar, Ludolf

30
SAMSTAG
Quirin, Amadeus, Armand, Dietmut, Leonhard, Maria Restituta

31
SONNTAG
4. Fastensonntag, Beginn der Sommerzeit
Benjamin, Guido, Cornelia, Amos

Obstbaumblüte in Bayern aus der Vogelperspektive
aus: Klaus Leidorf
„Hoch über Bayern 2"
Volk Verlag
192 Seiten, 24,90 Euro

BAUERNREGEL

Säst du im März zu früh,
ist's oft vergeb'ne Müh'.

BRAUCHTUM

19. März: Backen
von „Baumwollbrot"
zum Josefitag

BAUERNREGEL

Märzensonne –
kurze Wonne.

BRAUCHTUM

5. März, Faschingsdienstag:
Moosgeister-Umzug
in Erding

WIDDER 21.03.–20.04.

APRIL

STIER 21.04.–20.05.

KW 14

1 MONTAG
Hugo, Irene, Nunio

2 DIENSTAG
Franz de Paola, Eustasius, Sandrina (Sandra), Maria (Mirjam), Vilmos (Wilhelm)

3 MITTWOCH
Richard, Thiento, Josepha, Dorothea

4 DONNERSTAG
Platon, Isidor, Konrad, Heinz

5 FREITAG
Vinzenz, Juliane, Kreszentia

6 SAMSTAG
Sixtus, Michael, Notker

7 SONNTAG
5. Fastensonntag
Johann, Ralph, Orsina, Hermann, Goran, Burkhard

KW 15

8 MONTAG
Walter, Beate, Rose-Marie

9 DIENSTAG
Waltraud, Casilda, Madrun

10 MITTWOCH
Hulda, Ezechiel, Gerold, Gernot, Magdalene

11 DONNERSTAG
Stanislaus, Rainer, Hildebrand, Gemma

12 FREITAG
Gründonnerstag, Julius, Zeno, Herta, Giuseppe (Josef), Joana

13 SAMSTAG
Martin, Ida, Hermenegild, Paternus

14 SONNTAG
Palmsonntag
Tiburtius, Lidwina, Hedwig, Ernestine, Elmo

KW 16

15 MONTAG
Anastasia, Una, Nidgar, Damian

16 DIENSTAG
Benedikt, Bernadette, Hartmut, Magnus

17 MITTWOCH
Wanda, Rudolf, Eberhard, Isadora

18 DONNERSTAG
Gründonnerstag
Wigbert, Werner, Barbara, Sascha

19 FREITAG
Karfreitag
Gerold, Leo, Timo, Werner, Arminia, Emma

20 SAMSTAG
Karsamstag
Hildegund, Odette, Christopherus

21 SONNTAG
Ostersonntag
Konrad, Anselm, Alexandra

KW 17

22 MONTAG
Ostermontag
Alfried, Cajus, Wolfhelm, Leonidas

23 DIENSTAG
Adalbert, Gerhard, Jürgen, Theresa Maria

24 MITTWOCH
Fidelis, Virginia, Wilfried, Egbert, Theodor

25 DONNERSTAG
Markus, Erwin, Franka, Hermann

26 FREITAG
Radbert, Anaklet, Trudbert, Pedro (Peter), Helene, Consuelo

27 SAMSTAG
Petrus Canisius, Zita, Montserrat

28 SONNTAG
2. Sonntag der Osterzeit
Peter Chanel, Vitalis, Hugo, Ludwig, Theodora

KW 18

29 MONTAG
Katharina, Roswitha, Dietrich, Dieter

30 DIENSTAG
Walpurgisnacht
Pauline, Rosamunde, Wolfhard, Silvius, Pius, Hildegard

Gemütliche Ecke im Münchner Ladencafé Marais
aus: Diana Hillebrand
„Zuhause im Café“
Volk Verlag
216 Seiten, 29,90 Euro

BAUERNREGEL
Gewitter am
Sankt Georgstag – ein kühles
Jahr bedeuten mag.

BRAUCHTUM
22. April, Ostermontag:
Georgiritt in Traunstein

BAUERNREGEL
Ein nasser April
verspricht der Früchte viel.

BRAUCHTUM
21. April bis 5. Mai:
Frühjahrsplärrer
in Augsburg

Foto: Johannes Schimpfhauser

STIER 21.04.-20.05.

MAI

ZWILLINGE 21.05.-21.06.

1 MITTWOCH
Maifeiertag, Tag der Arbeit
Josef, Arnold, Augustin, Jeremias

2 DONNERSTAG
Athanasius, Boris, Antonin, Siegmund, Wiborada (Wiebke), Zoe

3 FREITAG
Philippus, Jakobus, Alexander (I.), Viola, Bela

4 SAMSTAG
Martin, Valeria, Florian, Briktius, Aribo

5 SONNTAG
3. Sonntag der Osterzeit
Europatag, Gotthard, Jutta, Nunzio, Sigrid

KW 19

6 MONTAG
Maria Caterina, Markward, Britta, Dietrich, Gundula, Antonia

7 DIENSTAG
Helga, Gisela, Notker

8 MITTWOCH
Ida, Wulfhild, Klara, Ulrike, Friedrich (Fritz, Fred)

9 DONNERSTAG
Volkmar, Ottokar, Caroline, Beat

10 FREITAG
Gordian u. Epimach, Isidor, Johannes, Job (Hiob), Solande, Liliana

11 SAMSTAG
Joachim, Francesco, Gangolf, Mamertus, Lucinda

12 SONNTAG
4. Sonntag der Osterzeit, Muttertag
Pankratius, Modwald, Johanna, Irmhild

KW 20

13 MONTAG
Servatius, Rolanda, Fatima, Ellenger, André Hubert

14 DIENSTAG
Bonifatius, Christian, Ismar, Pachomius, Maria Domenica

15 MITTWOCH
Sophie (Sonja), Rupert, Hertrud, Heinrich, Halvard, Gerbert u. Dympna

16 DONNERSTAG
Johann Nepomuk, Adolf, Brendan, Simon,

17 FREITAG
Elgiva, Dietmar, Antonella, Walter, Pascal

18 SAMSTAG
Johannes, Erich, Felix, Burkhard, Alexandra

19 SONNTAG
5. Sonntag der Osterzeit
Alkuin, Cölestin, Kuno, Ivo, Verena, August

KW 21

20 MONTAG
Elfriede, Bernhardin, Henriette, Mirella, Saturnina u. Valeria

21 DIENSTAG
Konstantin, Hermann Josef, Wiltrud, Henning, Ehrenfried

22 MITTWOCH
Julia, Rita, Emil, Konstantin, Ortwin

23 DONNERSTAG
Bartholomäus, Almerida u. Quintus, Desiderius, Renate

24 FREITAG
Esther, Dagmar, Johanna u. Susanna, Franz, Sophie

25 SAMSTAG
Urban, Gregor (VII), Beda, Eilhard, Heribert, Maria Magdalene

26 SONNTAG
6. Sonntag der Osterzeit
Philipp Neri, Alwin, Regintrud, Marianne

KW 22

27 MONTAG
Augustin v. Canterbury, Bruno, Randolf, Matthias, Margaret

28 DIENSTAG
Otto, Viktor, Wilhelm

29 MITTWOCH
Erwin, Irmtraud, Julia, Maximin

30 DONNERSTAG
Christi Himmelfahrt, Vatertag
Felix, Ferdinand, Jeanne d'Arc, Reinhild, Emmelia, Hubert

31 FREITAG
Mechthild, Petronilla, Siegwin, Pilgrim, Helmtraud

Schloss Seehof bei Memmelsdorf
aus: Egon Johannes Greipl (Hrsg.)
„Der Geschichte auf der Spur. 2. Etappe"
Volk Verlag
216 Seiten, 16,90 Euro

BAUERNREGEL

Ist der Mai kühl und nass, füllt's dem Bauern Scheun' und Fass.

BRAUCHTUM

1. Mai: Maibaumkraxeln in vielen bayerischen Städten und Dörfern

BAUERNREGEL

Der Florian, der Florian noch einen Schneehut setzen kann.

ZWILLINGE 21.05.–21.06.

JUNI

KREBS 22.06.–22.07.

1 SAMSTAG
Justin, Konrad, Simeon, Hortense, Silka, Silvana

2 SONNTAG
7. Sonntag der Osterzeit
Erasmus, Blandina, Armin, Marcellinus u. Petrus

KW 23
3 MONTAG
Karl, Johannes, Hildburg, Morand, Silvia

4 DIENSTAG
Franz, Quirin, Werner, Christa, Klothilde, Iona

5 MITTWOCH
Erika, Ferdinand, Meinwerk, Winfried Bonifatius

6 DONNERSTAG
Norbert, Falk, Kevin, Bertrand, Claudius

7 FREITAG
Robert, Adelar u. Eoban, Anna, Bogumil, Gottlieb, Sophia Theresia

8 SAMSTAG
Helga, Medardus, Marie, Giselbert, Chlodwig

9 SONNTAG
Pfingstsonntag
Ephraim, Anna Maria, Grazia, Josef, Liborius, Primus u. Felician

KW 24
10 MONTAG
Pfingstmontag
Heinrich, Oliva, Bardo, Diana

11 DIENSTAG
Barnabas, Alice, Jolentha, Paula

12 MITTWOCH
Leo, Mercedes, Guido, Florinda

13 DONNERSTAG
Antonius v. Padua, Bernhard, Benilda, Randolf

14 FREITAG
Hartwig, Meinrad, Elisäus, Gottschalk,

15 SAMSTAG
Vitus, Lothar, Gebhard, Germaine, Isfried

16 SONNTAG
Dreifaltigkeitssonntag
Herz Mariä, Benno, Juliette, Kunigunde, Luitgard

KW 25
17 MONTAG
Volker, Ramwold, Adam, Adolf, Alina, Rainer

18 DIENSTAG
Marina, Elisabeth (Else), Roxana

19 MITTWOCH
Gervasius, Romuald, Rasso, Modest, Michaela, Juliana, Hildegrim, Andreas

20 DONNERSTAG
Fronleichnam
Margaretha, Mafalda, Florentina, Deidat, Benina, Adalbert

21 FREITAG
Sommeranfang, Sommersonnenwende
Alban, Alois, Eberhard, Radulf

22 SAMSTAG
Thomas, Eberhard, Achaz, John, Paulin, Rotraud

23 SONNTAG
12. Sonntag im Jahreskreis
Edeltraud, Josef, Marion, Ortrud

KW 26
24 MONTAG
Johannes der Täufer, Dietger, Friso, Reingard

25 DIENSTAG
Prosper, Eleonore, Dorothea

26 MITTWOCH
Johannes u. Paulus, Vigilius, Konstantin, Anthelm, David, Ortwin

27 DONNERSTAG
Siebenschläfertag
Cyrill, Hemma, Heimo, Gero, Crescens, Benvenuto

28 FREITAG
Irenäus, Vincenta, Ekkehard, Dietlinde, Harald

29 SAMSTAG
St. Peter u. Paul
Gero, Judith, Notker

30 SONNTAG
13. Sonntag im Jahreskreis
Otto, Ehrentrud, Bertram, Erich, Ernst

Weg zum Lerchkogel, Almgebiet der Gaißacher und Lenggrieser Bauern
aus: Barbara Schwarz
„Der Isarwinkel und Bad Tölz"
Volk Verlag
216 Seiten, 19,90 Euro

BAUERNREGEL
Blast der Juni ins Donnerhorn, so bläst er ins Land das gute Korn.

BRAUCHTUM
20. Juni: Fronleichnamsprozession mit Booten auf dem Staffelsee

BRAUCHTUM
29. Juni: Peterlfeuer in Bernau am Chiemsee

BAUERNREGEL
Hat Sankt Veit starken Regen, bringt er unermesslichen Segen.

Foto: Barbara Schwarz

KREBS
22.06.-22.07.

JULI

LÖWE
23.07.-23.08.

KW 27

1
MONTAG
Theobald, Dietrich, Eckhard, Aaron

2
DIENSTAG
Mariä Heimsuchung, Jakob, Petrus, Sventhun, Wiltrud

3
MITTWOCH
Thomas Apostel, Anatol, Ramon

4
DONNERSTAG
Ulrich v. Augsburg, Elisabeth, Berta, Hasso, Wilhelm

5
FREITAG
Anton, Kyrilla, Letizia, Albrecht

6
SAMSTAG
Maria Goretti, Goar, Dominica, Godolewa, Isaias, Theresia

7
SONNTAG
14. Sonntag im Jahreskreis
Willibald, Edda, Walfried

KW 28

8
MONTAG
Kilian, Maria, Edgar, Amalia, Disibod, Priscilla u. Aquila

9
DIENSTAG
Veronika, Adrian, Agilolf, Hermine

10
MITTWOCH
Knud, Engelbert, Amalia, Erich, Olaf, Raphael

11
DONNERSTAG
Benedikt v. Nursia, Olga, Oliver, Rachel

12
FREITAG
Felix u. Nabor, Sigisbert, Johannes, Hermagor u. Fortunat, Henriette

13
SAMSTAG
Heinrich u. Kunigunde, Mildred, Sara, Silas, Arno, Johannes

14
SONNTAG
15. Sonntag im Jahreskreis
Ulrich, Roland, Kamillus, Goswin, Francisco, Wando, Jakobus

KW 29

15
MONTAG
Egon, Bonaventura, Rudolf, Waldemar, Anne Marie, Bernhard, Ceslaus, Gumpert

16
DIENSTAG
Carmen, Irmengard, Marie Madeleine, Reinhilde

17
MITTWOCH
Alexius, Gabriella, Marina, Clemens, Donata

18
DONNERSTAG
Arnulf, Friedrich, Radegunde, Arnold, Answer

19
FREITAG
Reto, Bernulf, Marina (Mascha, Mara, Maren)

20
SAMSTAG
Margarethe, Elias, Bernhard, Volkmar

21
SONNTAG
16. Sonntag im Jahreskreis
Julia, Daniel, Arbogast, Laurentius, Stella

KW 30

22
MONTAG
Maria Magdalena, Elvira, Wando

23
DIENSTAG
Birgitta, Apollinaris, Liborius, Marcia

24
MITTWOCH
Christophorus, Christina, Siglinde, Kunigunde, Luise, Scharbel, Ursicin

25
DONNERSTAG
Jakob, Thea, Herrada (Herta), Magnerich, Thomas, Valentina

26
FREITAG
Joachim u. Anna, Gloria

27
SAMSTAG
Pantaleon, Bertold, Natalia u. Liliosa, Meinrich, Maria Graziella, Rudolf

28
SONNTAG
17. Sonntag im Jahreskreis
Beatus u. Bantus, Innozenz, Ada, Alphonsa, Samson, Manuel

KW 31

29
MONTAG
Ladislaus, Martha, Olaf, Lucilla u. Flora, Lazarus

30
DIENSTAG
Ingeborg, Petrus Chrysologus, Leopold, Beatrix, Botho

31
MITTWOCH
Ignatius v. Loyola, German, Joseph

Ein Höhepunkt des Baumwipfelpfads im Bayerischen Wald: das „Baum-Ei“
aus: Werner Schäfer
„Unbekannter Bayerischer Wald“
Volk Verlag
272 Seiten, 17,90 Euro

BAUERNREGEL
Wie's Wetter am Siebenbrüdertag, es sieben Wochen bleiben mag.

BRAUCHTUM
11.–22. Juli: Tänzelfest in Kaufbeuren

BAUERNREGEL
Nur in der Juliglut wird Obst und Wein gut.

BRAUCHTUM
26. Juli bis 5. August: Annafest in Forchheim

Foto: Werner Schäfer

LÖWE 23.07.–23.08.

AUGUST

JUNGFRAU 24.08.–23.09.

1
DONNERSTAG
Alfons, Edelwald, Kenneth

2
FREITAG
Adriana, Eusebius, Gundaker, Peter Julian

3
SAMSTAG
Lydia, August, Nikodemus, Benno

4
SONNTAG
18. Sonntag im Jahreskreis
Johannes Maria Vianney, Cecilia, Rainer, Sidney

KW 32

5
MONTAG
Oswald, Heinrich, Dominica, Eva Maria

6
DIENSTAG
Verklärung des Herrn
Berta, Jaqueline, Hermann, Gilbert, Felicissimus u. Agapit

7
MITTWOCH
Afra, Kajetan, Sixtus, Albert, Donat, Friedrich

8
DONNERSTAG
Dominikus, Cyriak, Elgar, Hartwig

9
FREITAG
Roman, Edith u. Rosa, Altmann, Marianne, Franz, Hademar

10
SAMSTAG
Laurentius, Astrid, Tiburtius, Erik

11
SONNTAG
19. Sonntag im Jahreskreis
Klara, Donald, Susanna, Philomena, Nikolaus, Ghislen

KW 33

12
MONTAG
Radegund, Innozenz, Karl, Leo

13
DIENSTAG
Hippolyt u. Kassian, Wigbert, Concordia, Gertrud, Johannes, Markus, Pontian

14
MITTWOCH
Maximilian, Werenfried, Eberhard, Meinhard

15
DONNERSTAG
Mariä Himmelfahrt (Assunta)
Arnulf, Mechthild, Napoleon, Tarsicius

16
FREITAG
Rochus, Alfried, Theodor, Stephan

17
SAMSTAG
Hyazinth, Janine, Armor, Gudrun

18
SONNTAG
20. Sonntag im Jahreskreis
Helena, Claudia, Rainald

KW 34

19
MONTAG
Sebald, Caritas, Johann, Julius, Reinlinde

20
DIENSTAG
Bernhard v. Clairvaux, Samuel, Oswin, Ronald

21
MITTWOCH
Pius X., Balduin, Gracia, Maximilian, Franz,

22
DONNERSTAG
Regina, Timotheus, Siegfried, Symphorian

23
FREITAG
Rosa v. Lima, Richilde, Isolde, Zachäus,

24
SAMSTAG
Bartholomäus, Emilia, Johanna-Antida, Michaela

25
SONNTAG
21. Sonntag im Jahreskreis
Josef v. Calasanz, Ludwig, Patrizia, Elvira, Ebba

KW 35

26
MONTAG
Theresa, Gregor, Miriam, Patricia

27
DIENSTAG
Gebhard, Monika, Vivian, Caesar

28
MITTWOCH
Augustinus, Elmar, Adelinde, Alina, Hermes

29
DONNERSTAG
Sabina, Beatrix, Theodora, Verona

30
FREITAG
Ingeborg, Felix, Rebekka, Amadeus, Guarin, Fiacrius

31
SAMSTAG
Raimund, Sieglinde, Aidan, Marcello, Paulinus

Der Lindauer Hafen mit dem südlichsten Leuchtturm Deutschlands
aus: Egon Johannes Greipl (Hrsg.)
„Der Geschichte auf der Spur. 1. Etappe"
Volk Verlag
200 Seiten, 16,90 Euro

BAUERNREGEL

Fängt der August mit Donner an, er's bis zum End' nicht lassen kann.

BRAUCHTUM

25. August: Fischerstechen als Höhepunkt der Bamberger Sandkerwa

BAUERNREGEL

Augustregen wirkt wie Gift, wenn er die reifenden Trauben trifft.

BRAUCHTUM

4. August: Alt-Schlierseer Kirchtag

Foto: Ingrid Balabanova

JUNGFRAU 24.08.–23.09.

SEPTEMBER

WAAGE 24.09.–23.10.

1 SONNTAG
22. Sonntag im Jahreskreis
Ägidius, Joschua, Verena, Ruth u. Naomi, Pelagius

KW 36
2 MONTAG
Ingrid, Nonnosus, Wolfsind, Rene, Oliver, Salomon, Appolinaris, Gilbert, Denis

3 DIENSTAG
Gregor d. Große, Hildebald, Phoebe, Sylvia, Sophia

4 MITTWOCH
Irmgard, Rosalie, Iris, Ida, Remaklus, Suitbert

5 DONNERSTAG
Roswitha, Theresie, Urs, Hermine u. Eutyche

6 FREITAG
Magnus, Gundolf, Alexis, Bertram

7 SAMSTAG
Regina, Ralf, Otto, Stefan

8 SONNTAG
23. Sonntag im Jahreskreis u. Mariä Geburt
Hadrian, Allen, Belina, Sergius

KW 37
9 MONTAG
Peter Claver, Otmar, Emma, Gorgon

10 DIENSTAG
Nikolaus, Carlo, Diethard, Isabel

11 MITTWOCH
Paphnutius, Felix u. Regula, Helga, Josef, Ludwig

12 DONNERSTAG
Mariä Namen
Guido, Gerfried, Degenhard

13 FREITAG
Johannes Chrysostomus, Notburga, Tobias, Amat

14 SAMSTAG
Kreuzerhöhung
Maternus, Albert, Cornelius

15 SONNTAG
24. Sonntag im Jahreskreis u. Mariä Schmerzen
Oranna, Roland, Jan, Gotlinde, Gustav

KW 38
16 MONTAG
Cornelius u. Cyprian, Edith, Andre, Ludmilla

17 DIENSTAG
Hildegard, Reinfried, Robert, Colomba, Ariane

18 MITTWOCH
Lambert, Ricarda, Reinfried, Herlinde, Joseph

19 DONNERSTAG
Januarius, Albert, Theodor, Igor, Wilhelmine

20 FREITAG
Eustachius, Susanna, Andreas, Paul, Candida, Hertha, Traugott

21 SAMSTAG
Matthäus, Deborah, Jonas, Gerulf, Iphigenia, Maura

22 SONNTAG
25. Sonntag im Jahreskreis
Mauritius, Emmeram, Gunhild, Laurent, Landelin, Phokas, Wolftraud

KW 39
23 MONTAG
Herbstanfang
Linus, Thekla, Basin, Gerhild, Lutwin, Pius, Rotraud

24 DIENSTAG
Rupert u. Virgil, Mercedes, Hermann, Gerhard

25 MITTWOCH
Klaus, Sergej, Irmfried, Firmin

26 DONNERSTAG
Kosmas u. Damian, Justine, Eugenie, Kaspar, René

27 FREITAG
Vinzenz v. Paul, Gotthelf, Dietrich, Eberhard, Hiltrud, Siegmund, Kjeld

28 SAMSTAG
Wenzel, Lioba, Adalrich, Bernhardin, Giselher u. Kuniald, Lorenzo, Thiemo

29 SONNTAG
26. Sonntag im Jahreskreis
Michael, Gabriel, Raphael

KW 40
30 MONTAG
Hieronymus, Urs u. Viktor, Alfred

Abendstimmung auf der Münchner Hackerbrücke
aus: Leibrock / Sommer / Wolf (Hrsg.)
„München mit anderen Augen sehen"
Volk Verlag
176 Seiten, 10,90 Euro

BRAUCHTUM

29. August bis 2. September:
Gillamoos in Abensberg

BAUERNREGEL

Was Juli und August am
Weine nicht vermocht,
das wird vom September
nicht gar gekocht.

BAUERNREGEL

Gib auf Ägidius wohl acht,
er sagt dir, was der Monat
macht.

Foto: Claudia Dorner

WAAGE 24.09.–23.10.

OKTOBER

SKORPION 24.10.–22.11.

1 DIENSTAG
Theresia vom Kinde Jesu, Remigius, Werner, Bavo, Emmanuel, Francisco,

2 MITTWOCH
Schutzengelfest
Leodegar, Gottfried, Balthasar, Gideon

3 DONNERSTAG
Tag der Deutschen Einheit
Ewald, Niketius, Udo, Adelgott, Bianca

4 FREITAG
Franz v. Assisi, Aurea, Edwin

5 SAMSTAG
Placidus, Attila, Meinolf, Anna, Flavia, Gallina, Herwig, Maria

6 SONNTAG
27. Sonntag im Jahreskreis, Erntedank
Bruno, Renatus, Adalbero, Maria Nicola, Melanie

KW 41
7 MONTAG
Rosa Maria, Georg, Justina

8 DIENSTAG
Demetrius, Günther, Josef, Laura, Simeon u. Anna

9 MITTWOCH
Abraham u. Sara, Emmanuela, Johannes, Dionysius, Sybille, Günther

10 DONNERSTAG
Samuel, Viktor, Cassius u. Florentius, Daniel, Gereon

11 FREITAG
Manuela Maria Soledat, Bruno, Jakob, Alexander, Edelburga

12 SAMSTAG
Maximilian, Herlinde, Pilar, Horst, Jakob, Serafin

13 SONNTAG
28. Sonntag im Jahreskreis
Koloman, Eduard, Belisinda, Gerald, Lubentius, Reinwald, Simbert

KW 42
14 MONTAG
Calixtus, Burkhard, Fausto, Hildegund

15 DIENSTAG
Theresia v. Avila, Aurelia, Thekla

16 MITTWOCH
Margarete Maria, Hedwig, Gallus, Lullus, Gordon

17 DONNERSTAG
Ignatius, Rudolf, Astrud, Marie Louise u. Augusta u. Gabriella

18 FREITAG
Lukas, Gwenn, Joel, Justus, Petrus

19 SAMSTAG
Paul v. Kreuz, Isaak, Frieda, Laura, Jean

20 SONNTAG
29. Sonntag im Jahreskreis
Wendelin, Vitalis, Ira, Franz Alexander, Anna

KW 43
21 MONTAG
Ursula, Celina, Irmtraud u. Constanze u. Clementine

22 DIENSTAG
Cordula, Ingbert, Salome, Ulbert, Contardo (Gunthard), Blandina-Maria

23 MITTWOCH
Johannes v. Caprestano, Severin, Uta, Bertrand,

24 DONNERSTAG
Anton, Alois, Armella, Evergisel, Nathan

25 FREITAG
Crispin, Ludwig, Arnold, Darja u. Crysanth

26 SAMSTAG
Amandus, Wigand, Albin, Josephine u. Eloise

27 SONNTAG
30. Sonntag im Jahreskreis,
Beginn der Winterzeit
Wolfhard, Sabina u. Christa u. Vincent, Manfred

KW 44
28 MONTAG
Simon u. Judas, Alfred, Georg

29 DIENSTAG
Ermelinde, Narzissus, Ingold, Berengar, Ferrutius

30 MITTWOCH
Alfons Rodriguez, Dietger, Rupert, Angelo

31 DONNERSTAG
Reformationstag, Halloween
Wolfgang, Christoph, Notburga, Quentin

Einst Speicherplatz der Ernte, jetzt Ferienhaus (Vorderbrand über Berchtesgarden) aus:
„Genuss mit Geschichte – Gasthäuser in Oberbayen“
Volk Verlag
216 Seiten, 19,90 Euro

BRAUCHTUM

5.-16. Oktober:
Michaelis-Kirchweih in Fürth
(kurz: Kärwa)

BAUERNREGEL

Bringt der Oktober Frost
und Schnee, so tut der
Winter nicht allzu weh.

BRAUCHTUM

26. Oktober:
Leonhardifahrt in Niederau-
dorf (175. Jubiläum)

BAUERNREGEL

Ist Sankt Gallus nicht
trocken, folgt ein Sommer
mit nassen Socken.

SKORPION 24.10.–22.11.

NOVEMBER

SCHÜTZE 23.11.–21.12.

1 FREITAG
Allerheiligen
Arthur, Harald, Luitpold, Wolfhold

2 SAMSTAG
Allerseelen
Angela, Margarethe, Tobias

3 SONNTAG
31. Sonntag im Jahreskreis
Hubert, Pirmin, Victorin, Ida, Martin, Winifred

KW 45
4 MONTAG
Karl Borromäus, Reinhard, Eilbert, Modesta

5 DIENSTAG
Elisabeth u. Zacharias, Emmerich, Bernhard, Berthilde

6 MITTWOCH
Leonhard, Protasius, Sybille, Christine

7 DONNERSTAG
Willibrord, Engelbert, Karin, Ernst, Florentius

8 FREITAG
Gottfried, Claudio, Johannes, Maximiliane, Willehad

9 SAMSTAG
Theodor, Roland, Aurel, Herfried, Reinulf

10 SONNTAG
32. Sonntag im Jahreskreis
Leo d. Große, Andreas, Johannes, Justus

KW 46
11 MONTAG
Martinstag
Mennas, Innocenta

12 DIENSTAG
Arsacius, Kunibert, Josaphat, Christian, Diego, Emil, Lewin

13 MITTWOCH
Stanislaus, Eugen, Karl, Herbert, Himerius, Livia, Sieghard

14 DONNERSTAG
Wilfried, Sidonius, Bernhard, Nikolaus, Serapion

15 FREITAG
Albert, Leopold, Arthur, Ilona, Marinus u. Anianus

16 SAMSTAG
Edmund, Otmar, Margarita

17 SONNTAG
33. Sonntag im Jahreskreis, Volkstrauertag
Gertrud, Gregor, Florin, Hilda, Victoria

KW 47
18 MONTAG
Odo, Alda, Karolina, Leonardo u. Cosimo, Rochus

19 DIENSTAG
Elisabeth, Mechthild, Raphael Joseph
A

20 MITTWOCH
Korbinian, Felix v. Valois, Bernward, Edmund

21 DONNERSTAG
Rufus, Amalia, Gelasius

22 FREITAG
Buß- und Bettag
Cäcilia, Philemon, Salvator

23 SAMSTAG
Clemens, Kolumban, Felicitas, Detlef, Trudo

24 SONNTAG
Totensonntag
Herta, Flora, Albert, Andreas, Chrysogon

KW 48
25 MONTAG
Katharina, Margaretha, Egbert, Elisabeth

26 DIENSTAG
Konrad u. Gebhard, Anna-Elisabeth, Delfina, Niko, Leonhard

27 MITTWOCH
Virgil, Albrecht, Billhild, Modest, Uta

28 DONNERSTAG
Jakob, Noa, Stephan, Berta

29 FREITAG
Friedrich, Saturnin, Jutta, Christine

30 SAMSTAG
Andreas Ap., Grisold, Volkert u. Gerwald

Der erste Frost im Ellbacher Moor, nördlich von Bad Tölz
aus: Barbara Schwarz
„Der Isarwinkel und Bad Tölz"
Volk Verlag
216 Seiten, 19,90 Euro

BRAUCHTUM

09. November:
Martiniritt in Miltach
(300. Jubiläum)

BAUERNREGEL

Novemberwasser auf den Wiesen, dann wird das Gras im Lenze sprießen.

BAUERNREGEL

Bringt der November Morgenrot, der Aussaat dann viel Schaden droht.

BRAUCHTUM

10. November:
Leonhardiritt in Waldkirchen

SCHÜTZE
23.11.–21.12.

DEZEMBER

STEINBOCK
22.12.–20.01.

1
SONNTAG
1. Adventssonntag
Eligius, Natalie, Blanka, Charles, Edmund

KW 49
2
MONTAG
Lucius, Bibiana, Hertha, Jan

3
DIENSTAG
Franz Xaver, Gerlinde, Jason, Johann

4
MITTWOCH
Barbara, Adolf, Christian, Johannes, Osmond

5
DONNERSTAG
Sola, Anno, Reinhard, Gerald, Niels

6
FREITAG
Nikolaus
Henrike, Dionysia, Majoricus

7
SAMSTAG
Ambrosius, Gerald, Fara, Benedikte

8
SONNTAG
2. Adventssonntag u. Mariä Empfängnis
Alfrieda u. Edith u. Sabine, Immaculata, Reinmar

KW 50
9
MONTAG
Pierre, Liborius, Abel, Eucharius, Valerie

10
DIENSTAG
Eulalia, Angelina, Loretta, Emma, Johann-Georg, Miltiades

11
MITTWOCH
Damasus, Tassilo, Arthur, Daniel, David, Joseph, Ruben

12
DONNERSTAG
Johanna, Konrad, Vicelin, Dietrich, Hartmann

13
FREITAG
Luzia, Jodok, Ottilia, Edburga

14
SAMSTAG
Johannes, Berthold, Franziska, Heron, Spiridion

15
SONNTAG
3. Adventssonntag
Wunibald, Christiane, Carlo, Paola, Silvia

KW 51
16
MONTAG
Adelheid, Sturmius, Albine, Dankrad, Reinhold

17
DIENSTAG
Viviana, Johannes, Jolanda, Olympia

18
MITTWOCH
Samantha, Gratian, Luise, Phillip

19
DONNERSTAG
Urban, Benjamin, Edwina, Susanna

20
FREITAG
Eiko, Holger, Makarius u. Eugenius, Julius, Eugen

21
SAMSTAG
Peter, Dominik, Hagar, Ingmar

22
SONNTAG
4. Adventssonntag Winteranfang, Wintersonnwende
Jutta, Marian, Cäcilie

KW 52
23
MONTAG
Dagobert, Viktoria, Thorlak, Ivo, Johannes, Margot, Servulus

24
DIENSTAG
Heiliger Abend
Adam u. Eva, Hanno, Constanza

25
MITTWOCH
1. Weihnachtsfeiertag
Eugenia, Anastasia, Josefina

26
DONNERSTAG
2. Weihnachtsfeiertag
Stephanus, Vincenta, Riechlinde

27
FREITAG
Johannes Evangelist, Balto, Fabiola, Rüdiger

28
SAMSTAG
Donna, Mattéa, Thaddäus

29
SONNTAG
Fest der Heiligen Familie
Thomas Decket, Jonathan, David, Jesse, Tamara

KW 1
30
MONTAG
Helmine, Lothar, Germar, Elfrieda

31
DIENSTAG
Silvester
Melanie, Catherine, Apollonia

Putte auf einem Altar von J. Baptist Straub, Klosterkirche Andechs
aus : Barbara Schwarz
„Bier und Barock"
Volk Verlag
216 Seiten, 22,90 Euro

BRAUCHTUM

13. Dezember:
Luzienhäuslschwimmen
in Fürstenfeldbruck

BAUERNREGEL

Geht Barbara im Klee,
kommt's Christkind im
Schnee.

BAUERNREGEL

Sturm im Dezember und
Schnee, dann schreit der
Bauer juche!

BRAUCHTUM

17. Dezember:
Christkindlanschießen
in Berchtesgaden

Foto: Barbara Schmatz

Liebe Freunde der Schriftstellervereinigung „Münchner Turmschreiber“!

Nun halten Sie es in Händen, das neue Hausbuch auf das Jahr 2019. Darin finden Sie Gedichte, Geschichten, Zeichnungen, Karikaturen und Gedankenspiele der kreativen Köpfe, die sich in der Vereinigung der Münchner Turmschreiber zusammengeschlossen haben.

Die vielen Beiträge der Autoren und Autorinnen sind so unterschiedlich wie ihre „Hersteller“: humorvoll und satirisch, nachdenklich und ernst – kurz: vielschichtig wie das Leben. Selbiges schreibt schließlich jeden Tag Komödien und Tragödien.

Abschied nehmen

Immer noch tief erschüttert sind die Münchner Turmschreiber angesichts des plötzlichen Todes von Erich Jooß. 17 Jahre lang war er Mitglied im Turmschreiber-Präsidium und hat durch sein unermüdliches Engagement die Schriftstellervereinigung nachhaltig geprägt. Dafür sind wir ihm unendlich dankbar.

Kurz vor seinem 91. Geburtstag wurde außerdem Turmschreiber Leopold Ahlsen in den weiß-blauen Olymp berufen. Und auch der unvergleichliche „Tigerwilli“ (bürgerlich Wilhelm Raabe) hat uns für immer verlassen. Sie alle werden durch ihr literarisches Werk weiterleben und die Turmschreiber werden ihnen ein ehrendes Andenken bewahren.

Willkommen heißen

Während die einen den Kreis der Turmschreiber leider verlassen, treten andere neu in das „Leben“ dieser Vereinigung. Gleich vier Neuaufnahmen gibt es zu verzeichnen: Die Kinderbuchautorin Margit Auer, die Lyriker und Poetry-Slammer Alex Burkhard und Bumillo (Christian Bumeder) sowie der Kabarettist und Literat Holger Paetz wurden in den Kreis der illustren

Runde berufen. Eine vierfache Bereicherung, die sich in dieser Ausgabe des Hausbuchs auch erstmals *er*-lesen lässt.

Geschichte(n) schreiben
Die Geschichte der Turmschreiber begann im Jahr 1959. Hanns Vogel gründete in München zusammen mit sieben weiteren Autoren die Schriftstellervereinigung. 2019 ist also ein besonderes Jahr, denn wir feiern unseren 60. Geburtstag. An einen „Ruhestand" ist dabei nicht zu denken. Im Gegenteil: 2019 werden die Münchner Turmschreiber wieder bei zahlreichen Lesungen, Veranstaltungen und Ereignissen (natürlich mit der Poetentalerverleihung als Höhepunkt) „live" zu erleben sein.

Freundschaft pflegen
Einen guten Freund an seiner Seite zu wissen, ist ein wunderbares Gefühl. Die Turmschreiber werden seit vielen Jahren von guten Freunden unterstützt. An dieser Stelle sei dem Freundeskreis der Münchner Turmschreiber unter dem Vorsitz von Ingrid Schönbrunner herzlich gedankt! Ihr Einsatz macht so manche Veranstaltung erst möglich. Vergelt's Gott!

Und nun wir wünschen Ihnen, liebe Leser,
im Namen aller Turmschreiber und Turmschreiberinnen viel Freude beim Lesen!

Melanie Arzenheimer, Jürgen Kirner
und Wolfgang Oppler
Präsidium der Münchner Turmschreiber

Infos zu den Turmschreibern finden Sie unter:
www.muenchner-turmschreiber.de

FREUNDESKREIS DER TURMSCHREIBER E.V.

Den Freundeskreis erreichen Sie unter:
www.freundeskreis-der-turmschreiber.de
vorstand@freundeskreis-der-turmschreiber.de
Tel.: 089 / 42 61 71

Die „Münchner Turmschreiber“

Wer sind die Turmschreiber?
Eine Gruppe bekannter und angesehener, im süddeutschen Raum lebender Schriftsteller, Dramatiker, Lyriker, Essayisten, Journalisten, Satiriker, Historiker, Kunst- und Kulturschaffender, die sich der bayerischen Literatur verschrieben haben.

Gründung
1959 rief Hanns Vogel zusammen mit sieben weiteren Autoren die Schriftstellervereinigung ins Leben.

Name
Benannt sind die Turmschreiber nach dem linken Turm des Isartors in München, der das weltbekannte *Valentin Musäum*, gewidmet dem großen bayerischen Komiker und Volkssänger Karl Valentin, beherbergt. Im legendären Turmstüberl im Obergeschoss – heute noch eines der schönsten Cafés von München – fand die Gründung statt.

Mitgliedschaft
Bayerische Autorinnen und Autoren bewerben sich nicht um Aufnahme in den illustren Kreis der Turmschreiber, sie werden berufen. Die Einladung auf Mitgliedschaft erfolgt nach Beschluss aller amtierenden Turmschreiber und ergeht an sorgfältig ausgewählte Literaten.

Leitung
1959 bis 1979: Hanns Vogel
1979 bis 2000: Kurt Wilhelm
2000 bis 2015: Norbert Göttler,
Erich Jooß und Alfons Schweiggert
2015 bis 2017: Erich Jooß, Jürgen Kirner
und Alfons Schweiggert
Ab 2017: Melanie Arzenheimer,
Jürgen Kirner und Wolfgang Oppler

Werke
Erzählung, Roman, Lyrik, Satire, Drama, Theater, Essay, Historie, wissenschaftlicher Beitrag, Kinder- und Jugendbuch ... Jeder Turmschreiber hat seine Lieblingsgattung und vor allem seinen persönlichen literarischen Stil, den er in ernsten, heiteren, anregenden, nachdenklichen, geistreichen und kurzweiligen Arbeiten dokumentiert. Die Leserschaft erhält dabei auch immer Einblick in das Wesen Bayerns.

Aktivitäten
Die Pflege der Literatur, insbesondere der in Bayern entstandenen und entstehenden Werke ist oberstes Ziel.
Leseveranstaltungen finden regelmäßig statt, umrahmt von Musik, in Theatern, im Rundfunk und im Fernsehen, in Bibliotheken und Kulturzentren, als Einzellesung oder in der Gruppe mit zwei bis vier Turmschreibern.
Buchveröffentlichungen in verschiedenen Verlagen als Einzelpublikationen oder auch in Sammelwerken – zuvorderst das jährlich erscheinende Hausbuch der Turmschreiber – werden gefördert.
Der „Bayerische Poetentaler" wird alljährlich an Persönlichkeiten und Institutionen, die sich um die bayerische Kunst und Kultur verdient gemacht haben, vergeben.

Die 96 Turmschreiber
Leopold Ahlsen (†), Friedrich Ani, Melanie Arzenheimer, Werner Asam, Margit Auer, Manfred Bacher (†), Gustl Bauer, Wolfgang Johannes Bekh (†), Monika Bittl, Hans Breinlinger (†), Franz X. Breitenfellner (†), Josef Brustmann, Christian Bumeder (Bumillo), Alex Burkhard, Klaus Eberlein, Helmut Eckl, Franz Eder, Georg Eggers, Josef Fendl, Hans Fischach (†), Ottfried Fischer, Walter Flemmer, Karl Forster, Franz Freisleder, Günter Goepfert (†), Hans Göttler, Norbert Göttler, Thomas Grasberger, Michael Groißmeier, Hedi Heres (†), Ernst Hoferichter (†), Margret Hölle, Ludwig Hollweck (†), Gerd Holzheimer, Benno Hubensteiner (†), Gerald Huber, Erich Jooß (†), Leopold Kammerer (†), Michaela Karl, Tanja Kinkel, Jürgen Kirner, Hannes König (†), Hans Kratzer, Fitzgerald Kusz, Martin Lankes (†), Anton G. Leitner, Gerhard Loew, Georg Lohmeier (†), Joseph Maria Lutz (†), Jutta Makowsky (†), Fritz Meingast (†), Karin Michalke, Robert Naegele (†), Hans F. Nöhbauer (†), Wolfgang Oppler, Holger Paetz, Monika Pauderer, Maria Peschek, Hans Pletzer (†), Hans Prähofer (†), Willy Purucker (†), Wilhelm Raabe (Tigerwilli) (†), Anatol Regnier, Carl Oskar Renner (†), Wugg Retzer (†), Franz Ringseis (†), Eugen Roth (†), Walter Rupp, Martha Schad, Hardy Scharf, Asta Scheib, Herbert Schindler (†), Werner Schlierf (†), Herbert Schneider, Ludwig Schrott (†), Alfons Schweiggert, Helmut Seitz, Rudolf Seitz (†), Karl Spengler (†), Christian Springer, Josef Steidle, Michael Stephan, Elisabeth Tworek, Bernhard Ücker (†), Emil Vierlinger (†), Hanns Vogel (†), Anton Wandinger (†), Oskar Weber (†), Konstantin Wecker, Alois J. Weichslgartner (†), Gunna Wendt, Angie Westhoff, Werner A. Widmann (†), Kurt Wilhelm (†), Josef Wittmann, Sabine Zaplin

ZWEITAUSENDNEUNZEHN

Eine Kurzgeschichte von:
Monika Bittl
Alfons Schweiggert
Sabine Zaplin
Gerald Huber
Anton G. Leitner
Wolfgang Oppler
Angie Westhoff
Melanie Arzenheimer
Josef Wittmann
Gunna Wendt
Thomas Grasberger

Vorbemerkung

„Zweitausendneunzehn" ist das Ergebnis eines literarischen Spiels. Die Idee dazu entwickelte Thomas Grasberger im Herbst 2017 aus dem Bedürfnis heraus, für das Jubiläumsjahr der Münchner Turmschreiber eine gemeinsame Geschichte zu erzählen. Die Form der guten alten Kettenerzählung bot sich ihm an. Er rief alle Mitglieder der Vereinigung dazu auf. Am Ende fanden sich elf Turmschreiberinnen und Turmschreiber, die mitmachen wollten.

Kurz vor Weihnachten 2017 sollte das Abenteuer beginnen. Die Reihenfolge der Autoren ergab sich aus ihrem Geburtsdatum, von 1. bis zum 31., jede(r) hatte genau eine Woche Zeit, um die Erzählung weiterzudrehen. Was die Form anging, war alles möglich – lyrisch, episch, komisch – nur eben nicht zu lang oder zu kurz, denn jede Episode musste – dem Jubiläumsjahr entsprechend – genau 2019 Zeichen (ohne Leerzeichen) haben.

Neben München als Ort der Handlung und 2019 als Jahr (und Titel der Geschichte) waren nur die beiden Hauptpersonen gesetzt – Franz Turm und Claudia Schreiber. Wie die beiden zueinander stehen? Ob noch weitere Figuren hinzukommen? All das war zunächst offen. Einzig zwei Leitmotive waren der Geschichte mit auf den Weg gegeben, inspiriert durch zwei Hexagramme aus dem „I Ging", dem chinesischen „Buch der Wandlungen". Das Zeichen mit der Nummer 20 heißt *gua–n* – die Betrachtung, der Anblick. Zeichen 19 steht für *lín* – die Annäherung.

Dies ist der erste gemeinsame (fiktionale) Text der Turmschreiber seit ihrem Bestehen.

Claudia blickte vom Küchenfenster aus hinunter zur Isar, die in München ruhig ihren gewohnten Lauf nahm. Am Ufer tummelten sich ein paar Spaziergänger. Ein Bub warf Kiesel flach über das Wasser, verkennend, dass Steine nur über die Oberfläche von stehenden Gewässern springen können. Ein junges Paar setzte sich etwas abseits auf einen Felsbrocken. Der Mann und die Frau küssten sich.

Love him or leave him, dachte Claudia plötzlich. War ihre Ehe mit Franz am Ende? Während sie alleine am Küchenfenster stand, saß ihr Mann in dem kleinen Erkerzimmer, das er sich als Schreibstube eingerichtet hatte. Während andere Paare zusammen spazieren gingen, verbrachten sie beide die Stunden getrennt, weil Franz kaum mehr sein Arbeitszimmer verließ. Hätte sie vor 20 Jahren geahnt, wohin die Leidenschaft ihres Mannes noch führen würde – hätte sie ihn trotzdem geheiratet? Claudia räumte die Brotzeitteller vom Küchentisch. Zum Essen tauchte Franz doch auch nur noch auf, weil sein Körper ihm keine andere Wahl ließ, als sich mit Nahrung zu versorgen, damit das Hirn weiter arbeiten konnte. Ihr Mann trank nicht, ihr Mann hatte vermutlich auch keine Affären. Er war weder ein „Süßer" noch ein „Saurer" – nach diesen Kategorien, die ihre Mutter anlegte.

Ja, der Franz war ein Multitalent. Er schrieb Gedichte, wissenschaftliche Artikel, Romane, Essays, Kinderbücher und Kabarettstücke. „Begabt und vielseitig wie kaum einer", hatte ein Kritiker in der Zeitung über Franz Turm geschrieben.

Sollte sie ihm reinen Wein einschenken? Sollte sie ihm sagen, wie Tag um Tag und Nacht um Nacht ihre Gefühle abgeflaut waren? Würde er dann wieder an sie schreiben wie in der Anfangszeit, um sie von sich zu überzeugen? Seine Briefe, Gedichte, ernsten Betrachtungen und heiteren Stücke hatten sie damals für ihn eingenommen. Was für ein Mann, der solche Worte für sie und die Weltlage fand!

Claudia zog sich eine Jacke über und rief Franz durch die offene Zimmertür zu: „Ich geh mal kurz raus, an die Isar." Ohne aufzusehen brummte er: „Viel Vergnügen!" Sie blieb noch einen Moment auf der Türschwelle stehen und betrachtete diesen Mann, mit dem sie so lange alles geteilt hatte: Tisch, Bett, Gedanken, die Trauer über verlorene Freunde, eine politische Wut und die Freude über das gute Geraten der Kinder.

„Nur die ergangenen Gedanken haben Wert", sagt Nietzsche. An der frischen Luft sortierte sich auch Claudias Kopf.

Franz hörte, wie die Tür ins Schloss fiel. Er wartete einen Augenblick, dann nahm er sein Handy und tippte eine Nummer ein. Am anderen Ende meldete sich eine weibliche Stimme: „Hallo, Fränzi, Liebling, warum rufst du erst jetzt an?" „Hallo, Leonie, du weißt doch, dass ich erst telefonieren kann, wenn sie weg ist. Wir sehen uns ja heute Abend?" „Ja, um sieben im Indian Affaiirr am Maximiliansplatz. Ich freu mich schon auf das Maharani Pulao. Du weißt doch, dass der gebratene Basmatireis mit Morcheln, getrüffelten Wildpilzen, Granatapfel und Minz-Raita mein absoluter Favorit ist." „Ja, du bist halt mein Gourmäderl, also bis heute Abend, Bussi, Bussi."

Franz legte das Handy zurück auf den Tisch und stierte vor sich hin. Warum, so dachte er, bin ich eigentlich noch immer mit Claudia verheiratet? Doch nur, weil ich zu feig bin, ihr zu sagen, dass unsere Ehe im Eimer ist. Ja, damals, als ich sie vor 20 Jahren kennengelernt habe, da war sie von mir hellauf begeistert. Von mir? Ach Quatsch, nicht von mir, sondern nur von dem Schriftsteller, der ich bin. Eigentlich liebte sie doch nur, was ich schrieb. Besser wär's gewesen, sie hätte meine Bücher geheiratet. Erst nach und nach wurde ihr klar, dass sich das ganze Zeug nicht von allein schreibt, dass dazu Disziplin und viel Sitzfleisch erforderlich sind. Aber sie dachte, dass ich alle Texte mal so nebenbei herausfurze und dann nur für sie da sein würde. Spazieren gehen, fein ausgehen, reisen, aber immer nur dorthin, wohin sie gerade Lust verspürt. Nur daran denkt sie ständig. Kein Wunder, dass sie mit der Zeit meine Bücher immer mehr zu hassen begann.

Franz stand auf, ging in die Küche und trank ein Glas Milch. Leonie ist da ganz anders, dachte er. Ihr ist es piepegal, was ich bisher zusammengeschrieben habe. Als ich ihr eins meiner Bücher gab, hat sie sich gefreut, aber gelesen hat sie es nie. Bisher hat sie mir auch niemals Vorwürfe gemacht, wenn ich einmal nicht vom Schreibtisch wegkam, weil ich gerade wieder an einem Buch hockte. Sie ist eine selbstständige Frau, lebt ihre eigenen Interessen und wartet nicht fortwährend darauf, dass ich etwas mit ihr unternehme. Aber wenn wir zusammenkommen, dann sind wir für einander da, und alles geschieht stets ohne Zwang.

Franz hörte, wie ein Schlüssel in die Wohnungstür gesteckt wurde. Claudia kam zurück. Er huschte in sein Schreibzimmer, atmete tief ein und seufzte sich die Luft aus seiner Seele.

Atemlos lehnte sich Claudia von innen gegen die Wohnungstür. Noch immer zitterten ihr die Knie. In ihrem Kopf drehte sich alles. War dies ihre Wohnung? Die Wohnung, die sie seit 20 Jahren teilte mit – ja, mit wem eigentlich? Keine zehn Minuten war sie fort gewesen, spazieren an der Isar, und doch war die Welt eine andere. Eine vollkommen andere. Die Knie gaben nach. Sie ließ sich zu Boden sinken und fasste den Kopf mit beiden Händen. Es war ihr Kopf, es waren ihre Hände, und doch war nichts mehr wie noch eben, ehe sie die Wohnung verlassen hatte.

„Claudia?“

Franz’ Stimme drang an ihr Ohr. Es klang nicht wirklich fragend, kaum interessiert, so wie immer eigentlich. Dennoch glaubte sie einen Unterton zu hören, etwas Ungewohntes, Neues. Bist du noch die Claudia von vorhin, glaubte sie aus diesem Klang herausgehört zu haben. Das aber sollte er nicht erfahren. Noch nicht. Noch musste sie selber erst einmal klären, was ihr da gerade an der Isar widerfahren war.

„Claudia, bist du es?“ Der Unterton wurde dringender. Drängender. Gleich würde er im Türrahmen stehen. Er würde es sofort merken. Ihm entging so etwas nicht.

Sie holte tief Luft, stemmte sich mit beiden Händen vom Boden ab und rappelte sich auf. „Wer sonst?“, stieß sie aus. Ihre Stimme klang nicht ganz so munter wie sie beabsichtigt hatte. „War herrlich draußen“, schob sie rasch hinterher und zog sich die Jacke aus. „Solltest du auch mal wieder machen. Spazieren gehen.“ Das übliche Franzgebrummel kroch aus seinem Zimmer hinaus in den Flur. Er hatte nichts gemerkt. Noch nicht. Die Jacke glitt ihr aus der Hand. Sie ließ sie am Boden liegen. Betrachtete sie lange. Von nun an würde das die Jacke sein, mit der sie an der Isar war. Die sie getragen hatte in dem Moment, als es passiert war. Eine Welle heißer Wut überflutete sie. Am liebsten wäre sie auf die Jacke gesprungen und hätte auf sie eingetreten. Gerade noch konnte sie sich zusammenreißen. Es war franzenstill im Erkerzimmer. Es sollte so bleiben, fürs Erste.

Sie ging in die Küche. Blieb in der Mitte des Raums stehen. Auf keinen Fall ans Fenster, nur nicht hinausschauen auf die Isar. Auf dem Küchentisch stand ein leeres Glas, ein winziger Rest Milch war am Grund des Glases. Hier hatte er also gestanden und ein Glas Milch getrunken, während sie da unten ... Ob er es gesehen hatte? Ob er hier oben am Fenster gestanden und zugesehen hatte?

Langsam schlich sie zum Fenster, den Blick gesenkt.

Noch.

Die Stadt lag im Spätsommerlicht. Ein Licht, das es so nur in München gab. Rom hatte sein müdes Ockerlicht, Paris seine unverkennbar atlantische Frische, Wien seine pannonische Staubluft, Stockholm seine unterkühlte Klarheit. Das Münchner Licht war da ganz anders, speziell an Föhntagen wie heute: unverbraucht, unschuldig, kindlich. Das freundliche Watteweiß der Wolken gerann an den Isarwehren im wilden Gischtweiß des Wassers; daneben das kalkige Graubunt der Kiesel, einladendes Weidegrün dazwischen. Über allem aber und gewissermaßen in allem – auf den Häusern, um die Türme, in den Schatten – der harmlos babyblaue Himmel.

Trügerisch harmlos: Nur zu leicht konnte man unter dem Münchner Himmel vergessen, dass sich auch hinter ihm die eiskalte kosmische Tiefe verbarg, die schwarzen Schrecken der Finsternis warteten. Doch es war dieses Licht, das die Münchner prägte – die wenigen jedenfalls, die im weitesten Sinn als Einheimische durchgehen konnten. Freilich war auch ihnen bewusst, dass die Welt ist, wie sie ist: Klimakatastrophen, Kriege, Hunger, Armut, Gewalt, der Tod allgegenwärtig. Aber sie wollten sich keinen Kopf darüber machen; nicht unbedingt heute, nicht an so einem schönen Tag!

Claudia war erst zum Studium nach München gekommen. Sie sah sich zwar selbst längst als Münchnerin, doch es lag ihr fern, sich dem schönen Münchner Schein ganz hinzugeben. Wie vielen Zugezogenen kamen ihr die Münchner freundlich, aber oberflächlich vor. Drum hatte sie zunächst kaum glauben wollen, dass ein Schriftsteller wie dieser Turm durch und durch Münchner war. Die Bücher imponierten ihr: Welch' tiefe Gedanken er formulieren konnte, wie geschliffen er sie zu Papier brachte! Dass er obendrein blendend aussah, gern im Mittelpunkt stand, ein charmanter Unterhalter, aber auch ein fleißiger Arbeiter war, das war ihr gar nicht so aufgefallen.

20 Jahre ging sie nun schon an der Isar spazieren, während er droben im Erker schrieb. Heute war das letzte Mal gewesen. „Ein Münchner und die Welt – der Autor Franz Turm" stand auf dem großen Plakat über dem fliegenden Bücherstand am Eck der Luitpoldbrücke. Und auf einmal hatte sie der große Hass gepackt, auf die Münchner, den Franz, auf alles. Sie war auf den Tapeziertisch zugegangen, und während der Standbesitzer, ein älterer Herr, mit offenem Mund daneben stand, hatte sie die Bücher eins nach dem andern in die Isar geworfen.

Franz wusste noch nicht, dass seine Frau etliche seiner Bücher in der Isar versenkt hatte. Er wollte gerade einfach nur seine Ruhe haben und sich gedanklich ganz und gar einigen Worten und ihren Verästelungen hingeben, die er schon länger im Kopf hin und her wälzte und aus denen sich wieder einmal ein Vers ergeben könnte. Und aus dem einen vielleicht sogar ein zweiter, dritter, ein ganzes Gedicht bestenfalls.

Wenn er dichtete, war er bei sich, frei und weit weg von allem Beziehungsschlammassel. In seinem Kopf formte er die Zeile „Die Nacht zieht dich an und aus". Und die eine Zeile, die ihm fast schon ein Vers zu sein schien, ergab die nächste: „und du ziehst aus bei Nacht." Jetzt war es an der Zeit, den Notizblock zu zücken und die Verse festzuhalten, bevor sie sich wieder verflüchtigten. Er übersetzte sie aus einer spielerischen Laune heraus ins Bairische und in seiner Muttersprache entwickelte sich alles fast wie von selbst weiter: „D' Nachd ziagd di o / und ziagd di aus // und du ziagsd aus / middn in da Nachd, // naggad wiasd bisd / und alloa // und schwea / wia a Schdoa."

Lass dich treiben von den Worten, dachte Franz, von ihrer Melodie. Und treib es anständig mit ihnen, damit sie klingen und swingen! Auf „Melodie“ reimt sich „Leonie“, feixte er. Wenn Claudia das wüsste ...! Aber dann erinnerte er sich daran, wie Leonie vorhin am Telefon ausgeflippt war, als er ihr eröffnete, nach längerer Zeit wieder einmal mit seiner Frau verreisen zu wollen, um zu retten, was vielleicht noch zu retten war von ihrer Ehe.

Ich lasse mir doch nicht von meiner Freundin verbieten, mit meiner Frau auszufliegen! Er hörte sich schon im Geiste seinem jesuitischen Freund beichten, dass ihm eine Wilde wie die Leonie zu viel Kräfte und Säfte entzog. Er hätte es sich auch nicht träumen lassen, dass ihm das einmal zu viel werden könnte. Die eine mag gar nicht mehr, die andere will andauernd – und ich weiß selbst nicht, was ich will, dachte Franz. Ich will eigentlich nur mein Gedicht zu Ende bringen. Ein geglücktes Gedicht kommt auf den Punkt, befriedigt seinen Dichter: Sex, sanft und safe! Und ihm war heute offenbar eins gelungen, das auf Deutsch wie auf Bairisch zu funktionieren schien: „Die Nacht zieht dich an / und zieht dich aus // und du ziehst aus / mitten in der Nacht, // nackt wie du bist / und allein // und du so schwer / wie ein Stein.“ Heute brauch ich nichts mehr, sagte sich Franz. Er war versöhnt mit sich und der Welt.

Claudia stand vollkommen neben sich. Sie öffnete den Kühlschrank, griff nach einem Becher Joghurt und stellte ihn wieder zurück. Sie ließ ein Glas voll Wasser laufen und stellte es ab, ohne zu trinken. Sie wusch die Hände, obwohl die ganz sauber waren. Vielleicht sollte sie einfach zu ihm rübergehen und ihm sagen, wie weit es mit ihr gekommen war. Verdammt noch mal, das ging sie doch alle beide etwas an.

Durchdringendes Läuten an der Wohnungstür. Claudia fuhr zusammen. Sie lauschte durch einen Spalt an der Küchentür. Franz machte auf. Die Stimme eines Mannes, atemlos vom Aufstieg in den dritten Stock, sprudelte einen unverständlichen Wortschwall hervor.

„Ruhig, Herr Heisler, ganz ruhig“, mahnte Franz, der den Besucher offensichtlich kannte. „Bitte langsam und zum Mitdenken. Was ist passiert?“ „Ein Attentat! Ein Anschlag!“, japste der Fremde. „Ein Anschlag? Auf wen?“ „Auf Ihre Bücher. Eine Frau hat alle in die Isar geworfen.“ „Wann war das?“ „Vorhin. Vor einer Stunde. Ein Passant hat die Funkstreife gerufen, die haben mich bis jetzt ausgefragt.“ „Wollen Sie hereinkommen? Möchten Sie einen Schluck trinken?“

Claudia machte unwillkürlich zwei Schritte zurück.

„Nein, ich muss los“, sagte der Mann vom Büchertisch. „Ich wollte nur sagen, ich war machtlos. Das ist so schnell gegangen. Eh ich begriffen hab, was die Person im Schilde führt, war alles passiert.“ „Haben sie die Frau erkannt? Gibt es Zeugen?“ „Zeugen genug, von denen hat jeder was anderes gesehen. Die Polizei vermutet einen politischen Hintergrund. Weil Sie sich in Ihren Büchern für die Belange von Minderheiten einsetzen. Die Polizei will um sieben vorbeikommen und Sie selber befragen.“ „Um sieben?“ Franz' Stimme klang gepresst. „Das geht nicht. Da hab ich einen dringenden Termin. Haben Sie eine Nummer von denen? Oh, sogar eine Karte. Ich ruf dort an. Vielen Dank, dass Sie mich informiert haben. Auf Wiedersehen.“ Die Türe wurde sanft geschlossen.

Claudia war verwirrt. Heute war der erste Donnerstag. Da hatte Franz seinen Männerabend. Das war kein Termin, schon gar kein dringender. Da konnte er auch später kommen. Irgendwas stimmte da nicht.

„Treff mich mit den Jungs“, rief Franz wie beiläufig, als er eine Stunde später die Wohnung verließ. Claudia schlüpfte in einen alten Trenchcoat, setzte eine Sonnenbrille und ein Seidenkopftuch auf und schlich auf Zehenspitzen durchs Treppenhaus hinterher.

Betont langsam schlenderte Franz den Treppensteig zum Fluss hinunter, überquerte die Isar und tauchte ins Gewirr der kleinen Gassen ein, die sich hier wie ein Knäuel Schlangen ums Flussufer drängten. Er erreichte die Maximilianstraße und nun schien er es plötzlich eilig zu haben. Mit jedem Schritt holte er weiter aus und Claudia hatte Mühe, ihm zu folgen. Wenn er sich nur nicht umdreht, dachte sie, die Gehsteige waren hier so breit wie Perserteppiche, menschenleer und gut einsehbar. Doch ihre Sorge war unbegründet, Franz dachte gar nicht daran, einen Blick zurück zu werfen. Er hastete durch den Abend und seine Schritte wurden länger und länger.

Claudia nahm die Sonnenbrille ab, steckte sie in die Manteltasche und lief weiter. Vorbei am Museum Fünf Kontinente und an den Geschäften von Gucci und Armani, Läden, in die sie nie einen Fuß gesetzt hatte. Vorbei an den Kammerspielen, für die Franz natürlich auch schon Stücke geschrieben hatte, Werke, die nie aufgeführt worden waren: Ein ungünstiger Wechsel bei der Intendanz, Streit mit dem Regisseur oder einfach guter Geschmack, dachte Claudia und schüttelte den Kopf. Es war bedauerlich, dass Franz in den letzten Jahren so nachgelassen hatte, und einigermaßen erstaunlich, dass er es nicht einmal bemerkt zu haben schien.

Verlage, von denen er früher gefeiert worden war, lehnten ihn heute ab. Seine Bücher verkauften sich längst nicht mehr in namhaften Geschäften oder in den Tempeln der Printmedien bei überfüllten Lesungen. Nein, sie lagen nun im Schatten alter Kastanien an der Isar. Auf den Büchertischen fliegender Händler.

Die Sonne ging unter, allmählich wurde es dunkel. Franz eilte am Nationaltheater vorbei, durchquerte die Fußgängerzone und nahm Kurs aufs Lenbachhaus. Das also war sein Ziel. Claudia gönnte sich eine kleine Verschnaufpause und schließlich sogar ein Lächeln. Er hatte den Brief gefunden. Die Einladung zu einer Lesung im Rahmen der Themenwoche „Literarische Vernetzung und Perspektiven im 21. Jahrhundert“. Vermutlich schäumte er vor Wut, denn nicht er war eingeladen worden, sondern sie, Claudia Schreiber, und morgen war es so weit: Hier würde sie ihren Text vortragen. Sechs Essays in einschlägigen Zeitungen hatten genügt, um sie und ihre Meinung wichtig zu machen. Vielleicht hatte Franz endlich begriffen, dass auch sie Talent hatte, sein Zorn war Zeugnis genug. Doch Claudia täuschte sich.

Franz schenkte dem Lenbachhaus keinerlei Beachtung. Claudia hätte darauf wetten können, dass er dort eine Art künstlerisches Statement abgeben wollte. Sie stellte sich vor, wie ihr Noch-Ehemann vor das Plakat träte, auf dem sie, die „Verfasserin uninspirierter Hausfrauenprosa“ (O-Ton Franz) als Autorin des Abends angekündigt wurde. Vor ihrem geistigen Auge zückte Franz einen Filzschreiber, den er regelmäßig dazu missbrauchte, verunglückte Formulierungen all jener Schriftsteller zu markieren, die er zwar nicht für ebenbürtig, aber dennoch für kommerziell gefährlich hielt. Ein dicker schwarzer Strich. Das würde es sein, womit Franz Turm den Namen seiner Frau auslöschte. Darunter eine kleine Zeichnung. Etwas Satirisches, unbestreitbar Lustiges, aber auch Gemeines hätte hier seinen Platz gefunden. Tat es aber nicht. Der Schriftsteller setzte seinen Weg unbeirrt fort. Keine Zeit, um irgendjemanden auszulöschen.

„Verflucht, ich bin zu spät“, murmelte Franz vor sich hin, als er schließlich auf das „Indian Affaiirr“ zusteuerte. Es war bereits zehn Minuten nach 19 Uhr. Als er die unaufdringlich beleuchteten Buchstaben über dem

Eingang des Restaurants sah, fiel ihm erstmals auf, wie passend der Ort für die Treffen mit seiner „Affäre“ gewählt war. Trotzdem beschlich ihn ein ungutes Gefühl. Dass jemand einen Anschlag auf seine Bücher verübt hatte, machte ihm mehr zu schaffen als er zugeben wollte. Franz fühlte sich verfolgt. Eigentlich lächerlich. Er, der große Weltenerklärer. Gereizt und auch ein wenig ängstlich betrat er das Restaurant. Aber nicht, ohne sich noch einmal umzublicken.

So. Der Herr ist nervös, dachte sich seine Beobachterin, die sich in der Rolle des Detektivs inzwischen außerordentlich gut gefiel. Sie schlich sich an eines der großen Fenster heran, die einen guten Blick in das Innere des indischen Gourmet-Tempels ermöglichten, und beobachtete, wie ihr Mann mit einem gequälten Lächeln den Raum betrat. Anscheinend hatte er sofort jemanden erblickt, der bereits auf ihn wartete. „Tataaataaaa!“ Claudia erschrak. Ein Krankenwagen brauste mit gefühlter Lichtgeschwindigkeit an ihr vorbei. Ihr Herz klopfte wie verrückt. Für einen Moment wandte sich ihr Blick von der Szene im Restaurant ab und sie lehnte sich an die Außenwand des „Indian Affaiirr“, um kurz innezuhalten. Puh. Als sie wieder hineinsah, traute sie ihren Augen nicht.

„Das ist doch …“, stammelte sie, brach aber ihr Selbstgespräch sofort wieder ab. Da war überhaupt kein Zweifel möglich. Das war eindeutig Leonie, die den Franz mit cooler Handbewegung an den Tisch dirigierte. Leonie! Die letzten 20 Jahre waren ihr anzusehen, natürlich, aber sie war immer noch eine Erscheinung, ein bisschen konventioneller, ein bisschen fraulicher geworden schien sie, aber das böse Mädchen mit dem Engelsblick und den Marmorknien war schon auch noch da. Meine Güte, dass sie das so treffen würde! Die ganzen Jahre wie weggewischt, und die brave Ehefrau seit zwei Jahrzehnten zitterte plötzlich wieder vor Aufregung – wie damals als Teenager.

Hui, das war eine Geschichte in der Kreisstadt, wo sie zuhause waren, Leonie und sie! Da kannte doch fast jeder jeden, schon ein gewöhnliches Techtelmechtel mit einem Mitschüler löste eine Menge Gerede aus, zuerst an der Schule, aber wenn es blöd herging, in der ganzen Stadt. In der zwölften Klasse war es, schon fast auf der Zielgeraden zum Abitur, als sie … nein! Das wollte sich Claudia jetzt nicht genauer vorstellen, es ging ihr so schon durch und durch.

Leonie! Und jetzt sitzt sie da drin am gedeckten Tischchen, gleich hinter der blanken Schaufensterscheibe, und scherzt mit Franz. Ausgerechnet mit ihrem Franz, dieser langweiligen Buchstabenseele, diesem lokalklangklingelnden Dünnbrettpoeten, diesem im letzten Jahrhundert steckengebliebenen Possenschreiber, diesem … ach was, er ist der Rede nicht wert! Dieser Mann, der keiner mehr ist, der sie nicht einmal anschauen würde, wenn sie in Netzstrümpfen und roten Strapsen aus dem Bad käme, mit diesem …

Die Wut war wieder da, die gleiche die sie vorhin überwältigte, als sie die Bücher in die Isar geschmissen hatte. Ein ganzer Stausee voll Wut. Die Wut ist ein bitteres Wasser, da muss verdammt viel Liebe schmelzen und Hingabe und Bemühen und immer wieder Auf-Ihn-Zugehen, Jahr um Jahr gesammelte Zuwendung muss einfrieren und schmelzen und wieder frieren und schmelzen. Was will der denn mit Leonie? Was versteht der denn überhaupt von einer Frau und dann erst von einer Frau wie Leonie?

Einen Hammer müsste sie jetzt haben oder ein Beil oder einen großen Schraubenschlüssel oder wenigstens einen Pflasterstein, irgendeinen Gegenstand zum Hineinschleudern in die scheinheilig glänzende Glaswand, damit sie mit Getöse in tausend Scherben zerfiel. Aber wo hernehmen?

Sie hatte keinen Hammer, kein Beil, keinen Schraubenschlüssel, keinen Pflasterstein. Was also tun? Am besten umdrehen, einfach weggehen, Ruhe finden ... Lass die Gedanken los, Claudia. Die Gedanken wurden zu Bildern: mit Leonie im Schwimmbad, mit Leonie beim Shopping, mit Leonie Schule schwänzen und Gras rauchen unten am Fluss, mit Leonie abtanzen im Albatros, dem angesagten Kleinstadt-Club, der täglich bis vier Uhr morgens geöffnet hatte. Auf einmal sah sie Miguel vor sich, ihren geliebten Miguel, an jenem katastrophalen Abend im Albatros. Sie hatte sich gewundert, dass er zur verabredeten Zeit nicht da war. Eigentlich war er immer bestrebt, sie nicht warten zu lassen. Als er den Club betrat, hätte sie ihn beinahe nicht erkannt. So hatte er sie noch nie angesehen. Seine Vorwürfe trafen sie gänzlich unvorbereitet: Jedes Wort ein Schlag. Wie konnte er nur glauben, dass sie ihn verraten hatte. Niemals hätte sie so etwas getan. Das musste er doch wissen. Hilflos um sich schauend entdeckte sie Leonie. Doch die wandte sich ab, als sich ihre Blicke trafen.

Plötzlich wusste Claudia, was zu tun war. Sie betrat das Restaurant und ging zielstrebig auf den Tisch zu, an dem Franz und Leonie saßen. Franz entdeckte sie sofort, aber Claudia beachtete ihn nicht, sondern wandte sich direkt an Leonie: „Dass wir uns unter solchen Umständen wiedersehen, wäre mir nie in den Sinn gekommen. Wirklich, Leonie, du warst zwar immer für eine Überraschung gut, aber diesmal hast du dich selbst übertroffen, diesmal ..." Franz unterbrach sie: „Es ist nicht so, wie es aussieht." Leonie war vor Schreck sprachlos.

„Ich weiß ja, dass du einen Hass auf Bücher hast", fuhr Claudia fort, „aber dass du so weit gehen würdest, hätte ich nicht gedacht. Was hat er dir getan, dass du zu solchen Mitteln greifst?" Sie genoss es, Leonie und Franz in einem Zustand äußerster Irritation

zu erleben. „Kannst du mir bitte mal erklären, wovon du redest?", fragte Franz und fügte hinzu: „Woher kennt ihr euch eigentlich?" Die beiden Frauen sahen sich an. Für einen kurzen Moment flammte die alte Mädchenfreundschaft auf, das Wir-Beide-Erobern-Die-Welt-Gefühl, in dem sie sich eine Zeitlang sicher fühlten. Das Schwimmbad, der Fluss, die Disco, Miguel ... Vorbei!

„Warum lässt du deine Wut auf Bücher an Franz aus? Sie bedeuten ihm so viel, und du gehst hin und wirfst sie in die Isar." „Du warst das?" Franz blickte Leonie entsetzt an.

Leonie senkte den Blick und starrte auf ihr lauwarmes Reisgericht. Sie hatte sofort verstanden, worum es hier eigentlich ging. Miguel, schoss es ihr durchs Gehirn. Miguel, der Musiker – Claudias große Liebe –, war einst der Killer ihrer Mädchenfreundschaft gewesen. Und Anlass für Leonies Rache. Eines Tages hatte sie Miguels sündteurer Gitarre einfach den Hals umgedreht und die Tat ihrer besten Freundin in die Schuhe geschoben. Rein aus Eifersucht. Leonies Puls flatterte, denn sie wusste, sie stand tief in Claudias Schuld. Als sie aufblickte, flüsterte sie: „Ich glaube, wir müssen reden."

Franz fühlte sich davon angesprochen. Für solch unangenehme Situationen hatte er stets ein Klassikerzitat parat, das er theatralisch zum Besten gab: „Wohlan. Man richtet keinen Dieb, den man nicht anhört, wie augenfällig seine Schuld auch sein mag."

„Ach Franz, halt doch einfach einmal den Mund", herrschte Claudia ihren Ehemann an. „Um dich geht es doch jetzt gar nicht." Franz Turm, der renommierte Schriftsteller, verstummte und wurde weiß wie der Basmatireis auf seinem Teller, während die beiden Frauen losprusteten vor Lachen. Er hatte nicht die geringste Ahnung, was hier gespielt wurde. Aber er spürte, dass es für ihn Zeit war zu gehen.

„Sie verlassen uns schon?", fragte Frau Kohli, die Inhaberin des Lokals. „Leider, ich muss morgen früh aufstehen", antwortete Franz. Er zahlte die Rechnung, nachdem er für seine beiden Ex-Frauen noch einen Spumante aus dem Trentino bestellt hatte. Und für sich einen eichenholzgereiften Amrut.

Draußen verstaute Franz den indischen Single Malt Whisky in seiner Ledertasche und blickte noch einmal durch die Scheibe zum gedeckten Tischchen hinüber. Claudia und Leonie waren tief in ihr Gespräch versunken. „Eigentümlich", murmelte Franz und stapfte weiter: „Alles sehr eigentümlich." Aber irgendwie war er auch erleichtert. Fast heiter. Er würde morgen früh in den Zug nach Wien steigen, gegen Mittag in St. Marx geröstete Nierndln mit Hirn essen. Und danach ganz neu anfangen. Vielleicht mit einem Roman. Franz lächelte zufrieden und ging schnellen Schrittes nach Hause. An der Luitpoldbrücke hatte er bereits den Titel für sein neues Buch: „Der letzte Maharadscha". Und als er die Wohnungstür aufsperrte und sein Arbeitszimmer betrat, standen auch schon die ersten Zeilen fest: „Claudia blickte vom Küchenfenster aus hinunter zur Isar ..."

»Ein pointiertes Porträt bayerischer Wesensart, mal hintersinnig, mal dickschädlig.«
Rudolf Siegl, MUH
Anton G. Leitner
Schnabl gwax
Bairisches Verskabarett
edition DAS GEDICHT
edition lichtung
»Alles deftig gewürzt, mit viel Witz und Kraftmeierei – kernige, schwarzhumorige und entlarvende Verse.«
Bayerischer Rundfunk
184 Seiten, Hardcover
Auch als E-Book und Hörbuch erhältlich
edition DAS GEDICHT | edition lichtung
www.Schnablgwax.de
Foto: © Volker Derlath

MELANIE ARZENHEIMER

Selbstgespräch von und mit Frankensteins Kreatur
(ein Gedicht mit Vorwort)

Das nun folgende Gedicht bezieht sich auf eine der bekanntesten Gestalten der Literaturgeschichte: Frankensteins Kreatur. Im Jahr 1818 wurde der Roman „Frankenstein oder Der moderne Prometheus" der britischen Schriftstellerin Mary Shelley erstmals (noch anonym) veröffentlicht. Darin erschafft der junge Medizinstudent Viktor Frankenstein einen künstlichen Menschen – eine Anmaßung, die schließlich dramatische und tödliche Folgen hat. Die Kreatur, der Viktor Frankenstein Leben einhauchte, blieb allerdings namenlos und erst spätere Hollywoodverfilmungen gaben dem „Monster" den Namen seines Schöpfers. Dafür wird der Ort seiner „Geburt" im Roman genau beschrieben. Es ist das bayerische Ingolstadt, das die Autorin nie selbst gesehen hatte, aber das schaurige Image der Stadt, in der kurz vor der Veröffentlichung des Romans noch die Illuminaten aktiv waren, dürfte ausschlaggebend für die Wahl des Schauplatzes gewesen sein.

Und da sitzt sie nun, die Kreatur, und wundert sich, was ihr widerfahren ist. Vielleicht hat sie sich gerade in der Ingolstädter Theresienstraße ein Bier gekauft und sich zu einer Denkpause vor dem Münster niedergelassen.

Ja ich bin.
Und ich bin viele.
Aber bin ich vier, fünf oder sieben?
Da drüben
der alte Bierkutscher Hans
ein klassisches Ergebnis
der Vereinigung von Mann und Frau
eine Sau
war wohl auch mit im Spiel
sagt mir mein Gefühl
von dem ich nicht
weiß
woher es denn stammt
denn, mein ich
bin ja viele
und solche Gefühle
verwirren mich
und verirren sich
in meinen zahlreichen
Persönlichkeiten
streiten sich sogar
wer denn nun
das Sagen hat
statt einfach zu schweigen
das kann so nicht bleiben.

Mein Schulterblatt
mag einem Martin entstammen
die Hüfte
war einst einem Sepp angetan
und dann
meine Leber
mein Lieber
pro Liter
Wein oder Bier
meldet sie mir
sie würde noch weiteren
Nachschub vertragen
mein Kopf sagt ja
aber nein sagt mein Magen
der mir recht empfindsam erscheint
ein Freund
von reichlich fettem Essen
hat ihn wahrscheinlich nicht besessen.

Jeder Mensch trägt einen Namen
ich nicht
und deshalb bin ich keiner

zumindest nicht einer
sondern eine Komposition
aus etlichen Gestalten
oder deren Komponenten
von geübten Händen
zusammengesetzt
das Messer gewetzt
wurde dafür
ausschließlich im Dunkeln
denn tagsüber munkeln
die Leute schon
über diesen Frankenstein
und sein
seltsames Getue
nachts herrscht Ruhe
in der Stadt
nur nicht in der Anatomie
die
wie man hört
jede Menge Tote
in ihrer Ruhe stört
unerhört
finden das die Pfaffen
begaffen
meinen Schöpfer
als wäre er des Teufels
rechte Hand
Verstand
sei ihm zwar angeboren
doch habe er die
Vernunft verloren.

Sie haben recht.
Vernünftig ist mein
Bauplan nicht.

Mein Schöpfer beschwor
dass ich reinrassig sei
also ausschließlich
aus Ingolstädtern bestünde
und es sei eine Sünde
dies zu bezweifeln
und doch
juckt und zuckt
zwickt und tickt
rennt und brennt
mein rechtes Bein
als stamme es aus Gaimersheim
und dieser Kopf
ich könnte wetten
sieht aus
als käm' er aus Wettstetten.

Auch wäre ich
ausschließlich
männlich – und doch
als ich roch
wie die aufgetakelte Dame
das Münster betrat
und dabei Schwaden
von Rosenwasser
ihren Gang begleiteten
bereiteten
diese Düfte mir Vergnügen
als wär' ich ein Weib
mein Leib
könnte also auch
Teile enthalten
die männlichen Gestalten
vormals nicht gehörten
doch will mein Erbauer
davon nichts mehr wissen
er ist wie besessen
und tönt unverhohlen:
Sein Vorsprung durch Technik
sei niemals zu überholen.

BRIEF AN DR. JEKYLL

Mein Herr,
wir wollen die Würde wahren
allzu ängstlich
erscheint mir Ihr Gebaren

Tut mir leid
ich treffe mich lieber
mit Mr. Hyde

HEILUNG

Ein Dämon
saß am Ufer
und weinte
er meinte
sein Dasein
sei irgendwie
sinnlos
bloß
reine Fassade
schier unglaublich
fade

Da streifte sein
Blick
das schlanke
Genick
von einem Wesen
das seinem Genesen
guttun könnte

Und als
die Frau sich
beklagte
als man sie
befragte
was denn nun
in sie gefahren sei
da lachte der Dämon
und dachte sich:

Ich!

MARGIT AUER

Mit Mortimer Morrison durch Oberbayern

Kürzlich wurde ich von einer Münchner Journalistin gefragt, ob es in meinen Büchern Bezüge zu Bayern gibt. „Na klar“, antwortete ich. „Mr. Morrison ist in der ganzen Welt unterwegs, um magische Tiere einzusammeln. In Afrika, Amerika, Australien. Mein Lieblingstier aber, die Fledermaus Eugenia, stammt aus einer Burgruine in Oberbayern!“ Die Szene stammt aus dem 3. Band der Kinderbuchreihe „Die Schule der magischen Tiere“, die schon in 18 Sprachen übersetzt wurde.

Jeder Schriftsteller schöpft aus dem Kosmos, den er kennt und der ihn umgibt. Deswegen essen die Kinder in meinen Büchern die Gerichte, die auch ich gern mag: Pfannkuchen und Apfelstrudel. Und es würgt sie bei Mahlzeiten, die ich als kleines Mädchen entsetzlich fand: Sülze und Milzwurst. Beides kriege ich bis heute nicht runter.

Aber es gibt noch mehr Bezüge zu Bayern. Was gibt es bei Willi Wondraschek, dem Hausmeister der Wintersteinschule, zu kaufen? Leberkässemmeln! Es gibt wohl kaum eine Schule in Bayern, an der in der Pause keine Leberkässemmeln angeboten werden, und es freut mich sehr, dass das Hamburger Lektorat mir das hat durchgehen lassen.

In 6. Band („Nass und nasser!“) bekommt der Hausmeister Besuch von seinem Freund, Feuerwehrkumpel Mütze. Die beiden kümmern sich erst um das Schulaquarium, dann machen sie es sich im Seitengang der Schule gemütlich und genehmigen sich ... was? Jawohl, ein Bier! In anderen Ländern kam das nicht so gut an. In der spanischen Ausgabe trinken die Männer statt Bier Erfrischungsgetränke: „refrescos“. Da hat es mal wieder jemand sehr, sehr genau genommen.

Der Stadt Eichstätt, wo ich wohne, habe ich im 4. Band („Abgefahren!“) ein Denkmal gesetzt. Miss Cornfield, die Lehrerin, fährt mit ihrer Klasse ins Schullandheim. Der Ort wird nie genannt. Aber sie beschreibt die Stadt mit folgenden Worten: „Unser Schullandheim ist herrlich gelegen, inmitten von mächtigen Bergen. Dort kann man wunderbar wandern. Und in einigen Steinbrüchen sogar nach Fossilien suchen.“ In dem Buch versteckt sich noch mehr Heimatkunde, denn Miss Cornfield erklärt der Klasse: „Die Gegend war vor vielen Millionen Jahren ein riesiges Korallenmeer. Noch heute findet man dort Spuren von Dinosauriern, Urzeitkrokodilen und Pfeilschwanzkrebsen.“

Ja, ja, die Pfeilschwanzkrebse gibt es noch immer im Eichstätter Juramuseum. Sie dümpeln im Schlamm vor sich hin. Das riesige Dinosaurierskelett, das Silas zum Einsturz bringt, habe ich allerdings erfunden. Als Schriftstellerin darf ich das! Mein Kosmos ist nämlich sehr viel größer als die Wirklichkeit.

GUSTL BAUER

A gschenkta Tag

Da Summa, der wo se heia bloß a so gschriem hat, aber so vui wia koana gwen is, der is scho lang vorbei und mir brauchan eahm und seine nassn und koitn Tag net nachewoana. Und wenn scho s Fruahjahr und da Summa net so rar gwen san, nachad werd doch in Gottsnam da Herbst a bissal bessa wern! A so hamma ghofft und san schliaßle net enttäuscht worn.

Vor guate siebn Wocha is a kalendermaaßig oganga, da Hirgst, und er hat des ghoitn, was ma se vo eahm vasprocha hat. Und aa da Altweibersumma, der wo so zwischn Mitte und Ende Oktober ogeht, hat se vo seina bestn Seitn zoagt.

Durch de klare Herbstluft fliang suibaglanzade feine Faa'n, kunstvoll gwobn vo winzigkloana Spinna. Wenn oam a so a suibana Fadn, zuawagwaaht von an leichtn Lüftal, des wo ma kaam gspürt, ins Gsicht fliagt, dass's oan aufm Nasnspitzl kitzlt, nachad bringt des a Glück. A so hat meij Oma oiwei gsagt, wia-r-i no a kloana Bua gwen bin. Und i hab s glaabt und glaab s heit aa no gern. Ja, und is denn net alloa des scho a Glück, wenn oam an am staadn Herbsttag a so a Zauberfadn über d Haut streichlt und damit net bloß a äußerliche Vabindung zwischn uns und da Natur herstellt?

Grad für vui Menschn vo heit, de wo gar so gierig und oiwei wieda aufs neie alle möglichn Weg zu irgand an fragwürdign Glück suachan und ausprobiern und dabei oft enttäuscht wern und d Hoffnung valiern, kunnt a so a kloana Augnblick aa-r-a kloans Glück bedeitn. Ma muaß grad mit offne Aung und mit an offna Herzn durch d Natur geh, de um de Zeit im spaatn Sunnaliacht in de schenstn Farbn leucht und uns des gibt, was mir alle so notwendig brauchan: Zeit und Ruah.

De miassat ma um de Zeit wia jetzt, Mitte November, eigentlich mehra wia gnua ham, mächt ma moana! Da Gartn is abgraamt und umgrabn. Bis auf a Beetl voi Andive, de wo alle mit an Spagat fest zammbundn san, dass's innan schee geijb wern. Radi, Geijweruam und Rana (roude Ruam) san in an oidn ausrangiertn Badwaanndl in an feichtn Sand eijgschlang und miassn wartn, bis's auf d Speiskartn kemman. Siebn Büschl Bohnakraut und so a Stuckara zwölf mordsmaaßig grouße Blaukrautköpf hängan in da Schupf mit no a paar Bündl Zwiefen zum Driggan auf an langa Strick. D Johannisbeerstaudn san zruckgstutzt und zammbundn und auf da Sunnaseitn am Haus hibei, bis auf d Höh vom Fenstabrettl auffe, san buachane und feichtane Scheitl sauba aufgricht und ham iatz no Zeit zum Truckawern.

Da Kachäofn is scho an etlas Moi probeghoazt worn und ausm Bratrohr klingt a seltsame Musi aussa. Des Singa und Pfeifn kimmt von an hoibn Dutzad Bratäpfe, de wo mir iatzad nachad glei verschnabuliern wern, indem ma s mit an kloane Löffe vo da Schaln aussalöffen und dazua oiwei wieda-r-a Mischung vo Zucker und Zimt einestraahn, dass's ja siaß gnua schmeckt.

Bei uns in da Bauernstubn hockan um den groußn Tisch mit seina schneeweißn Ahornplattn mehras Leit beinand, ratschn und dischkriern, und weil a Musikant aa dabei is, gibts aa hi und da wieda-r-an griabign Landler, a frische Polka, a schneidigs Marschä oder an rassign Boarischn auf da Zither. Wia s eahm hoit grad eijfoin. Und wenn oa dabei san, de wo a bissal singa kinnan, na stimman s vielleicht aa no des wundascheene Herbstliadl o, des wo d Greinsberger Kathi vo de Fischbachauer

Sängerinnen gschriem hat: „*Schöna Summa, bist scho umma? Bist uns wia-r-a Diab ganz staad davo! Drunt im Grabal liegt scho s Laabal, aba rauschn tuats no.*“

So a Liadl in unsana boarischn Sprach, an etlas feine oder frische Stückln auf da Zither, des taugt uns! Da Aristoteles hat scho recht ghabt, wia-r-a vor guat 2.300 Jahr gsagt hat: „*Musik bewirkt das Gute!*“

Organisierterweis hoaßt ma so was „Hoagartn“, Sänger- und Musikantntreffn oder Herbstsingen und -musizieren. Aber aa mit de Volkstanzveranstaltungen tuat se um de Zeit bei uns im boarischn Oberland no allerhand, bis hoit nachad Kathrein am 25. November an Tanz einstellt. „*Kathrein schließt Baß und Geigen ein*“, hoaßt an oida Volksspruch für den Tag, wo s auf de ländlichn Tanzbödn no amoi houch hergeht und wo a diam oa „tanzn wia da Lump am Stecka“.

Dann aber is de staade Zeit gar nimma so weit. Da Kirta liegt iatz scho weit hinta-r-uns, da Altweibersumma is vaganga und aufm Gottsacker san de vielen hundert kloana routn Kerznliachtal vo Allerheiligen und Allerseelen scho lang ausganga. Auf Leachaz (Lehards), wia ma bei uns im Oberland zum Leonhardi sagt, is’s no amoi aufganga! Kreuth, Tölz, Fischhausen, Hundham, Lippertskirchen, Reichersdorf und Festenbach san in unsana Gegend de Orte, wo da „boarische Herrgott“ – wia ma zum heiligen Leonhard aa sagt – verehrt werd. Er is da bevorzugte Schutzheilige für s Viech, insbesondere für d Ross. Bevor er dazua gmacht worn is, war er der Patron der Gefangenen, weil er mit ana Eisenkettn abgebildet war. In der so ungefähr um 1300 erbauten gotischen Georgskirche auf dem Weinberg in Schliersee is a Tafelbild, auf dem der 1456 verstorbene Georg von Waldeck dargstellt is, wia-r-a mit Hals-, Arm- und Fußeisen in türkischer Gefangenschaft an einen Bettladen gfesselt is. Seine Füaß steckan in zwoa Löcher am Fuaßbrett. Links vo eahm steht der hl. Sixtus (Patron der Schlierseer Pfarrkirche), rechts der hl. Leonhard.

Iatz um de Zeit muaß ma mit an jedn Weda rechnan. In da Friah liegt da Reif auf da Wiesn und a Spur von an Oachkaatzl valiert se im dickn Nebl, der vo da Schlierach auffazogn is und sei koide Hand auf de herbstlichn Felder legt. Untam Laab vo da Nußstaudn kreit a Amsl umanand und suacht se a kloane Wurmbrotzeit zamm und vom Zwetschgnbaam schaung a paar Koihmoasän recht neigierig zum Haus her, ois wann s sang mächatn, dass’s boid Zeit werd für s Voglheisl.

Auf Mittag zua reißts auf und d Sunn kimmt durche. Da „Föhnanderl“, wia mir zum Bergwind, zum Föhn, sang, druckt aussa und i mach mi auf zu an kloana Spaziergangl auffe auf d Moosroana Woad.

A Novembertag muaß durchaus net oiwei koit und windig, nass und neblgrau seij! Es is oft da Foi, dass da Föhnanderl d Woikn vatreibt und an Nebl ausanandareißt wia-r-a Spinnawettn und dann von an tiafblaua Himme a milde Herbstsunna owascheint. Wenn des auftrifft, nachad ko ma sang:

„Des is a gschenkta Tag!“ Und für soichane gschenktn Tag, de wo ja recht rar san, nimm i mir Zeit und geh auf irgandan kleanan Berg.

De letztn Blaadln foin vom Baam,
de braune Woad leicht in da Sunn.
A letzta Schmetterling fliagt rum
und suacht, ob er a Bleame findt,
des iatzad um de Zeit no bliaht.
Koa Lüftal rüaht des dürre Gras,
in dem i lieg und wo-r-i traam,
vom Herbstwind und vom erstn Schnee.

S Berggwand is scho hergricht und a Thermosflaschn mit an hoaßn Tee im Rucksack drinn. Nachad schwing i mi auf mein oidn Drahtesl auffe und scho gehts dahi! Mit Karacho owe übern Berg und vüre zum

Bäcka, der wo scho um sechse aufmacht und de bestn Brezn im Umkreis vo 1.000 km macht.

A paar vo dene Leit, de wo scho vor mir da san, und oa vo dene, de wo nach mir no ostehngan und nachad mitm Hoiwe-Sieme-Zug in d Arwat fahrn miassn, de frang mi, ob i glei überhaupt nix mehr toa mächt und bloß no privatisiern und auf de Berg umanandakugln. Deselln san mir grad neidig um den geschenktn Tag heit. Iatz gfreit a mi glei no mehra und i bin so guat aufglegt, dass i mi ausnahmsweis amoi net über de schuggaladan Niggalasn aufreg, de wo mi scho seit Mitte Oktober aus dem Fach überm Breznkorb hinta da Ladnbudl so traamhaappat oschaung. Guat, dass i mir gestan scho mehras Paar Landjaaga und Rengschburga beim Metzger ghoit hab und deszweng heit scho so boid dro seij konn.

So guat vasorgt radlt i auf Schliers eine, fahr auf da Westerbergseitn am See vorbei, der wo linkerhand vo mir so glatt und blitzsauba wia-r-a frischputzta Spiagl daliegt. Enterdhoib vo da Insl spiaglt se im Wasser der Felsnvorsprung vom Leitnerberg, auf dem heit no groußmaachtige Mauerreste vo da Burg Hohenwaldeck stehngan. De Kirchturmuhr vom Fischhauser Leonhardikirchal schlagt drei viertl sieme. Sunst heat ma nix ois wia des Gaaritzn vo mein oidn Radl und mein Schnaufara, wenns wieda-r-amoi a Stückal bergauf geht.

D Luft is frisch, wia ma s um de Zeit gwohnt is, aber plaatzweis auf amoi so baachalwarm, wia wann s von an Bachofa aussa kaam. Des bringt da Bergwind zweng, der wo de oan miad und de andan wieda ganz wurlat macha konn. Mir taugt a! Und so lang er herhebt, da Föhnandal, bleibt des guade Weda, an dem gschenktn Tag.

Mein oidn Schleiferskarrn hab i an an Hoizhaufn bei da Winterstubn zuaweglaahnt und geh jetzt den Weg, der wo auf d Bodenschneid auffeführt. Und mit jedm Schritt, den i bergauf geh und der mi weida vom Toi wegbringt, werd s mir leichta und oi de kloana und großn Sorgn und Ärgernissa, de bleim zruck, und es werd wieda Platz für was anders, für was scheenas, für ebbas, was a Freid macht. Ob iatz des a kloans Bleame is, des wo newam Weg ausm feichtn Herbstlaab aussaspitzt oda-r-a glanzada Kieslstoa, der mi von an kloana Baachal aussa oblinzlt.

Iatz hab i Zeit zum Schaung und zum Denka und meine Gedankn nutzn des aus und schlang Purzlbaam. I kimm auf mein Weg zu da Bodenschneid an an kloana Bildstock vorbei, wo ma durch a schmiedeiserns Gitter eine Pieta in Reliefform sehng konn. Dann a paar hundat Meter weida an a Tuffstoasäule, de wo a unbekannter Maler 1978 renoviert hat. De drei Bilder zoang oamoi de Muattagottes vo Birkastoa, dann den hl. Hubertus mit Pfeil und Bogen neba-r-an weißn Hirsch und als drittes den hl. Sebastian.

Und wieder a Stückal weida drom, da kimmt vo rechts der Weg ausm Tufttal, vom Hennerer draußt bei da Glashüttn. Den Weg hat am 6. November 1877 da Jennerwein Girgl gnomma. Es war seij letzta, denn hinter eahm is der königliche Revierjaaga Johann Pföderl nachganga. Aufm Hohen Peißenberg, wia selmals da Rinnerspitz (a Nebengipfe von da Bodenschneid) no ghoaßn hat, da hat a'n vo hintarucks daschossn. Neun Tag spaata ham an seine Kameradn gfundn und auf Schliersee owebracht. Aufm Westenhofener Gottsacker hat er sei letzte Ruah gfundn. Aber in dem Grab, zu dem heit no so vui sogenannte „Jennerwein-Anhänger“ kemman, da liegt a gar net drinn. Drum hat a heit wirklich sei ewige Ruah gfundn, vor allem vo dene, de wo-r-an gar so verherrlichen und zu seim 99. Geburtstag und zu seim 105. Todestag an gwildertn Gamsbock ans Grabkreuz oneghängt und a scharfe Patrona an Weichbrunnkessl eine-

glegt ham. Sei Wildererleidenschaft hat eahm s Lebn kost und sei Kindl, des wo eahm s Agerl vo da Baumgartenalm gschenkt hat, is ohne Vadda aufgwachsn.

Und weil ma in Gedanken alles konn und alle Freiheitn hat, hab i mi ganz oafach in den Jennerwein Girgl sein letztn Lebenstag eineversetzt, wo er den gleichen Weg ganga is wie i heit. A paar vo dene Bergahorn, de unterm Roanakopf stehngan, ham eahm vielleicht geh sehng und etliche vo dene Stoana, über de i heit geh, ham seine gnagltn Schuach gspürt. Was er, da Girgl, gspürt und in da frischn Bergluft empfundn hat, kunnt i mir a so vorstelln, wia-r-i s beim Rastn vor da Roana-Alm als Versal niedagschriem hab.

Bergluft

Auf de Berg drom, da is mei Lem,
da dromad, da bin i dahoam.
Für mi konns nix Scheenas net gem,
wia birschn im Gwänd und im Kar,
koa Steig is mir z gaach oda z schwaar.

De Gamsal ghean mir grad alloa
und oisamm de Berg umadum,
vom Miasing zum Leonhardstoa.
De Berg san mei Lem und mei Welt,
da drom bin i oiwei guat gstellt.

I schwing mei greans Hüatl und sing
a Liad vo mein Dianei mein kloan,
mir is heint so leicht und so gring.
Für mi scheint ja d Sunn alle Tag,
und da Mond, wann s Dianei mi mag.

Der Weg auf d Bodenschneid führt mi aa-r-am Bodenschneidhaus vorbei. Es liegt 1.365 m houch und schaugt so einladend aus, dass i mei ganze Kraft aufwendn muaß, dass i da vorbei z geh kimm und net pappa bleib bei ana frischn Hoibe Weißbier, wo nachad leicht zwoa oda drei draus wern kunntn. No dazua ham s schwarze Tafeln vor da Tür aufgstellt, wo mit weißer Kreidn gschriem und scho vo da Weitn zum Lesn is, was für guate Schmankerl auf mi da drinnad wartn daan. A frisch bachana warma Leberkaas steht omauf, dann kimmt a Lüngerl mit Knödl (was mi ehnda vatreibn kaannt), aber dann kemman lauta guate Sachan. Tiroler Gröstl gaab s, an Schweinsbratn mit hausgmachte Semmeknödl und gmischtm Salat und dann da Gipfe vo de kulinarischn Bergwirtschaftsköstlichkeitn: a hausgmachts Gamsgreichats! Und des alles zu am Preis, den wo sogar mei schwindsüchtiga Geldbeidl leicht vakraftn kaannt.

S Wassa laafft mir im Mäu zamm und i hab scho des Gatterl in da Hand, des wo mir den Weg aufdaad in den Brotzeithimme unta da Bodenschneid. Aber i denk an de Landjaaga und de Rengschburga und an de Brezn und den hoaßn Tee in meim Rucksack, de i da auffazaarrt hab und bleib hart. Der Gipfel ruft, i hab s ganz deitlich gheart. Vielleicht warn s aa bloß de zwoa Kolkraben, de wo aufn Wasserspitz umme fliang.

I hatsch weida und bin boid aufm Gipfe.

Herrschaftzeitn, is des schee! Koa Mensch da und a Sicht, wia s bessa net sei kunnt! Mei Blick geht vo unt vom Schliersee über s Aurachköpfe zum Broatnstoa, Wendlstoa, vorbei am Brecherspitz, Taubnstoa, Rotwand, Sonnwendjoch bis eine zu de Schneeberg mitm Großvenediger. Vorbei an der Reichenbachgruppn. Im Vordergrund da Österreichische und da Boarische Schinder, da Guffert, dahinter de Zillertaler, da Rofan, s Karwendl und dann bis ausse zum Zugspitz und de Waxnstoana.

Links drunt siecht ma-r-an Spitzingsee und auf da andan Seitn an Tegernsee mit Wallberg, Hirschberg, Risserkogl, Roß- und Buachstoa, und wia s hoit alle hoaßn, unsane Berg.

Drunt, ausm Kamin vom Bodenschneidhaus, steigt a blaua Raach kerzngrad in den

blaua Himme auffe und i buid mir ei, dass i den Gruch von an knusprign Schweinsbratn in da Nasn hab, der wo iatz grad im Rohr sei muaß. Wahrscheinle sans aba meine Landjaaga im Rucksack.

Oans woaß i gwieß, dass mi de naachstn vier oda gar fünf Stund koana vo da wegga bringt, net mit zehn Ross! I hab ma an etlas Meter untadhoib vom Gipfekreuz a woache Liegerstatt ogricht, wo-r-i mi schee kammod an am Stoa oloana ko, und lass ma de Brotzeit aus mein Rucksack schmecka.

Ganz alloa bin i freile net. I hab Bsuach vo fünf Daachän kriagt, wie mir de Bergdohlen hoaßn. Sie san de größtn Flugkünstler, de wo-r-i kenn! Und ganz schee frech sans aa no! Bis auf an hoibatn Meter kemman s zuawa und wartn drauf, dass's vo meina Brotzeit was dawischn. I mag s gern, meine schwarzgfiedatn Bergkameradn mit eahnane geijbn Schnaawe und de routn Fiaßal, de wo s beim Fliang so dantschig an eahnan Bauch zuawaziahng und nachad vorm Landn wia-r-a Fliaga gstreckterlängs ausfahrn.

I hab iatz Zeit zum Lebn und lass an Herrgott an guatn Mo seij.

I siech de Berg vor mir, mach a diam meine Aung zua und fliag in Gedankn mit meine Brotzeitdaachän fedaleicht zu andane Gipfe und no vui, vui weida und an s Owegeh mag i no gar net denka.

Drunt steckt alles unta-r-ana dickn Nebldeckn. Und aa da drunt is a Lebn!

Und wenn i s richtig bedenk, dann is net grad a so a scheena Bergtag, wia n i heit dalem derf, a gschenkta Tag, sondan eigentlich a jeda Tag, der uns in unsam Lebn zuagmessn is.

Ma muaßn grad a so nehma, wia ma n kriagt. Ois a Gschenk!

MONIKA BITTL

Neue Wege

„Beim nächsten Kreisverkehr wenden", surrt die Stimme im Auto.

„Nein! Ich wende nicht, ich fahre raus, weil ich tanken muss und einen Kaffee trinken will. Gleich neben der Tanke gibt es den besten italienischen Espresso ever."

Wie bescheuert bin ich eigentlich, einem Navi zu antworten?

Der erwidert natürlich nichts darauf.

Er meldet sich erst wieder, nachdem ich im Kreisverkehr nicht gewendet habe und an der Tanke zum Stehen komme: „Weiter auf der Route." Was soll das denn jetzt heißen? Welche Route? Ha, der kennt sich jetzt nicht mehr aus! Und natürlich spricht er nicht mehr, nachdem ich das Smartphone ausstöpselt habe, ausgestiegen bin und den Zapfhahn in den Tank halte.

Dieser Typ könnte auch eine Frau sein, es liegt ja nur an meinen Einstellungen, mit denen ich eine männliche oder eine weibliche Stimme wählen kann. Eher aus Versehen oder Zufall habe ich mich für die männliche Stimme entschieden. Denn alles ging so schnell, als mein Sohn mir die „Basics" einrichtete. Im zarten Alter von 55 Jahren beschloss ich nämlich, endlich mit der Zeit zu gehen und mir nun auch ein Smartphone samt des dazugehörigen Navigationsprogramms zuzulegen. Vorausgegangen waren unendliche Debatten und Diskussionen mit meinem Mann über Überwachung, Kosten von Flatrates und unnützen Neuerungen, wo es doch „sonst auch immer gut ging".

Über Jahre hatte ich meinem Mann recht gegeben: Wozu brauche ich so ein Smartphone, wenn ich doch noch in der Lage bin, Stadtpläne und Landkarten zu lesen? Was steht dem Staat dann nicht alles an Überwachungsmöglichkeiten offen, wenn er über GPS jederzeit mitverfolgen kann, wo ich mich gerade befinde? Und warum soll ich mit einem Smartphone fotografieren, wenn es dafür doch eine gute Kamera gibt? Ist das nicht alles reine Geschäftemacherei, diese ganzen technischen Neuerungen, die jede und jeder haben muss, so wie eine Markenjeans?

Während sich der Tank meines Fiat 500 füllt und ich nur teilnahmslos den Zapfhahn halte, weil im Gegensatz zum Vorgängermodell bei diesem italienischen Auto die automatische Füllanzeige funktioniert, bemerke ich plötzlich, wie so ein Münchner Schickimicki-Typ mit Sonnenbrille den Tankdeckel seines Cabrios schließt, mich angrinst und meint: „Ihr Tank dürfte wohl voll sein, schon lange, denn da bewegt sich nichts mehr an der Anzeige."

Wie? Was meint der? Tatsächlich scheint längst alles voll zu sein und ich Trottel stand da immer noch, den Zapfhahn in den Tank haltend, weil ich mich fragte, ob es so klug war, bei der ersten Fahrt mit dem Navi ihn gleich so durcheinander und infolgedessen zum Abschalten zu bringen, weil ich von seiner Wegbeschreibung abgewichen bin.

Etwas betreten grinse ich den Cabrio-Typen an, als ich den Laden der Tanke betrete, er nach der Bezahlung gerade wieder zu seinem Wagen geht und bemerkt: „Lustiges Auto, echt gut!" Will der mich verarschen? Was meint der? Ich drehe mich um. Ah, jetzt erkenne ich das Markenzeichen – der Kerl fährt einen Porsche. Klar ist für so jemanden ein Fiat 500 „lustig". So ein Typ

hat auch bestimmt ein Smartphone und kapiert gar nicht, wie er sich vom überhitzten technischen Hamsterrad auffressen lässt, denke ich an der Kasse der Tanke, bis mir wieder einfällt, dass ich ja nun auch ein Smartphone besitze und damit also so eine Art Münchner-Schickimicki-Porsche-light-Version verkörpere.

War vielleicht ein Fehler, plötzlich auf so jung und innovativ zu machen, auf meinen Sohn und die Smartphone-Empfehlung zu hören. Warum glaube ich jetzt eigentlich, plötzlich auch „mitmachen" zu müssen? Will ich mir noch einmal beweisen, doch noch jung und aufgeschlossen zu sein?

Automatisch und gedankenverloren stecke ich das Smartphone in den Aux-Anschluss, wie mir das mein Sohn gezeigt hat, und starte den Wagen.

„Weiter auf der Route", säuselt die Männerstimme.

„Ja, was denn sonst?", entgegne ich.

Der Handy-Navi schweigt dezent. Wenn ihm nichts anderes einfällt, sagt er wohl einfach: „Weiter auf der Route." Der ist ja wie mein Mann, der am Stadtrand von Rom bemerkte: „Dann fahr halt einfach zum Hotel."

Im Kreisverkehr meldet sich mein neuer Begleiter aber wieder: „Nimm die zweite Ausfahrt, das ist die schnellste Route zum Ziel."

Idiot! Weiß ich natürlich, dass ich auf die A9 München-Nürnberg nur über diese Ausfahrt beim Kreisverkehr zurückkehren kann. Würde ich die dritte Ausfahrt wählen, käme ich auf eine abgelegene Landstraße. Es ist schon gut, den Navi zuerst auf einer Strecke auszuprobieren, die man kennt. Aber Moment – das Gerät hat sich ja wieder eingeschaltet und ist gar nicht mehr „verwirrt", weil ich von seiner Wegbeschreibung abgewichen bin! Merkt der sich also, wenn man mal kurz tanken fährt und dann wieder zurückkehrt?

Bald nach der Einfahrt ist ein Stau auf der Autobahn. Habe ich es doch geahnt! Hier ist so oft Stau. Was habe ich auch so einem Navi im Smartphone vertraut und nicht Bayern 3 eingeschaltet? Ich will nur meine Falten mit so einem jugendlichen Gehabe wettmachen.

Stau, den der BR ansagt, verharmlost der Navi mit ein paar orangen Markierungen. Ich kenne die Strecke aus dem Effeff. Das Gerät hat keine Ahnung, wie lange sich der Stau in dieser Gegend immer hinzieht! Und was das Teil nun wirklich nicht kennt: Es gibt einen illegalen Weg raus aus der Autobahn, von einer Raststätte aus. Den werde ich einschlagen.

Ha, was machen wir uns mit so einer Technik doch bloß selbst vor. Der Mensch ist immer noch klüger.

Und raus bin ich, endlich auf dieser illegalen „Umleitung". Mein Sieg über die schöne, neue Welt. Kein Navi der Welt kennt illegale Schleichwege. Die ganze Welt ist überhaupt zu brav und zu legal. Es ist ein Kreuz mit den heutigen Untertanen, den Technik-Untertanen, die nicht mehr selbst denken.

Ich stehe mit meinem Fiat 500 vor einer Absperrung auf dem Waldweg. Baumstämme liegen quer. Kann ja nicht sein. Ich steige aus dem Wagen aus – tatsächlich, ich vermutete nicht umsonst, dass sich hier die Natur zu Wort meldete und Biber aus dem Flüsschen nebenan die Bäume flach gelegt haben. Diese kleinen Tiere haben es tatsächlich geschafft, so große Bäume zu fällen und damit Autofahrern wie mir den Weg zu versperren. Freut mich ungemein, dass es so etwas noch gibt.

Ich steige wieder in den Wagen und frage mich plötzlich, ob das nun Zufall war oder dieser Navi mit der sonoren Stimme auch so was wusste. Nö, kann ja nicht sein! Kein Navi in einem Smartphone auf der Welt kann vorhersagen, was Biber oder die Natur so treiben.

„Bitte wenden! Der Weg über die A9 ist immer noch die schnellste Route“, sagt die Stimme plötzlich wieder. Wie? Wusste das Gerät jetzt von Bibern oder nicht? Fast scheint es so, als hätte das Teil hier wirklich Ahnung, denn etwas später berechnet es mir auch nochmal eine Umleitung, weil auf der Strecke nach dem Verlassen der Autobahn gerade ein Fahrradweg gebaut wird und ich deshalb in eine kleine Seitenstraße in Zirmdorf einbiegen und von dort aus einen anderen Weg nehmen soll.

Nö, tue ich nicht! Ich bin da rebellisch. Das kann ja nicht sein.

Etwa 30 Minuten stehe ich im Ampelstau auf einer Landstraße – die verantwortlichen Straßenarbeiter haben wohl eine richtige Schaltung vergessen. Das erfahre ich, nachdem ich brav gewartet habe, irgendwann ausgestiegen bin und so aggressiv, wie es mir mit meinen 1,58 Meter möglich ist, auf einen durchtrainierten Arbeiter zugegangen bin. „Warum hast denn ned den Weg durch Zirmdorf g’nommen?“, fragt mich der Arbeiter. „Da geht’s viel schneller.“

Wusste das Geräte also auch das? Und wenn ja, warum und woher?

Kurz vor dem Ziel, meinem Elternhaus, meint die sonore Stimme: „In 100 Metern rechts abbiegen.“ Aber nein – ich wollte meiner Mutter ja noch Blumen besorgen, ich biege deshalb links ab, zur Gärtnerei. Der Navi schweigt kurz, sagt nichts mehr vom Wenden und schlägt dann einen neuen Weg vor, durch die kleine Gasse hinter der Gärtnerei, die ich auch genommen hätte. Unglaublich, was so ein Smartphone alles berechnen kann.

Aber noch schier unglaublicher ist, dass die Stimme immer gleich freundlich bleibt. Er ist überhaupt nicht sauer, wenn ich nicht so fahre, wie er es vorgeschlagen hat. Mache ich einen Fehler, korrigiert er ihn einfach – völlig ohne den vorwurfsvollen Ton meines Mannes oder ein: „Ich hab dir doch gleich gesagt, dass …“

Auf den letzten Metern zum Elternhaus warte ich ständig darauf, doch noch geschimpft zu kriegen, dass wir ohne meine eigenwilligen Entscheidungen schon längst am Ziel wären – aber nichts, nada, niente. Ich rechne damit, zu hören, dass ich einfach keine Karten lesen könne oder viel zu oft nach dem Weg fragen würde – aber nein, nichts. Und zu meinem großen Erstaunen kommt noch nicht mal eine beleidigte Aussage wie: „Warum hast du nicht auf mich gehört?“

Ich sollte diese Stimme von meinem Sohn auf weiblich umstellen lassen, sonst werde ich immer das Gefühl haben, da stimmt etwas von Grund auf nicht, denke ich, während ich den Wagen verlasse, meine Mutter mich kurz darauf in Empfang nimmt und sagt: „Wie gut, dass du und deine Generation der Frauen Autofahren könnt und nicht auf Männer angewiesen seid. Mir hat dein Papa so lange reingeredet, bis ich ganz unsicher geworden bin und mich nicht mehr getraut habe, zu fahren.“

Auf dem Rückweg leitet mich das Smartphone souverän durch unbekannte Münchner Straßen und erspart mir so den ewigen Stau am Mittleren Ring. Früher als geplant treffe ich daheim auf meinen Mann, der

sogleich fragt: „Wieso bist du schon so früh da? Soll ich dir einen Espresso machen? Und, wie war es mit dem Navi?“

„Fantastisch! Eine Entdeckung!“, antworte ich spontan. „Der weiß alles, wirklich alles, und will doch nicht recht haben.“

„Wie meinst du das?“, fragt mein Mann mit skeptisch-forschendem Blick.

„Na ja ... ich meine ... es ist ...“, stottere ich, bis mir endlich eine diplomatische Antwort einfällt: „Alles prima, aber auch richtig langweilig.“

Mein Mann kennt mich nach so vielen Ehejahren so gut, dass er auch das nicht so einfach hinnimmt. „Und wie meinst du das jetzt?“

„Na ja, das ist zwar super, aber es ist halt nur ein Gerät und kann niemals einen lebendigen Menschen als Beifahrer ersetzen“, antworte ich ehrlich.

Mein Mann nickt beruhigt. „Sag ich doch“, meint er. „Die ganze Technik ist völlig überschätzt!“

Ich schweige so dezent wie der Navi, beziehungsweise mein Smartphone, wenn sich jemand auf einem Irrweg befindet, und verrate nicht, was ich vor allem noch denke: Ein Leben ohne partnerschaftliche Streitereien ist zwar möglich, aber sinnlos.

Generation Bumillo

Am 11. Januar 2014 schrieb die BILD-Zeitung: --- Wobei, *schrieb* ... *Schreiben* impliziert immer eine geistige, kreative Tätigkeit ...
Sagen wir lieber ... *druckte* – wie *Druck ausüben*, jemandem einen Stempel *aufdrücken*, *Druckerschwärze*, die wie ein Schwarzes Loch alles aufzusaugen droht, jeder Buchstabe auf der Titelseite ein klaffender Abgrund, in den man depressiv zu stürzen droht ---
Also: Am 11. Januar 2014 druckte die BILD: *„Generation Bushido"*
Was war passiert?

Auf einem Spielplatz in Berlin hatten zwei junge Mädchen ein anderes Mädchen rücksichtslos verprügelt und massiv an den Haaren gezogen. Die Szene wurde von anderen Jugendlichen gefilmt und auf Facebook hochgeladen. Brutalität, Hass, Gewalt. Und Internet! Da muss es doch einen Schuldigen geben ...

Und wie immer in solchen Momenten, wenn die heile Welt aus ihren Angeln gehoben wird, wird ein Experte zu Rate gezogen, ein Diplom-Soziologe oder ein Prof. Dr. Dr. oder, wie in diesem Fall, eine Heilpraktikerin für Psychologie namens Gabriele Baring.

Und diese werte Dame sagt dann: „Dieselben schlimmen Ausdrücke, die Jugendliche [...] in Musikvideos hören, übertragen sie in ihren Alltag."

Und ich denk mir nur: „Fuck you, bitch. Wer zum Geier bist du?"

Und dann finde ich heraus, dass Gabriele Baring bis dato ein einziges Buch veröffentlicht hat, nämlich: „Die geheimen Ängste der Deutschen. Warum der Zweite Weltkrieg bis heute emotional in den Deutschen nachwirkt". Aha, Ängste also. Und Hitler. Die perfekte Gesprächspartnerin für ein BILD-Interview. Zitat: „Wenn Kinder tagtäglich Gewalt, Morde und Vergewaltigungen im TV und Internet sehen und sich das auch noch in Computer-Spielen stundenlang ‚reinziehen', dann prägt das."

Computerspiele, im Ernst jetzt?! Hitler hat nachweislich NIE auch nur ein einziges Computerspiel gespielt. Leider. Eine gepflegte Runde „Command & Conquer" hätte ihn definitiv ein Stück weit entspannt: „Eva! Komm in den Bonker / wir spieln Command & Conquer!" Vielleicht hätte Hitler dann keine Kriege geführt, sondern ... Dokumentarfilme gedreht. Vielleicht über den TV-Historiker Guido Knopp: „Hier sieht man den Guido wie er rrrescherschierrrt. Der totale Papierkrieg."

Was man leider nicht sieht, ist, wie der BILD-Redakteur recherchiert. Aber er recherchiert ja auch gar nicht, er druckt einfach nur ein Reizwort auf die Titelseite, das Bart trägt und fremd wirkt und böse ist. *„Generation Bushido"* – also Stempel drauf auf die Jugendlichen und ab in die Ecke. Schön alle über einen Kamm und damit zum Teufel scheren; einfach indizieren wie ein Ballerspiel.

Merkel & Co. reden derweil vom „baldigen Frieden" und exportieren zeitgleich Waffen in die ganze Welt! Waffen im Wert von 5,8 Milliarden Euro. Fünf Komma Acht!

Ich hatte damals eine glatte 6 in Religion; Zwischenzeugnis, 7. Klasse. Jaja: Vielleicht hab ich nicht an Gott geglaubt, aber immerhin an mich!

Und als nach der 10. Klasse der Brief kam, ich solle doch eine Lehre anfangen,

weil ich in der Oberstufe – Zitat – „ohne Chance" wäre, da hab ich weiter an mich geglaubt; hab das „h" aus „ohne" gestrichen und dann hieß es: *One Chance*.

Und der Glaube versetzt ja Berge und ich wurde mit jedem Berg mitversetzt: 11., 12., 13., ... Mein Abischnitt 2,8, mein Magisterschnitt 1,2 und mein Promotionsergebnis Einskommafuckingnull! Verrückt, völlig verrückt!

Hey, als Schüler hab ich Telefonkarten gesammelt und MiniDiscs gehört, ich hab den ganzen Tag nur Fußball und Luftgitarre gespielt; und als Student hab ich mir dann mit Poetry Slam und Kabarett meine Doktorarbeit über „Inception" und andere Mindfuckfilme finanziert. Ich hab immer das getan, was mir gerade am meisten Spaß gemacht hat, und alles immer auf den Traum gesetzt, der mir gerade am sinn- und lebenswertesten erschienen ist.

Und auch wenn ein Doktortitel in der Germanistik nichts weiter ist als ein ‚Nerd-Oscar', meine sehr verehrten Damen und Herren, so spreche ich heute Abend doch als ausgewiesener ‚Experte' zu Ihnen und möchte ein für alle Mal klarstellen:

Computerspiele und Gangstarapper haben keine Schuld.

Fehlende Medienkompetenz, mangelhafte Bildung, überforderte Eltern, schlechte Erziehung und ein desaströses Umfeld haben Schuld. Um diese Probleme anzugehen, braucht man jedoch jede Menge Zeit, Geld, Geduld und Verständnis. Da ist ein Stempel auf einer Titelseite viel praktischer.

Aber bitte: Glaubt an die jungen Leute, setzt euch mit denen auseinander, schiebt die nicht einfach weg, sondern integriert die Jungs und Medlz, lasst sie Teil haben und gebt ihnen das Gefühl, dass sie wichtig sind und dass aus ihnen was werden kann. *One Chance!*

Außerdem starte ich hier und jetzt als Gegenbewegung zur *„Generation Bushido"* die *„Generation Bumillo"*.

Die Generation Bumillo hat auch unfassbar grausame Computerspiele gespielt, unzählige außerirdische Dämonen mit Kettensäge und Flammenwerfer zerfetzt und dazu alles zerfickenden Hip-Hop gehört, aber schaut uns an:

Wir lesen uns gegenseitig Gedichte vor ...

I red wia I red
(aus dem Kabarettprogramm „Die Rutsche rauf")

I red wia I red – so is ma mei Schnobee gwachsn.
Mit deine bläädn Spriich konnst mi du go need dratzn.
Bin im Chiemgau groß woan, hob in Minga studiert
und mei Baorisch hod des Hochdeitsche inkorporiert.
‚Inkorporiert', des hoaßt ‚sich einverleibt', von ‚incorporare', des is feins Latein.
Sprachen san für mi a scheena Zeitvertreib – that's true!
Des war's von mir
– und jetzt du!

Naa, hoit! I hob do no a Gschicht für di.
Die basst guad zu dir und deiner Hysterie.
Weil a Lehrer in da Schui hod moi friara zu mir gsogt:
Wennst need hochdeitsch konnst, dann bist fei glei a Loser,
dann gehts schnai mit dir bergob wia auf na Hayabusa.
Wennst nur Boarisch redst, bist a Bauernbua.
Dann hauts di aus da Spur – Ui, ...
Ui, schau: a Kuah!

Und dann hab ich eine Zeit lang nur Hochdeutsch gesprochen,
auf Hochdeutsch geschrieben und mit Preußen gesoffen,
Hochdeutsch gedichtet, Hochdeutsch gepfurzt,
aber Heimat und Identität kamen zu kurz.
Und dann hab ich mich getraut und wieder Bairisch gesprochen,
bin dem Hochdeutschen nicht länger in den Arsch gekrrr ---
Und drum red I jetzt hoid so wia I reed – is doch koa Problem!
Aus. Äpfe. Amen – Ende Gebet.

Naa hoit! Es gibt no wos, wos faid:
Hashtag #Hatersgonnahate.

ALEX BURKHARD

Ehemalige Stützen: Leo von Klenze

„Hier, das hab ich gebaut“, sagt von Klenze und zeigt auf die Propyläen.

Ich laufe mit Leo von Klenze durch München und er zeigt mir, was er alles gebaut hat.

„Und hier, das auch“, sagt er mit einem Nicken in Richtung Glyptothek. „Hab damals einen Wettbewerb gewonnen, war mein erstes Bauwerk in München.“

„Beschissen hast du“, sagt Friedrich von Gärtner. Als ich von Klenze auf dem Alten Südlichen Friedhof abgeholt habe, hat er sich uns angeschlossen, „um dem pomadigen Scheißkerl nichts durchgehen zu lassen“, wie er es formuliert hat. „Die Pläne waren teilweise vom Fischi und du hast sie einfach übernommen, weil du ein Günstling von Ludwig warst.“

„Ich hab mir alles hart erarbeitet“, sagt von Klenze.

„Dein Vater war ein vermögender Amtsmann“, sagt Gärtner.

„Immerhin war mein Papi nicht auch Architekt in München“, sagt von Klenze.

„Mein Papa ist Industriemechaniker“, sage ich. „Hab ich jetzt gewonnen?“

Nachdem ich in den letzten Jahren fast ausschließlich mit Vermieterinnen und Vermietern zu tun hatte, denen in München durch Erbschaft ganze Häuser oder Blöcke gehören und die teilweise trotzdem ein übertriebenes Geschiss machten, anstatt für diese Schicksalsfügung hochgradig dankbar zu sein, habe ich gerade keine Lust auf Diskussionen darüber, wer seinen Eltern am meisten zu verdanken hat. Es sind natürlich alle Menschen, die in einem ansatzweise normalen Zustand zu Hause ausgezogen sind. Und Wohnungserbende in München.

Es war der explizite Wunsch Leo von Klenzes, einem der wichtigsten Architekten und Baumeister der Münchner Stadtgeschichte, heute als ehemalige Stütze der Gesellschaft gewürdigt zu werden. Sein Sekretär war deshalb bei mir vorstellig geworden und hatte mir einen Brief überreicht, in dem Klenze – „*Von* Klenze!“ – in dem von Klenze seine vielen Errungenschaften aufgelistet hatte. Ich hatte sie kurz überflogen und ihn gebeten, mir lieber in einer Stadtführung einen persönlichen Zugang zu den Gebäuden zu vermitteln. Daraufhin war ich zum Grab NA-171 bestellt worden, auf dem Alten Südlichen Friedhof.

„Den ich erneuert und mit diesen schönen runden Dingern aufgemotzt hab“, sagt Gärtner.

„Rundbogenarkaden, du Holzkopf“, sagt Klenze. – „*Von* Klenze.“

Der Architekt und Künstler Leo von Klenze, geboren in Niedersachsen, kam 1815 mit 31 Jahren nach München und war über viele Jahre der Hofarchitekt von Ludwig I. Und zwar so lange, bis Ludwig zehn Jahre später König wurde. Dann meinte der König, ein Monopol tue von Klenzes Charakter so gar nicht gut, und holte den sieben Jahre jüngeren Friedrich von Gärtner zurück nach München, der dann gleich mal die Staatsbibliothek und die diversen Universitätsgebäude in der neu angelegten Ludwigstraße bauen durfte. Von Klenze lenkte sich in dieser Zeit mit den anfangs erwähnten Bauwerken am Königsplatz und im Museumsviertel ab, das damals noch deutlich außerhalb der Stadt lag und als unnötig verspottet wurde. Genauso übrigens wie die Ludwigskirche, die Gärtner 1829 für ein noch fast nicht bevölkertes Viertel zu bauen begann. Oder wie seine

Zeitgenossen es formulierten: eine Kirche „in den Wiesen, wo man den Schafen predigen könne“.

Die Stadt wehrte sich heftig gegen Ludwigs teure Bauten, aber der drohte einfach, seine Residenz nach Nürnberg zu verlegen und die gerade erst nach München geholte Uni wieder aus der Stadt zu werfen, und schon war das Problem vom Tisch. Rückblickend hätte die Stadt ihn vielleicht gehen lassen sollen, dann hätte sie sich hunderttausende Gulden gespart, wäre heute total wohlhabend und hätte es nicht nötig, städtischen Grund und Gebäude an Investoren zu verhökern.

„Was soll das denn sein?“ Wir sind am Hirschgarten angelangt. Von Klenze und Gärtner starren fassungslos auf die Gebäude.

„So baut man heute“, sage ich.

„Haha, nein, ernsthaft, was ist das?“

„Das sind Wohnhäuser. Da wohnen Menschen.“

„Aber diese Häuser sprechen nicht. Sie haben keine Seele“, sagt von Klenze.

„Wo sind die Treppenanlagen?“, fragt Gärtner.

„Wo das Imposante?“, von Klenze.

„Wo die Rundbögen?“, Gärtner.

„Es ist effektiver so, energiesparend, platzsparend.“

„Aber München hat doch nur 50.000 Einwohner“, sagt Gärtner.

„Das stimmt“, sage ich. „Wenn man die anderen 1,4 Millionen nicht mitzählt, sind es 50.000.“

„Oh.“

Ich verstehe die beiden sehr gut. Ich finde, dass sich kaum eine Kunstform so rasant von der Kunst entfernt wie die Architektur. Die Häuser, die heutzutage gebaut werden, sind an Gleichförmigkeit kaum noch zu übertreffen. Aber man muss heutzutage auch viel mehr Menschen unterbringen als im 18. und 19. Jahrhundert. Genau wie auch viel mehr Menschen Musik hören und Bücher lesen müssen als früher. Im Grunde entfernt sich die Kunst seit der Industrialisierung von der Kunst.

„Was soll das nun wieder?“, fragt Klenze. – „*Von* Klenze, in Gottes Namen!“

„Was genau meinen Sie?“

„Na, hier: Die Klenzestraße beginnt am Gärtnerplatz. Wieso kriegt der Tölpel einen so schönen Platz gewidmet?“

„Weil ich wichtiger bin als du“, blafft Gärtner und holt sein Handy raus, um seinen Vater anzurufen. Den hatte von Klenze zu Beginn seiner Karriere aus der Stadt gedrängt. „Ich habe dich gerächt, Papa“, schluchzt Gärtner nun ins Telefon.

„Nun, ich habe insgesamt vier Straßen, einen Platz, einen Park und ein Gymnasium. Sagen Sie Ihrem Herrn Vater das!“, sagt von Klenze.

„Die haben einen wunderschönen Platz und ein Theater nach mir benannt, Papa“, sagt Gärtner.

„Ich protestiere entschieden“, sagt von Klenze. „Ich werde mich bei der Stadtverwaltung darüber beschweren.“

„Da sollten Sie sich ein Buch mitnehmen“, sage ich. „Das wird dauern.“

Er könnte zum Beispiel seinen Briefwechsel mit Ludwig I. lesen, der wurde seit 1998 an der LMU editiert, kommentiert und herausgegeben. Es sind insgesamt 6.000 Seiten geworden. Ludwig fasst sich darin eher kurz, von Klenze holt weit aus und doziert über kunsttheoretische Ansätze, mit denen er Ludwig von seinem Stil zu überzeugen versucht. Das Verhältnis zwischen beiden war meist angespannt, weil beide einen Souveränitätsanspruch vor sich hertrugen, den der andere schwer aushalten konnte.

Doch offenbar konnten sie sich ab und zu einigen: Der Marstall, die Alte Pinakothek, das Konzept der Bavaria, die Ruhmeshalle, das Odeon, das Herzog-Max-Palais, die Residenz und der Monopteros im Englischen Garten stammen sämtlich von Leo von Klenze.

Es ist schwer abzuschätzen, wie viel diese Bauwerke der Stadt München gebracht haben. Erst einmal horrende Schulden für den Bau, aber in den letzten beiden Jahrhunderten auch Millionen von Besucherinnen und Touristen. 1822 bekam von Klenze deshalb sein *von*, 1862 die Ehrenbürgerwürde der Stadt. Leo von Klenze war ein Workaholic und ein Karrierist, was ihn mit vielen der aktuellen Münchner Wirtschaftsstützen verbindet. Und genau wie sie gab er seinen Kindern absurde Namen, nämlich Hippolyt, Olympia, Heliodor und Athenaide. Wobei Olympia und Heliodor noch die Namen Sophie und Ludwig dazubekommen haben, wahrscheinlich, weil Hippolyt in der Schule zu oft verdroschen wurde.

„Bin ich nun eine Stütze der Gesellschaft, oder was?“, fragt von Klenze, als wir wieder am Alten Südlichen Friedhof stehen.

„Ein rücksichtsloser Blender bist du“, sagt Gärtner.

„Schauen Sie“, sage ich. „Sie beide haben unheimlich viel für diese Stadt und Ihre Gesellschaft geleistet. Warum ist es Ihnen so wichtig, wer der Krassere war?“

„Aus Prinzip“, sagt von Klenze.

„Wegen der Gunst des Königs“, sagt Gärtner.

„Bayern hat keinen König mehr“, sage ich.

„Oh“, sagen die beiden.

„Im Sommer sitzen die Menschen an Ihren Brunnen vor der Uni“, sage ich zu Gärtner, „im Englischen Garten unter Ihrem Monopteros“, zu von Klenze. „Sie lernen in der Stabi, sitzen am Königsplatz, vor der Feldherrnhalle und auf den Pinakothekenwiesen. Sie denken nicht darüber nach, wer all das gebaut hat – sie genießen, dass es da ist. Ihre Rolle wäre also, sich gemeinsam als Gönner dieser imposanten Bauten zurückzulehnen und ‚Gönnt euch!‘ zu sagen und ‚Gern geschehen‘. Einzeln kann ich keinem von Ihnen zugestehen, München in seiner heutigen Form geprägt zu haben. Gemeinsam unterschreibe ich das sofort. Also geben Sie sich die Hand und genießen Sie zusammen den Blick auf Ihre Stadt.“

Ich bin von meiner eigenen Rede sehr bewegt und wische mir eine Träne aus dem Augenwinkel. Von Klenze murmelt noch etwas von „Jungspund“ in Gärtners Richtung, dann streckt er seine Hand aus.

Die Befreiungshalle an der Isar hat Gärtner begonnen, nach seinem Tod hat von Klenze sie fertiggestellt. Bei ihrem Anblick soll Ludwig I. von Klenze erstmals die Hand gegeben haben, so ergriffen war er. Die Gräber von Gärtner und von Klenze – „Von *von* Klenze!“ – liegen auf dem Alten Südlichen Friedhof übrigens direkt nebeneinander. Genauso wie die Büsten der beiden gemeinsam am Gärtnerplatz die Klenzestraße hinunterschauen. Es war höchste Zeit, zwei der größten Architekten der Stadtgeschichte auch persönlich zu versöhnen.

„Das haben wir gebaut“, sagen die beiden, und zeigen in alle möglichen Richtungen.

Ehemalige Stützen: Paul Heyse

„Im Wald

Heut beschlichen mich die Träume,
Da es heller Mittag war.
Durch des Waldes junge Bäume
Flog's wie Duft von deinem Haar.

Leise klang ein holdes Lachen,
Wie nur deine Lippe lacht,
Wenn des Morgenrots Erwachen
Deine Seele fröhlich macht.

Ja, mir war's, als ob mich träfe
Deines Auges stiller Geist
Und ein Kuss an meiner Schläfe,
Wie nur du zu küssen weißt."

„Bravo", sagt Fee und klatscht in die Hände. „Ist das von dir?"

„Ja", sage ich, weil ich gerade so tue, als sei ich Paul Heyse. So wie der Sohn einer Freundin so getan hat, als wäre er mein Hund, nachdem er ihn das erste Mal getroffen und sich in ihn verliebt hat. Er schaute, in welcher Haltung der Hund am Boden lag und legte sich in der gleichen Pose daneben. Anschließend musste man ihn drei Tage lang mit dem Namen meines Hundes ansprechen, wenn man etwas von ihm wollte.

„Das ist sehr schön", sagt Fee.

Im Hintergrund läuft Klaviermusik. Frank und ich halten ein Bier in der Hand, Fee einen O-Saft. Die dreißig Flaschen Wein und der Whisky stehen noch fest verschlossen auf dem Biedermeier-Tischchen, das ich extra noch gekauft habe.

„Ist der Kronleuchter neu?", fragt Frank.

Auch den habe ich noch gekauft. Ich wollte, dass es eine tolle Party wird. Ich habe alle Münchner Künstlerinnen und Künstler, die ich kenne, in meine Wohnung eingeladen, um sich gegenseitig Texte vorzulesen, gemeinsam Musik zu machen, zu trinken und gegen Ludwig II. zu wettern. Leider sind nur Fee und Frank gekommen.

Seit ich den Wikipedia-Artikel zu Paul Heyse gelesen habe, möchte ich Paul Heyse sein. Der Dichterfürst, von dem Theodor Fontane 1890 gesagt hat, dass ein Zeitalter nach ihm benannt werden würde. In dessen Villa am Königsplatz sich die Intellektuellen und Künstler Ende des 19. Jahrhunderts trafen, um sich gegenseitig Texte vorzulesen, gemeinsam Musik zu machen, zu trinken und gegen Ludwig II. zu wettern. Heyse soll ein „gewinnbringend liebenswürdiger Mann" gewesen sein, der mit allen freundschaftlich verbunden war. Er war lange Zeit der Mittelpunkt des literarischen Lebens in Deutschland. Wie einst bei Goethe in Weimar traf man sich etwa hundert Jahre später nun bei Heyse in München.

„Und so verzeiht mir das Exzem-Poem. Frank Klötgen, Dichter. Angenehm."

„Sehr gut, Frank, du hast echt Talent", sage ich und gebe ihm zwei Euro. „Ich werde dich für den Bayerischen Maximiliansorden für Wissenschaft und Kunst vorschlagen."

„Ich gewinne ja nicht mal einen Poetry Slam", sagt Frank.

„Es erkennt halt nicht jeder große Kunst, wenn sie vor einem auf der Bühne steht", sage ich. „Aber halte dich an mich, dann wirst du sehr bekannt werden!"

Heyse nahm sich viel Zeit für seine Kollegen, vor allem für junge Dichter wie Wedekind und Ringelnatz. Er gab Feedback, auch wenn das damals noch nicht so hieß, und versuchte, ihnen zu helfen. Er tat dies vor allem auch finanziell, war Mäzen vieler Künstler und setzte sich Zeit seines Lebens für die Rechte der Dichter und Kunstschaffenden ein. Ich finde es bewundernswert, mit wie vielen wichtigen Menschen seiner Zeit er eng befreundet war. Mit Mörike

und Keller, Fontane und Storm tauschte er Briefe und Manuskripte aus und gilt als einer ihrer wichtigsten Vertrauten. Als seinem frühesten Dichterfreund Emanuel Geibel von Ludwig II. wegen eines preußenfreundlichen Gedichts die Pension entzogen wurde, verzichtete Heyse fortan auch auf seine, mit der Begründung, dass er der gleichen Meinung sei wie Geibel.

„Wenn die dich nicht wollen am Konservatorium, studiere ich dort auch nicht!", sage ich zu Fee.

„Hast du dich auch für ein Gesangsstudium beworben?", fragt Fee.

„Nein. Aber ich stehe hinter dir!", antworte ich. „Ich solidarisiere mich voll mit dir!"

„Ich habe mich heute Morgen rasiert", sagt Frank. Ich sprinte ins Badezimmer. Die Rasierbutter schon aufgetragen, zögere ich plötzlich. Heyse hatte einen Vollbart. Frank hat sich rasiert, Heyse hatte einen Bart; Frank hat sich rasiert, Heyse hatte einen Bart. Ich rasiere mir schließlich – die Beine. Das hat Fee bestimmt auch mal gemacht.

Meine Begeisterung für Heyse kulminierte an dem Punkt, an dem ich las: „Heyse spazierte täglich mit seinem Hund durch Schwabing."

„Ich spaziere täglich mit meinem Hund durch Schwabing!", sage ich zu Fee und Frank. „Versteht ihr? Wir sind Brüder im Geiste!"

„Viele Menschen haben einen Hund", sagt Fee.

„Aber nicht in Schwabing", sage ich.

„Doch, auch in Schwabing", sagt Frank.

„Aber sie fühlen sich nicht alle als Dichter auf Inspirationssuche."

„Das stimmt", sagt Fee.

„Und da ist mehr", sage ich: „Ich werde auch immer für die ‚Umfassenheit meiner Produktion' gelobt; ich möchte das Winterhalbjahr auch in einer Villa am Gardasee verbringen, weil ich Italien liebe, und ich vermeide auch weitgehend das Nationale und bin für Chauvinismus nicht empfänglich."

„Ich auch nicht", sagt Frank.

„Und ich erst", sagt Fee.

„Hast du eigentlich auch einen Nobelpreis für Literatur?", fragt Frank.

„Den kriege ich erst mit 80 Jahren. Dann ernennt mich die Stadt auch zum Ehrenbürger."

Es gibt natürlich auch Unterschiede zwischen Paul Heyse und mir. Der größte scheint mir zu sein, dass er 1830 geboren wurde und ich 1988. Er wuchs in einem reichen Haus in Berlin auf, das ihm frühen Zugang zu Künstlerkreisen ermöglichte; ich in einem armen im Westallgäu, das mir frühen Zugang zu Karnevalskreisen „ermöglichte". Er studierte in Bonn; ich bin da nur mal durchgefahren. Er kam Anfang Zwanzig auf Geheiß des bayerischen Königs nach München und erhielt monatlich 1.000 Gulden Pension dafür, dass er dichtete; ich kam Anfang Zwanzig auf Geheiß meiner späteren Freundin nach München und erhielt monatlich 542 Euro BAFöG dafür, dass ich Schwedisch lernte.

„Warum habe ich in der Schule eigentlich nie was von Heyse gehört?", fragt Fee.

„Das habe ich mich auch schon gefragt", sage ich. „Vielleicht weil sein Werk literarisch nicht stark genug war."

„Hast du nicht gesagt, er sei ein Dichterfürst gewesen?", fragt Frank, mein persönlicher Dichterfürst.

„Die Bezeichnung geht wohl eher auf seine wichtige Stellung in der Szene zurück", antworte ich. „Gegen Ende seines Lebens haben ihn die jungen Naturalisten für die veralteten und nicht radikalen Themen seiner Gedichte, Novellen und Schauspiele kritisiert. Sie sagten, er sei gewöhnlich."

„Das ist wieder eine Gemeinsamkeit zwischen euch", sagt Frank.

„So, wie ich das gelesen habe, schwang da sehr viel Neid mit, weil Heyse selbst im Alter noch die wichtigste literarische Anlaufstelle der Stadt war", sage ich und lehne mich zufrieden im Sessel zurück.

„Hier steht, im Simplicissimus sei er nur noch als Karikatur aufgetaucht", sagt Fee und wedelt mit ihrem Smartphone vor meiner Nase herum.

„Da war er auch schon echt alt", nehme ich mich in Schutz. „Nur weil er selbst irgendwann nicht immer sensationell geschrieben hat. Er hat sich jedenfalls bis zuletzt für das Neue interessiert, immer fundierte Meinungen abgegeben und seinen Blick für das Gute bewahrt. Nur weil so ein paar Jungspunde glauben, sie müssen an das Denkmal der Institutionen pissen, die ihnen vor einigen Jahren noch geholfen haben."

„Ich werde nie an dein Denkmal pissen", sagt Frank und wedelt mit dem Zweieurostück vor meiner Nase herum.

Paul Heyse starb 1914, wenige Monate vor Beginn des Weltkriegs. Je länger ich darüber nachdenke, desto mehr hoffe ich, dass das auch mein Todeszeitpunkt sein wird. Kurz vor Beginn des Weltkriegs.

Ich hätte Paul Heyse gerne kennengelernt. Ich glaube zwar, dass ich mich furchtbar dumm verhalten hätte, weil mir die Klasse fehlt, mich in solchen Kreisen ungezwungen zu bewegen. Aber ich hätte alles aufgesogen, was er an Weisheit und Literaturkenntnis, an Aufmerksamkeit und Liebe, an Kritik und Motivation von sich gegeben hätte.

Zum Beispiel die schönen Zeilen:

Die menschlichste der Schwächen
ist, über das, was uns das Herz gebrochen,
noch obendrein den Kopf uns zu zerbrechen.

Einer der Größten unserer Stadt: Paul Johann Ludwig von Heyse, der es zu seinen Lebzeiten nicht mal nötig hatte, den ihm verliehenen Adelstitel zu führen. Ruhe er in Frieden auf dem Waldfriedhof, Grab Nr. 43-W-27a/b.

Max und Moritz: eine Bubengeschichte in sieben Versuchen

Ach, was muss man oft von Gören
und auch frechen Buben hören,
wie zum Beispiel hier von diesen,
welche Max und Moritz hießen;
die entdeckt, dass ihre Namen
in nem Kinderbuch vorkamen,
das der Busch dereinst hinschmierte,
was sie köstlich amüsierte.
„Ach, wie lustig sind die Streiche",
so sprach Max. „Lass uns das Gleiche
tun, was diese Burschen taten."
Moritz sprach: „Kann's kaum erwarten."

Erstens hieß es: Hühner füttern;
als sie ihre Chance wittern,
klettern beide sehr behände
auf das Wiesenhof-Gelände,
wo bekanntlich viele Hennen
keinen Platz ihr Eigen nennen.
Vier von denen schlucken munter
jedes ein Stück Brot hinunter,
das die Jungen so verbunden,
dass die Hühner in Sekunden
panisch miteinand' liiert,
und so flattern sie zu viert
kreuz und quer, den Blick ganz bange.
Wickeln sich um eine Stange,
wo sie, wie im Buch beschrieben,
schließlich gänzlich tot verblieben.
Da kam schon ein Mann und rief:
„Jungs, das war nicht effektiv!
Ich als Chef muss Sorge tragen,
dass sich die Rekorde jagen.
Tötet vier und wollt dann gehen?
Ihr sollt unsre Zahlen sehen",
schreit er, steh'nd im Hühnerblute:
„Hier sind's tausend pro Minute."

Dies war Versuch Num'ro eins,
und der zweite folgt gleich, scheint's.

Drunt im Garten grillen Leute,
drob im Baume wittern Beute:
unsre beiden Buben, klar,
warten, bis das Grillgut gar.
Max hat schon mit Vorbedacht
eine Angel mitgebracht:
Schwuppdiwupp, da wird nach oben
schon ein Steak heraufgehoben.
Schwuppdiwupp noch eine Wurst,
und 'ne Spezi für den Durst;
als sie eine Stimme hören,
ruhig als könnte sie nichts stören:
„Ach – schon wieder leer der Rost.
Ich hau noch eins drauf, was kost'
die Welt; es soll ein jeder essen
bis die Hosenknöpfe pressen.
Zwar kommt's mir fast vor wie Betrug
doch wir haben ja genug!"
So komm'n die Buben zu dem Schluss:
Streich misslang, weil Überfluss.

Statt – drei – 'ne Brücke zu zerstören,
mussten Meldung sie anhören:
„Zwischen hier und dort gibt's keine
Brücken mehr, wir woll'n alleine
bleiben und die Dritte Welt
fernhalten von uns'rem Geld.
Allen, die es doch versuchen,
angesägte Bretter buchen,
um den Fluss zu überqueren,
werden wir Asyl verwehren."
Gleich dem Meister Böck, dem Guten,
treiben Tausend' in den Fluten.
Doch so viel Gänse kann's nicht geben,
zu retten all der Menschen Leben.

Viertens seh'n wir sie hier schon
in der Schmierblattredaktion,
wo sie einem „Journalisten"
Schwarzpulver mit Tabak mischten.
Rums! – Da legt die Pfeife los,
schreibt die Überschriften groß,
zündet Hass und provoziert,
aus den Fingern explodiert
Springstoff mind'ster Qualität,
denn die Leseranzahl zählt,
weshalb er und die Kollegen
stets das Ängsteschüren pflegen.
Und der Buben Sprenggemisch
steht noch unberührt am Tisch.

Also nahm'n die beiden Käfer,
um sie einem armen Schläfer
heimlich in sein Bett zu legen.
Ein Erfolg! Nein, nein, von wegen:
„Autsch!" Der Nazi kratzt sich kurz,
doch sagt dann, es sei ihm schnurz;
„Diese Kindergartentaten
war'n von euch ja zu erwarten.
Die jedoch, die ernst sich schwören,
eines andern Schlaf zu stören,
nutzen keinen Kleintierschmarrn,
sondern zünden Heime an!"

Und auch die Streiche sechs und sieben
sind ihn' nicht erspart geblieben.
Doch Brezelklau und Säckeschlitzen
bringt heut' niemanden ins Schwitzen;
es freu'n, wenn weniger vorhanden,
sich Lebensmittelspekulanten.

Voller Abscheu steh'n die Jungen
auf der Mühle, dann ein Sprung hin-
ein – Rickrack – und dann, oh wei
war's mit ihnen ganz vorbei.

Als das Land davon erfuhr,
war von Trauer keine Spur.
Scheinheilig ward aufgezählt,
wie die Buben wen gequält.
– „Haben Hühner mir getötet",
hat der Chef entsetzt geflötet.
– „Nahmen mir mein Essen weg!",
sprach der reiche, eitle Geck.
– „Wollten Brücken niederreißen",
flüsterten die Ängstlich-Weißen.
– „Woll'n, das alles explodiert",

rief der Zeitungsmann pikiert.
– Und der Nazi grölt empört:
„Haben meinen Schlaf gestört!“
– „Mutwillig den Markt verdorben.
Oh! – Zum Glück sind sie gestorben.“

Und im ganzen Land herum
ging ein freudiges Gebrumm:
„Ach, ein Glück, ist’s jetzt vorbei
mit der Übeltäterei!“

Fertig sein

„Ich wär so gern mal wieder mit was fertig“
hast du gesagt
und den Plätzchenteig ausgerollt
dein Kätzchen lag eingerollt auf dem Filzkissen
ich hab ein Glas Wein gewollt und du willst wissen
„Wann hat das aufgehört, dass man Sachen beenden kann?
Früher ging das doch
Wenn wir nach den Hausaufgaben
das Haus aufgaben
uns draußen jagten
die Hauptaufgaben
Baum rauf wagen
und Haut aufschlagen

Vorher noch Mathe beenden mit bebenden Händen
Heute nur noch Händeln von Schwebezuständen“
Ich muss deine Förmchen drehen und wenden
während ich behutsam ausstanz’
Deine Worte haben Schwere und pendeln
zwischen Leere und Verklären
Die Katze träumt von nem Mausschwanz
Du schiebst das Blech in den Ofen
und dann wirst du zum Stress-Philosophen

„Ich habe diese Utopie von einem leeren Postfach“
sagst du
„stattdessen halt ich den Kopf wach
denn es kommt immer noch eine Mail
der Laptop hat immer noch einen Fail
irgendwer braucht dringend ein Formular
irgendein Handwerker war wieder nicht da
ständig mahnt irgend ne Kündigungsfrist
mein Exfreund schreibt mir, wie verliebt er noch ist
Irgendwo in der Stadt wird immer gebaut
auch sie ist nie fertig, immer ist’s laut
Ich bin so fertig, es steht mir bis hier

immer ein Ball in der Luft und meistens gleich vier
Wenn ich selbst im Urlaub am Jonglieren bin
dann hat doch echt nichts hier nen Sinn“

Eine Therapeutin hätte dir jetzt vielleicht gesagt
„Sie sollten nicht den Berg sehen
und stattdessen verstehen
es sind viele Schritte
die Sie – Riesenbitte –
nach und nach beschreiten
dann wird auch wieder mehr gehen
Ich werde Sie begleiten“

Doch *ich* habe meine eigenen großen, wirren Klagen
deshalb hörst du mich prostend, klirrend fragen:
„Und … was machen wir, solange die Teige heiter backen?
Schweigen? Weiter schnacken?“

Was dir das Fertigwerden
ist mir die Zwischenzeit
Du hast die Idee, dass nichts jemals endet
ich hab keine Idee, was ich tun kann, bis etwas eintritt

Fußballspieler sind mindestens 20, dachte ich mit 10. Was mache ich in der Zwischenzeit?
Ärzte sind mindestens 30, dachte ich mit 15. Was mache ich in der Zwischenzeit?
Autoren sind mindestens 40, dachte ich mit 20. Was mache ich in der Zwischenzeit?

Ich lebe von einem großen Ereignis zum nächsten
brauche Deadlines
doch oft verwandeln die sich in Todesschlangen
in denen ich warten muss, großes Bangen
bis endlich etwas passiert
und bis dahin wie paralysiert

Manchmal fehlt mir die Gegenwart
doch obwohl ein Termin mir entgegenstarrt
darf ich mich weiter bewegen: Start

Früher ging das doch
Wenn ich in der Schule früher fertig war als die anderen
hab ich nicht so wie die Spezl gedöst
sondern Logikrätsel gelöst
„Wenn der Deutsche neben dem Franzosen wohnt und keine Pflanzen neben der Türe hat und auch der Amerikaner und der Engländer Nachbarn sind, hinter welcher Tür wohnt dann der Russe?“

Du verzweifelst währenddessen an anderen Aufgaben

„Wenn der Deutsche ... Bank-Mensch neben dem Babysitter steht und ich Wanzen in der Wohnung habe und auch der Steuerprüfer und der Vermieter Bekannte sind, hinter welcher Mail wohnt dann die Entspannung?“

Die Halbmonde und Sterne
sehen schon braun aus
Dein Blick halb tot und halb Ferne
fällt auf den Baum raus

„Und jetzt jammer ich dich hier voll“
sagst du
„dabei weiß ich natürlich, wie toll
meine Welt ist
also im Verhältnis“
Ich kenne auch diese Denkweise

Impulse werden gelenkt, leise
„Ich bin so reich beschenkt, scheiße!
Und ich beschwer mich?
Ehrlich!“

Eine Therapeutin hätte dir jetzt vielleicht gesagt:
„Sie sollten sich nicht vergleichen
Natürlich kann man erbleichen
wenn man sieht
wie gut wir es haben
Trotzdem gibt es so Tage
da will die Trauer nicht weichen
das liegt nicht an Armen und Reichen“

Doch ich habe meine eigenen blinkenden, nervigen Fragen
deshalb siehst du mich trinken und ehrlich dir sagen

„Du schaust mich an
als würdest du eine Lösung erwarten
Doch ich bin nicht dein Therapeut
selbst mit Terrabyte
an Daten
über kranke Selbstzweifel und Trauern
Gedankenweltreisen und Mauern
Um sich selbst kreisen und lauern
auf eine Chance, den Spuk zu verlassen
Du, ich muss passen“

„Ich kann’s nicht erklären
oder ändern
wenn, dann
durch gemeinsame Zeit
denn im Leiden zu zweit“
während die Katze erwacht
und müde umherblickt
„haben wir eine Zwischenzeit rumgebracht
und zumindest die Plätzchen sind fertig“

Umzüge

Mit einem Umzug habe ich in meiner Kindheit ausschließlich Faschings- oder St. Martins-Umzüge verbunden.

Seit ich mich erinnern kann, waren meine Eltern in der Narrenzunft. Im Januar und Februar liefen wir deshalb durch württembergische Kleinstädte – Biberach, Bad Saulgau, Neuravensburg – und verteilten Kaubonbons an die Menschen, die sich die Faschingszüge vom Straßenrand aus anschauten. Meine Familie gehörte zu den sogenannten „Jockele", rot-blauen Harlekins mit Glöckchen an der Mütze, die hauptsächlich Freude bringen sollten. Ich fand das langweilig; ich wollte ein „Schindelbutz" sein, wie die Waßmundt-Jungs und all die anderen coolen Kinder der Zunft. Deren Kostüme waren in Gelb, Braun oder herbstlichem Orange gehalten und bestanden aus unzähligen Stoffschindeln und ihr spezielles Gimmick war ein Stock, an dem mit Paketschnur eine Schweineblase befestigt war, die ganz fürchterlich stank. Die wurde dem Publikum vor die Nase gehalten oder über den Kopf gezogen, je nach Charakter des Trägers oder der Trägerin. Außerdem hatten auch die Kinder schon Holzmasken, ein Abenteuer, das meinen Schwestern und mir verwehrt blieb. Wir trabten mit unserer Mutter am Anfang des Zuges, direkt hinter den „Käsmolle", älteren Zunftmitgliedern, die eine riesige Maske trugen, auf der ein Laib Käse und ein Kuhkopf eine verstörende Symbiose eingingen. Hinter uns hörten wir die wilden Rufe und Saublasenhiebe der Schindelbutze, ganz zu Beginn des Zuges liefen zwei Treiber, die einen Eisbären an der Leine hielten, der von unserem Busfahrer Klaus verkörpert wurde. Der Legende nach hatte sich nämlich mal ein echter Eisbär in die Gebiete um Scheidegg verirrt, der unter großem Hurra erlegt und anschließend von einem Buben als weißer Schäferhund identifiziert worden war.

Am schönsten waren die Heimfahrten, denn während die Jugendlichen und Erwachsenen im hinteren Teil des Busses ein Bier nach dem anderen aufmachten, saßen wir kleineren Kinder vorne und naschten unauffällig von den übrigen Bonbons aus unserer Kostümtasche. Manchmal schaute ich vor dem Verteilen während des Umzugs sogar, ob ich nicht aus Versehen eins von den Bonbons wegzugeben im Begriff war, die ich später viel lieber selbst essen würde. Es liefen die Lieder, die ich fünfzehn Jahre später am Rosenmontag auf der Zülpicher Straße in Köln auch hören sollte – damals jedoch fand ich sie überhaupt nicht nervig oder sexistisch und schrie „Who the fuck is Alice?", obwohl ich keine Ahnung hatte, was das bedeuten sollte.

Als mein Freund Tobias eines Samstags krank war, durfte ich endlich ein Schindelbutz sein. Es war sehr enttäuschend: Unter der Maske roch es nach fremdem Schweiß (ein Geruch, den ich später beim Fechten an der Uni intensiv wiedererkennen durfte) und ich war viel zu feige, jemandem mit einer Schweineblase zu nahe zu kommen. Also lief ich am Anfang der Schindelbutz-Gruppe und meine Mutter lief am Ende der Jockele-Gruppe und wenn wir an Stellen vorbeiliefen, an denen wenige Zuschauer standen, nahm ich ihre Hand.

Von den Faschingsumzügen kann ich erzählen, weil ein Umzug im Sinne eines neuen Zuhauses als Kind nie zur Debatte stand. Wir wohnten im Pfarrer-Kneipp-Weg 2, das wusste ich, das wussten meine Freunde und daran würde sich auch nichts ändern.

Als ich dreizehn war, kauften sich mein Vater und meine Stiefmutter eine Doppelhaushälfte am Ortsrand, in der sie mit ihren sieben Patchwork-Kindern wohnen konnten. Meine beiden ältesten Schwestern und ich bezogen die drei Zimmer der oberste Etage und hatten somit nicht viel zu tun mit den Streitereien der vier jüngeren, auch wenn

die beiden oft zu schlichten versuchten, anstatt sich wie ich zu verschanzen. Der Kater Maxi boykottierte den Umzug für mehrere Wochen vollständig, indem er die drei Kilometer durch den Ort lief und sich von unseren ehemaligen Nachbarn so lange füttern ließ, bis wir ihn wieder in sein neues Zuhause zwangen.

Mein Zimmer hatte einen grellgrünen Teppich und ich hoffe, dass nicht ich es war, der sich die Farbe seinerzeit ausgesucht hat. Ich hatte ein Dachfenster, das ich drei Monate im Jahr nicht öffnen konnte, weil zu viel Schnee darauf lag, einen Computer mit einem Fußball-Manager darauf und den erotischen Film, der samstagnachts immer auf VOX kam. Ich führte ein Einsiedlerleben, umgeben von acht Menschen, einer Katze (manchmal) und drei Hunden (später).

Sieben Jahre lang wünschte ich mir, endlich ausziehen zu können – als es so weit war, heulte ich wie drei Hunde, die von einer verwirrten Katze eine gewischt bekommen. Ich weiß noch, es war auf der A96, kurz vor Leutkirch, um halb sieben Uhr morgens. Mein Vater hatte sich den halben Tag freigenommen und wir fuhren in unserem Opel Zafira in Richtung München.

„Alles klar?“, fragte er.

„Jaja“, sagte ich. Er fragte nicht weiter, vielleicht weil er gerade sein erstes Kind die Heimat verlassen sah.

In München angekommen, entluden wir das Auto und bauten das Bett und den Schreibtisch auf. Anschließend führ mein Vater wieder zur Arbeit. Es war elf Uhr. Ich saß auf dem Bett und fühlte mich unendlich alleine. Den restlichen Tag verbrachte ich mit Weinen, am nächsten Tag ging die Uni los und die Dinge nahmen ihren Lauf: umziehen zur neuen Freundin, zusammenziehen mit der Freundin, bloß weg von der Exfreundin. Irgendwo angekommen bin ich nie.

„Ich bau mal das Bett auf“, sagt Daniel.

„Schaffst du das alleine?“

„Eh! Sonst sag ich Bescheid.“

„Kann ich euch vielleicht helfen?“, frage ich Timo und Peter, die in der Küche gerade die Regale in die Wand schrauben.

„Nein danke, wir kommen klar.“

„Wie ist es bei euch?“, frage ich Katrin und Fee, die im Wohnzimmer die Bücher und Platten verräumen. Doch auch hier werde ich abgewiesen. Irgendwas muss ich doch tun können; es ist mein Umzug, verdammt. Ich frage Matthias und Darryl, die gerade das vegetarische Eisbärfell vor dem Kamin drapieren, ob sie ein Kaubonbon wollen, dann ziehe ich ihnen eins mit einer Saublase über.

„Du könntest den Hund auspacken“, ruft Schlicki aus dem Schlafzimmer.

„Gute Idee“, sage ich.

„Wurde auch Zeit“, sagt der Hund und wischt mir eine.

Einige Wochen später laufe ich mit ihm durch unser neues Viertel, als uns ein St. Martins-Umzug begegnet. Die Kinder halten stolz und vorsichtig ihre Laternen und singen mit zerbrechlichen Stimmen ihre Lieder. Dahinter laufen die Eltern und halten stolz und vorsichtig ihre Kameras.

Dimitri, der Krämer um die Ecke, kannte nach zwei Tagen meinen Namen, meine Lieblingsbuchhändlerin hält immer ein Leckerli für den Hund bereit und die Kastanie vor dem Schlafzimmerfenster raschelt an guten Tagen wie in einem Goethe-Gedicht.

„Was hältst du von unserer neuen Runde?“, frage ich den Hund. Der Hund schaut mich an und pinkelt dabei gegen eine Parkuhr. Vielleicht sind wir jetzt angekommen.

KLAUS EBERLEIN

Weitere Illustrationen von Klaus Eberlein auf den Seiten 34+41, 46, 58/59, 68, 82, 91, 93, 120, 133, 146, 163, 168, 186, 188, 202 und 223.

HELMUT ECKL

Der blaue Bademantel

Ich kann mich durchaus erinnern, dass ich früher schon vergesslich war; das hab ich nicht vergessen.

Zum Beispiel bin ich einmal in den Keller gegangen, wusste im Keller nicht mehr, was ich da jemals gewollt haben könnte, und nahm dann halt ein paar Flascherl Bier mit, damit für meine Frau auf gar keinen Fall der Eindruck entstehen konnte, ich hätte wieder einmal vergessen, was ich aus dem Keller hatte holen wollen.

Übrigens: Wenn ich ein paar Flascherl Bier und sonst nix aus dem Keller holen wollte, hab ich das nie vergessen.

Ein Freund von mir behauptet ja seit Jahren sehr erfolgreich, dass er deswegen nix vergisst, weil er sich schon gleich gar nix merken kann.

Mir sind im letzten Winter aber dann schon ein paar seltsame Merkwürdigkeiten passiert. Das erste Mal hab ich in der Sauna meine traumhafte Zipfelmütze vergessen, das zweite Mal meine besten Fäustlinge und beim dritten Mal das wunderbare rote Badetuch. Gut, ich hab alles wiederbekommen, weil die Sachen keiner brauchen konnte – trotzdem ist es schon peinlich, nach einem Saunabesuch bei einem hübschen Kassenmädchen nachfragen zu müssen: „Ich hab meine Zipfelmütze vergessen, ist die vielleicht abgegeben worden?“ Was denkt sich die Hübsche da?

Ich verlange seit einiger Zeit beim Saunabesuch von mir höchste Konzentration. Ehe ich den Saunabereich verlasse, suche ich meine Siebensachen zusammen: Badelatschen, Badetuch, Shampoo, Kamm, Badehose, Badetasche und vor allem den blauen Bademantel darf ich nicht vergessen; ein Geschenk meiner Frau.

In der Umkleide betrachte ich mich dann vor dem Heimgehen von oben bis unten und umgekehrt und prüfe haarklein und pedantisch, ob ich vollkommen angezogen bin.

Sie werden es nicht glauben, aber ich hab seit einiger Zeit nix vergessen. Nix.

Als ich allerdings neulich den Saunabereich verlassen wollte, sah ich erst im letzten Augenblick meinen blauen Bademantel noch am Garderobenhaken hängen. Mein lieber Mann, da bin ich aber hin, hab den blauen Bademantel über den linken Arm geworfen und …

Und dann hat mir freundlich ein Herr auf die Schulter getippt und noch freundlicher gemeint, dass ich wohl seinen Bademantel gerade aus Versehen mitgenommen hätte.

„Mein Herr“, war meine wohlgesetzte Antwort, „mein Herr, wenn ich mich nicht irre, ist das ein blauer Bademantel und ich besitze einen blauen Bademantel.“

„In der Tat“, entgegnete der freundliche Herr, „das ist ein blauer Bademantel. Aber, ich befürchte, es ist mein blauer Bademantel, da sie ihren blauen Bademantel bereits am Körper tragen.“

Als ich an meinem saunaschlanken Körper hinunterblickte, tat sich die Erde auf.

Das Schlossgespenst

Es war einmal ein alter Schlossherr, der keine Lust mehr hatte, hinter feuchten, kalten Mauern zu leben. In einer überregionalen Zeitung inserierte er: *Dreihundert Jahre altes Schloss günstig zu verkaufen.*

Schon nach ein paar Tagen erhielte der alte Schlossherr von einem jungen Ehepaar aus dem Ruhrgebiet einen Brief. Das junge Ehepaar war wild entschlossen, auf dem Schloss alt zu werden.

Am Tag des Besichtigungstermins speiste das junge Ehepaar aus dem Ruhrgebiet in der Schlosswirtschaft vorzüglich zu Mittag. Nach dem wunderbaren Dessert brach man auf.

Der alte Schlossherr stand in einen dicken Mantel gehüllt schon wartend am Schlosstor. Er führte das junge Ehepaar aus dem Ruhrgebiet durch fünfzig kalte Räume. Im einzigen beheizten Wohnraum des Schlosses servierte der alte Schlossherr nach der Besichtigungstour einen heißen Tee.

Das junge Ehepaar war mit dem Kaufpreis durchaus einverstanden. Hatte aber noch eine entscheidende Frage: „Wir haben in der Schlosswirtschaft gehört, dass sich auf dem Schloss ein Gespenst herumtreiben soll. Stimmt das?“

Der alte Schlossherr schüttelte entrüstet den Kopf: „Ich wohne in diesem Schloss jetzt seit dreihundert Jahren und ich versichere Ihnen, ich habe in der ganzen Zeit noch nie ein Gespenst gesehen.“

Der Gutschein

Seit mein Freund, der ganz früher einmal völlig normal war, verheiratet ist, liebt er es, seiner Frau ausgefallene Geburtstagsgeschenke zu überreichen. Natürlich hat er auch eine ausgefallene Frau.

Blumen zum Geburtstag würde sie beispielsweise wortlos in eine Vase stellen, den Blumen aber vorher die Köpfe abreißen. Pralinen! Sie würde den Pralinen-Schenker zwingen, alle Pralinen auf einmal aufzuessen und zwar sofort. Über ein Wochenende in Südtirol würde sie müde lächeln und in die Südsee abdüsen. Ein Auto als Geschenk? Sie fährt einen Porsche.

Obwohl mein Freund ausgefallene Geburtstagsgeschenke an seine Frau liebt, tut er sich nach einigen Ehejahren doch allmählich schwer damit. Letztes Jahr der Gutschein für eine Mondreise einfach im Jahre 2020 war ja schon was. Sie wollte es sich noch überlegen.

„Heuer“, sagte er letzthin in der finnischen Sauna zu mir. „Heuer wird sie schaun.“ „Was schenkst ihr denn?“, frage ich neugierig. „Warts ab.“

Ich wartete ab und erschien in Frack und Fliege zum Geburtstagsfest. Ich war natürlich an diesem Tag nicht der alleinige Gast. Im voll beleuchteten Bungalow am Berg drängelten sich die Gäste. Jeder Gast schöner und wichtiger als der andere. Alle Anwesenden waren irgendwie unentbehrlich, obwohl die Friedhöfe dieser Welt ja schon rappelvoll sind mit Unentbehrlichen. Die Gäste schlurften Schampus. Die Ober schwitzten im Laufschritt.

Es war üblich, es war seit Jahren üblich, dass sich die Gastgeber zur Übergabe des Geburtstagsgeschenks dezent zurückzogen. Auch an diesem Tag. Selbst ich, der beste Freund des Gastgebers, durfte bei der Geschenkübergabe nicht anwesend sein. Ich süffelte heimlich ein Weißbier. Das Weißbierglas stand hinter einem schweren Vorhang versteckt. Einer der Ober kannte meine Abneigung gegen Schampus.

Das Fest – wie immer der Hammer. Ab zehn Uhr spielte eine fast weltberühmte Tanzkapelle. Um elf Uhr trat ein kotzbrockiger Comedian auf. Die Festgäste brüllten vor Lachen. Ich konnte nicht einmal weinen.

Nach der Geschenkübergabe kehrten die Gastgeber beifallsumrauscht zu ihren Festgästen zurück. Sie lächelte wie immer traumhaft schön. Sein Lächeln erinnerte mich mehr an ein seit Jahren eingefrorenes Sauerkraut.

Gegen Mitternacht der Höhepunkt des Festes. Alphornbläser aus der Schweiz. Danach für jeden Gast noch ein Kräuterschnäpsli. Schluss!

Ich saß mit meinem Freund noch zu einem Nachtrunk vor dem offenen Kamin. Schaute ihn an. Wortlos kramte er aus seiner linken

Jackettasche einen blütenweißen Briefumschlag. „Da, les!“

Ich las: Gutschein für eine Brustvergrößerung in einer unserer Spezial-Kliniken im Wert von 7.000 Euro. Zusatzpaket für Ehepaare im Wert von 3.000 Euro. Die sensationelle Penisverlängerung.

„Und?“, fragte ich.

„Sie will keine Brustvergrößerung. Sie will auch nicht, dass ich meinen Penis verlängern lasse. Meiner würde ihr locker genügen.“

„Was dann?“

„Sie meinte, dass es super wäre, wenn an meinem Pinsel als Geburtstagsgeschenk ein anderer Mann hinge.“

Der Doppelgänger

Ich mags überhaupt nicht, wenn ich nach der ersten Wiesnmaß eigentlich schon wieder in dieses überfüllte Pissoir gehen müsst, wo so Farbfotos von vollbusigen Damen bedrohlich über einem an der Wand hängen und diese prallbusigen Damen geringschätzig-abschätzig auf mich herunterlächeln, wenn ich meinen Herrn über Krieg und Frieden hinter dem Reißverschluss hervorkram. Diesen Damen tät ich schon zeigen, wo der Bartl ... na ... lassma das lieber, sonst heißts gleich wieder, dass ich nie gescheiter ...

Ich verdruck mir diesen Wiesnmaßdruck also heldenhaft bis nach der zweiten Maß, aber dann, mein Lieber ...

... dann mach ich mich hurtig auf den Weg und Schweißperlen überfallen meine Stirn bei dem Gedanken, dass ich wieder hinter einem anstehen muss, der sich mit seiner Prostata noch nicht angefreundet hat und dem auch die Schweißperlen auf der Stirn stehen.

Der Weg zum Pissoir kann lang werden. In der Ochsenbraterei ist er immer besonders lang, wenn es pressiert, und bei mir pressierts ja immer, nach der zweiten Maß.

Aber am letzten Samstag, welcher der erste Wiesnsamstag war, hat es mir nach der zweiten Maß besonders pressiert.

Ich machte mich also auf diesen elend langen Weg, schaute nicht nach links und nicht nach rechts, sondern nur geradeaus und plötzlich in das freudig erregte Gesicht einer Dame im neckischen Dirndl, die sich mir resolut in den Weg stellte und mich ungefragt volltextete: „Gell, Sie san der Eckl Helmut, der Mundartdichter, i hob Eahna glei kennt.“

Mir pressierte es furchtbar, was mich blitzartig auf die geniale Idee brachte, meine Identität zu verleugnen: „I, da Eckl, wirkle net.“

Das war für die Dame aber dann das

Signal für einen Sturmangriff. Sie packte mich am Arm, betrachtete mich von oben bis unten oder umgekehrt und meinte: „Das hätt ich jetzt nicht gedacht. Sie schaun dem Eckl dermaßen ähnlich. Wenn ich den das nächste Mal seh, sag ich dem, dass er einen Doppelgänger hat, der ihm wirklich zum Verwechseln ähnlich schaut. Den sollt er amal zu einer seiner Lesungen einladen, das wär ein Gaudi, da tät der Eckl schaun und sein Doppelgänger auch."

Ich war hilflos! Explosionsgefahr drohte. Die größte Wiesnpeinlichkeit seit 1810 konnte mir im nächsten Augenblick passieren.

„Super", antwortete ich der Dame, „so mach mas."

Die Dame stutzte. Diesen Überraschungsmoment nutzte ich zur Flucht und arbeitete mich im Gewurl des Ganges zum Pissoir durch, wo mich natürlich so eine vollbusige Schöne herablassend belächelte.

Als ich mir die Hände wusch, dachte ich mir nur: Überstanden, Gott sei Dank.

Ich trat in den Gang hinaus. Da stand die Dame mit dem eisernen Griff.

„Hobamas doch dengt", meinte die freudestrahlend, „dass'S wieder amoi rauskumma do" – und hielt mich erbarmungslos am Arm fest. „I brauch doch no dein Nama und dei Telefonnummer, damit de da Eckl eiloden konn. Der wird schaun, wennade sigt."

Ja, dachte ich mir. Da werd ich schaun, wenn ich mich seh.

Er radelt

Da, wo der Feldberggletscher in der letzten Eiszeit das idyllische Hochtal geformt hatte, wollten wir starten. Ibach, die kleine Perle im Hotzenwald, erschien uns nämlich als der ideale Ausgangspunkt für unsere Unternehmung.

Das Ibacher Hochtal durchplätschert ein lustiges Bächlein mit aufgeweckten, halbstarken Forellen und neben dem Bächlein führt ein schnurgerader, geteerter Wanderweg leicht abschüssig einige hundert Meter zum dunklen Waldesrand. Perfekt, um dort meinem Enkel Vincent in traumhafter Natur endlich das Radlfahren beizubringen.

Die Sonne lachte freundlich vom blauen Himmel, als der Vincent ein wenig umständlich auf das Fahrradl kraxelte. Ich schubste Vincent an, hielt ihn aber wegen der Balance schön am Kragen fest und trabte ganz entspannt neben ihm. Wunderbar!

Vincent wackelte zwischendurch heftig von links nach rechts und umgekehrt, drohte hin und wieder zu stürzen, trat versehentlich die Rücktrittbremse, klingelte aber unaufhörlich und freute sich maßlos. Ich mich auch, anfangs.

Nachdem wir den Wanderweg allerdings drei- bis elfmal hin- und zurückgefahren waren, zwickte mich mein linkes Knie und ich schnaufte schwer wie ein alter Postgaul. Ich wollte gerade den Vorschlag machen, die Übungsstunde am nächsten Tag fortzusetzen, als Vincent auf einer letzten Übungsfahrt bestand. Na gut!

Ich schubste das Fahrradl wieder leicht an, aber Vincent trat ein wenig kräftiger in die Pedale als sonst und so musste ich noch schneller laufen als sonst, um Vincent am Kragen festhalten zu können. Die Kühe auf der Weide glotzten interessiert, eine sagte sogar MUH. Vincent wurde immer schneller und ich immer langsamer. „Vincent, sappradi", schrie ich noch, dann lies ich Vincents Kragen los und Vincent radelte und radelte und radelte.

Als ich schweratmig am Waldesrand ankam, saß Vincent schon wieder frohgemut auf dem Radl und verlangte eine kleine Starthilfe. Erschöpft tat ich ihm den Gefallen. Vincent jubelte: „Opa, ich kann radeln, jetzt müssen wir nur noch das Bremsen üben."

Wohl wahr, dachte ich mir, als der Vincent in der Ferne immer kleiner werdend zu einem

winzigen Punkt wurde und ... Ja, ja, das mit dem Bremsen müssen wir schon noch üben. Aber sonst!

Am Abend schrieb ich glücklich in mein Tagebuch: Habe heute dem Vincent das Radlfahren beigebracht. Das Bremsen üben wir irgendwann später.

Die Weisheiten des Enkels Jonathan

I.

Obwohl der Opa immer Durst hat, trinkt er wenig Wasser.

II.

Staunend im IKEA: Da gibt es viel, viel zu viel, zu kaufen.

III.

Ich kann nur Butterbrote, Butterbrezen oder Haferflocken essen. Alles andere ist für die Großen, aber die müssen auch nicht mehr wachsen.

IV.

Gut, dass der Opa und die Oma Opa und Oma heißen. Das sind schöne Namen und die kann man sich gut merken.

V.

Beim Studium des Playmobil-Kataloges: Die große Feuerwache ist eine Aufgabe für das Christkind.

VI.

Frage an Jonathan: Hast du überhaupt eine Ahnung, was es bedeutet, 70 Jahre alt zu sein?

Jonathan: Das bedeutet eine 7 und eine 0, sonst nix.

VII.

Warum soll ich in den Kindergarten gehen, wo ich doch bloß Baggerfahrer werden will?

Die Begreifer

Das Markus-Wasmeier-Museum in Schliersee zeigte unter dem Titel „Ja so samma!“ meine Karikaturen über Bayern, vorwiegend jedoch Porträts bekannter Persönlichkeiten. Unter jedem Bild stand der Name des Gezeichneten. Mir war plötzlich aufgefallen, dass viele Menschen zum Lesen ihren Zeigefinger brauchten. Sie berührten das Schild und fuhren langsam den Titel der Zeichnung mit der Fingerspitze ab.

Ich erzählte das Günther Wasmeier, dem Vater des Skirennläufers und Museumsgründers. Der meinte, das sei doch ganz einfach! Die Leute lesen etwas und wollen das auch begreifen. Zum Begreifen nimmt man aber die Hände zu Hilfe. Deshalb greifen diese Menschen beim Lesen an die Schrift, um das Geschriebene zu verstehen!

Eigentlich logisch.

Dann kam ein verregneter Sonntag. Was machten an diesem Tag die „Begreifer“? Sie fuchtelten mit ihren Schirmspitzen auf meinen Bildern herum, dass diese manchmal schaukelten und lasen: „U n s e r b a y e r i s c h e r P a p s t !“ – „Jawoll, des is a!“

Ich drehte mich manchmal um, schloss die Augen und hoffte, dass alles gut geht. Aber es ging gut!

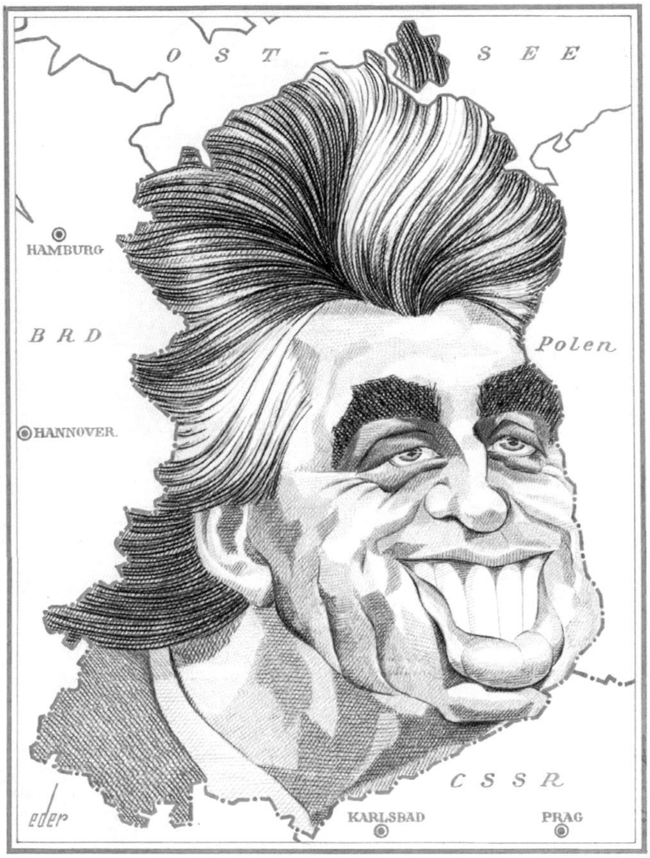

Karikatur bleibt Karikatur

Den letzten Staatsratsvorsitzenden der DDR, Egon Krenz, bat ich um seine Meinung über meine in der Schweiz erschienene Karikatur. Ich hatte damals seinen Kopf in die Grenzen der DDR gezeichnet und daruntergeschrieben „Egon in seinen Krenzen".

Den Brief sandte ich sofort nach dem Ende der DDR an die ehemalige Regierungsadresse mit der Bitte um Weiterleitung an Herrn Dr. Egon Krenz. Die Sendung kam zurück mit dem Hinweis: „Empfänger unbekannt!" So schnell kann das gehen in der Politik.

Jahre später versuchte ich es erneut, jedoch über seinen Verlag, er hatte wieder ein Buch geschrieben. Ich teilte ihm meine Verwunderung mit, dass ich den ehemals Ersten Mann der DDR nur über eine westdeutsche Verlagsadresse erreichen könne.

Darauf ging er nicht ein, aber er teilte mir seine grandiose Erkenntnis mit, nämlich:

Werter Herr Eder,
Karikatur bleibt Karikatur!
Beurteilungen solcher Arbeiten verkneife ich mir!
Egon Krenz
Na sowas!

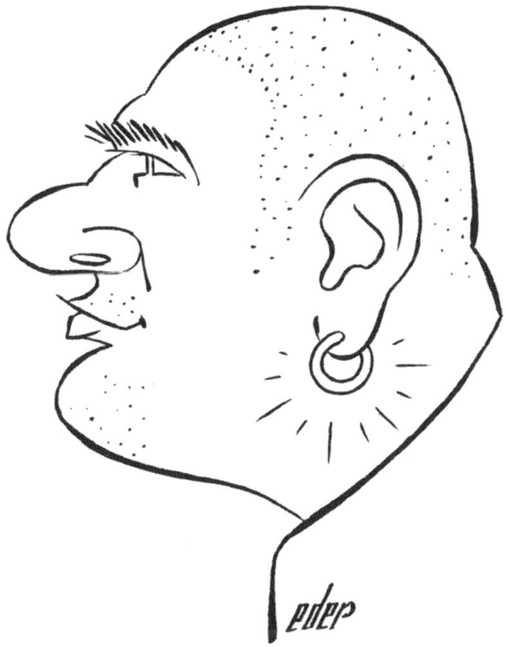

Ohrring tragende Männer

Ein Juwelier feierte ein rundes Jubiläum seines Geschäfts. Dazu lud er alle seine Kunden ein. Mich engagierte er, um diese zu zeichnen.

Als ein jüngerer Mann an der Reihe war, meinte der, sein Ring, den er am *linken* Ohr trug, wäre nicht billig gewesen und deshalb wünsche er, dass ich ihn entsprechend in den Vordergrund rücke. Ich antwortete ihm, das sei kein Problem. Nur, ich sei Linkshänder und würde die Leute am liebsten von der rechten Seite porträtieren. Den Ohrring bekäme er dann ganz einfach am *rechten* Ohr gezeichnet. Da schrie er mich an: „Hey du, pass mal auf, ich bin nicht schwul!" Ich entschuldigte mich und meinte, diese Bedeutung der linken oder rechten Seite hätte ich wirklich nicht gewusst. Dann bekam er sein Abbild von der „richtigen", also der *linken* Seite.

Am späten Abend sagte der Juwelier, es seien soeben noch zwei Männer gekommen, die schon sehr viel bei ihm gekauft hätten und deshalb auch noch gezeichnet werden sollten. Sie standen in einiger Entfernung von uns. Da sah ich, beide trugen Ohrringe, aber beide auf der *rechten* Seite. Ich hatte an diesem Tag schon etwas gelernt und erwiderte deshalb: „Ach die beiden Schwulen dort!" Der Juwelier starrte mich mit großen Augen an und zischte hinter vorgehaltener Hand: „Um Himmels Willen, das sind keine Schwulen, das sind zwei Zuhälter!"

Seit diesem Abend habe ich mich nie wieder über Ohrring tragende Männer geäußert, denn es ist immer verkehrt.

König Ludwig II.

Von König Ludwig II. gibt es nur Bilder mit ernstem, würdigem Gesichtsausdruck. Aus diesem Grunde zeichnete ich den „Märchenkönig“ freundlich lächelnd.

Diese Zeichnung erschien zuerst in einem Postkarten-Verlag. Anschließend wurde Ludwig II. in einer Serie mit meinen Beethoven- und Mozart-Zeichnungen auch auf T-Shirts gedruckt. Als diese jedoch in einer Fernsehsendung durch drei junge Damen vorgestellt wurden, hörte für manche Leute der Spaß auf.

Da die Telefonnummer des Senders eingeblendet wurde, konnten die Zuschauer anrufen und ihre Meinung kundtun. Das taten sie dann auch sehr ausgiebig: Der König „grinst“ und eine Zeichnung des grinsenden Königs wird in Bayern nicht toleriert und ist auch heute noch eine Majestätsbeleidigung!

In dieser Live-Sendung wurde ich sogar als „Haderlump“ beschimpft und ich solle unseren König Ludwig nicht so „verschandeln“. Für alle, die der oberbayerischen Sprache nicht ganz mächtig sind, habe ich noch einmal offiziell im Bairisch-Deutschen Wörterbuch nachgeschlagen: Ein „Haderlump“ wird dort ins Schriftdeutsche mit „Taugenichts“ oder „verkommenes Subjekt“ übersetzt – und wenn der König Ludwig grinst, ist er „verschandelt“, also „verunstaltet“.

Sowohl die Postkarten als auch die T-Shirts wurden nach Auskunft der Hersteller in München glänzend verkauft, jedoch von allen Geschäften rund um die Königschlösser

grundsätzlich nicht zum Verkauf angenommen. Der allgemeine Tenor damals war: „Das gibt bloß Ärger!"

Einige Jahre später äußerte mir gegenüber ein reicher Unternehmer den Wunsch, ein Bild des jungen König Ludwigs zu besitzen, allerdings dürfe es keine Kopie eines bereits bekannten Bildes sein. Das reizte mich! Ja, ich wollte ein „schönes, königliches" Bild des jungen Herrschers in Öl malen und deshalb nahm ich den Auftrag an.

Nach diesem Gemälde wurde anschließend auch das Relief auf der zweitgrößten Glocke Bayerns, der 2,80 m hohen „König-Ludwig-Glocke" modelliert. Ich glaube, dass ich seitdem wieder rehabilitiert bin.

Die Glocke hing fünf Jahre lang in einem Holzturm direkt neben dem „Musical-Theater" in Füssen. Der Sponsor baute den Glockenturm jedoch nach fünf Jahren wieder ab, denn er war der Meinung, eine Glocke ist nur eine Glocke, wenn sie auch läutet oder zumindest alle Viertelstunde schlägt. Die Anwohner waren da ganz anderer Meinung.

Nun hängt und läutet sie auf einem riesengroßen privaten Areal und stört keinen Nachbarn mehr.

Weitere Illustrationen von Franz Eder auf den Seiten 52, 56, 95, 97, 112, 124, 138, 153, 155, 158, 171 und 206.

GEORG EGGERS

Das Sinn suchende Krokodil (klein) im Nil (groß)

Bei Tag und Nacht trieb träg im Nil
dereinst ein altes Krokodil.
Das schien, sofern es nicht grad' schlief,
Betrachtern stets recht depressiv:

Denn sollte es mal jemand stören,
ließ es ein schweres Schluchzen hören
und drückte – sichtlich mit Verdruss –
dann eine Träne in den Fluss.

„Mit welchem Sinn treib ich im Nil,
hier als ein altes Krokodil?
Der Fluss ist *groß*, ich aber *klein* –
da muss man doch verzweifelt sein?!“

Dies fachte manchem harten Mann
ein tief empfund'nes Mitleid an.
Der schwamm dann in den Nil hinaus
und sprach dem Tier Bedauern aus.

Das Krokodil schluchzt' ungesund,
öffnete sabbernd seinen Mund,
um – Happs! – den Freizeit-Therapeuten
zu einer Mahlzeit umzudeuten.

So lebt' das Tier vor Kummer matt,
doch dank der Therapie stets satt.
Bis eines Tags am Uferrand
ein junger Dichter vor ihm stand.

„Was treib' ich *kleines* Krokodil
hier so allein im *großen* Nil?!“ –
so nimmt es den Gesprächsverlauf
zu einer weit'ren Mahlzeit auf.

Jedoch trieb unser Dichter schon
vom Ufer aus Konversation:

„Hör zu, du *kleines* Krokodil
auf Sinnsuche im *großen* Nil,
du treibst aus einem Grunde dort:
Weil du dich reimst mit diesem Ort!

Denn wärest du ein Krokodol,
läge dein Heim am Eismeerpol.
Du triebst benannt als Krokodul,
statt hier im Nil im Entenpfuhl.

Wäre dein Name Krokodal,
dann triebst du es in Wuppertal.
Und wärst du gar ein Krokodel,
du wärst ... an ... an jedem Platze fehl.

Dein Daseinssinn ist ganz allein,
mir hier im Nil ein Reim zu sein.
Das ist der Sinn, den ich dir gab,
für den ich dich erschaffen hab!“

Dies war für unser Kroko*dil*
der Sinnerkenntnis gar zu viel.
Und von Erleuchtung übermannt
verlor am Sinn es den Verstand.

Es grinste fortan nur noch blöd,
erschien fast glücklich (aber öd')
und war nach einer Woche schon
verhungert (mangels Depression).

Der Dichter aber zog dahin,
gab seinen Versen diesen Sinn:

„Wer sucht, welch Sinn ihm innewohnt,
hofft still, dass sich die Suche lohnt.

Denn sonst kann der Erkenntnis Schein
womöglich deprimierend sein.

Schlimm ist's, sich Sinn suchend zu schinden,
noch schlimmer aber, ihn zu finden;

weshalb man besser ahnungsvoll,
jedoch vergeblich suchen soll.

Vor allem doch – ich sag's nicht gern –
halte man sich von Dichtern fern."

JOSEF FENDL

Die Sprengung

Wir hatten zu Hause ein kleines landwirtschaftliches Anwesen, nicht ganz elf Tagwerk groß, das sind ein bischen mehr als drei Hektar. Zu diesen Gründen gehörte auch das sogenannte Holz- und Braj-Ackerl. Die eine Bezeichnung rührte daher, dass dieser Fleck unmittelbar am Waldrand lag, ja, wie alte Flurkarten zeigten, überhaupt erst in neuerer Zeit gerodet worden sein musste; der zweite Name bezog sich darauf, dass meine Eltern dort hin und wieder Braj, d.h. Hirse anbauten, die in der 30er Jahren zu unseren Grundnahrungsmitteln gehörte.

In diesem Braj-Ackerl lag damals ein mächtiger Granitstein, der uns Kindern gefiel, weil man auf ihn hinaufklettern und von oben in das Feld hineinspringen konnte, wenn es brach lag. Dem Vater aber gefiel der Stein gar nicht, weil er immer um ihn herumackern musste und der Block auch bei anderen Feldarbeiten hinderlich war, und so beschloss er eines Tages, den Felsen zu sprengen.

Wir Kinder sahen dem Abend, an dem das geschehen sollte, mit gemischten Gefühlen entgegen. Zum einen sollten wir auf diese Weise einen nicht unbedeutenden geografischen Punkt unserer Kinderwelt verlieren, zum anderen hatten wir noch nie eine Sprengung gesehen und waren schon neugierig darauf, wie es der Vater fertigbringen wollte, dass dieser Stein plötzlich nicht mehr da war.

Zum ausgemachten Zeitpunkt fand sich eine ganze Reihe von Leuten ein, die alle dabei sein wollten, wenn der Felsen in die Luft flog. Wir Kinder wurden vorsorglich in den Wald geschickt und sollten hinter Fichten und Tannen Schutz suchen, die Erwachsenen sahen sich das Schauspiel mehr aus der Nähe an.

Woher unser Vater das Pulver hatte, kann ich heute nicht mehr sagen. Ich weiß nur, dass er eine lange Schnur auslegte und sie an einem Ende anzündete. Dann dauerte es eine Weile – man hatte uns in der Zwischenzeit noch einmal ermahnt, ja nicht hinter den Bäumen hervorzusehen – und dann tat es plötzlich einen gewaltigen Schlag, Gesteinsbrocken flogen durch die Luft und fielen ins Feld, es roch ein wenig nach Verbranntem und die Erwachsenen liefen alle zu der Stelle, an der einmal unser Stein gelegen hatte. Jetzt steckte nur noch der untere Teil im Braj-Ackerl und in den nächsten Tagen rückte der Vater auch diesem Rudiment mit einem großen Schlägel zu Leibe.

Zum ersten Mal hatte ich – wenn auch nur auf kleinstem Raum – einen Eingriff in die Landschaft erlebt, die plötzlich nicht mehr die alte war, und irgendwie hatte ich das dumpfe Gefühl, dass unser Vater einen gottgegebenen Zustand zerstört, wenn nicht gar für einen Augenblick an der Weltordnung gerüttelt hatte.

Der Jüngste Tag

Z Rettnbach nehmen s in der Religionsstund an Jüngstn Tag durch. D Katechetin verstehts – wahrscheinlich besser als wia der Herr Pfarrer –, dass s dö Kinder aa schwierige Sachan a so erklärn ko, dass s moanen, sie waarn selber mit dabei.

In der heutign Stund bleibt koa Stoa mehr afm andern, aber aa koa oanziger. D Erdn tuat si af, ojs wacklt und rumplt und fallt ausanand; aus grouße Löcher speibts glüaherde Stoaner, küblweis regnts hoaße Aschn owa … D Sunn sieght ma scho nimmer vo

lauter Schwirzn, an Mo'schei zreißts, d Stern purzln haufertweis vom Himmi … Der Weltuntergang is a Dreck dagegn.

Dö Kinder san ganz ausanand. Dö Deandla laaft s Wasser aus dö Augn. Aa dö rauhbauzigstn Buama san af oamoj ganz staad wordn.

Da schiabt der Hintermeier Xaverl umständlich sei Figur aus der Bänk und fragt unschuldsvoll: „Freilein, habn mir nachher an dem Tag schujfrei …?"

Sittsam

Beim Duschn
mach i allerweil
d Augn zua und denk
an mei Religionslehrerin:

Weil nackert
schaut ma si net an,
hat s gsagt,
da holt oan der Teifi …!

– hätt mehr gebn müassn davon!

Dös is daselmst unterm Hitler gwen:
Da hat der Ortsgruppenleiter angschafft,
dass an Führers Geburtstag
alle im Dorf beflaggn müassertn.

Der Hirtreiter hat dös aa ghört.
Er hat an Pappadeckl gnumma, hat n an
d Haustür ghängt und hat draafgschriebn:
„Wir flacken im Bett!"

JOSEF FENDL

Die denkwürdige Beerdigung des Xaver Zitzelsberger

Obwohl der Ort Freundorf kein besonders großes dörfliches Gemeinwesen darstellt, entfaltet in ihm doch eine stattliche Reihe von Vereinen ihre segensreiche Tätigkeit, nicht zuletzt wegen der weitum gerühmten Spendierfreudigkeit der im Ort ansässigen Brauerei samt Wirtshaus. Da lässt es sich denken, dass jedes gestandene Freundorfer Mannerleut gleich in mehreren Vereinen Mitglied ist, so wie auch der vor einigen Tagen auf dem Heimweg von eben diesem Wirtshaus auf tragische Weise ums Leben gekommene Xaver Zitzelsberger. Der wackere Mann war – um es kurz zu sagen – in seinem übermäßig angeheiterten Zustand in einer Froschlacke ertrunken.

Weil aber andererseits – wie man immer wieder lesen und hören kann – heute nur mehr schwer Leute zu finden sind, die bereit sind, sich für das Amt eines Vorsitzenden oder eines Ersten Vorstands zur Verfügung zu stellen, und auch sonst ehrenamtliche Tätigkeiten – sogar ohne die fragwürdige Rechtschreibreform – immer kleiner geschrieben werden, kam es, dass der Wintermeier Sepp gleich in vier Freundorfer Vereinen das verantwortungsvolle Amt des Ersten Vorstands ausübte: beim Obst- und Gartenbauverein, beim Krieger- und Reservistenverein, beim Schützenverein „Tell" und bei der Freiwilligen Feuerwehr. Nur gut, dass sich sein ihm angetrautes Eheweib, selber Erste Vorsitzende des Katholischen Frauenbundes sowie des Vereins der Freundorfer Verserlschreiberinnen, nebenbei auch noch als gefragte Ghostwriterin ihres Mannes betätigte – eine dankenswerte Aufgabe, die man nicht hoch genug einschätzen konnte.

Bei der Beerdigung des schon genannten Xaver Zitzelsberger gab es zunächst eine kleine Verzögerung, weil man in der ausgehobenen Grube den laut schnarchenden Totengräber Sebastian Hasenöhrl entdeckte, der während seiner anstrengenden Arbeit ein bischen zu viel über den Durst getrunken hatte und dann an seinem Arbeitsplatz eingeschlafen war.

Nachdem die alte Rauschkugel von einigen beherzten Männern aus dem Grab gezogen worden war und der Herr Pfarrer seines Amtes gewaltet hatte, trat der Wintermeier Sepp zunächst als Vorsitzender des Obst- und Gartenbauvereins in Zivilkleidung auf und hielt eine beachtenswerte Ansprache, die in dem Wunsch gipfelte: „… möge ihm der himmlische Gärtner auch drüben im Garten Eden, den unsere Stammeltern zu sträflich vernachlässigt haben und wo nach den Worten der Bibel Milch und Honig fließen, ein ähnlich verantwortungsvolles Amt übertragen, wie er es auch bei uns in Gestalt des Obstwartes und Verwalter unseres nicht unansehnlichen Gerätebestandes erreicht hat."

Kaum hatte der Sepp als letzten Gruß seiner Vereinskameraden einen Kranz am offenen Grab niedergelegt, verschwand er auch schon hinter dem in der Nähe liegenden überdimensionierten Grabstein der Freundorfer Brauerdynastie, um gleich darauf – jetzt eingekleidet in die grüne Jacke des Schützenvereins – ein zweites Mal als Erster Vorstand auf der Bildfläche zu erscheinen und seine nächste Rede zu halten: „Wir geleiten heute einen wackeren Schützenbruder zur letzten Ruhe, der stets mannhaft und unerschrocken wie unser geistiger Vorfahre Wilhelm Tell den Kopf vom Apfel seines Buben schoss …"

Da flüsterte ihm der Zweite Vorstand des Vereins hinter vorgehaltener Hand zu: „Umgekehrt, umgekehrt …!" Auf diesen unerwarteten Einwurf hin geriet der Wintermeier zum ersten Mal aus dem Konzept, um sich nach einer kurzen Orientierungspause zu verbessern: „… der sogar umgekehrt den Apfel vom Baume seines Buben schoss …!"

Weil jetzt die Unruhe merklich größer wurde und sich auch der Pfarrer ein Schmun-

zeln nicht verkneifen konnte, verbesserte sich der Redner – nun vollends irritiert – zum zweiten Mal: „… der den Sohn vom Kopfe seines Apfels schoss.“

Nach der obligatorischen Niederlegung eines letzten Grußes für den Schützenbruder, verschloff sich der Sepp erneut wie ein aufgescheuchtes Huhn hinter das schon erwähnte Grabmal und tauschte seine grüne Schützenkluft gegen die blaue Jacke des Kommandanten der Freiwilligen Feuerwehr aus, erwischte allerdings das Redemanuskript vom Krieger- und Reservistenverein: „… möge unser Kamerad auch drüben im Jenseits so viele gemütliche Stunden erleben wie hier im Kreise seiner Vereinskameraden. Unser Xaver war immer als erster zur Stelle, wenn es galt, den von langer Hand geplanten Termin wahrzunehmen. Seine erheiternden Beiträge waren das Salz in der Suppe unserer Zusammenkünfte …“

Da merkte der Wintermeier plötzlich, dass er einen falschen Verein repräsentierte und Uniform und Ansprache nicht zusammenpassten. Krampfhaft suchte er nach dem richtigen Manuskript, fand es aber weder in der linken noch in der rechten Jackentasche. Daraufhin verschwand der Sepp aufs Neue und dieses Mal endgültig hinter den Grabsteinen.

Es trat nämlich jetzt, gleich einer ganzen Heerschar rettender Engel, der Gesangsverein „Waldeslust“ Freundorf e. V. auf den Plan und brachte der Trauerversammlung das zu Herzen gehende Lied „S is Feierombd“ zu Gehör. Die Vereinsvorstände standen in Habacht-Stellung, die Frauen wischten sich die eine oder andere Träne aus den Augen, der Herr Pfarrer sprach ein letztes Gebet, die Blaskapelle intonierte noch das Lied vom guten Kameraden, worauf sich die Vereine zum Marsch ins Freundorfer Wirtshaus formierten, um die Beerdigung des Xaver Zitzelsberger bei einem standesgemäßen Leichentrunk zu einem würdige und angemessenen Abschluss zu bringen. Voraus marschierte – jetzt wieder mit stolzgeschwellter Brust – der vierfache Erste Vorstand Josef Wintermeier, hintennach torkelte – in gebührendem Abstand – der wiederauferstandene Totengräber Sebastian Hasenöhrl …

Da Noagla

Ein bayerisches Relikt, das Bierreste in Form kleiner Maßkrugneigen trank, aus Geiz oder Not. Die gebrauchten Krüge standen z.B. in der Schwemme des Münchner Hofbräuhauses noch eine Weile auf dem Tisch und ermöglichten so dem Noagla den Zugang zu den Resten, wodurch lange auch der Bedürftige, der der Noagalschlecker, seinen Rausch haben konnte.

Die Gesundheitsämter haben später dieser Gepflogenheit, dass die Armen zur Neige gingen, einen Hygiene-Riegel vorgeschoben, zumal das Reinheitsgebot so nicht zu gewährleisten war.

Ein Extrem längst verlorener bayerischer Besonderheiten war auch das Hackelsteckenpieseln, wobei man, um nicht auf den Abort zu müssen, die stoffgewechselte Flüssigkeit am Spazierstock runter auf den Boden rinnen ließ – auch Garant olfaktorischen Flairs.

CHOLERADIERUHRDIARRHOE

Vergessen Sie die Überschrift. Das Jodeln ist kein Fall für die Krankenkasse! Nein, xund samma, wir brauchen Trill mit Jod-S-11 nicht, wachsen wir doch alle mit Bad Reichenhalle Jodsalz auf, dem bewährten Erzeuger einer notwendigen Kehlkopfgeschmeidigkeit. Und somit haben wir einen gesunden Jodlerbestand, oft singende Brauchtumswirte nebst Anhang, die beim angesehensten musikalischen Heimatpfleger die Momente des Wohllauts erlernen oder noch verfeinern dürfen und damit den fernöstlichen Jodel-Aliens überlegen sind.

Wirr im Kopf …

Alle Jahre wieder auf der Wiesn: der letzte Schrei der Volksfesttechnologie. Schneller. Höher. Weiter. Runter und wieder rauf. Aus dem Textbuch eines Fahrgeschäftspropagandisten: „Eine schöne Fahrt, eine wunderbare Fahrt! Und huiiiiiii! Wieder zurück und zusteigen und hinein ins Vergnügen! Das macht Spaß! Das gefällt! Jetzt zusteigen …“

Bei der Achterbahn kommt dir schon manchmal der Gedanke, ob du dir nicht doch alles nochmal durch den Kopf gehen lassen solltest, um wenigstens dem restlichen Körper etwas Klärung zu verschaffen. Aber bevor ich durch schädelwehe Phantomschmerzen ganz wirr im Cockpit werde, geh ich lieber vorher zum Schichtl seiner Guillotine und lass mich köpfen.

A bissel was geht immer (Bayerisches Abschlepp-Theorem)

Von frivol bis libidinös, Ausdruck echten Gefühls, mitunter temporär sehr begrenzt, aber auch Fälle von ab sofort lebenslänglich!

Nackte Tatsachen im Englischen Garten

Für katholische Kleriker, um sich zu entrüsten, aber auch beliebt als Anatomiepraktikumsfläche bei arabischen Sommerfrischlerfamilien aus dem nahegelegenen Hilton.

O Mai, oh mei!

Beim Maibaum geht's im Wesentlichen darum, wer den Längsten hat. Somit ist der weit verbreitete bayerische Brauch des Aufstellen von Bäumens eindeutig Ausdruck von Männlichkeit, was allein schon die unmittelbare zeitliche Nachbarschaft des 1. Mai zur Walpurgisnacht nahelegt.

Das Mutieren der Frauen zu Hexen wirkt doch wie der nur unzulänglich verschleierte Versuch, im Geschlechterkampf die Macht zu erringen (so sollen ja die Hexen sogar dem Vieh nachgestellt haben). Und das zwingt den Mann geradezu, seine geschundene Sache, zumindest symbolisch, wieder auf- und geradezurichten, vom Flachland bis zur Zugspitze.

Diese tiefenpsychologisch zu bewertende Einführung in das Brauchtum rund um den Maibaum zeigt einmal mehr am Beispiel Bayern, dass sie Bewältigung des Verhältnisses Mann-Frau, im Sinne einer stressfreien, liebevollen und friedlichen Koexistenz, sich seiner Grenzen spätestens beim Anblick einer Maifeier, zumindest unbewusst, wieder gewahr wird. Und schmerzlich muss man erkennen, dass der Wonnemond, der bekanntlich so viel lieblichen Einfluss nimmt auf die Beziehung der Geschlechter, ihnen andererseits sogar feindlich gesonnen ist.

Das ist sie, die Geißel des Dualismus, die dem Menschen an so vielen Stellen Schmerz und Pein bereitet.

WALTER FLEMMER

Vom Glück des Ehrenamtes

„Vom Glück des Ehrenamtes" – warum habe ich meinen Überlegungen diesen Titel gegeben? Sollte ich weniger vom Glück als von den Nöten des Ehrenamtes reden, von der Notwendigkeit, Bürger für die Dienste in der Gesellschaft zu gewinnen? Ja, auch von dieser Notwendigkeit wird zu sprechen sein, aber vor allem werde ich versuchen, deutlich zu machen, dass die Übernahme eines Ehrenamtes eine Bereicherung nicht nur für eine Kommune, eine Stadt und für Hilfebedürftige ist, sondern mindestens ebenso für jene, die sich in das Abenteuer, in die Erfahrungen eines Ehrenamtes begeben, denn Überraschungen, ja vielleicht lebenswichtige Erfahrungen halten wohl alle Ehren-Ämter bereit.

11. Mai des Jahres 2011. Die Bayerische Landtagspräsidentin, Frau Barbara Stamm, hat zur Eröffnung der Ausstellung *Das Leben ist eine Kunst. Mit Kreativität gegen Ausgrenzung* in den Landtag eingeladen. Zu einer Ausstellung, die zeigt, wie viel Freude und Kreativität vor allem die 300 Ehrenamtlichen der *Arbeitsgemeinschaft der kirchlichen Bahnhofsmissionen in Bayern* für die am Rande der Gesellschaft Stehenden weitergegeben haben. Ich hörte den Bericht der zwei verantwortlichen Frauen, die begeistert von der Arbeit berichteten, mit der allein in Bayern fast 250.000 Menschen pro Jahr erreicht werden. Ich sah und erlebte eine große Schar, vor allem Frauen, die von ihrem Dienst durchdrungen, die durch ihren Dienst gewachsen sind. Bei dieser Stunde im Landtag war für mich wieder spürbar, welch ein Geschenk das Ehrenamt für beide Seiten ist, für die Nehmenden und die Gebenden.

Vor einiger Zeit hatte ich ein überraschendes Erlebnis. Ich konnte auf einem baden-württembergischen Fernsehsender ein Interview mit einer jungen Frau verfolgen. Die junge Frau, eine meiner Enkelinnen, berichtete in dem Gespräch mit der Moderatorin über ihr einjähriges ehrenamtliches Engagement im sozial-ökonomischen Bereich bei einer Institution in Mannheim. Meine Enkelin hatte ein Einser-Abitur erreicht, sodass sie sofort auch im Fach Medizin einen Studienplatz bekommen hätte. Aber sie wollte nicht gleich wieder auf die Schulbank, sondern der Gesellschaft einen Dienst erweisen, der Gesellschaft etwas zurückgeben, denn diese wie auch ihre Eltern hatten, wie sie meinte, es ihr ermöglicht, ein Gymnasium besuchen zu dürfen. Sie wollte sich, wie sie in dem Fernsehinterview sagte, erst selbst erproben und berichtete über die Erfahrung, eine 40-Stunden-Woche ableisten zu müssen, anderen weiterhelfen zu können, absolut pünktlich sein zu müssen usw. Und sie erzählte der Moderatorin, wie viel ihr aus ihrem sozialen Dienst zurückgekommen sei, wie sie an den Herausforderungen gewachsen sei.

Ja, das ehrenamtliche Engagement ist nicht nur eine Herausforderung, sondern es schenkt zurück, es bringt Menschen, die es eingehen, weiter, fördert sie in der Entfaltung der Persönlichkeit. Ein Ehrenamt zu übernehmen, ist die einmalige Chance, frei einen Dienst tun zu können, nicht auf den Verdienst zu schauen, nicht auf beruflichen Erfolg fixiert zu sein. Im Ehrenamt erfährt man andere, vielleicht befriedigendere Begegnungen als im üblichen Berufsleben.

Rund 35.000 Jugendliche hatten sich in einem der vergangenen Jahre entschieden, nach dem Schulbesuch nicht eine Lehre anzufangen oder sich an einer Hochschule einzuschreiben, sondern ein Freiwilliges Soziales Jahr zu machen. Viele von ihnen

beschreiben diese Zeit als Bereicherung, als Möglichkeit, Selbstbewusstsein zu lernen, selbstständig zu werden, den Horizont zu erweitern. In der Tätigkeit für das Gemeinwohl haben sie Freude und Befriedigung erfahren, Mitmenschlichkeit in einer besonderen Form erlebt. Die ehrenamtliche Tätigkeit hat viele von ihnen für das weitere Leben geprägt.

Ehrenamt: Voraussetzung für gelingendes Zusammenleben in der Gemeinschaft, in der Gemeinde, im Stadtteil, die Garantie für den Zusammenhalt der Gesellschaft. In der Nachbarschaftshilfe, im Sportverein, bei der Feuerwehr, im Kegelclub, im Lions- oder Rotary-Club finden Begegnungen statt, finden Menschen zueinander, wird Vereinzelung überwunden. Sich mit der Hilfsbedürftigkeit anderer konfrontiert zu finden, ist nicht negativ, sondern positiv.

Im Ehrenamt steckt auch die Versprechung eines gelingenden Lebens. Du bist nicht um deiner selbst willen da, sondern verwirklichst dich in der Gemeinschaft, beginnst dich neu in der Gemeinschaft und vielleicht weiterreichend sogar im Dienst an der Gesellschaft, in einem politischen Amt. Als Annahme eines Ehrenamtes sehe ich auch die Mitgliedschaft in einer demokratischen Partei an. Ich weiß um die Politikverdrossenheit gerade junger Menschen, ich sehe mit Erschrecken, dass die Ablehnung der Parteien wächst, dass die Akzeptanz politischer Programme schwindet und sich die Überzeugung breit macht, den Politikern, gleich welcher Farbe, könne man nicht trauen, sie hätten nur persönliche Interessen im Auge und würden sowieso ihre Meinung populistisch von einem Monat zum anderen ändern. Die Diskussion um die Thesen Sarrazins und seinen möglichen Ausschluss aus der SPD, die Plagiate des Freiherrn zu Guttenberg, Streitigkeiten in der Linkspartei, die Meinungsverschiedenheiten in der FDP über eine neue Führungsstruktur, Querelen bei der Aufstellung von Kandidatinnen und Kandidaten bei politischen Wahlen, die Diskussionen um die auf Staatskosten honorierten Tätigkeiten der Familienmitglieder bayerischer Abgeordneter – sie haben zum Missbehagen der Bevölkerung an den Parteien und ihren Vorstellungen beigetragen.

Trotzdem sollten wir stolz auf unser demokratisches System, auf unsere funktionierende Demokratie sein, in der es zwar manchmal lange dauert, bis Unregelmäßigkeiten, Missbrauch oder Vorteilsnahme aufkommen und verfolgt werden, aber schließlich werden doch die Verstöße und Missbräuche geahndet.

Ja, und trotz der Politikverdrossenheit plädiere ich seit vielen Jahren für die Mitgliedschaft in einer politischen demokratischen Partei und sage jungen Leuten immer wieder: Mir ist egal, in welcher demokratischen Partei ihr euch engagiert, wichtig ist nur, dass ihr bereits seid, mitzureden und das heißt mitzugestalten. Auch die Mitgliedschaft in einer demokratischen Partei ist ein ehrenamtliches Engagement, Mitglied zu werden, bedeutet gerade nicht, als Karteileiche jahrelang ein Schattendasein zu wählen, sondern die Bereitschaft, auch ein Amt, ein Ehrenamt, zu übernehmen. Dies gilt im Übrigen auch für andere Organisationen und Vereine. Wer sich für eine Mitgliedschaft entscheidet, sollte sich von Anfang an auch für ein Ehrenamt bereithalten. Sicher ist es gerade auf dem politischen Feld nicht einfach, die Kritik, das scheinbare Besserwissen, das man vorher im vor-politischen Bereich geäußert hat, dann im inneren Bereich, in einer Fraktion, bei einer Mitgliederversammlung, bei einer Wahl anzubringen. Aber nur so kann man mitgestalten, mithelfen, der eigenen Gemeinde, der eigenen Stadt ein Gesicht zu geben. Ehrenamt in der Politik bedeutet, einen Auftrag der Wähler zu übernehmen, stellvertretend zu handeln, auf das Wohl anderer bedacht zu sein.

In dem Buch „Neue Wege in der Kommunalpolitik" haben die Herausgeber Alois Glück und Holger Magel Hinweise gegeben, um „durch eine neue Bürger- und Sozialkultur zur aktiven Bürgergesellschaft" zu kommen. Die aktive Bürgergesellschaft wird nicht nur als wünschenswert, sondern als notwendig gesehen. Wie stellt sich die Ausgangssituation dar?

Jeden Tag können wir Artikel über die Finanznot mancher Städte und Gemeinden lesen. Vielleicht nicht gerade über Orte im Speckgürtel um München. Einer dieser Orte schwimme in Geld, lautete vor kurzem eine Überschrift. Doch vielen anderen Kommunen geht das Geld aus. Für sie sind die fetten Jahre deutlich vorbei. Nicht alle nehmen am Aufschwung der Wirtschaft teil. Und: Kann der Aufschwung schnell die Wunden der Finanzkrise heilen? Wer bezahlt die Milliarden, die in die „Bad Banks" verschoben wurden, wer steht für die verspekulierten Milliarden gerade? Die Frage nach dem Ehrenamt ist aber keine, die nur im Blick auf die Finanzen einer Kommune zu beantworten ist. Das Ehrenamt ist für den Zusammenhalt eines Gemeinwesens wichtig.

Wir hatten uns daran gewöhnt, dass alles möglich ist und dass beinahe alle Dienstleistungen kostenlos zu haben waren. Jetzt werden an vielen Orten Schwimmbäder, Sportanlagen, Freizeitanlagen, Bibliotheken und Theater geschlossen. Nicht mehr bezahlbar, so lautet der simple Befund. Schon vor längerer Zeit führte ich mit dem Oberbürgermeister einer deutschen Mittelstadt ein Gespräch. Der Oberbürgermeister schilderte die Situation seiner Stadt und machte deutlich, welche Einrichtungen er in nächster Zeit werden schließen müsse, wenn nicht die Übernahme von Verantwortung durch die Bürger helfe, die Katastrophe zu verhindern. Der Oberbürgermeister sagte, er müsse überlegen, ob nicht Arbeiten in den genannten Einrichtungen ehrenamtlich verrichtet werden könnten. Warum müsse denn die Aufsicht in einer Freizeitanlage nur von bezahlten Kräften verrichtet werden? Warum könnten nicht Mütter oder Pensionisten Aufgaben in gemeindlichen Einrichtungen übernehmen? Eine neue Bürgerverantwortung, so meinte der OB, sei gefragt. Dass eine Stadt, eine Gemeinde, natürlich auch die Ehrenamtlichen versichern müsse, sei selbstverständlich.

Wir wissen, dass die finanziellen Belastungen der kommunalen Haushalte durch den sozialen Bereich nicht mehr lange zu stemmen sein werden, andernorts wahrscheinlich viel spürbarer als in mancher noch gut aufgestellten Stadt. Aber auch im Speckgürtel etwa der Landeshauptstadt München muss über diese Belastungen gesprochen werden. Natürlich gehört es zur freien Entscheidung jedes Bürgers, ob er sich aktiv am öffentlichen Leben beteiligt oder nicht. Doch vielleicht muss man auch von der Pflicht zum bürgerschaftlichen Engagement sprechen. Die Zeiten, in denen der Staat scheinbar unbegrenzt alle sozialen Bereiche abdecken konnte, sind vorbei. Wichtig erscheint, die Bürger zu motivieren, das persönliche, ehrenamtliche Engagement in den eigenen Lebensentwurf einzuplanen.

Soziales, bürgerschaftliches Engagement anstelle von ständig wachsender Freizeit müsste das Ziel sein. Dies bedeutet auch, dass der Einbezug der Möglichkeiten vorhandener Vereine und Verbände in den Ablauf kommunaler Politik und Verwaltung vordringlich ist. Natürlich nicht einfach als Forderung, sondern durch die Schaffung entsprechender Strukturen und Anreize. Ich sehe mit Schrecken die vielen Frührentner, die ihre Frauen zum Einkaufen begleiten und ihnen wohl mittags in den Kochtopf schauen, die spazieren gehen, aber eigentlich keine Aufgabe mehr haben und deswegen auch antriebslos sind. Welch ein Potenzial für ehrenamtliche Tätigkeiten, für bürger-

liches Engagement liegt hier brach. Von der Sicherung des Schulwegs für Kinder, der Mithilfe bei der Nachmittagsbetreuung der Schüler bis zum Einsatz vieler nicht mehr genutzter handwerklicher Tätigkeiten, täte sich ein weites Feld auf. Unsere Städte und Gemeinden würden auch äußerlich schöner, aufgeräumter aussehen, wenn die Genannten Hand anlegten. Warum soll denn ein ehemaliger Gärtner nicht mithelfen, die Blumen am Ortseingang zu pflanzen, warum sollen nicht Frauen, deren Kinder aus dem Haus sind, in den Schulküchen tätig werden, die wir etwa nach Einrichtung des Ganztagsunterrichts dringend benötigen? Vielleicht wären solche Engagements befriedigender als der Besuch von Fitnessstudios, von Kosmetikkursen, befriedigender als nur Sport und Spiel zu betreiben.

Wir werden uns daran gewöhnen müssen, dass Altenpflege, die Versorgung der Älteren und Behinderten, nicht selbstverständlich durch Gemeindebedienstete geleistet werden kann. Freilich, reine Appelle an das Gewissen werden nicht genügen. Der Wert des sozialen, mitmenschlichen Engagements muss herausgestellt werden. Es ist ein Zugewinn an Lebensqualität, wenn man sich für andere, Schwächere engagiert. Man erntet Freude, wenn man Nächstenliebe sät. Blicken wir nur in unsere Seniorenheime, vielleicht sogar in die Demenzstationen, in die immer mehr Mitbürger und Mitbürgerinnen kommen, weil wir erfreulicherweise eine immer noch steigende Lebenserwartung haben. Viele der Alten werden kaum noch besucht. Sie verkümmern, würden aber aufleben, wenn sie wenigstens einmal in der Woche Besuch erhielten. Die Freude auf dem Gesicht einer, eines Vereinsamten sollte als Geschenk angesehen werden. Und auch hier ginge es darum, das überlastete Pflegepersonal zu entlasten, etwa einem Menschen, der dies nicht mehr selber tun kann, den Löffel zum Mund zu führen.

Den Gemeinden käme in diesem Zusammenhang die Vernetzung der Angebote und Initiativen zu. Sie müssen die Ehrenamtlichen motivieren, vorbereiten und begleiten. Warum sollen bei uns nicht Eltern und Schüler freiwillig für ihre Schule Verantwortung übernehmen, wenn die notwendigen Dienste nicht mehr von den Gemeinden bezahlt werden können? Warum sollen nicht Eltern und Schüler gemeinsam an Wochenenden das Klassenzimmer streichen, den Schulhof renovieren? Ich habe mehrmals als Jurymitglied beim *Goldenen Floh* mitgewirkt, einem Wettbewerb, bei dem der *Bayerische Lehrer und Lehrerinnenverband* herausragende Aktivitäten von Schülern prämierte. Ich war, so darf ich es sagen, von den vorgelegten Beispielen begeistert. Da hatten Schulklassen beschlossen, einen langweiligen, verdreckten Pausenhof in ein Paradies mit Sitz- und Spielgelegenheiten, mit Pflanzen und künstlerischen Plastiken zu verwandeln, da hatten Schüler ihrem Klassenzimmer ein neues, ansprechendes, heiteres Gesicht gegeben. Da hatten Eltern und Schüler gemeinsam Tausende von Arbeitsstunden eingebracht, um ihre Schule neu zu gestalten, um spürbar persönliche Verantwortung für diese Schule zu übernehmen. Im Ergebnis waren die früher üblichen Schmierereien, Verunstaltungen nicht mehr möglich. Die Kinder, welche die Schule als ihr Eigentum ansehen, das sie mit eigenem Schweiß, eigener Kraft gestalten, verunzieren diese Schule nicht mehr, sie fühlen sich für ihre Schule verantwortlich. Warum soll eigentlich ein Putzdienst die durch Graffitischmierereien beschmutzten Wände reinigen, warum lassen wir die Schmierer nicht die Verantwortung für ihr Tun übernehmen und mit eigenen Händen die Schäden beseitigen?

Der Mensch ist auf das Du angelegt, hingewiesen auf Mitmenschen. Das Schlimmste

wäre, allein gelassen zu werden oder in einem sich zurückziehenden Egoismus nur mehr auf die eigene Person zu schauen. Das Ehrenamt: eine Notwendigkeit, weil die Gesellschaft ohne das ehrenamtliche Engagement nicht mehr auskommt, oder: begeisternde Aufgabe für den, die über den engen Kreis der eigenen Familie oder des Berufs hinausschaut?

Vielleicht sollte man ehrenamtliche Aufgaben weniger als Pflicht oder gar Forderung an die Mitbürger verstehen, sondern als beglückende Möglichkeiten des Einzelnen, sich in der und für die Gesellschaft zu verwirklichen, Gaben zu entfalten, die sonst nicht zur Entfaltung kämen.

Als ich mit 16 Jahren anfing, mich ehrenamtlich als Führer einer Jugendgruppe zu engagieren, und mir dann ehrenamtlich in einer Jugendorganisation die Verantwortung für ganz Altbayern übertragen wurde, habe ich mich gefreut, meine ganze Freizeit für dieses Engagement zu verwenden. Schon damals begann der erfüllende Kontakt zu anderen, denen man etwas weitergeben konnte. Als Klassen- und Schulsprecher durfte ich den begonnenen Weg fortsetzen. Später, im Engagement für die Erwachsenenbildung in Bayern, in einigen Akademien oder als Mitglied des *Vereins der Freunde des Nationalparks Berchtesgaden* und seither im engeren Vereinskreis aktiv, genauso in zehn Jahren im Ehrenamt als Präsident der *Bayerischen Akademie für Fernsehen*, hatte ich immer das Gefühl, machte ich die Erfahrung, mehr zu bekommen als zu geben. Welch eine Fülle menschlicher Kontakte, das Austauschen von Meinungen, gemeinsame Erlebnisse, wird einem im Ehrenamt geschenkt. Ich konnte viele, viele Jahre lang immer wieder als Vorsitzender in einem Elternbeirat bei vier Kindern ehrenamtlich tätig sein und Einfluss auf die Schulen nehmen. Ich habe in den aufeinander folgenden Schulsystemen anders nie mögliche Einblicke in die pädagogische Wirklichkeit geschenkt bekommen. Ich habe viele Kolleginnen und Kollegen, ich habe eine große Anzahl von Lehrerinnen und Lehrern kennen gelernt, keine dieser Begegnungen möchte ich vermissen.

Der läge falsch, der vom Opfer an Zeit und zumeist auch von finanziellen Opfern spricht. Das Ehrenamt ist auch ein Ausbrechen aus der Welt der reinen Nützlichkeit, der sich auszahlenden Leistungsbilanzen. Im Ehrenamt wird nicht gerechnet, nicht aufgerechnet, auch wenn es erlaubt ist, dass zum Beispiel eine Nachbarschaftshilfe im Jahresbericht auflistet, dass 201 Mitarbeiter in 33.000 Arbeitsstunden soziale Dienste geleistet haben, dass 23 Mitarbeiter der Haushalts- und Seniorenhilfe mit 5.318 Arbeitsstunden den Mitbürgern bei der Bewältigung des Alltags geholfen haben, dass sieben Mitarbeiter an allen 365 Tagen des letzten Jahres Essen an durchschnittlich 22 Kunden täglich geliefert haben, usw. usw. Das Wort Nachbarschaft ist in diesem Zusammenhang wichtig. Es meint den anderen, der neben mir wohnt, ihn zu sehen, ihn anzunehmen, ihm zu helfen, wenn er Hilfe benötigt.

Ehrenamtliches Glück ist natürlich auch in den vielen Vereinen zu erfahren, die ohne den überdurchschnittlichen Einsatz Einzelner für den Verein gar nicht existieren könnten. Und dabei müssen die Erfolge gar nicht an die große Glocke gehängt werden. Der Ehrenamtliche brüstet sich nicht mit seinem Engagement, er weiß, dass seine Tätigkeit ihn weiterbringt, ihm die Erfüllung schenkt, die nie dem zuteilwird, der sich egoistisch auf sein Eigenleben, auf das persönliche Wohlergehen zurückzieht.

Wir sprechen heute immer wieder von der verantwortungsbereiten Bürgergesellschaft. Sie ist in Deutschland am ausgeprägtesten bei den ehrenamtlichen Tätigkeiten zu finden. In einem Artikel hat Wolfgang Bergsdorf unter dem Titel *Mehr Ehre für das Ehrenamt* geschrieben: „Heute ist jeder

Deutsche über 18 Jahren Mitglied eines Vereins oder Verbandes. Die Zahl der bundesweit tätigen Vereine wird über 5.000 geschätzt, die ihrer regionalen Untergliederungen auf 15.000. Insgesamt dürfte es circa 200.000 Vereine geben." Rund 3.500 ehrenamtliche Aktive setzen sich beim Bayerischen Roten Kreuz in der Landeshauptstadt und im Landkreis München, in den Bereitschaften der Wasserwacht und Bergwacht sowie im Jugendrotkreuz für andere Menschen ein. Die Mitarbeit in der aktiven Bürgergesellschaft meint nicht eine besondere Form der Freizeitgestaltung, sondern die Übernahme von Verantwortung.

Das Thema Verantwortung ist zusammen mit der Frage nach der Notwendigkeit von Vorbildern eine herausragend gesellschaftliche und überaus aktuelle. Beinahe jeden Tag hören wir, dass wieder eine terroristische Gruppe die „Verantwortung" für ein menschenverachtendes Verbrechen übernommen hat. Das Wort Verantwortung scheint Konjunktur zu haben. Wie aber kann man nach einem Anschlag der Öffentlichkeit kundtun, dass man Verantwortung für den Tod unschuldiger Menschen übernimmt? Was eigentlich verantworten Mörder, vor wem bekennen sie Verantwortung? Wird nicht bei solchen Bekenntnissen ein großes Wort herabgemindert, in den Dreck gezogen?

In diesem Zusammenhang zitiere ich aus dem zweiten Flugblatt der *Weißen Rose*, in dem Hans Scholl und Alexander Schmorell geschrieben haben: „Warum verhält sich das deutsche Volk angesichts all dieser scheußlichen menschenunwürdigen Verbrechen so apathisch? Kaum jemand macht sich Gedanken darüber. Die Tatsache wird als solche hingenommen und ad acta gelegt. Und wieder schläft das deutsche Volk in seinem stumpfen, blöden Schlaf weiter und gibt diesen faschistischen Verbrechern Mut und Gelegenheit, weiter zu wüten – und diese tun es. Sollte dies ein Zeichen dafür sein, dass die Deutschen in ihrem primitivsten Gefühlen verroht sind, dass keine Saite in ihnen schrill aufschreit im Angesicht solcher Taten, dass sie in einen tödlichen Schlaf versunken sind, aus dem es kein Erwachen mehr gibt, nie, niemals? Es scheint so und ist es bestimmt, wenn der Deutsche nicht endlich aus der Dumpfheit auffährt, wenn er nicht protestiert, wo immer er nur kann, gegen diese Verbrecherclique, wenn er mit diesen Hunderttausenden von Opfern nicht mit leidet. Und nicht nur Mitleid muss er empfinden, nein, noch viel mehr: Mitschuld. Denn er gibt durch sein apathisches Verhalten diesen dunklen Menschen erst die Möglichkeit, so zu handeln, er leidet diese „Regierung", die eine unendliche Schuld auf sich geladen hat, ja, er ist doch selbst schuld daran, dass sie überhaupt entstehen konnte."

Dieses großartige Dokument war nicht nur in den Tagen, in denen Sophie Scholl 90 Jahre alt geworden wäre, ein bedenkenswertes Dokument, ein Dokument, das ein bürgerschaftliches Engagement, ein auf christlicher Verantwortung vor Gott basierendes Engagement, so ernst nahm, dass es sogar zum Tode geführt hat. Keiner von uns wird wie die Geschwister Scholl und die Mitglieder der *Weißen Rose* in eine so schwerwiegende Verantwortung mit tödlichem Ausgang hineingenommen werden, doch die Übernahme von Verantwortung birgt immer auch das Risiko, anzustoßen, andere herauszufordern. Gesellschaftliches Engagement kann sehr unangenehme Folgen nach sich ziehen. Viel einfacher ist es, im Strom mitzuschwimmen, sich zu drücken, gleichgültig, unauffällig zu bleiben. Wer Verantwortung übernimmt, fällt möglicherweise auf, rüttelt auf, mahnt andere. Aber Freiheit, Gleichheit, Brüderlichkeit Nächstenliebe, so könnte man auch sagen, sind das nicht idealistische Deklarationen, Aufforderungen zum Verhalten, zum Handeln, zum Gut-Sein?

Pathetische Wortgirlanden, die man zu Festtagen und Feiern herausholt, um sie dann wieder zu verräumen, wenn die dringlichen Alltagsgeschäfte Nüchternheit, Realitätssinn und Bescheidenheit verlangen? Zwingen uns nicht die Weltereignisse, die Horrormeldungen, die Schrecknisse unserer Tage, die sich unmittelbar vor unseren Augen abspielen oder aus der Ferne durch das Fernsehen in unsere Wohnzimmer gebracht werden, zwingen sie uns nicht dazu, Abschied zu nehmen von allen idealistischen Vorstellungen, von humanistischen Lebensregeln, ob sie nun vor 2500 Jahren von Konfuzius, Buddha, von griechischen Philosophen oder vor 2000 Jahren von Jesus, dann von der Französischen Revolution, von den Vereinten Nationen, vom Völkerrecht oder von Grundgesetzen formuliert wurden?

Doch wir müssen Subsidiarität und Solidarität neu sehen, damit der Entsolidarisierung der Gesellschaft entgegengewirkt werden kann. Wir müssen mithelfen, dass viel von dem, was bisher staatlich verwaltet wurde, in die Hände der Bürger gelegt wird. Wir dürfen vom Glück des Ehrenamtes reden.

In einer Schule fragte der Religionslehrer die Schüler, was Sinn im Leben mache, und erhielt die Antwort: Verantwortung übernehmen. Die Schüler haben sicher nicht die Verantwortung für ein Verbrechen gemeint, sondern daran gedacht, Verantwortung für eine Sache, für andere Menschen, zu übernehmen, mitzuwirken an dem Ort, an den sie sich verantwortlich gestellt sehen. Dies kann bedeuten, stolz auf die Verantwortung zu sein, die man für eine Familie, insbesondere für Kinder, übernimmt, dies kann bedeuten, sich beruflich Herausforderungen zu stellen, eine verantwortliche Position in der Firma, Gemeinde, in der Gesellschaft, anzustreben und sie zum gemeinsamen Wohl auszufüllen.

Der Begriff Verantwortung führt uns in den Bereich der Ethik. Die Ethik als Teil der Philosophie stellt seit der Antike die Frage nach dem guten Handeln. Es geht bei der Ethik um formulierte Verhaltensregeln, die in einer bestimmten Gesellschaft gelten und als verbindlich angesehen werden. Mithilfe dieser Regeln aber ergeben sich offene Lebens- und Haltungsalternativen, da ja nur der allgemeine Rahmen gesetzt ist, und so kann der Einzelne fragen: Was ist für mein Leben das Beste, aber auch: Wie kann ich, indem ich mich um ein gutes, gelingendes Leben bemühe, für meine Mitmenschen wie für die Gesellschaft, in der ich lebe, Gutes bewirken? Dass Ethik kein überholter Begriff von gestern ist, mag man daran ersehen, dass sehr aktuell von der Umweltethik, der Wissenschaftsethik, der Medizinethik wie der Medienethik usw. gesprochen wird und etwa im Zusammenhang mit den Möglichkeiten der Gentechnik die Bioethik genannt oder beschworen wird.

399 v. Chr. wurde Sokrates wegen seines, vielen Mitbürgern lästigen, Aufklärungsgeistes in Athen der Prozess gemacht. Mit seiner nachsetzenden Fragerei hatte er den überkommenen mythischen Götterhimmel außer Kraft gesetzt, indem er sich allein auf seinen „Daimonion“, seine innere Stimme, berief. Man kann sagen, dass damit in der Geschichte der Philosophie des Abendlandes erstmals das Verantwortungsmodell bezeichnet wurde, nach dem sich der Mensch über die Instanz des individuellen Gewissens, das freilich auch als Stimme eines Gottes verstanden wurde, zu verantworten hat. Die sittlichen Forderungen wurden in allen Kulturen mit ausgeprägten Formen des philosophischen Denkens letztendlich aus religiösen Vorstellungen abgeleitet. Erst in der Neuzeit gab der Mensch bewusst den Zusammenhang mit dem Religiösen auf und versuchte, die ethischen Werte und Normen aus dem innerweltlichen, individuellen und sozialen Leben abzuleiten.

Beim Blick auf die Übernahme von Verantwortungen, von Engagement im Ehrenamt,

muss auch vom Vorbild gesprochen werden. Vorbilder sind Leit-Bilder, die anderen Menschen Wege weisen, die anderen Menschen etwas vorleben, vorbildlich vorleben – das Ehrenamt könnte immer wieder als Vorbild dienen. Sind wir damit bei einem unzeitgemäßen Thema? Unsere Zeit hält nicht allzu viel von Vorbildern. Stehen sie nicht der Selbstverwirklichung des Individuums im Wege? Die großen Vorbilder scheinen sich aus dem Bereich der Politik, des gesellschaftlichen Lebens verabschiedet zu haben. Wenn ich heute meine erwachsenen Kinder oder Schwiegerkinder, ja auch schon die Enkelkinder frage: Wer sind eure Vorbilder, werde ich kaum welche finden und schon gar nicht im Bereich von Politik und Gesellschaft. Findet man die Vorbilder heute im Bereich des Sports, der Film- und Fernsehszene? Aber sind deren Größen Vorbilder? Was ist mit den Steuer-Affären vieler Stars, auch mit den Großen der Wirtschaft, die exorbitante Einkünfte vor der Steuer in Sicherheit bringen? Doch es gibt auch Wirtschaftsbosse, die ihre Verantwortung für die Mitarbeiter wahrnehmen, die Vorbilder sein können. Diejenigen, die Vorbilder in ihrem Betrieb sind, sind meist auch ehrenamtlich tätig.

Vielleicht müssen wir zwischen Idol und Vorbild unterscheiden. Vorbilder, so heißt es, hätten mit gelebten Werten zu tun. Es wäre fatal, wenn dies heute auch bedeuten würde, Vorbild ist, wer es geschafft hat, an die Spitze der Geldverdienenden zu gelangen und damit den großen Erfolg aufweisen kann. Im Zusammenhang mit den Vorbildern stellt sich auch die Frage nach den Werten, die eine Gesellschaft vorgibt, die sie als vorbildlich hinstellt.

Die Frage nach den Vorbildern ist immer eine Rückfrage ans eigene Leben. Gibt es in meinem Leben, so mag sich jeder fragen, Menschen, die ich mir zumindest in einer bestimmten Situation zum Vorbild genommen habe? Erziehung zum Guten oder Schlechten kommt ohne Vorbilder nicht aus. Wem die inszenierte Gewalt vorgaukelt, Konflikte ließen sich am besten durch einen Schuss aus der Pistole lösen, der wird in einem persönlichen Konflikt die Gewaltlösung als die praktikable ansehen. Ich habe Probleme, wenn seit kurzem das Unwort „Wutbürger“ bei jeder Gelegenheit gebraucht wird. Ich will dabei nicht das Recht auf Protest oder Demonstrationen abweisen, aber im Sinne einer verantwortungsbewussten Bürgergesellschaft müssten vielleicht doch anstelle von Wut und Protest, vom ständig wiederholten Nein, Engagements für positive Vorschläge, die Bereitschaft zur Übernahme von Verantwortung stärker ausgeprägt sein.

Beim Blick auf die Übernahme von Verantwortung muss, wie gesagt, vom Vorbild gesprochen werden Vorbilder sind Leitbilder, die anderen Menschen Wege weisen, die anderen Menschen etwas vorleben, vorbildlich vorleben. Jedem Ehrenamt kommt auch etwas Vorbildliches zu.

In China, am Familiensitz des Konfuzius, in Gufu, und auch im Alltagsleben des heutigen China, konnte ich mich von der nachhaltigen Wirkung des chinesischen Weisheitslehrers überzeugen, der etwa 551 bis 479 v. Chr. gelebt hat. Heute begegnet man auf Schritt und Tritt wieder dem Geist des Konfuzius. Die Frage bleibt freilich, wie seine Lehren wirklich umgesetzt werden. Und auch bei uns sind seine Lehren wieder präsent. Vor einiger Zeit konnte ich mir ein gerade erschienenes Buch mit dem Titel „Die Lehren des Konfuzius“ kaufen, das auf 1111 Seiten auf Chinesisch und Deutsch seine großartigen Lebensregeln anbietet. Die Zeiten, in denen seine Lehre verworfen wurde, sind vorbei. Seine Gedanken, seine Auffassung vom Zusammenleben der Menschen in Familie und Gesellschaft, sind seit mehr als 2000 Jahren lebendig. Schon als Kind interessierte sich Konfuzius für die

religiösen Zeremonien und Bräuche des Altertums, er liebte die im chinesischen Altertum praktizierte Musik. Seine Bemühungen waren darauf gerichtet, Gebräuche, Überlieferungen und Ordnungen des alten chinesischen Zhou-Reiches als ideale Vergangenheit aufleben zu lassen, die Gegenwart an der vorbildlichen Vergangenheit zu messen, das Altertum also zu erneuern, um Harmonie und Ordnung in die Gesellschaft zu bringen.

Die Ordnung, auch im Staat, muss durch Sittlichkeit, durch rechtes Verhalten, begründet werden. Ein Volk kann nur durch Sittlichkeit, nicht durch Wissen geleitet werden, sagte Konfuzius. „Was du selbst nicht liebst, wenn es dir getan würde, das tu niemand anderen an.“ In der Rückbesinnung auf Vorbilder, auf die geordnete Vergangenheit, glaubte Konfuzius, Fehlentwicklung seiner Gegenwart korrigieren zu können. Er sagte: „Indem die Alten die ursprünglich reine Natur des Menschen leuchten lassen wollten, ordneten sie zunächst ihren Staat; indem sie den Staat ordnen wollten, ordneten sie zunächst ihre Familien; indem sie die Familien ordnen wollten, ordneten sie sich selbst zunächst. Wer sich selbst ordnen möchte, muss sein Seelenleben ordnen.“ Leben, Zusammenleben bezieht sich auf Vorbilder auf Vor-Gelebtes. Nur wenn eines dem anderen etwas vorgibt, vorstellt, und zwar im Positiven, entsteht eine Entwicklung hin zum Guten.

Wie alle großen Lehrer der Menschheit wurde Konfuzius zum Vorbild für seine Schüler, sie trugen seine Lehre weiter. Auch Buddha versammelte Schüler um sich, Sokrates lehrte, diskutierte im Kreis der Schüler, Platon stellte ihn als Vorbild vor Augen. Das Meister-Schüler-Verhältnis zieht sich durch alle Kulturen und Religionen. Die Jünger Jesu folgten ihrem Meister, der sie herausgerufen hatte, weggeholt hatte von ihrer Alltagsarbeit. Jesus ist das Vorbild schlechthin geworden, in dem, was er gelebt, gefordert hat. Und die Nachfolge Jesu blieb als eine der höchsten Lebensformen durch alle Jahrhunderte des Christentums erhalten. Sie wurde von vielen Heiligen gerade buchstäblich beglaubigt, bis in unsere Tage, in denen etwa Mutter Theresa eines der glaubwürdigsten großen Vorbilder wurde, dem sich auch viele junge Menschen verbunden fühlten, das sie bewunderten. Man könnte sie auch eine Heilige des Ehrenamtes nennen. Nachfolge eines Vorbildes bedeutet ja nicht, dass man selbst nach Indien gehen und Leprakranke pflegen muss, immer geht es darum, die vorbildlichen Anstöße im eigenen Umfeld, in einem Ehrenamt, im eigenen Handeln wirksam werden zu lassen.

War nicht auch das Leiden und Sterben vom Papst Johannes Paul II. trotz mancher Kritik an der scheinbaren Zurschaustellung Vorbild? Wie vielen Behinderten und Kranken hatte er ein Beispiel gegeben, hatte deutlich gemacht, dass Behinderung und Krankheit sich nicht verstecken müssen, sondern Teil der menschlichen Existenz sind? Wir brauchen Vorbilder, um selbst wachsen zu können, um die eigenen Möglichkeiten an größeren Vorgaben zu erproben. Dazu gehört auch die Fähigkeit, bewundern zu können, das Erlebnis des Glücks, in einem Ehrenamt tätig zu sein.

Die Tätigkeit in einem Ehrenamt ist eine vorbildliche, könnte eine vorbildliche sein, die andere ermuntert, sich auch für die Gemeinschaft einzusetzen, anderen zu helfen, insbesondere jenen, denen Behinderung oder Krankheit nicht mehr die Möglichkeit gibt, sich wie die anderen, die Gesunden, frei und ungehindert in der Gesellschaft zu bewegen.

Dolf Sternberger, der Politologe, Publizist und Schriftsteller, hat einmal über den „Bürgersinn“ gesprochen und gesagt: „Solange es Bürger gibt, die von dieser und jener öffentlichen Angelegenheit sagen: cela m'importe – das geht mich an, da will ich mittun, da wollen wir uns zusammentun – so lange lebt der Staat.“

KARL FORSTER

Präzision unter der Lupe

Hier spielt Zeit noch eine Rolle: Petra und Dominique Schmittbiel arbeiten als Uhrmacher.

Ich trage, wo ich gehe,
Stets eine Uhr bei mir;
Wie viel es geschlagen habe,
Genau seh ich's an ihr.

Tja, und wenn sie nicht mehr geht? Dann bringt man die Uhr zum Uhrmacher. Carl Loewe hat Johann Gabriel Seidls Text über die Uhr vertont, damals in der Mitte des 19. Jahrhunderts. Es ist, wie viele seiner kleinen Kompositionen, ein sehr schönes Lied geworden, romantisch in Harmonie, Melodie und Text. Selbst Franz Schubert hat sich Seidls Dichtkunst bemächtigt. Auch Petra und Dominique Schmittbiel kennen natürlich das Lied, in dem dann vom „großen Meister" die Rede ist, der „künstlich ihr Werk gefügt" hat. Und in der letzten Strophe davon, wie es ist, wenn die Uhr dann einmal stehenbleibt: „Dann gäb ich sie ihm zurücke / Mit dankbar kindlichem Fleh'n: / Sieh, Herr, ich hab nichts verdorben, / Sie blieb von selber steh'n."

Petra und Dominique Schmittbiel, 56 und 58 Jahre alt, wissen um die Uhr als Metapher fürs Leben, wissen um die Bedeutung der Zeit sowohl als großes Menschheitsrätsel als auch als existenzieller Parameter für Vergangenheit, Gegenwart und Zukunft. Und dass der Mensch ohne Uhr nur schwer in der Lage wäre, diesen Parameter wenn schon nicht zu beherrschen, so ihn doch zu nutzen. Aber sie kümmern sich nicht groß darum, sondern nutzen ihrerseits die Uhr ganz pragmatisch zum Verdienst des Lebensunterhalts. Denn sie sind Uhrmacher, schon viele Jahre lang.

„Der Beruf des Uhrmachers ist Handwerk. Aber man braucht sehr viel Erfahrung und einen bestimmten Blick, um Fehler in der Uhr zu erkennen. Manchmal ist er nicht zu sehen, aber man spürt ihn. Ein bisschen Feeling ist da schon auch dabei", sagt Petra Schmittbiel und ihr Mann Dominique assistiert fröhlich: „Man braucht schon eine spezifische Begabung und eine intuitive Ausstattung in der Persönlichkeit." Und man braucht, wenn man sich als Fremder das Innenleben der IWC, die gerade in Arbeit ist, anschaut, wohl eine sehr, sehr ruhige Hand. Denn auch wenn man durch die Uhrmacherlupe die Schrauben im Werk sehr klar und groß sieht – genau so groß wären etwaige Zitterbewegungen der Hand, wenn sie, unkundig und ungelernt, hier den Miniaturschraubenzieher ansetzte. Dominique Schmittbiel aber lacht nur und sagt: „Das lernt man mit der Zeit." Er meint, nicht zu zittern mit dem Schraubenzieher.

Petra Schmittbiel stammt aus München, was man am sanften Dialekt hört. Zur Uhrmacherei kam sie ganz prosaisch durch den Wunsch, nach der Schule unbedingt eine handwerkliche Ausbildung absolvieren zu wollen – „Ich hätte auch gern genäht." Sie lernte bei einer Firma mit großer Werkstätte in Gröbenzell, ging nach der Gesellenprüfung zu einem Geschäft nahe dem Hauptbahnhof, wo man auch mit Rolex und ähnlich edlen Marken arbeitete, und machte 1986 dann die Meisterprüfung an der Fachschule in Hildesheim. „Da habe ich herumgeschaut und mich dann entschieden, selbstständig zu werden."

Das war ganz offensichtlich eine gute und weit vorausblickende Entscheidung, denn just zu dieser Zeit kam, über sehr verwickelte Familiengeschichten, Dominique Schmittbiel ins Spiel, ein Franzose, der bis dato bei einer

Versicherung gearbeitet hatte, jetzt aber, im Banne der Uhrmacherin Petra, sich ebenfalls diesem Fach zuwandte. Er lernte den Beruf in der renommierten Fachschule im schönen Besançon, dort, wo der Fluss Dubs eine große Schleife zieht und die Uhrenindustrie die städtische Wirtschaft mitbestimmt. Dominique ging dann nach München, um Petra zu heiraten.

Es sieht nicht nach Uhrenindustrie aus bei den Schmittbiels. Draußen in Aubing, dort wo die schier endlos lange Bergsonstraße im Westen fast zu Ende geht, liegt das hübsche Einfamilienhäuschen an der Schönbrunner Straße. Keiner vermutet hier ein Zentrum feinmechanischer Handwerkskunst an edelsten Uhrwerken, wohin Kunden bis aus Australien pilgern, um ihren Chronografen wieder dazu zu bringen anzuzeigen, „wie viel es geschlagen habe". Ein hübscher Garten, Vorstadtidylle, in die große Stadt fahren die Schmittbiels mit dem Fahrrad.

Er macht die großen, sie die kleinen Uhren. Das hat nichts mit Rollenverständnis oder Genderdebatte zu tun, sondern ist „halt so gewachsen". Das Funktionsprinzip jedenfalls ist das gleiche, ob große Standuhr oder Armbanduhr. Und weil die ursprüngliche Beschreibung dessen, wie so eine Uhr nun wirklich funktioniert, bei allen Uhrmachern dieser Welt homerisches Gelächter ausgelöst hätte, haben sich Petra und Dominique Schmittbiel dafür einen eigenen Text zurechtgelegt: „Die Kraft kann entweder durch ein Gewicht oder eine gespannte Feder erzeugt werden. Diese Kraft treibt dann einige Räder des Werks an, die durch die Übersetzung dann Stunde, Minute und Sekunde anzeigen. Damit dies in der richtigen Zeit geschieht, gibt die Hemmung beim letzten Rad immer nur einen Zahn frei. Diese Hemmung wird entweder durch ein Pendel oder eine Unruhe reguliert." Tja, so kann man es auch sagen. Des Autors Feststellung, dass, je feiner diese Hemmung arbeiten könne, desto exakter die Uhr gehe, fand dann wieder Gnade vor Fachfrau und -mann.

Eine exakte Uhr braucht man ja nicht nur, um festzustellen, wie spät es ist, sondern beispielsweise auch, um herauszufinden, wo man sich befindet. Schon 1714 setzte die britische Regierung, Seeweltmacht damals, einen hoch dotierten Preis aus für die Erfindung einer so präzisen Uhr, dass man exakt um 12.00 Uhr Ortszeit mit dem Sextanten den Winkel vom Horizont zur Sonne messen könnte, um daraus die Position auf der geografischen Länge zu bestimmen. Ein Tischler gewann diese 20.000 Pfund, John Harrison mit Namen. Sein Trick unter anderem: Hemmungen aus Bimetall, um den Einfluss der Außentemperatur auf die Mechanik so weit abzumildern, dass eine Maximalabweichung von einer Sekunde pro Monat erreicht wurde.

„Legierungen sind auch heute noch entscheidend für die Qualität einer Uhr", wissen Petra und Dominique Schmittbiel. Sowohl beim Pendel der Standuhr als auch bei der nur Millimeter großen Hemmung in der Uhr am Arm. Um die 70 Einzelteile verstecken sich in so einem kleinen Gehäuse, kommen noch Datum und Stoppuhr dazu, wird's deutlich mehr. Und wer bis vor Kurzem dachte, auch hier drücke die Digitalisierung einer Branche die Lebensader ab, täuscht sich.

Zwar ist die Abhängigkeit von der Uhrenmechanik seit John Harrison deutlich zurückgegangen. Lange Zeit war ja die Bahnhofsuhr Inbegriff der Pünktlichkeit. Heute ist die Kombination Pünktlichkeit und Bahnhof fast schon ein schlechter Witz, dafür hat jeder die Uhrzeit auf dem Handy, im Auto oder auf dem Display des Telefons. Doch „seit der Renaissance der Armbanduhr, genauer gesagt der mechanischen Uhr, ausgelöst durch die auch in München wirkende Firma Chronoswiss, hat die Uhr am Arm stark an Bedeutung zurückgewonnen." Sagt Oliver Belik, Obermeister der Uhrmacherinnung München und Oberbayern. Er leitet

selbst einen Uhren-Reparaturbetrieb im Künstlerhof zu Neuhausen und kennt naturgemäß auch die Sorgen und Nöte seines Berufsstandes. Dass zum Beispiel die Ausbildung für viele kleinere Betriebe zu aufwendig und zu teuer geworden sei, was zu markantem Mangel auf dem Markt geführt habe.

Auch die Schmittbiels würden gerne ausbilden, doch allein es fehlt der Platz. Die Werkstatt ist einfach zu klein für drei. Das haben sie bei einem Test mit einem Praktikanten herausgefunden. Und dass ihr Sohn, heute 27 Jahre alt, nicht ins elterliche Gewerbe gefunden hat, scheint diese nicht zu grämen. Er hat schließlich Maschinenwesen studiert, das ist ja ein bisschen ähnlich. Um ihren Berufsstand jedenfalls machen sie sich keine Sorgen. Genauso wenig wie Innungschef Belik. Ihm sei nicht Bange um diesen Beruf, wo doch dank der hervorragenden Qualität der Uhren im mittleren und oberen Preissegment der Kampf gegen die „Multifunktionssmartwatch“ recht erfolgreich verlaufe. Die Uhr ist schließlich wieder wer.

Das denken wohl auch jene, die auf Reisen in den fernen Osten oder am Hafen von Genua für wenig Geld ein mit Strass besetztes Rolex-Imitat oder einen falschen Breitling-Chronografen kaufen. Und sich dann wundern, wenn sie nicht mehr genau sehen, „wie viel es geschlagen habe“. An solchen Uhren setzt Petra Schmittbiel keinen Schraubenzieher an. „Schlechte Legierungen, schlecht geschnittene Zahnräder, wenn du die aufmachst, bringst du sie oft gar nicht mehr zu. Da ist nichts zu machen.“

Anders hoffentlich, als jene Breitling, die der Autor einst zu seinem 21. Geburtstag von seiner Firmpatin bekommen hat (hätte eigentlich zur Firmung passieren müssen, scheiterte aber am Zerstörungsdrang des Pubertierenden). Die hat jetzt mehr als vier Dezennien auf dem Buckel und nimmt es mit der Genauigkeit auch nicht mehr so ernst. Petra Schmittbiel legt sie auf ein Gerät mit dem unromantischen Namen „Watchmatic III“, eine Art Generaldiagnosemaschine. „Oje, die ist am Leiden, die schwingt ja fast gar nicht mehr.“ Ein Todesurteil? Wo sie einen doch fast ein Leben lang begleitet hat? „Nein, nein, die gehört nur anständig überholt. So etwas machen wir häufig.“

Noch ist es also nicht so weit, noch bleibt Zeit, über die Uhr und ihre Kraft als Metapher nachzudenken. Sie tickt; es ist fünf vor zwölf; wem die Stunde schlägt. Wenn man will, kann man die Uhr anhalten, aber nicht die Zeit. Und die ist – nicht nur dank Albert Einstein – auch noch relativ. Die Genauigkeit der Atomuhr eines GPS-Satelliten ist exakter als eine Nanosekunde. Und in der Wissenschaft rechnet man schon mit der Femtosekunde, das sind eine Null vor dem Koma, 14 Nullen dahinter und dann kommt erst die Eins.

So bleibt also die gute alte Breitling erst einmal beim Uhrmacher. Auch dafür hat Carl Loewes Lied eine Strophe: „Und ward sie auch einmal träger / Und drohte zu stocken ihr Lauf, / So zog der Meister immer / Großmütig sie wieder auf.“

Frau Doktor Polt

Claudia Pichler hat über den bayerischen Kabarettisten Gerhard Polt promoviert. Die Herausforderung: Wie kann man diesen Humor wissenschaftlich bearbeiten?

Bei der Frage nach dem Humor wird Claudia Pichler sehr ernst. „Ja“, meint sie nach ein paar Takten des Nachdenkens, „ja, das war schon eine Herausforderung. Wie man den Humor – gerade diesen Humor – wissenschaftlich bearbeitet.“ Es soll nicht der einzige Ausflug ins Ernsthafte bleiben bei diesem sonst recht fröhlichen Gespräch mit der frisch promovierten Frau Doktor Claudia

Pichler. Sie hat sich für ihre Dissertation ein Thema vorgenommen, das auf den ersten Blick und für wissenschaftliche Laien eigentlich als „gmahde Wiesn" durchgehen müsste. Bei näherer Betrachtung aber sind in dieser Wiese viele Maulwurfshügel versteckt, in denen sich die Sense der Wissenschaft verfangen kann. „Fremdheit bei Gerhard Polt" heißt diese Arbeit. Sie misst alles in allem 357 Seiten und ist nun im Eigenverlag erschienen. Den Titel ziert, selbstverständlich, ein Polt-Porträt von einem Auftritt aus früheren Zeiten in Aichach. Es stammt aus dem Archiv von Michael Well. Am meisten fallen da seine oberen Schneidezähne auf. Polt lacht.

Vielleicht lacht er über die Hinterfotzigkeit seines Statements, welches Claudia Pichler ihrer Arbeit vorangesetzt hat: „Wer ist wir? – Ich nicht!" Schon daran sieht man, dass eine intensivere Beschäftigung mit dem Mann, der, 1942 in München geboren, später Politik, Kunstgeschichte, Skandinavistik und Altgermanisch nicht nur in München, sondern auch in Göteborg studiert und dann eher zufällig sein Talent entdeckt hat, Menschen zum Lachen zu bringen, dass also eine Beschäftigung mit Gerhard Polt nicht ganz so einfach ist, wie man meinen möchte. Warum nun ausgerechnet Claudia Pichler sich des Phänomens Polt angenommen hat, liegt ein wenig in ihrem Wesen begründet, ein wenig auch an ihrem Lebenslauf und ein bisschen mehr noch an dem Zufall, dass sie im Laufe von Ausbildung und Studium auf Michael Well und dessen Umgebung gestoßen ist. Zu der gehört bekanntermaßen ja auch Gerhard Polt.

Vor allem aber liegt es daran, dass Claudia Pichler ein ähnlich schönes Bairisch spricht wie Polt, obwohl sie einer Generation von Münchnern angehört, die diesen Dialekt eigentlich geschliffen hat. Sprich: abgeschafft. Doch Claudia Pichler – geboren und aufgewachsen in Aubing, als dort, im Westen der großen Stadt, noch Wald ums Dorf stand – hat sich ihre eigene Art von Zweisprachigkeit bewahrt: Wenn es geht, dann Bairisch (und es geht oft), wenn es sein muss, Hochdeutsch, und zwar akzentfrei (in der Schule, an der Uni). Und als sie, schon immer interessiert an Büchern und wie man solche macht, ein Volontariat beim Schweizer Kein & Aber-Verlag absolvierte, fiel ihr der Polt sozusagen in den Schoß: In diesem kleinen, feinen Zürcher Verlag veröffentlicht Polt schon seit jeher seine Skripten. Claudia Pichler startete dort, als man daran ging, dessen „Opus Magnum" fertigzustellen, also ein zehnbändiges Best-of (neun CDs) herauszubringen. Da war die neue Volontärin aus Bayern plötzlich mittendrin im Poltschen Kosmos von Mai Ling über Leberkäs Hawaii bis Ekzem Homo, weil sie die Sprache des Autors weit besser spricht, als jeder Schweizer.

Man könnte sagen, Claudia Pichler, Jahrgang 1985, sei damals so angefixt worden von Humor und Hintersinn im Allgemeinen und von Polts Version im Besonderen. Jedenfalls beschloss sie, ihr Studium der Neueren Deutschen Literatur, der Psychologie und der Politik mit einer Magisterarbeit über „Tschurangrati" zu beenden. Sie nennt sich nun stolz: Poltologin.

Und sie fand über diese Arbeit zu Gerhard Polt höchstpersönlich. Es ging ihr damals auch darum, dass diese Geschichten aus einer Bayerischen Botschaft mitten in Afrika, wie Polt und die damalige Biermösl-Blosn sie in den Kammerspielen erzählten, so lustig waren, dass sich auch jedwede CSU-Politprominenz auf die Schenkel klopfte, obwohl ihresgleichen auf der Bühne gerade dramatisch bearbeitet wurde – zum Gaudium aller Besucher. Claudia Pichler also schrieb an Polt und bat um ein Treffen wegen eben ihrer Magisterarbeit. Dieser antwortete, er weile gerade an seinem Zweitwohnsitz in Terracina, Italien, komme aber in drei Monaten zurück an den Schliersee, wo man sich

dann gerne an dem und dem Tag zu der und der Uhrzeit treffen könne. So fuhr Claudia Pichler zum angesagten Termin hinaus an den See zum Poltschen Anwesen, wo sich allerdings der Hausherr an keinen Termin mehr erinnern konnte; aber der angehenden Frau Magister dann doch gerne drei Stunden Rede und Antwort stand. Der Beginn einer wunderbaren Freundschaft.

Um zu verstehen, warum Gerhard Polt, sonst ein hartleibiger Verweigerer was Privates angeht, hier eine Ausnahme machte, lohnt ein Blick auf die Autorin. Da wäre zunächst dieses alle und jeden ansteckende Lachen. Es ist, als sei Claudia Pichler als Kind, ähnlich Obelix, in einen Topf gefallen, in dem die Kräuter für Freundlichkeit und Fröhlichkeit vor sich hin schmurgelten; jedenfalls hat sie davon eine Überdosis abbekommen. Doch steckt hinter solcher Fröhlichkeit auch ein sehr ernsthafter Mensch, der beharrlich bleibt, auch wenn es für ihn unbequem zu werden droht.

Man sieht das, wenn plötzlich im Gespräch die Frage auftaucht, ob man denn für so eine Dissertation nicht allzu nahe an dem Protagonisten dran sei. Da schauen die blauen Augen hinter der (dezent nerdigen) Brille intensiv auf den Cappuccino, die Hände mit den rot lackierten, gar nicht langen Fingernägeln halten die Tasse etwas fester. Und Claudia Pichler sagt dann, ja, das sei schon etwas schwierig gewesen. „Ich mag ihn halt menschlich und persönlich wahnsinnig gerne. Ich kenne auch seine Eigenheiten, seine Schwächen. Aber ich habe versucht, die Bühnenfigur von allem Privaten loszulösen. Das konnte ich dann schon trennen. Ich habe sozusagen den Bühnen-Polt untersucht." Dass der privatim oft gar nicht so viel anders zu sein scheint, liegt Claudia Pichlers Meinung nach auch daran, dass sich Gerhard Polt im Laufe der Jahre und des Erfolgs für den Umgang abseits der Bühne ein paar Sprüche und Eigenheiten zurechtgelegt hat, die er zeigen kann, ohne sein Innerstes zu öffnen. Das ist auch eine Rolle.

Was nun die „Fremdheit bei Gerhard Polt" angeht, also den Kern der Promotionsarbeit, so versteht man das Thema besser, wenn man sich das Poltsche Universum genauer anschaut. Denn sehr oft ist es ja so, dass der Bühnenpolt in die Rolle eines, sagen wir mal, bayerischen Menschen (Politikers, Ehemanns, Unternehmers, Touristen undsoweiter) schlüpft, der sich dann über seine Erfahrungen und Erlebnisse mit dem Fremden als solchem auslässt. Das funktionierte schon prächtig bei „Mai Ling", wo dieser Herr Grundwürmer anno 1979 sich über die Asiatin aus dem Katalog für 2.785 Mark ab Bangkok Airport auslässt. Und es funktioniert fast ein halbes Jahrhundert später bei „Ekzem Homo" in den Kammerspielen noch immer, wenn Polt über die Grattler und Griller in seiner Nachbarschaft herzieht. Die Literaturwissenschaftlerin Pichler sagt dazu: „Ich halte Polt nicht für einen Kabarettisten. Er bearbeitet ja nichts Tagespolitisches, er ist sozusagen im sozialen Gefüge tätig." Was der Polt denn dann sei? „Er ist der Polt, da habe ich keine andere Antwort." Außer der, dass Polt für sie eher nahe an Karl Valentin sei. Nur dass der seinen Humor über die Sprachlogik ins Absurde getrieben habe, wogegen Polt sich der Sprache seiner Protagonisten bediene und diese mit ihren eigenen Worten bloßstelle als Spießer oder Fremdenfeinde mit einer nur vage versteckt bösartigen Mia-san-mia-Doktrin.

Auf der letzten Seite des Buches mit exakt 1.010 Fußnoten bedankt sich Claudia Pichler auch bei ihrem Doktorvater Sven Hanuschek, der, wie der Name schon vermuten lässt, im Poltschen und Pichlerschen Idiom nicht allzu sehr zuhause sein dürfte. Er stammt aus Essen und hat über Heinar Kipphardt promoviert, einen Schriftsteller aus Schlesien, der allerdings in München verstarb. Claudia Pichlers Dissertation aber verfolgte der Professor

Hanuschek wohl mit dem Vergnügen eines Nichtbayern, der diese bayerisch-böse Humorigkeit endlich in der Wissenschaft wiederfindet. Jedenfalls gab es für die schriftliche Arbeit ein „magna“ und für die mündliche Verteidigung ein „summa cum laude“, was beweist, dass ein Studium der Geisteswissenschaft bei aller harten Arbeit auch einem selbst und anderen Freude bereiten kann.

Und mit dem man nach dem Studium sogar einen Job findet – und eine Berufung. Claudia Pichler arbeitet heute bei einem jener Restbestände der einstigen Biermösl Blosn, die unter dem Signum des Familiennamens Well weiter Bühnenarbeit betreibt. Sie organisiert Bookings, sie ordnet das Archiv von Michael Well. Und sie vollendet mit diesem und der Passauerin Anni Preuß („Wia da Preiß!“) als dritter Hax das Trio „Drei Haxn“, quasi eine weitere Weiterführung Well-scher musikalischer Humorverarbeitung.

Und da ist dann wieder einer jener Momente, in denen Claudia Pichler aufhört zu lächeln. Befragt, ob und wie Gerhard Polt auf die Trennung der drei Brüder damals reagiert habe, sagt sie, dieses Thema habe in ihrer Arbeit keinen Niederschlag gefunden. Natürlich habe Polt, quasi über Jahrzehnte hin der Vierte im Bunde, die Spannungen wachsen sehen. Die Überraschung war also „nicht ganz so groß“. Und Polt habe danach jedem Biermösl-Menschen auch angeboten, mit ihm weiter zu arbeiten. „Da war er sehr, sehr loyal.“

Auch Gerhard Polt hat Claudia Pichler für ihre Dissertation eine Art „summa cum laude“ ausgestellt. In einem PS nach seinem Vorwort dort schreibt er: „Dass Dir die Perspektiven vertraut sind, unter denen Komik entsteht, habe ich in Deiner Arbeit gut erkennen können…Mit allem Respekt sage ich: Gratuliere! Das ist seriös!“

HANS GÖTTLER

Goldhaubenfest, Bierzeltbier und Schweinsbratwürstl mit Kraut – das alles schafft Heimat!

Leiden und Freuden eines alten Goldhaubenfrau-Gemahlsgatten

Zugegeben, ich fühle mich an meinem Wohnort Osterholzen, auch nach 35 Jahren dortiger Wohnhaftigkeit, noch immer nicht so ganz daheim! Das mag überraschen, hängt wohl aber u. a. damit zusammen, dass meine inzwischen leider schon verstorbene Schwiegermutter, die ich stets sehr geschätzt habe und die 63 ihres 93 Jahre währenden Erdenlebens in dem Weiler Osterholzen zugebracht hat, auch erst langsam dort heimisch wurde, als sie das 75. Lebensjahr schon lange hinter sich gelassen hatte. Wenn ich mich also an mein schwiegermütterliches Vorbild halte, was ich sehr gern mache, dauert es bei mir auch noch ungefähr 30 Jahre, bis ich frei und ungezwungen sagen und schreiben werde: „Då bin i dahoam!“

Vielleicht hängt dieser bedauernswerte Zustand von Heimatferne, Heimatverlust und lebenslanger Heimatlosigkeit auch damit zusammen, dass mein leiblicher Vater zu seinen Lebzeiten schon sehr deutliche körperliche Abwehrmechanismen gegen diesen Landstrich in der sogenannten „Pockinger Haid“ entwickelt hatte, die er wohl an mich weitergegeben hat. Wenn er nämlich Ende der 50er und am Beginn der 60er Jahre des 20. Jahrhunderts immer wieder mal seine Kracherl aus unserem Wohn-, Geburts- und Heimatort Simbach am Inn zum Leitner-Wirt nach Griesbach im Rottal transportierte, wobei ich ihn als sechs, sieben, acht oder neun Jahre alter Bub jeweils begleiten durfte, hat der Vater stets in der Höhe von Osterholzen, gleich beim KZ-Denkmal in Anzing, seinem Unmut über diese unwirtliche Gegend und die dort Tag und Nacht wehenden stürmischen Winde Luft verschafft, indem er sagte: „Oiso, då mecht i need amoi oisa Gstarme heruntleng; da ziagt’s wia narrisch, då håsd ja need amoi in da Gruamm drin dei Ruah!“ Die günstigste Straßenverbindung aus der Weltstadt Simbach am Inn nach dem fernen Griesbach im Rottal war in jenen Zeiten eben immer die Route über Malching, Schambach, Tutting nach Pocking; dann durch Pocking hindurch, beim Steinwerk Weber vorbei, hinaus zum Kreuzkeller; danach aufwärts durch Poigham, Karpfham und Schwaim hindurch, über die Serpentinen von Altgriesbach bis hin zum Leitner-Wirt, heute Hauptstraße 16, wo damals noch ein alter, großer und sehr windschiefer Akazienbaum gleich neben der vorderen Wirtshaustüre herauswuchs und die Geschwindigkeit der Fahr- und Fuhrwerke nachhaltig bremste. Der Leitner-Wirt war das Endziel unserer Fahrt, das war die Heimat meiner Mutter gewesen; mir kleinem Buben war die ca. 35 km lange Fahrtroute stets wie eine Weltreise vorgekommen, die starken Winde in der Höhe von Osterholzen bzw. der gesamten Pockinger Haid konnten meiner Freude am Mitfahrendürfen aber keinen Abbruch tun, wehe, wenn ich einmal wirklich nicht dabei sein durfte! Übrigens, meine Mutter, ab 1952 in Simbach als Weißbräuin eingeheiratet, hat sich bedeutend schneller dort eingewöhnt als meine Schwiegermutter in Osterholzen. Vielleicht lag das daran, dass Simbach schon immer weltstädtisches Flair in Überfülle verströmte und die „Fremden“ eher und schneller und nachhaltiger integrieren konnte.

Ich jedenfalls wurde 1981 in Osterholzen eingeheiratet und es fiel bzw. fällt mir, wie oben bereits ausgeführt, immer noch schwer,

tausendprozentige Heimatgefühle zu entwickeln. Das mag u. U. wirklich, wie beschrieben, an den in mir wirksamen väterlichen und schwiegermütterlichen Prae-Dispositionen liegen, vielleicht aber auch an meiner in mir ohnehin überaus deutlich angelegten Schüchternheit, Feinfühligkeit und Hypersensibilität, die zur Folge hat, dass ich auch noch im hohen Alter von „65 plus“ meist schweigsam, eher verschlossen und in mich gekehrt agiere, der menschlichen Kommunikation höchst abhold bin und lieber allein mit mir vor mich hin lebe!

Meine Frau, die mich Ende Juli 1980 nach zweijähriger kritischer Begutachtung geradezu überfallartig aus meinem damals sehr einsamen Jünglings-Dasein befreite, hat wohl meine schwierige Situation intuitiv schon frühzeitig erkannt und sich die Aufgabe gestellt, mich für das Leben fit zu machen. Dafür bin ich ihr zutiefst dankbar und in Liebe verbunden! Wer weiß, was aus mir geworden wäre, wenn sie das Risiko einer solchen „Liebe auf den letzten Blick“ – nach zwei Jahren gemeinsam und doch meist gegeneinander verbrachter Gymnasiallehrer Referendariats-Zeit – nicht eingegangen wäre? Vergelt’s Gott, Maria! Die Welt, vor allem die Literaturwelt, wird es Dir dereinst herzlich danken, dass Du Dich um meine menschliche und dichterische Vervollkommnung so intensiv gekümmert hast, dass vielleicht sogar noch mal der Literaturnobelpreis für mich drin ist. Auch Günter Grass musste ja bis ins hohe Alter auf diesen warten, wie mich dankenswerterweise der Passauer Altlandrat Hanns Dorfner immer wieder zu trösten versucht, wenn mich mein starker Nobelpreis-Ordensdrang wieder einmal besonders arg drückt. Ich sag schon gleich vorweg: Ich würd den Nobelpreis nicht zurückweisen, schon allein des Geldes wegen nicht! Aber vorher möchte ich noch den Bayerischen Verdienstorden bekommen, auch wenn der mit null Euro dotiert ist!

Der Weg vom jungen Ehemann und dreifachen Vater hin zur niederbayerischen „Dichter-Konifere“ (sorry: Es muss natürlich „Koryphäe“ heißen!) war alles andere als einfach und nur durch die einfühlsame Begleitung von Seiten meiner Frau konnte er gelingen. Meine Frau entwickelte ein subtiles Programm, um diese Gipfel für mich erreichbar zu machen! Sie führte mich mehr und mehr ein in das heimatliche Brauchtum, insbesondere in die stets überaus beglückende Welt der Goldhaubentradition, die sie selbst ja von ihren Tanten Elisabeth und Juliane Osterholzer eingeimpft bekommen hatte! (Der geneigte Leser erkennt unschwer, dass sich mein Text langsam, aber sicher dem Hauptteil nähert; der Höhepunkt ist aber noch lange nicht in Sicht!)

Ich durfte zunächst am Anfang meiner Laufbahn als Goldhaubenfrau-Gemahlsgatte meine Goldhaubengattin als Chauffeur resp. Goldhaubenschaffner von Osterholzen nach dem Pfarrort Kirchham kutschieren, wenn ganz besondere Anlässe anstanden, z. B. die Teilnahme der Goldhaubenfrauen bei Fronleichnamsprozessionen am sog. „Prangertag“ oder die Ausrichtung des alljährlich durchexerzierten Kirchhamer Heimatfestes jeweils im heißen Monat Juli. Für diese ständig wiederholte Veranstaltung fand Christian Ude anno 2016 – freilich in anderem Zusammenhang – einmal die schöne Begründung, die Ausrichter seien „zum Feiern grimmig entschlossen“! Vor allem als Goldhaubenfrau-Einstiegshilfe ins Auto brachte ich es in dieser frühen Zeit zu wahrer Meisterschaft. Das Platznehmen in der Führerkanzel eines großen landwirtschaftlichen Schleppers wäre natürlich sehr viel einfacher gewesen als das Besteigen eines kleinen Lehrergolfs resp. -passats. Mein Schwager, der Bauer Georg Osterholzer (Jg. 1957), hat mir seinen Schlepper aber nie zur Verfügung gestellt, nicht bloß wegen des bei mir fehlenden Bulldog-Führerscheins, sondern wohl auch

deswegen, weil er meinen Fahrkünsten generell sehr skeptisch gegenüberstand, womit er auch keineswegs falsch lag.

Das Platznehmen in einem als Goldhaubenfrauentransporter fungierenden Personenkraftwagen ist eine Kunst für sich. Man bedenke, dass die beteiligte Goldhaubenfrau sich bereits reich geschmückt dieser Prozedur unterziehen muss: Sie hat sich schon frühmorgens mit dem langen Goldhauben-Prunkgewand bekleidet und auch die diversen vorgeschriebenen Unterröcke nicht vergessen. Sie hat schweres Gerät in Form von Goldhauben-Kropfketten, Ohrgehängen, Ringen, Perlen und sonstigem Geschmeide angelegt, sich mit der nicht gerade federleichten – ca. 1 ½ Pfund Lebendgewicht – und sehr kostbaren Goldhaube gekrönt, einen wertvollen Sonnen- bzw. Regenschirm, auch Goldhauben-Parapluie genannt, und ein Blumensträußchen in die Hand genommen und auf jeden Fall sich auch noch – für alle Fälle – mit einem bestickten Handtäschchen (inkl. Taschentuch und Riechsalz) und einem schweren Wiener Schal – über den letzten noch freien Arm gehängt – ausgestattet, um für alle Witterungsveränderungen (inkl. Unbilden) vorbereitet zu sein.

Und so muss nun die Goldhaubenfrau, die aufgrund der auf sie demnächst hereinbrechenden besonderen Umstände vielleicht auch noch etwas nervlich angespannt ist, versuchen, ohne nachhaltige und nachteilige Veränderung des Gesamt-Outfits das Gefährt zu besteigen! Wie gut ist es da, einen Gefährten dabei zu haben, über den man schon seit vielen Jahren die Oberste Kommandogewalt errungen hat. Ich darf in aller mir zu Gebote stehenden Bescheidenheit versichern, dass meine Frau in meiner Person über den besten Goldhaubenfrauenschaffner aller Zeiten und Räume zu ihrer alleinigen und besonderen Verwendung verfügt, was sie auch weidlich genießt und auskostet. Ich kann nun nicht alle in jahrelanger Übung erworbenen Stellungen und Techniken, Kniffe und Knickungen, Kopf-Biegungen, Körpersenkungen, Fußverdrehungen u. dgl. einer im Einstiegsprozess befindlichen Goldhaubenfrau schildern! Das würde zu weit gehen; und der Leser/die Leserin weiß ja inzwischen, dass ich stets auf Kürze der Darstellung Wert lege. Erwähnen möchte ich aber doch, dass es mir persönlich immer große Freude und innere Befriedigung verschafft, die Haube – samt darunter befindlichem Schädel – beim Einstiegsvorgang der Frau, zart, aber doch mitunter auch kräftig zufassend und mit Nachdruck nach unten zu drücken, auf dass Kopf und Haube sich nicht am Rahmen der Autobeifahrertüre stoßen würden. Wie wichtig diese Sorgfalt des Einstiegshelfers ist, das habe ich vor allem durch allwöchentliches sonntägliches „Tatort"-Krimi-Anschauen in der ARD gelernt. Kriminalbeamte, die die Delinquentin oder den Delinquenten in einen Polizeiwagen geleiten und beim Einsteigen behilflich sind, vollziehen diese herabdrückende Handbewegung auch nicht sehr viel eleganter als ich!

Nur äußerst selten klagt meine Frau dabei laut über meine körperliche Rohheit, die ich aber mit ein paar deplatzierten Bemerkungen meinerseits sofort wieder aus der Welt schaffe. Dass ich sehr wohl auch in so schwierigen Lebenslagen einer gestressten Goldhaubenfrau gegenüber empathiefähig bin, zeigt sich stets in meiner besonderen Fürsorge um die Hände der Ehefrau; diese stecken nämlich in weißen, kunstvoll gehäkelten Halbhandschuhen und veranlassen mich immer zur Nachfrage, ob sich die Frau vielleicht frühmorgens beim Rosenschneiden für das Handsträußchen etwa verletzt habe? Meine 65-plus-Augen erkennen leider nimmer so genau, dass es sich bei diesen sog. Handschuhen keineswegs um Mullbinden und Erste-Hilfe-Verbände handelt, sondern um wichtige Details des traditionsreichen Gesamtkunstwerks „Goldhaubenfrau"! Es

gäbe natürlich auch schwarze Halbhandschuhe, die ich nicht mit notwendiger Akut-Unfallbehandlung in Verbindung bringen würde. Aber wahrscheinlich sind die schwarzen für Goldhaubenwitwen reserviert und ich lebe ja noch!

Durch meine erfolgreiche Tätigkeit als Goldhaubenfrauschaffner hatte ich im Laufe der Jahre schon mehr und mehr Zutrauen zur goldverzierten weißblauen Heimat entwickelt, meine Frau, stets auf aktuellstem Stand – pädagogisch-didaktisch-methodisch – und mir auch weit voraus, was die Eloquenz-Kompetenz betrifft, ließ sich aber immer wieder etwas Neues einfallen, um mich und meine Goldhaubenschaffner-Kompetenz voranzubringen.

So begann sie frühzeitig, auch unsere Tochter Franziska, die sich mit mir den 3. Mai als Geburtstag teilt, in den Goldhauben-Betrieb zu integrieren. Das gute Kind durchlief die Entwicklungsstadien vom Goldhäubchen zur Riegelhaube mit Bravour, es war dabei auch stets sehr viel leichter im Auto zu verstauen als die gekrönte Mutter, ich konnte aber meine schon reichlich erprobte Schaffner-Kompetenz noch wesentlich mehr ausbauen.

Ein ganz wichtiger Schritt war damals auch, dass ich meinen grauen Passat den Kirchhamer Goldhaubendamen ohne langes Murren meinerseits für eine Goldhaubenexkursion nach Untergriesbach kostenfrei zur Verfügung stellte. Meine Gattin chauffierte ja selbst, so musste ich um die Unversehrtheit meines Wagens keine Sorge tragen, schließlich hatte Maria anno 1971 schon im Blütenalter von 17 Jahren ihren Führerschein gemacht und zwar in Landshut. Maria selbst behauptet zwar immer, dass die Prüfung erfolgreich in Pocking abgelegt wurde; meine Schwiegermutter beharrte aber bis zu ihrem Tod stets unerbittlich auf der Variante Prüfungsort Landshut, sodass ich aufgrund meines exzellenten Verhältnisses zu ihr nicht im Traum daran denke, an ihren Worten und ihrer Erinnerung an den Gesamtkomplex zu zweifeln!

Nun, die Kirchhamerinnen holten sich damals bei der Goldhaubenexpertin Christa Köberl in Untergriesbach diverse Informationen, genehmigten sich danach alle fünfe ein supergroßes leckeres Schleck- und Schlürf-Speiseeis und begaben sich danach auf die Heimfahrt. Wer die Straße von Untergriesbach nach Obernzell herunter in all ihrer kurvigen Bergigkeit – es ginge auch der Ausdruck in ihrer bergigen Kurvigkeit – kennt, der weiß bzw. kann gut nachvollziehen, was kaltes Speiseeis bei heißen Temperaturen in sensiblen Goldhaubenfrauenmägen bewirken kann!? Nachdem sich alle Damen – mit Ausnahme meiner Gattin – im Wagen sitzend restlos entleert hatten, konnte – nach kurzen Reinigungsarbeiten – die Weiterfahrt nach Kirchham – allerdings bei offenen Seitenfenstern – erfolgreich durchgeführt und abgeschlossen werden. Und als ich den mündlichen Bericht meiner Gattin mit einem generösen: „Das macht doch gar nichts! Ich krieg doch eh bald mein neues Auto!" abgetan hatte und bloß noch anfügte: „Vielleicht solltet Ihr beim nächsten Ausflug alle besser ‚Danziger Goldwasser' trinken?", wusste meine Goldhaubenfrau, dass sie in meiner Person den idealen Goldhaubenfrau-Gemahlsgatten an ihrer Seite hatte.

Dies blieb den Obrigkeiten der Kirchhamer Goldhaubenfrauen natürlich nicht verborgen und so durfte ich schon bald bei irgendeinem Jubiläum der Gruppe mit dafür unbedingt erforderlicher Goldhaubenausstellung sogar einen kleinen Festvortrag halten. Ich wählte dafür das Thema „Goldhauben in der niederbayerischen Welt-Literatur", habe mich dabei dann infolge Fehlanzeige beim gewählten Thema – bei unserem/meinem niederbayerischen Heimatdichter Wilhelm Diess kommt eben nur das prunkvolle schwarze Seidenkopftuch der Rottaler Bäuerinnen vor – auf

allgemeine Äußerungen zu Gold, Goldschmuck und schönen Frauen beschränkt, was bei der Festversammlung auch sehr gut angekommen ist. Jede/Jeder war froh, als der Vortrag vorüber war. Ich natürlich auch, wobei ich mich über die lobenden Worte der Vorsteherin, ich hätte anhand meiner Rede gezeigt, dass ich den mir 1993 verabreichten Kulturpreis des Landkreises Passau sehr wohl redlich verdient hätte, sehr gefreut habe. Als ich meinem Schwager später zu Hause das Grundgerüst meines Goldhauben-Sermons schilderte, war der leider eher „not amused"! Mich konnte dies aber nicht verdrießen und ich nahm mir fest vor, schon bald die nächste Stufe auf meiner Goldhauben-Gemahlsgatten-Karriereleiter zu erklimmen!

Dazu verhalf mir insbesondere der Bayerische Rundfunk. Irgendwann in den ersten sog. „Nullerjahren" (2000 bis 2002) begab sich ein leibhaftiges TV-Team aus München zu uns nach Kirchham, um beim Heimatfest einen umfangreichen Film rund um die Goldhaube zu drehen. Schon in aller Frühe waren die Damen- und Herrenschaften auch bei uns in Osterholzen. Ich spielte dabei natürlich bloß eine mir rangmäßig seit Jahrzehnten zustehende nur unbedeutende Nebenrolle, musste mich also nicht umgewöhnen, was mir zunächst große Sicherheit, ja vielleicht schon Souveränität verschaffte. Gefilmt und befragt wurden meine Frau und meine/unsere Tochter Franziska. Man beobachtete jede einzelne Tätigkeit derselben beim Anlegen des Schmucks, der Haube und dergleichen mit der TV-Kamera und hielt so die entscheidenden Momente der Vorbereitung auf das große Ereignis fest. Ich war sehr froh, dass das Anziehen der einzelnen Kleidungsstücke (Unterwäsche/Unterröcke/Hauptkleid usw.) durch die beteiligte Damenwelt dann doch nicht im Detail abgefilmt wurde.

Allerdings wurde mir schon bald zu meiner großen Bestürzung von der sehr charmanten Redakteurin in Aussicht gestellt, dass ich nach Kirchenzug, Festmesse, Mittagessen im gemütlich-ruhigen Festzelt so gegen 14.00 Uhr als – ich zitiere aus dem Gedächtnis – „ausgewiesener Kenner/Experte der Gesamtmaterie Goldhaubenkunst/Brauchtum/Festkultur im Rottal und dergleichen" in einem Interview mit ihr zu Wort kommen sollte. Damit waren bei mir jegliche Ruhe und Gelassenheit verschwunden und die Freude am Festesglanz mir nun schon vor Beginn der Veranstaltung gänzlich vergällt; viele ungestellte Fragen stürmten gleichzeitig auf mich ein und heischten auf Antwort: Was meinte „ausgewiesener Kenner/Experte"? War ich denn ein Exilant, ein Asylbewerber? Von wo ward ich wann denn ausgewiesen? Ich war meiner Braut doch mehr oder weniger freiwillig nach Osterholzen gefolgt und wollte trotz fehlenden Heimatgefühls auch im Grunde gar nicht weg! Als im Sternzeichen des Stiers Geborener nannte ich ja eine gewisse Sesshaftigkeit, Erdenschwere, Bequemlichkeit mein Eigen! Räumliche Veränderungen, wie sie Reisen oder gar Ausweisungen zwangsläufig mit sich bringen, waren und sind nun auf keinen Fall mein Ding!

Und dann noch: Was sollte ich der Dame ins Mikrophon flüstern? Meine Eloquenz beschränkte sich in dieser mittelfrühen Periode meiner durch die Institution Ehe gesicherten Existenz auf die zustimmenden Worte: „Richtig, Maria! – Danke, Maria! – Du hast recht, Maria!" – Wollte das die Hörer- und Seherschaft des BR wirklich erleben?

Mit großer Skepsis und innerer Unruhe erlebte ich das goldhaubenbewegte Geschehen dieses Juli-Sonntags in Kirchham von 9.00 Uhr bis 14.00 Uhr! Der goldene Festesglanz, der den profanen Alltag vertreiben sollte, wollte partout nicht auf mich herabkommen bzw. nicht einmal nur ein bisserl herabblinzeln.

Kurz nach 14.00 Uhr reckte mir die TV-Gewaltige – bei sengender Hitze, aufgebaut

neben vor sich hinbratenden und dementsprechend verführerisch duftenden Grillhendln und Schweinsbratwürsteln – ihr pralles, weiß-blau geschäumtes und mit einem Logo des BR versehenes Gerät, Mikrophon genannt, vor die Nase bzw. vor den Mund und begann auch gleich sehr gescheit und durchgehend in nichtbairischer Sprache die kompliziertesten Fragen an mich zu richten. Und ich sollte – rasch und aus dem Stegreif, sozusagen aus der Pistole geschossen – tiefsinnige, fundierte Antworten geben!

Da ich aber – infolge 1971 nach der Musterung dekretierter Zuweisung zur Ersatzreserve II – ungedient geblieben war und damals mehr als 20 Ehejahre, die ja eigentlich auch als Dienstjahre interpretiert werden können, bisher zumindest ohne Pistolenschüsse abgearbeitet hatte, war das mit den aus der Pistole geschossenen Antworten etwas schwierig für mich! Noch dazu, wo Hendln und Würstl usw. so sehr dufteten und mein Durst ins Unermessliche anschwoll. Erinnerlich und wisslich sind mir heute auch nur noch drei Fragen der Reporterin:

1. „Was ist der Unterschied zwischen Brauchtum und Folklore?“
2. „Gibt es eine Beziehung zwischen Uniform und Tracht?“
3. „Könnten Sie uns am Schluss eine Motivation vermitteln, warum wir vom BR nächstes Jahr oder später wieder einmal das Goldhaubenfest hier in Kirchham besuchen und befilmen sollten?“

Meine Antworten lauteten:

Zu 1.: „Brauchtum ist das, was wir für uns Einheimische selber machen, Folklore das, was wir den Gästen/Fremden, also den Preißn vorführen! Mitunter geht aber beides nahtlos ineinander über.“

Zu 2.: „Uniformen stehen nur den Militärs und Polizeitruppen usw. zu; es kommt allerdings mitunter vor, dass diese dann von irgendwem eine Tracht Prügel bekommen, und schon ist die Beziehung praktisch vorhanden!“

Zu 3.: „Ich verspreche Ihnen bei allem, was mir heilig ist, dass ich dann selbst mit der Goldhaube herumprange! Wenn das keine Motivation zum Wiederkommen ist, dann hilft nur noch ein Besuch der Landesmutter/des Landesvaters bei unserem Fest!“

Während meine Antworten zu den Fragen eins und zwei nicht moniert und m. W. auch gesendet wurden, äußerte sich die Interviewerin zu meiner letzten Antwort leicht indigniert: „Herr Göttler, wir können nur sendefähige Statements brauchen!“ Leider war damals noch nicht Horst Seehofer als (mittlerweile schon wieder einstiger) Bayerischer Ministerpräsident bekannt, sonst hätte ich gewusst, was echte Staatsmänner und -frauen, also Staatsleute, in solchen Situationen als Antwort sagen, nämlich: „Das können Sie alles, alles senden!“

Heilfroh und beglückt, das goldige Interview überstanden zu haben, begab ich mich in das Festzelt, um an der Seite meiner Goldhaubenfrau einen tiefen Schluck aus dem Maßkrug zu nehmen und mir zwei Paar Schweinsbratwürstl mit Kraut zu gönnen. Und nachdem ich dann doch etwas mehr Gerstensaft als gewöhnlich zu mir genommen hatte, überkam mich plötzlich so etwas Ähnliches wie Heimatgefühl und ich sagte zu mir: „Då bei de Goidhaum, då bin i dahoam!“

MICHAEL GROISSMEIER

Selbstbetrug

Ich schreibe, also leb ich noch!
Ich atme. Jeder Atemzug
ein Vers, der mich beweist – und doch:
Ist das Gedicht nicht Selbstbetrug!

Ich lebe, also schreib ich noch!
Ein jeder Vers und Atemzug
beweist mir, dass ich leb – und doch:
Ist nicht auch Atmen Selbstbetrug!

Kirschen

Als noch die Kirschen, die reifen,
duldsame Zweige beschwerten,
war es nicht schwer zu begreifen,
dass wir die süßen begehrten.

Durch fremde Gärten zu schweifen
mit den vertrauten Gefährten,
still von den Zweigen zu streifen
Kirschen, die schnell wir verzehrten,

war unser tägliches Streben.
Jetzt sind verwischt unsre Fährten.
Fürder versagte das Leben,
was wir so innig begehrten.

Mein Walnussbaum

Dies ist mein Paradies auf Erden:
mein Walnussbaum im Garten, alt
wie ich; will mit ihm älter werden!
Bedrücken Sorgen mich, Beschwerden,
gibt er mir, Bruder, Trost und Halt!

Wenn ich an seinen Stamm mich lehne,
verspür in mir ich seine Kraft,
erahn ich unsre Bruderschaft,
die ich von Kindheit an ersehne,
und wie sich mischen Blut und Saft.

An der Gartenpforte

Dahlien, Gladiolen,
tauschen sie nicht Worte
mit den Nachtviolen
an der Gartenpforte?

Kaum ich eingetreten,
sie auch schon verstummen.
In den Blumenbeeten
nur die Bienen summen.

Bin ein Schatten ihnen,
Dahlien, Gladiolen!
Reden noch die Bienen
Mit den Nachtviolen?

Vor dem Gewitter

Hitze, die Hornisse, sticht.
Uns die Zunge klebt am Gaumen.
Auch der Saft, das Fleisch der Pflaumen
lösen die verstörte nicht.

Trockne Luft: zerbrechlich Glas.
Kletten unsre Füße fesseln.
Bloße Sohlen sengen Nesseln.
Scharfen Schmerz kaum kühlt das Gras.

Laub, das in die Stirnen hängt,
lindert die geballte Hitze.
Schon im Netz der nahen Blitze
sich der Augenblick verfängt.

Erste Tropfen auf die Haut,
süß wie Saft von Apfelsinen,
angezapft von Wespen, Bienen,
während sich die Wolke staut.

Donner. Heftgen Windes Stoß,
Staub aufwirbelnd, Distelsamen.
Jäh Lazerten und Agamen
schüttelt Sturm uns in den Schoß.

Im Laubengang

Am End des Laubengangs
vom Himmel nur ein Hauch,
kein Blau des Überschwangs,
wie's hohen Sommers Brauch.

Es ist ja auch schon Herbst,
und du, der in den Baum
verschollne Namen kerbst,
gibst deiner Trauer Raum,

bedenkst des Ganges End
und hoffst, dass eine Hand
den Gang zum Guten wend,
knirscht unterm Schuh der Sand.

Beim Fall der Äpfel

Hör ich draußen Äpfel fallen
und in mir es widerhallen,
ahne ich, dass auch mein Herz bald fällt.

Will es doch zu seinesgleichen,
liegen in dem kühlen weichen
Grase, das nicht wie die Welt vergällt.

Hör ich wen den Apfel loben,
den er sich hat aufgehoben,
mag es sein, dass auch mein Herz gefällt.

Bei der Kartoffelernte

Ein Rappe und ein Schimmel
ziehn den Kartoffelwagen.
Rauchsäulen, die den Himmel,
gewölbt zur Kuppel, tragen.

Wie winzig doch auf Erden
In Rom der Dom Sankt Peter!
Muss nicht der Mensch zum Beter
Hier unterm Himmel werden!

Vor dir, Baumeister, weiser,
wird unsre Hoffart leiser!
Von deiner Hand geschliffen,
der Stein hat's längst begriffen.

Zuletzt

O hätt ich als Zunge
von der Linde ein Blatt,
den Herbstwind als Lunge,
nicht meinen Atemhauch matt!

Geschwisterlich sprechen
mit den Blättern im Wind,
vom Zweig dann zu brechen
als Lindenblatt lind!

GERD HOLZHEIMER

Da Bene war auch schon amal in Marokko

Wie wir, da Bene und ich, amal auf jemand warten, der aber nicht kommt, sagt da Bene auf einmal, dass ihn das an Marokko erinnert. „Wie das, Bene?!“, frag ich ihn. „Ja“, sagt da Bene, „weil da kommt auch vielleicht alle halbe Viertelstund amal so a Kamel!“ Außerdem hätt's ihn da so aufbrennt wie seiner ganzen Lebtag nicht, fügt da Bene seiner Erzählung noch hinzu, weil sie sind mit dem Radl unterwegs gewesen, so linkerhand von da Sahara, und da hat's ihn dann so aufbrennt, weil da gibt's ja koan Schatten ned in der ganzen Wüste. Trotzdem hat sich eine gewisse Seligkeit eingestellt in der Wüste, das ist ganz eigentümlich. Vielleicht ist es das Gleichmaß, die Ebenmäßigkeit der Dünen, das Feinkörnige des Sandes, wer weiß. Dennoch sind wir momentan sehr froh, dass wir jetzt nicht linkerhand von der Sahara auf ein Kamel warten müssen und es uns infolgedessen auch nicht aufbrennt. Auch leiden wir vorderhand noch kaum an Durst, weil wir uns vorsorglich schon ein Bier bestellt hatten, das es so linkerhand von der Sahara auch nicht geben hätt, aber in der „Post“ schon.

Wie er so ohne weiteres mit der Erzählung fertig ist, kommt doch noch das Kamel, mit dem wir verabredet waren, also Kamel in seiner metaphorischen Bedeutung, nicht als abwertende Bezeichnung, damit da kein Missverständnis entstehen mag. Es ist eine Tante vom Roten Kreuz, die uns zu Kaffee und Kuchen einladen möchte, weil wir den Erlös einer Theateraufführung gespendet hatten. Doch muss da Bene leider höflich ablehnen und patscht sich auf das Handgelenk: „Termine, Termine!“, seufzt er und es gelingt ihm ohne weiteres, in seinen Seufzer einen Hauch von Resignation einzubringen, während auf seiner Hand ein Geräusch erklingt, das man mit „Patsch, patsch!“ umschreiben könnte: die kleine, runde Glasscheibe seiner Armbanduhr an seiner linken Hand, auf die er mit der rechten patscht: „Die Pflicht ruft!“ Und schon sind wir ums Eck, in da „Post“, wo schon unser Bier und die Weißwürscht auf dem Tisch stehen und auf uns warten. Schließlich wollen wir vor dem Zwoiffeläutn bei unseren Weißwürscht sein, so will's der Brauch.

Fröhlich verabschiedet sich da Bene von der Tante: „Ein einziger Stress ist des, wenn ma so eingespannt ist!“ Das ist so das Los von Gutmenschen. Und da kommt mir da Bene auf einmal doch sehr marokkanisch vor, geradezu orientmäßig, bloß mit dem Unterschied, der zugleich ein Vorteil ist, dass man hierzulande nicht so eingeschränkt ist, mit dem Löschen von einem Durscht, der eventuell noch aufkommen könnt, wenn man nicht aufpasst, rechtzeitig.

Doch halten wir den Termin, absolut pünktlich. „Save the date“ ist für uns nicht nur Pflicht, sondern Ehrensache, auch wenn wir den Ausdruck saublöd finden. „Liebe deinen Nächsten wie dich selbst“, ist ein ganz wichtiges Gebot, finden wir, denn wenn du dich nicht selbst liebst, kannst du auch niemand anders lieben, das Rote Kreuz zum Beispiel. Weil wir beides lieben, das Rote Kreuz und uns selbst, lächeln wir selig über Weißwürscht und Bier. Wir sind sehr glücklich, dass es sich um keine Fata Morgana handelt dabei, auch knirscht uns kein Sand zwischen den Zähnen. Und unsere Gesichtsröte hält sich in den landesüblichen Bluthochdruck-Farben. „Weißt du, Bene“, frag ich den Bene, „was besser ist: die ewige Seligkeit oder a Weißwurscht?“ Da Bene tippt auf ewige Seligkeit, das hab ich mir

gleich denkt und zugleich denkt, dass da Bene da gleich falsch liegt, was aber sehr, sehr selten der Fall ist bei ihm. „Nein, falsch", sag ich zum Bene: „Besser ist die Weißwurscht, weil nix geht über die ewige Seligkeit, aber a Weißwurscht is besser als wie nix!"

Da sagt da Bene auf einmal, dass ihn das an Marokko erinnert. „Wie das, Bene?!", frag ich ihn. „Ja", sagt da Bene, „weil da kommt auch vielleicht alle halbe Viertelstund amal so a Kamel!" Das hab jetzt aber ich nicht so ganz verstanden und das sag ich dem Bene auch, aber vielleicht hat er damit so etwas wie den Ausgleich ausdrücken wollen, den es geben kann zwischen der ewigen Seligkeit und einer Weißwurscht, vielleicht hat er die Dünen hinter der „Post" gesehen, das Gleichmaß, das sich einstellt, wenn man versucht, alles richtig zu machen, so einigermaßen, also zumindest den Versuch ist es wert.

Es gibt nur ein Dazwischen

Ja, Grüß Gott, Herr Professor Dürr, schön dass wir uns zufällig noch amal treffen! Können Sie uns bei der Gelegenheit bittschön sagen, wia jetzt des is mit dera Materie?!

Es gibt keine Materie!

Öha. Jetz, ja sowas! Aha! Sakradie! Hamma ned?! Gibt's ned?! Naja, guad, warum aa ned? Hoppala! Also, ich hab mir des auch schon denkt, also, gefällt mir, aber guad: Wos is nachher? Außer, wenn's die jetzt ned gibt?! Gibt's irgend eppas anderst?

Es gibt nur ein Dazwischen.

Ah, so?! Öha! Ja, super! Ja, des is guad, do kemma weitamacha! Darauf kemma aufbaun! Guad, dass ma uns noimoi troffen ham, in dem Dazwischen! Dankschön! Ois Guade no!

Pferd versus offene Schuhe: Vergleichsgrößen

Es stieg ein Reiter ab von seinem Pferd und führte es in den Stall. Hierauf fuhr er in die Stadt und traf eine Frau, die er noch nie gesehen hatte, doch waren sie verabredet, um gemeinsam ins Theater zu gehen. Sie war so elegant gekleidet, als wäre sie Sommergast bei einem sehr vornehmen Gartenfest. Und das sehr vornehme Gartenfest fände in einem parkähnlichen Anwesen einer prächtigen Villa statt. So ähnlich wie bei *The Great Gatsby*, falls jemand den Film gesehen hat. Der Film spielt auf Long Island, soweit ich mich erinnern kann, ungefähr in der Zeit gedreht, zu der diese Geschichte spielt. Doch in dem Fall lag Schnee auf der Straße, weshalb der Reiter praktischerweise seine Stiefel an den Füßen gelassen hatte. Er roch nach Pferd und Tier und Fell und Wärme und Stall, nach Sommer duftete sie. Zierlich tänzelte sie in ihren Schuhchen um Schneehaufen herum, in die der Mann hineintrat, ohne sie überhaupt wahrzunehmen. Die Schuhchen der Frau waren nicht nur zierlich, sie waren auch offen. Im Prinzip ging sie barfuß.

Das war aber schon nach dem Theater. Und nach dem Theater fiel dem Reiter ein, dass er ein Fenster offen gelassen hatte im Stall, siedend heiß fiel ihm das ein, obgleich es so bitter kalt war. Vielleicht fiel es ihm auch gerade deswegen ein. Vielleicht war es ihm auch schon während der Vorstellung eingefallen in dem Theater, aber er hatte es nur nicht gesagt. Er ist ein höflicher Mensch, der Reiter. Er muss jetzt nach Hause, sagt der Reiter zu der Frau, die er gerade kennengelernt hatte. „Weshalb?", fragt die Frau. „Weil ich ein Fenster im Pferdestall offen gelassen habe." „Meine Schuhe sind auch offen", sagt die Frau, „weshalb bleibst du nicht bei mir?" Der Mann braucht nicht lange zu überlegen. „Erstens", findet er,

„hättest du das vorher wissen müssen!" „Was?", fragt die Frau. „Dass man bei einem solchen Wetter nicht mit offenen Schuhen in die Gegend rennt!" „Und zweitens?", will die Frau wissen. „Kenn ich mein Pferd schon lang und dich noch nicht!"

Vielleicht ist die Tatsache, dass sich Mann und Frau nicht verstehen, nicht verstehen können, ganz elementar nicht – aus der Rubrik „Geht gar nicht!" – die Voraussetzung, um überhaupt zusammenkommen zu können. Ganz zu schweigen davon, zusammen zu bleiben. In unserem Falle sind diese beiden, der Pferdebesitzer und die feine Damen mit den offenen Schuhchen, über vierzig Jahre nachdem sich der Mann höflich korrekt verabschiedet hatte, weil er das Fenster schließen musste, das er versehentlich im Pferdestall offen stehen gelassen hatte, und die Frau weinend mit offenen Schuhen nach Hause stapfte durch den Schnee, als wäre sie barfuß, noch immer zusammen, haben Kinder und Kindeskinder – und auch mehrere Pferde. Geht doch!

Zufälligerweise kenn ich den Paukisten von einem bedeutenden Orchester, der zufälligerweise auch Jager ist, oder: Nachwort zu einer Ganghofer-Ausgabe

Ich hätte einmal ein Nachwort zu einer Ganghofer-Ausgabe schreiben sollen, aber ich habe keine Ahnung von der Jagerei und ich hab mir denkt, wenn man ein Nachwort zu einer Ganghofer-Ausgabe schreiben soll, dann muss man auch was von der Jagerei verstehen. Am End vielleicht auch, ob etwas wirklich mit der Jagerei zu tun hat oder bloß Jägerlatein ist. Ich glaube, man sagt jetzt „fake" dazu.

Zufälligerweise kenn ich den Paukisten von einem bedeutenden Orchester, der zufälligerweise auch Jager ist. Zufälligerweise erzählt mir einmal der Paukist von einem bedeutenden Orchester, dass im „Fischerwirt" noch der Göring an der Wand hängt, aber das glaube ich ihm nicht. Das kann er nicht glauben, dass ich ihm nicht glaube, dass der Göring im „Fischerwirt" hängt, also der Göring auf einem Foto, das ihn beim Jagern zeigt, in einer weißen Lederhosen. „Wollen wir wetten?", frag ich den Paukisten. „Ja", der Paukist. Zufälligerweise hat der Paukist von einem bedeutenden Orchester ein kleines Anwesen in der Nähe vom „Fischerwirt" und er sagt, dass er mich einlädt und dann zeigt er mir den Göring und dann hab ich verloren. Der Göring hängt pfeilgrad im „Fischerwirt" an der Wand, neben Nicole Kidman. Nicole Kidman verlässt eine MTV-Aftershow-Party in New York, weil der Gastgeber sich im Gespräch von ihr ab- und Britney Spears zugewendet hat. Verärgert zieht sie ihren Mantel an und rauscht ab. Gegen Göring neben sich hat sie nichts, aber vielleicht weiß sie davon nichts. Er wollte das ganze Tal evakuieren, damit es die Nazibonzen allein zum Jagern haben, aber bevor es dazu gekommen ist, haben sie sich in andere Jagdgründe verabschiedet, die sogenannten ewigen, auch wenn man nicht einmal in den sogenannten ewigen Jagdründen Nazis haben möchte. Trotzdem begrüßt man sich im Tal noch immer mit „Heil" oder „Heil dir", aber das hat nichts mit den Nazis zu tun, schließlich ist „Heil" ja etwas Schönes.

Zufälligerweise lädt der Paukist von einem bedeutenden Orchester auch noch einen Haufen anderer Jagerleut ein. Sie heißen sich Joschi, Toni und Sepp. Ob ich auch schon was Jagerisches geschrieben hätt, fragt mich der, der neben dem Sepp sitzt, aber ich geb's gleich zu und sag, dass ich noch nichts Jagerisches geschrieben hätt, bis jetzt. Da bin ich aber ein gefundenes Fressen für die Jagerischen.

Dass es im Achensee ein Gamsfischen gibt, erzählen die Jagersleut, der Paukist von einem bedeutenden Orchester hat sogar ein Foto davon gemacht: die Gams liegt erlegt in einem Boot, man hat ihr mehrere Stecken, die über den Bootsrand hinausragen, untergeschoben, das heißt, genauer gesagt, handelt es sich um drei, vier Gamsen. Tatsächlich sieht es so aus, als hätte man sie soeben aus dem See gefischt, mit den Stecken, und ruderte jetzt mit der Beute heim. Die Theorie gewinnt in weiteren Diskursen auch noch größere Tiefe und zwar dahingehend, dass im Frühjahr die Gamsen von der kalten Nordseite des Sees auf die warme Südseite schwimmen, das wäre ein bekanntes Phänomen. Bevor es dann zu dieser bekannten Wanderung käme, macht man beim „Fischerwirt" die bekannten Gämsenknödel, das sind die Köder für die Gamsen. In der Nacht beißen die Gamsen wie wild. Das Gamsfischen ist auch eine gute Methode für die Selektion, denn die Gamsen, die man nicht will und sonst ja schon derschossen wären, lässt man weiterschwimmen – eine Methode, die man sich bei den Fischern abgeschaut hat.

Verschiedenen Leuten hat der Paukist von einem bedeutenden Orchester dieses Foto gezeigt und ein paar von ihnen haben das dann weitererzählt. Die Geschichte erhielt den Nährwert der Wahrheit, aber wer meint, im Besitze der Wahrheit zu sein, brennt sich leicht. Der Sepp weiß es besser. Er hat die Gamsen vom einen Ufer zum anderen herübergerudert. Er hat aber einen Mordsrespekt vor dem See, sagt er. Er wär selber schon einmal aus dem Boot geflogen, zehn Meter vom Ufer entfernt und fast dersoffen. Er hat auch schon nach den komischsten Dingen gefischt, sagt der Sepp, zum Beispiel nach dem Hut vom Bürgermeister von Innsbruck. Dem ist der Hut bei heftigem Wellengang über Bord, dergleichen ist ein Bürgermeister von Innsbruck nicht gewohnt; er ist ja nicht Bürgermeister von Venedig. Er möchte seinen Hut wiederhaben, vor allem wegen der vielen Abzeichen auf dem Hut. „Meine Obzeichn! Meine Obzeichn!", schreit der Bürgermeister von Innsbruck und will dem Hut nach und will, dass der Sepp dem Hut nach, aber der Sepp sagt: „Herr Dokter, Herr Dokter, Ihr Huat is weg!" Ohne die achtzig Abzeichen, sagt der Sepp, wär der Hut ja vielleicht noch eine Zeitlang geschwommen, aber mit den Abzeichen hat er natürlich keine Chance gehabt. Er ist abgesoffen, als hätt ihm einer hineingeschossen.

Man muss ja kein Freud sein, um im Jagerischen die eindeutig sexuelle Fehlhaltung zu erkennen, Sadismus sowieso, aber natürlich auch die Ersetzung des natürlichen Geschlechtsverkehrs durch den Schuss aus dem Gewehr, das Gewehr als Phallosersatz, in jedem Fall als verlängerter Phallos usw.

So ganz falsch liegt der große Psychoanalytiker Sigmund Freud zumindest im Analysebereich jagerischer Feldforschung ausnahmsweise nicht, wenn er die Jagd als sublimierte Sexualität bezeichnet – der Zusammenhang liegt sozusagen ständig im Abzugsfinger, zum Beispiel sagt ein Jagerischer zum anderen: „Wenn ich jetzt mit deiner Frau schlaf, sam mir dann verwandt?" „Naa," sagt der Kollege im Geiste des Jagerischen, „des ned, aber quitt!"

Die Jagerischen sind eigentlich durch die Bank fröhliche Menschen, aber dass auf den Bergen nur die Freiheit wohnt, könnten sie nicht sagen. Auch auf den Bergen wimmelt es nur so von Vorschriften. Zum Beispiel darfst du im November Wildtauben schießen, aber im November sind gar keine Wildtauben da. „Auf Tontauben schießts ihr nicht?", hätte ich gern gefragt, habe es dann aber lieber sein lassen ebenso wie ich mir die Frage nach den Wilderern verkniffen habe – und ihrem Verhältnis zu den Jagerischen, wie er sich etwa in dem berühmten Dialog zwischen eben den Jagerischen und den Wilderern niederschlägt. Sagt der Jagerische zum Wilderer: „Hoit, oder i schiaß!" Sagt der Wilderer zum Jagerischen: „Schiaß, i ko nimma hoitn!"

Man hat neben den Wilderern als Jager auch noch die Jagdherren. Der Jagdherr will zum Beispiel verständigt werden, wenn der berühmte sogenannte kapitale Hirsch im Revier auftaucht. Er will ihn schießen, der Jagdherr, den Hirsch. Der Jagdherr sitzt zum Beispiel in München, hat aber einen Ferrari, damit er schnell in sein Revier kommt, wenn man ihn anruft und sagt, dass der Hirsch jetzt da ist. Er will ihn schießen, der Jagdherr, den Hirsch. Er setzt sich in München in seinen Ferrari und kurz darauf schaut er schon über die Lichtung. Er will ihn schießen, der Jagdherr, den Hirsch. Es sind aber keine Hirsch da, es sind zumindest keine Hirsch mehr da, wie der Jagdherr die Lichtung betritt. „Ja, wo san jetz die Hirsch?", fragt er den Sepp. „Im Woid!", sagt der Sepp, eine unschlagbare Wahrheit. Wie er dann doch noch kommt, der Hirsch, schießt der herbeigeraste Jagerische vorbei. „Gressane Viecha hamma ned, hier", sagt ihm der Sepp. Allerdings, erzählt der Paukist, dass er auch

einmal bei einer Gams bloß das Krickerl derwischt hat und die Gams ist unter dem Krickerl, das ihr der Jagerische vom Kopf geschossen hat, weggelaufen. Was er jetzt mit dem Krickerl machen soll, fragt er einen anderen Jagerischen. „Auch an die Wand nageln", sagt der andere Jagerische. Es ist praktisch wie ein Vorwort – und dann kommt kein Ganghofer nicht. Es wird zum Vorwort vom Ganghofer, das sich verselbständigt und selber zur Geschichte wird wie der schwerhörige Dackel des Jägers, der nicht einmal den Adler bemerkt, der ihn mit seinen Krallen ergreift und als Beute mit in die Luft reißt – allerdings auch nicht, schwerhörig wie er ist, bemerkt, dass sein Herrchen, der Jagerische, den Adler abschießt, während er selbst weiterfliegt und fliegt und fliegt, weil er den Schuss nicht gehört hat.

Irgendwann war dann das Fass doch leer, das der Jagerische unter die Fichten hineingestellt hat und von den Jagerischen hat sich einer nach dem anderen verabschiedet: Dass sie noch auffihockn müssen, haben sie gesagt, aber sie können damit nicht den Hochstand gemeint haben, weil man ja gar nichts mehr gesehen hat. Bloß gespürt, nämlich, dass das Fass leer war, und gehört, aber auch das nur noch schlecht. Zum Beispiel sagt einer, dass das Telefon läutet, aber der Paukist sagt, dass das die Küh sind – da hätt es beinah einen Streit gegeben, wer jetzt was wirklich gerade noch auseinanderhalten kann.

Im Übrigen müsse man nach dem Saufen so lange mit dem Heimfahren warten, bis die Gendarmerie ihre Kontrolltätigkeit einstellt und selber nach Hause geht. Das ist in der Regel eine Stunde nach Mitternacht der Fall, weil dann „zu wenig Bewegung" auf den Straßen ist; das Kontrollieren lohnt sich nicht mehr. Das bedeutet, dass man auf alle Fälle bis eine Stunde nach Mitternacht saufen muss, damit man nicht derwischt wird. Deshalb muss man natürlich noch mehr trinken, als man eh schon getrunken hätt. Da wenn sie einen derwischen täten, da wäre man natürlich dabei, so voll schon, aber sie erwischen einen eben nicht, wenn man diese einfache Regel einhält. Zum Beispiel die drei Skilehrer, die mittags zum Frühstück kommen, die sind so nach Hause gekommen: Da Joschi hat hinten gebetet, der Toni ist unten drin gelegen im Fußraum und hat Gas gegeben und der Sepp hat gelenkt. Wie der Joschi den Sepp fragt, warum er immer so weit in der Mitten fahrt, fragt der Sepp: „Wieso? Was heißt da: so weit in der Mitten?" Er denkt, der Toni tät fahren. Geraten die Skilehrer am Morgen in eine Kontrolle und der Gendarm fragt: „Habt's ihr einen Restalkohol?", antworten die Kontrollierten wahrheitsgemäß: „Naa, mir ham scho in da Nacht ois zamgsuffn!"

Es ist wirklich ein Segen, dass sich die Gendarmerie so genau an ihre Dienstzeiten hält. Mit jeder Übereilung, das weiß sie nur zu gut von sich selbst, schadet man eben auch sich selbst. Der letzte Orts-Gendarm zum Beispiel, der hat dreimal das Polizei-Auto auf's Dach gestellt, dann hat man ihn in Frühpension geschickt, das kommt billiger. Auch gibt es vor allem im grenznahen Bereich verschiedene Tricks, sich die Arbeit etwas leichter zu machen, zum Beispiel, wenn man eine halbe Stunde vor Dienstschluss noch einen findet, der sich aufgehängt hat, in einem Baum. Eine halbe Stunde, mein Gott, bis man den runtergeschnitten hat, Protokoll angefertigt, womöglich noch eine Suchmeldung herausgeben, da ist es doch einfacher, man schneidet ihn bloß herunter und hängt ihn bei den Bayerischen drüben wieder auf. Die wundern sich dann freilich schon: „Ja, Herrgott, jetzt hängt der Hund schon wieder bei uns!"

Experte in einer Ganghofer-Sendung

Der Ganghofer, der lässt dich so schnell nicht aus, vor allem nicht, wenn du einmal ein Nachwort geschrieben hast. Schon bist du ein Experte und sollst im Fernsehen was sagen zu dem Ganghofer, unterm Himmel. Also in der Sendung, die so heißt oder so ähnlich, also Unter unserem Himmel, aber dann ist tatsächlich unterm Himmel gedreht worden, weil in das Jagdhaus Hubertus vom Ganghofer, in welches das Fernsehteam hineinwollte, da haben sie uns nicht hineingelassen. „Da geht gar nix“, hat der Hartl Sepp gesagt, obgleich vor dem Hubertus ein schönes Holzschild hängt, auf dem steht: „Willkommen Hubertus!“ Also sowas von hergeschnitzt, aber es stimmt trotzdem nicht, vielleicht ist es ja noch vom Ganghofer, bei dem Wort und Wirklichkeit auch nur schwer Zugang zueinander gefunden haben. Aber den jetzigen Besitzern, sagt der Hartl Sepp, denen stellt es schon die Haare auf, wenn sie bloß den Namen Ganghofer hören, sagt der Hartl Sepp. Ich weiß nicht mehr, welche Funktion der Hartl Sepp in dieser „Sache Ganghofer“ hatte, aber er hatte offenkundig eine, vielleicht weil er von der Burgl, der letzten Haushälterin vom Ganghofer, so etwas Hinterglas-Hirschgeweih-Rosen-Edelweiß-Gefasstes hat, das der Burgl seinerseits der Ganghofer geschenkt hat. Der Ganghofer, sagt der Hartl Sepp, des war ein Wilder. Über seine, also des Ganghofers Triebstärke sagt der Hartl Sepp, dass vor ihm keine sicher gewesen ist, und er sagt das mit so einem geschmeidigen Grinsen, als würde er es über sich selber sagen. Aber das nehmen die Fernsehleute kaum wahr, schließlich gilt am Set, dass am Set geschnackselt wird, weshalb sollte das bei Jagersleuten anders sein?

Allerdings war der Ganghofer zugleich ein Vorreiter des Ski-Tourismus in der Leutasch, sagt der Hartl Sepp, weil er diejenigen unter den Jagern, die wo zum Fütterungsdienst eingeteilt waren, mit Ski ausgerüstet hat. Er weiß auch nicht, sagt der Hartl Sepp, woher er die hatte, aus Norwegen wahrscheinlich, aber wie dann die zwei Spuren im Wald gesehen wurden, von den Skibrettern und der einen Spur von dem Stecken – denn man hat damals nur einen Stecken gehabt –, dann haben die Leut in der Leutasch gesagt: „Des is die Spur des Teufels!“ Und auch die war natürlich vom Ganghofer. Der alte Pfarrer von Leutasch, der hat jedenfalls über den Ganghofer gesagt: „Für den Pfaffenhasser les i koa Mess ned!“

Aber das sind lauter Geschichten vom Ganghofer, die wir noch gar nicht gewusst hatten vor Beginn von dem Dreh, den wir dann, wie gesagt, im Freien hinter uns zu bringen haben, weil sie uns nicht ins Hubertus hineingelassen haben. Der Regisseur hat den Maier Girgl und mich an ein Viehgatter hindisponiert, im Hintergrund das Hubertus. Die Berg waren schon von selber da, aber schon so, so majestätisch, wie sich das ein Regisseur nur wünschen kann als Kulisse. Auch der Maier Girgl war als Moderator eine echt gute Besetzung, ein fescher Bursch in den besten Jahren, nur das Designer-Jacket, das er für die Sendung ausgewählt hat, dass passt nicht ins Format, sagt der Regisseur. Er soll doch mit dem Hartl Sepp das Jacket tauschen, der die ganze Zeit hinter dem Set gestanden ist und recht dreckig gegrinst hat, sagt der Regisseur. Der hat eine Trachtenjoppn an mit grüner Krageneinfassung und Hirschhornknöpfen, wie sich das gehört, aber der Maier Girgl hat nicht wollen, weil dann wieder alle sagen: „Der Hartl war im Fundus!“ Also im Kleiderfundus vom Fernsehen, den er hasst wie die Pest, weil die nichts Gescheites haben, schon gar keine Designerklamotten, aber man herauskommt wie zum Fasching maskiert, als Trachtler zum Beispiel. Der Regisseur besteht auf dem

Trikottausch und jetzt schauen beide komisch aus. Der Hartl Sepp, weil er in das Designer-Jacket hineingezwängt ist wie eine Schweinskopfsülzn in ein viel zu kleines Glas mit edlen Trüffeln, und der Maier Girgl, weil er in der um ihn herumschlenkernden Trachtenjoppn vergeblich seine edle Gestalt sucht.

Aber weil wir so lang gebraucht haben, bis wir all die Geschichten vom Hartl Sepp gehört haben inklusive Trikottausch, ist in der Zwischenzeit ein Gewitter aufgezogen, aber schon so eines, dass es sich gewaschen hat. Wir sind kaum noch in die Hütten hineingekommen, also nicht in das Hubertus, das sowieso nicht, aber in eine Alm in der Nähe, da hat es draußen schon sauber gezunden. „Mensch, ham mir ein Glück!", sagt der Regisseur, „Dass es uns nicht derschlagen hat." Nur der Maier Girgl ist nicht glücklich, weil der Hartl Sepp zur Tür hereinkommt mit so einem nassen Klumpen in der Faust, den er ihm auf den Tisch haut und sagt: „Do host dei Sackl wieder!" Das Sackl war dem Maier Girgl sein Designer-Jacket, also sein ehemaliges Designer-Jacket, das hast praktisch wegschmeißen können. Es kullerte als Knödel zwischen den Enzianen im Stamperlglasl und den anderen Knödeln in den Tellern der Tiroler Speckknödelsuppe herum. Alle fanden das furchtbar lustig, am meisten der Hartl Sepp, der Maier Girgl überhaupt nicht. Nicht einmal einen Enzian wollte er, obgleich der Regisseur einen Enzian nach dem andern ausgegeben hat, damit sich niemand eine Erkältung holt am Set, obwohl gar nicht, na ja, eh klar.

Es hat ihn auch überhaupt nicht interessiert, dass der Hartl Sepp lang in Argentinien gewesen ist, und er hat ihn auch nicht gefragt, wieso er in Argentinien gewesen ist, aber die anderen haben es schon wissen wollen, wieso der Hartl Sepp in Argentinien gewesen ist, und der Hartl Sepp hat gesagt, weil sie ihn derwischt haben. „Bei was?", wollen die andern wissen. Ja, beim Wildern in der Leutasch natürlich, aber in dem Argentinien ist des wurscht, sagt der Hartl Sepp, da kannst du wildern so viel du willst, das fällt gar nicht auf, das ist wie beim Set mit dem – aber das wissen wir jetzt auch schon. Das Problem ist, dass wir eigentlich immer schon alles wissen, was willst du dann noch groß zeigen im Fernsehen? Aber Gott sei Dank schauen die Menschen in die Ferne, so oder so, weil sie es nicht so haben mit dem Hinschaun auf das, was in der Nähe ist. Zum Beispiel interessiert den Maier Girgl auch nicht, dass der Hartl Sepp gar nicht Hartl Sepp heißt, wie er erzählt, sondern Neuner Hans, aber weil es im Außerfern nicht nur neun Neuner Hansä gibt sondern zwölf, hat er sich den Hofnamen gegeben. Der Hofname leitet sich von dem heiligen Pandolion ab, aber wer, fragt der Hartl Sepp oder Neuner Hans, kennt schon den Pandolion? „Ich", meint der Regisseur, aber weil er aus Franken kommt und auch ein Tiroler wie der Hartl Sepp das harte „p" weich ausspricht, nämlich als „b", meint der Regisseur den Bändolino, der zum Beispiel von Nürnberg nach Fürth fahrt. Nein, das is wieder was anders, sagt der Hartl Sepp, der heilige Pandolion ist ein Heiliger aus Kleinasien, sagt der Hartl Sepp, dem haben sie die Hände auf den Kopf genagelt. Der Enzian treibt seltsame Blüten, das ist bekannt, aber so etwas hat man noch nicht gehört, nicht einmal in Enziankreisen, da ist man sich einig. Der Maier Girgl wäre vielleicht der einzige gewesen, der gewusst hätte, dass es sich eigentlich um den heiligen Pantaleon handeln muss, der zu den Vierzehn Nothelfern gehört und der Patron der Ärzte und Hebammen ist, die man natürlich braucht in einer Gegend, in der so viele Wilde mit einer Triebstärke unterwegs sind, vor denen keine sicher ist, und so dermaßen gewildert wird wie in der Leutasch, sodass man schon einen Heiligen aus Kleinasien braucht, aber der Maier Girgl hat überhaupt nichts mehr gesagt. Auch nicht, wie das zugehen soll, dass Hartl von einem Hofnamen „Pandolion" abgeleitet werden kann? „Hah, ganz einfach", hätt der Hartl gesagt, „wer ma glei ham: Pandolion, Bandl, Bartl, Hartl!"

Aber der Maier Girgl hat dann schon noch was sagen müssen, weil das Gewitter sich wieder verzogen hatte und er seine Moderation in die Kamera loswerden musste, obgleich er überhaupt gar keine Lust mehr dazu hatte, aber der Wille der Regie geschehe. Die Luft war nach dem Gewitter so rein und auch das Licht, dass der Kameramann noch seliger geworden ist wie vorher beim Enzian, nur der Boden, die Kuhweide, die vorher schon ganz schön saftig gewesen ist, war jetzt so richtig vollgesotten von dem Regen, praktisch ein Baatz. Wieder hat der Regisseur mich an das Viehgatter hinpositioniert, damit der Maier Girgl moderierend vom Hubertus herunterkommt und mich was fragt. Die Berg waren auch jetzt wieder schon von selber da, ziemlich gut und majestätisch.

Beim Hubertus fängt der Maier Girgl an, die Sendung anzukündigen, sodass das Hubertus kurzfristig zwischen Spessart und Karwendel zu liegen kommt, so weit reicht unser Himmel in Bayern, bis nach Franken hinein eben, wo man auch das Bayerische Fernsehen sieht, wenn man nicht grad im Bändolino sitzt. Unglaublich, wie vornehm er sich vom Hubertus herunter durch den Baatz moderiert, geradezu traumhaft sicher wandelt er durch dieses Naturstudio und wickelt absolut professionell den Text seiner Moderation ab. Nur, wie er bei mir an dem Viehgatter ankommt, der Maier Girgl, und mich was fragen will, als Experten zum Ganghofer, rutscht er ausgerechnet in dem Moment auf einem Kuhfladen aus, RRRSCHSCHDDD, und dahin geht's. Aber es haut ihn nicht hin, unglaublich elegant wahrt er Kontenance, Haltung und Gleichgewicht, er surft praktisch auf dem Kuhfladen, aufrecht stehend, wie ein Californian Boy auf seinem Surfbrett im Pazifik, nur in dem Fall zwischen Spessart und Karwendel auf der Kuhscheiße – bloß die Sprache kommt nicht mit, auch die Vokale kommen ins Surfen, sodass es über die Konsonanten des RRRSCHSCHDDD vokalisch einen „Gaaaa-anghoooooofaaaa" legt: Niemand sagt etwas, aber das ist ja klar, dass die Szene wiederholt werden muss.

Es ist wirklich unglaublich, wie vornehm er sich durch den Baatz moderiert, geradezu sensationell sicher wandelt er durch dieses Naturstudio und wickelt seine Moderation ab. Aber das wissen wir jetzt eigentlich schon. Auch dass er mich als Experten und so weiter, aber genau in dem Moment RRRSCHSCHDDD, aber es haut ihn wieder nicht hin, auch diesmal nicht! Unglaublich elegant wahrt er Kontenance, Haltung und Gleichgewicht, er surft praktisch auf dem Kuhfladen, aufrecht stehend, wie ein Californian Boy auf seinem Surfbrett im Pazifik, nur in dem Fall zwischen Spessart und Karwendel, aber das wissen wir jetzt auch schon alles und auch die Fernsehzuschauer hätten es zu sehen bekommen, weil ja alles voll auf Aufnahme eingestellt war, aber der Kameramann kann vor Lachen nicht mehr, der Regisseur nicht, das ganze Team nicht, der Hartl dahinter sowieso nicht, ich auch nicht.

Der Maier ist so fertig, dass er wortlos zum Hubertus zurückstapft, zum dritten Mal zwischen Spessart und Karwendel seine Moderation beginnt, und wer denkt, dass man kein zweites Mal in der gleichen Scheiße rausrutscht, der denkt schon zweimal nicht, dass man das schon kann, sehr wohl, man kann es sogar ein drittes Mal. Längst wird am Set nicht mehr gevögelt, abgesehen davon, dass am Set überhaupt noch nicht gevögelt worden ist, aber von Set kann überhaupt keine Rede mehr sein, weil es das ganze Set vor Lachen schon zerreißt, ehe der Maier Girgl überhaupt auf dem Kuhfladen ausrutschen kann. Dass er es trotzdem ein drittes

Mal tut, spricht eher für den Kuhfladen als für ihn. Obwohl die Szene schon gar nicht mehr gedreht worden ist und es wirklich auch schon wurscht ist, sagt der Regisseur, dass ihm, dem Maier Girgl, die Trachtenjoppe schief von der Schulter hängt. „Das ist mir wurscht", sagt der Maier Girgl. „Das ist nicht wurscht", sagt der Regisseur, „wir sind beim Fernsehen!" „Ja, warum sagt mir dann keiner was! Da stehn sieben Leut rum und keiner sagt mir was!" Ja, weil die sieben Leut gar nicht mehr können vor Lachen.

Es hilft nichts, der Maier Girgl muss noch einmal hinauf zum Hubertus, unter unserm Himmel kann einem auch zur Hölle werden, die Welt ist groß. Endlich kommt er aber bei mir an, endlich kann ich sagen, dass der Ganghofer nicht nur der Schnadahüpferlhanswurscht ist, als der er gern dargestellt wird. Der Ganghofer hat auch sehr Schönes gesagt, ich mein wirklich Schönes, fast schon Weises, zum Beispiel: „Als das größte unter den schönen Wundern des Lebens erscheint mir dieses eine: dass alles Wertvollste auch immer ein Überhäufiges und Alltägliches ist." Auch glaubt er, „dass das Leben eines Menschen viel weniger von den großen Ereignissen der Daseinsfeste geformt wird als von der stillen, intimen Kleinarbeit der Wochentage." Das sag ich auch alles und jetzt hätte wirklich alles gut werden können, aber ich habe nicht gewusst, dass der Maier Girgl noch eine Ansage zum Schluss machen muss, den sogenannten Abspann, niemand hat mir das gesagt, so wenig wie dem Maier Girgl, dass ihm der Trachtenjanker vom Hartl Sepp schief von der Schulter hängt, aber der Maier Girgl hätte noch die nächste Sendung zwischen Spessart und Karwendel ankündigen müssen, bevor ich eine saublöde Grimasse schneide, weil mir der Hartl Sepp, der wo ständig hinter dem Set herumfeixt, eine saublöde Grimasse schneidet – aber das kann man nicht herausschneiden, sagt der Regisseur, und so können wir nicht auf Sendung gehen, mit meiner saublöden Grimasse, also muss der Maier Girgl, aber das erzählen wir jetzt nicht mehr, das ist ja furchtbar. Aber genauso war's, einfach furchtbar.

„Ja, ja, mir ist nicht zu helfen", hat der Ganghofer gesagt. „Als der verrufene Optimist und literarische Schwerverbrecher, der ich immer gewesen, werde ich reuelos und ungebessert sterben müssen."

MICHAELA KARL

„Taten nicht Worte!“

Der Kampf der Suffragetten für das Frauenstimmrecht

Vor genau 100 Jahren erhielten die meisten Frauen in Europa, auch in Deutschland, das Wahlrecht. Jahrzehntelang hatten Frauen für dieses Bürgerrecht gestritten und dafür Verachtung, ja gar Hass auf sich gezogen. Frauen mussten Verfolgung, Haft und Folter auf sich nehmen, um das zu erreichen, was aus Untertanen freie Bürger macht: das Wahlrecht.

Nirgendwo wurde so blutig und militant für dieses Grundrecht gekämpft wie in Großbritannien. Nachdem auf der Insel jahrzehntelang ergebnislos über das Frauenstimmrecht gestritten worden war und alle Wahlrechtsreformen einzig weitere Männer an die Urnen gebracht hatten, gründete Emmeline Pankhurst zusammen mit ihren Töchtern Christabel und Sylvia am 10. Oktober 1903 in Manchester die WSPU – Women's Social and Political Union – und leitete damit den Übergang vom Lobbyismus zur bewussten Regelüberschreitung ein: „Die W.S.P.U. ist ganz einfach eine Armee, die sich im Kampf für das Wahlrecht befindet.“ Statt Kooperation hieß es nun Konfrontation, wie Emmeline Pankhurst ganz deutlich machte: „Wir erklärten, dass wir Krieg führen würden nicht nur gegen alle Feinde des Frauenstimmrechts, sondern auch gegen alle neutralen und nicht aktiven Kräfte. Jeder Mann mit Stimmrecht war in unseren Augen ein Gegner des Frauenwahlrechts, es sei denn, er war bereit, sich aktiv dafür einzusetzen.“

Die Regierung zeigte sich davon wenig beeindruckt. Obwohl die Suffragetten die Liberalen als vermeintlich Verbündete stets unterstützt hatten, bestimmte die Partei im Frühjahr 1908 mit Herbert Henry Asquith einen erklärten Gegner des Frauenstimmrechts zum Premierminister. Dieser griff hart durch und ließ Demonstrationen der Suffragetten durch berittene Polizei auseinandertreiben.

Frauen in der Politik, welch ein Unsinn. Frauen waren für den privaten Bereich zuständig, während Männer den öffentlichen, politischen Bereich übernommen hatten. Die Idee des Frauenstimmrechts stellte das Weltbild einer ganzen Gesellschaft auf den Kopf und widersprach bis ins letzte deren Philosophie von den zwei getrennten Sphären. Bedeutende Wissenschaftler untermauerten die unumstößlich Tatsache, dass Frauen dümmer seien als Männer und statt von ihrem Gehirn von ihrer Gebärmutter in Denken und Handeln bestimmt.

Mit Beginn von Asquiths Amtszeit füllten sich die Zellen des Frauengefängnisses Holloway. Da die Inhaftierten zu ihrer Empörung nicht den Status von politischen Gefangenen erhielten, sondern wie gewöhnliche Kriminelle behandelt wurden, traten im Juni 1909 einige Frauen in Hungerstreik. Bald war ihre Gesundheit derart angegriffen, dass sie entlassen wurden. Der Hungerstreik wurde nun offizielle Politik der WSPU, die so die vorzeitige Haftentlassung ihrer Mitglieder erzwang. Um die Frauen im Gefängnis zu halten, beschloss die Regierung deren Zwangsernährung. Mehr als tausend Frauen wurden in den nächsten Jahren fingerdicke, meist nicht sterile Schläuche gewaltsam durch diverse Körperöffnungen geschoben. Im offiziellen Sprachgebrauch hieß diese Tortur „Krankenhausbehandlung“. Doch Emmeline Pankhurst zeigte sich auch im Nachhinein davon überzeugt, dass die Frauen, selbst wenn sie nur im entferntesten geahnt hätten, was mit dieser Entscheidung auf sie zukommen sollte, trotzdem so gehandelt hätten:

„Hätten sie die Ereignisse voraussehen können, die uns bereits überschatteten, hätten sie die neuen Formen von Leid und Gefahr gekannt, die uns bevorstanden, auch dann, ich bin sicher, hätten sie genauso gehandelt; denn unsere Erfahrungen hatten uns gelehrt, auf Furcht keine Rücksicht zu nehmen. [...] Es gab keine Schrecken, vor denen wir zurückgewichen wären.“

Im Oktober 1909 attackierte eine Suffragette auf dem Bahnhof in Bristol Winston Churchill mit einer Hundepeitsche. In der Royal Albert Hall sprangen Frauen während einer Parteiversammlung der Liberalen aus der Orgel. Suffragetten in Gymnastikanzügen kletterten auf Dächer, um Reden zu halten, und in Cambridge wurde einem Politiker eine tote Katze ins Gesicht geworfen. Dazu fanden immer wieder große Paraden statt, die von einer weißgekleideten Suffragette hoch zu Ross angeführt wurden.

Nachdem die Regierung einen Gesetzesentwurf zum Wahlrecht für Männer ankündigte, beschloss die WSPU im Februar 1912 die gezielte Zerstörung von Eigentum. Dabei werde die Höhe der Gewalt vom Staat bestimmt, nicht von der WSPU – das war Emmeline Pankhursts eindeutige Ansage: „Wir wollen keine unnötig starken Waffen einsetzen. Wenn der Stein, dieses altehrwürdige Argument offizieller Politik, ausreicht, dann werden wir niemals ein stärkeres Argument einsetzen. [...] Wir haben es lange genug versucht. Jahrelang hielten wir geduldig Beleidigungen und tätliche Angriffe aus. Frauen erlitten Schaden an ihrer Gesundheit. Frauen verloren ihr Leben. Wir hätten das bei Erfolg hingenommen, aber wir hatten keinen. Mit dem Zerbrechen von Glas erreichten wir bei geringerem Leid mehr, als wir je erreicht haben, wenn wir unsere Körper von ihnen zerbrechen ließen. [...] Dieser Gesichtspunkt sollte im Kampf die Wahl der Waffen bestimmen. Also werden wir jetzt ausprobieren, ob Steine allein ausreichen.“

Kurz darauf warfen Hunderte eleganter Damen in der Oxford Street in London die Schaufensterscheiben ein. Ende März waren mehr als zweihundert Suffragetten in Haft. Völlig überforderte Richter sahen sich einer Tätergruppe gegenüber, die keinerlei Bedauern zum Ausdruck brachte, sondern stattdessen die Gerichtssäle für politische Agitation nutzte.

Mehr als 425 Fehlalarme lösten die Suffragetten in den nächsten Monaten aus und brachten die Feuerwehr der Insel schier zur Verzweiflung. Zwischen London und Glasgow wurden die Telegraphen- und Telefonleitungen gekappt. Briefkästen samt Inhalt wurden ein Raub der Flammen. In den vornehmen Londoner Clubs gingen die Fensterscheiben zu Bruch. Der Sitz des Erzbischofs von Canterbury wurde überfallen, die Bahnhöfe Birmingham, Saunderton und Croxley Green flogen in die Luft und in der Innenstadt von Doncaster explodierten mehrere Bomben.

Als Antwort auf diese Welle der Gewalt verhaftete die Regierung Emmeline Pankhurst. Vor Gericht weigerte sie sich beharrlich, Einsicht und Reue zu zeigen: „Ich habe kein Schuldgefühl. Ich habe meine Pflicht getan. Ich sehe in mir eine Kriegsgefangene. Ich habe keine moralische Verpflichtung, die mir auferlegte Strafe zu akzeptieren. Ich werde zu dem verzweifelten Mittel Zuflucht nehmen, das auch andere Frauen angewandt haben. Es ist für Sie offensichtlich, dass es ein ungleicher Kampf sein wird, aber ich werde ihn durchkämpfen, so lange ich noch einen Funken Kraft oder Leben in mir habe.“

Daraufhin verurteilte man sie zu drei Jahren Zuchthaus. Noch während des Prozesses verabschiedete das Parlament den sogenannten „Cat and Mouse Act“, der vorsah, hungerstreikende Frauen auf ärztlichen Rat hin zu entlassen, sie jedoch, sobald sie sich erholt hatten, ohne Haftbefehl erneut zu inhaftieren. Die Unwilligkeit der Regierung, die Suffragetten in den Gefängnissen

sterben zu lassen, war in erster Linie der Angst geschuldet, dass die Frauen sich für jede Tote aus ihren Reihen mit einem Toten aus den Reihen der Gegner rächen würden. Und tatsächlich – nach Emmeline Pankhurts Entlassung trat der Guerilla-Krieg der WSPU in eine neue Phase ein: „Die Jahre unserer Arbeit, unseres Leidens und Opferns hatten uns gelehrt, dass die Regierung sich nicht dem fügen würde, was die Mehrheit des Unterhauses für Recht und Gerechtigkeit hielt. [...] Jetzt war es unsere Aufgabe zu zeigen, dass es im Interesse der Regierung lag, sich den gerechten Forderungen der Frauen zu fügen. Dazu mussten wir England und jeden Bereich englischen Lebens unsicher und gefährlich machen. Wir mussten erreichen, dass das englische Recht als Katastrophe und die Gerichte als Schmierenkomödien entlarvt wurden. Wir mussten Regierung und Parlament in den Augen der Welt diskreditieren. Wir mussten den Spaß am englischen Sport verderben, der Geschäftswelt Schaden zufügen, wertvolles Eigentum ruinieren, die Gesellschaft demoralisieren, über die Kirchen Schande bringen, den normalen Gang des Lebens durcheinanderbringen. Das heißt, wir mussten diesen Guerillakrieg so lange führen, wie die Leute in England ihn ertragen würden. Wenn sie endlich der Regierung sagten: ‚Macht ein Ende damit, auf die einzig mögliche Weise! Gebt den Frauen von England das Wahlrecht!' – dann würden wir unsere Fackel löschen."

Am 4. Juni 1913 geschah das, was die Regierung immer befürchtet hatte: Die Bewegung hatte ihre erste Märtyrerin. An diesem Tag wurde das berühmte Pferderennen im englischen Epsom jäh unterbrochen, als sich eine Unbekannte vor das Pferd von König Georg V. warf. Von den Hufschlägen des panischen Tieres schwer verletzt, starb die junge Frau vier Tage später im Krankenhaus. Da wusste man in Großbritannien längst, wer sie war: Emily Wilding Davison, Suffragette und militantes Mitglied der Women's Social and Political Union. Bereits 1906 war die am 11. Oktober 1872 geborene Emily der WSPU beigetreten. Wie die meisten Suffragetten entstammte sie der Oberschicht, war gebildet und hatte vergeblich versucht, ein selbstbestimmtes Leben zu führen. Die Schwierigkeiten, die ihr dabei wiederfahren waren, hatten dazu geführt, dass sie sich mit der Entrechtung von Frauen auseinandersetzte. Im März 1909 wurde sie zum ersten Mal verhaftet, nachdem sie versucht hatte, ins Unterhaus einzudringen, um den Premierminister zu sprechen. Im Arrest zertrümmerte sie, unter Absingen der Nationalhymne, ihre Zelle und schrieb ihren Wahlspruch an die Wand: „Rebellion gegen Tyrannei ist Gehorsam gegenüber Gott."

Nachdem sie im November 1911 aus Verärgerung über die Klassenjustiz in England, die Suffragetten aus der Arbeiterklasse härter bestrafte als Suffragetten der Ober- und Mittelschicht, einen Briefkasten in Brand gesetzt hatte, erhielt sie eine sechsmonatige Freiheitsstrafe. In Isolationshaft wurde sie trotz ihres erbitterten Widerstandes durch einen Nasenschlauch zwangsernährt. Ihre Ohnmacht und Hilflosigkeit mündeten schließlich in dem Gedanken an ein Fanal. Was, wenn eine Suffragette sterben würde? Würde der Zorn der Bevölkerung die Regierung endlich zum Handeln zwingen? Als sich ihre Zellentür das nächste Mal öffnete, lief sie hinaus und stürzte sich vom Balkon in die Tiefe. Dabei verfing sie sich in den Netzen, die zwischen den Balkonen gespannt waren. Nach ihrer Entlassung konkretisierte sich ihr Plan, zur Märtyrerin der Sache zu werden, und gipfelte letztendlich in der Aktion in Epsom, die sie endgültig zur Heldin der Bewegung machte.

Nach ihrem Tod nahm die Situation bürgerkriegsähnliche Ausmaße an. Bei Versammlungen der Suffragetten kam es zu regelrechten Saalschlachten. Am 10. März 1914 attackierte eine Suffragette ein Gemälde von Velázquez in der National Gallery mit einer Axt, woraufhin zahlreiche Museen Frauen den Zutritt verweigerten. Eine Lösung des Problems schien in weiter Ferne.

Doch mit Ausbruch des Ersten Weltkriegs änderte sich alles. Die WSPU stellte alle Aktionen ein und erklärte ihren Schulterschluss mit der Regierung, die im Gegenzug alle inhaftierten Suffragetten freiließ. „Zumindest für den Augenblick haben wir unsere Waffen niedergelegt, denn sobald unserer Nation ein Krieg von außen drohte, erklärten wir die völlige Beendigung unserer militanten Aktionen. Was immer das Ergebnis dieses europäischen Krieges sein wird – auf jeden Fall wird er schrecklich sein in seinen Auswirkungen auf Frauen, die keine Stimme hatten, ihn abzuwenden; und schrecklich in dem Leiden, das er den unschuldigen Kindern bringen wird. – Aber es ist sicher, dass sich im Krieg das Kabinett der Regierung ändern wird und damit zukünftige militante Aktionen der Frauen unnötig werden. Denn keine zukünftige Regierung wird die Fehler und Brutalitäten der Asquith-Regierung wiederholen. Niemand wird noch einmal versuchen wollen, den Marsch der Frauen zu ihrem ererbten Recht auf Gleichberechtigung und Freiheit in Arbeit, Gesellschaft und Politik aufzuhalten."

Mrs Pankhursts neuer Gegner war der deutsche Kaiser Wilhelm II. Die Kriegsjahre führten zu einem Stimmungsumschwung, zu dem vor allem die Agitation der Frauenstimmrechtsbewegung vor dem Krieg beigetragen hatte, verstärkt durch die nationalistische Unterstützung der britischen Kriegspolitik durch viele Frauenstimmrechtlerinnen sowie durch den millionenfachen Arbeitseinsatz von Frauen während des Krieges.

Am 6. Februar 1918 erhielten alle Frauen über 30 in Großbritannien das Recht zu wählen. 1928 wurden sie den Männern beim Wahlrecht gleichgestellt.

Die Zeit der Suffragetten aber war vorbei. Die WSPU erwies sich als eine Organisation auf Zeit. Gegründet zur Verwirklichung eines einzigen Ziels, ohne Konzept für eine Nach-Frauenstimmrechts-Ära, formierte sie sich nach dem Krieg nicht mehr neu. Ihre Mitglieder zerstoben in alle Winde. Keine der Suffragetten gelangte jemals ins Parlament.

Der Kandidat

Bühnensketch

Der Bürgermeister (B) einer niederbayerischen Landgemeinde erwartet aufgeregt den Wahlkampfauftritt des lokalen Landtagskandidaten und beginnt – nachdem ein voller Maßkrug zum Rednerpult gebracht wurde – mit der Begrüßung des Ehrengastes. Der Abgeordnete (Er) und seine Gattin (Sie) nähern sich derweil dem Rednerpult. Sie hält ein Redemanuskript in der Hand.

B: Meine sehr geehrten Damen und Herren, es ist mir eine große Freude und ein Vergnügen, jetzt unseren Landtagsabgeordneten hier bei uns begrüßen zu dürfen! Er ist ja nicht nur unser Direktkandidat, er ist auch Mitglied in 17 Vereinen …

Sie: *(von hinten)* In 19 Vereinen!

B: … in über 17 Vereinen …

Sie: *(von hinten)* 19!

B: Sag i doch! Und obwohl er auch der Vorstand vom Trachtenverein ist, hat er sich trotzdem die Zeit genommen, jetzt hier mit Ihnen zu reden! Begrüßen und empfangen Sie jetzt mit mir unseren Landtagsabgeordneten, an Gustl Wagner mit seiner Frau Gemahlin Natascha!

(Beide kommen, er sichtlich angetrunken)

Er: *(beleidigt)* Geh, jetzt sag's ihnen, dass sie's alle hörn da herinnen. Komm! Schließlich hab ich dich deswegen aa mitgnommen!

Sie: Ja, i mach ja schon.

Er: Fang o!

Sie: *(entfaltet einen Zettel und liest)* Also … Liebe Freunde, liebe Wähler! Was diese Zeitungsschmierer und intriganten Parteifreunde in den letzten Wochen über meinen Mann, unseren hochgeachteten Abgeordneten und Trachtenvereinsvorstand, verbreitet haben, entbehrt jeglicher Grundlage!

Er: *(schreit)* Es ist nicht wahr!

Sie: Ja! Es ist nicht wahr, dass mein Mann den Freund seiner Geliebten …

Er: Ich hab überhaupt gar keine Geliebte!

Sie: Er hat überhaupt gar keine Geliebte!

Er: Jedenfalls nicht da herinnen, hähä!

Sie: *(liest weiter)* … auf offener Straße zusammengeschlagen hat, und es stimmt auch nicht, dass er die Richter als korruptes und meineidiges Gesindel beschimpft hat.

Er: Obwohl es stimmt!

Sie: Obwohl es stimmen täte! *(liest weiter)* Ebenso wenig hat er auf der Deggendorfer Autobahn einen Rentner durch Überholen ausgebremst und mit Arschloch, Stadtbrunzer und „Ich schlag dich über d'Leitplankn, du oida Depp" beschimpft.

Er: Alles Lüge!

Sie: Weiterhin hat mein Mann auch nicht nach dem Trachtenfest mit den jungen Trachtlerinnen im Löschweiher nackt gebadet und diese dabei unsittlich berührt.

Er: Des war höchstens der rote Bürgermeister!

Sie: Des war dieser rote Bürgermeister!

Er: *(schiebt seine Frau weg)* Jetzt geh mal auf d'Seiten! Liebe Freunde, wer hat sich denn für euch draußen am Wahlkampfstand den Arsch abgfr… äh, sich abgefroren? Ha?! Wer war es?! *(redet sich in Rage)* Und wer hat sich am Unsinnigen Donnerstag beim

Frauenbundfasching von der Vorsitzenden in den Schritt greifen lassen? Ha?! Wer wars denn?! Und wer hat so nett euren Kindern Schulurkunden überreicht, obwohl s' vor lauter Blödheit ned amoi den Weg zum Schulbus finden? Ha?! Wer wars denn?! Und wer hat für eich Mannerleut gegen des unnötige Frauenhaus und gegen diese Feministinnen gekämpft?! Weil a jeder weiß, dass mia unsere Weiber ned schlagn, und wenn ma s' schlagn, dann brauchan's! Ha?! Wer war's denn?! Liebe Freunde, es ist an der Zeit, mir die Hand zu reichen und mir zu danken für all das, was ich für euch getan habe!

B: Jawohl!

Er: Ich weiß, es gibt Bessere!

B: Jawohl!

Sie: Aber nicht da herinnen!

Er: Ich bin vielleicht blöd!

B: Jawohl!

Er: Aber ich kenn den Seehofer persönlich und ich weiß a paar Sachen über ihn …

Sie: Und der Seehofer ist nämlich auch nicht blöd!

Er: Und wenn sogar der Seehofer mich braucht, müssts doch ihr spürn, wie sehr ihr mich brauchts! *(fängt zu singen an)*

Seit Jahren sauf i jetzad schon
fürn Horsti seine Christunion,
bei jedem kleinen Gartenfest
mach ich für ihn den Freibier-Test.
I zapf jeds Fassl im Stimmkreis o
und schluck fürs Volk so vui i ko.

Und jetzt könnts euch endlich
revanchieren!

Ja, mia san mia, mia ghörn doch zsamm,
weil ma echte Bayern san,
ich schenk Vertrauen, ihr die Stimm,
dass i wieder in Landtag eini kimm.

Sie: *(singt mit)* Schauts'n euch mal richtig o,
da steht mei leberkranker Mo.
Es kost euch doch a Kreuzl bloß,
sonst is er morgen arbeitslos.
I hab nix glernt und er kann nix,
da bleibt doch nur a Landtagssitz.

Ja, mia san mia, mia ghörn doch zsamm,
weil ma alle Bayern san,
jetzt seids doch nicht so zögerlich,
sonst schickt er mich noch auf den Strich.

Er: *(singt weiter)* Überall wird ganz groß
gspendt,
obwohl ma d'Leut doch gar ned kennt:
für d'Sachsen und Misereor,
für jeden kleinen Heidenmohr.
Auch wenn in der Donau schwimmt a
Haus,
ziaghts mitleidsvoll an Geldschein
raus.

Und a so a Kreuzl kost euch doch rein
gar nichts!

Ja, mia san mia, mia ghörn doch zsamm,
weil ma echte Bayern san,
für d'Heimat und für die Region,
für euch kriag i doch mei Pension.

Ja, mia san mia, mia ghörn doch zsamm,
weil ma echte Bayern san,
machts euer Gewissen rein und frei
und wählts mi in Landtag nei.

Der Leichtrunk

Bühnensketch

Eine Szene mitten aus dem Leben einer bayerischen Kleinstadt. Wir befinden uns im Nebenzimmer des örtlichen Gasthauses. Im Saal nebenan ist die Trauergesellschaft Bremsinger zu Gast.

(Die Bedienungen Jasmin und Jessica kommen auf dem Weg zur Theke in das Nebenzimmer mit leeren Gläsern in den Händen. Beide setzen sich. Jessica schnauft tief durch.)

Jasmin: So, i brauch jetzt erst amal a Zigaretten, sonst kipp i um. Da dritte Leichtrunk in dera Wocha ... zur Zeit lauft's wie d'Sau ... de sterbn weg, wia d'Fliagn ... *(holt sich eine E-Zigarette aus ihrer Bedienungsschürze und nimmt einen genussvollen Zug)*

Gästin: *(schaut zur Tür rein)* Sie, hallo, Fräulein Jasmin, der Onkel Rudi kriagat noch a Weißbier!

Jasmin: Ja glei, des Weißbier kommt sofort ... ich fliege! *(zu sich)* Weil sie weiß, es könnte sein Letztes sein ... oide Rutschn ...

Jessica: Und die, die da drin sitzn, fressn wia wenn s' de nächstn wärn, de dro san ...

Jasmin: De Schärfste is ja wieder d'Huaba Anni ... „Kein Leichtrunk ohne Anni" ... de hat sich heut glei zwei Rolln Alufolie mitbracht, zum Einwickeln von de Reste ...

Jessica: Von wegen Reste! De hat sich fünf verschiedene Gerichte bstellt und ois sofort in ihr Kühltaschen unterm Stuhl verräumt. Angeblich für die Nachbarn, de wo keine Zeit ghabt habn, zur Leich zu kommen ... Wurscht! Gschäft is Gschäft und de verstorbene Bremsingerin hat eh fünf Hausstöck hinterlassn. Des können de gar ned dafressn, was da Geld da is.

Jasmin: Und ihr Oida hat mittlerweile des sechste Weißbier! Dann sag i zu ihr: Frau Huber, passn S' a bissi auf Eahnan Mo auf, der hat doch so an Bluthochdruck, ned dass eahm schadt! – Und sie drauf zu mir: Ja hoffentlich, Fräun Jasmin ... aber, schnell sollt's geh, i hob scho amoi an Pflegefall ghabt, a zwoats Mal brauch i des Gschiss ned.

Gast: *(schaut zur Tür rein)* Wo bleibtn mei Bier?!

Jessica: Ja, glei ... Geh zerscht zum Biesln, dass wieder wos neipasst in di! Glaabst des, des is jetzt dann die fünfte Halbe. Unser Mesner is doch wirklich des größte Feuchtbiotop der ganzen Marktgemeinde.

(Bedienung Rosi kommt aus der Tür mit einem leeren Teller)

Rosi: Ja, sagts amoi, wo kommt denn de Verwandtschaft von der Bremsingerin her?! De Leut hab i, solang sie glebt hat, ja no nia ned gsehn. Ein so ein arrogantes Pack. Der oane Platterte, der wo glei vorn bei da Verwandtschaft sitzt, fegt mi grad o … ich sei der lebende Beweis für die Servicewüste Deutschland! Verstehst, hockt mit seinem fettn Arsch da drin, schnorrt se wahrscheinlich von Leichtrunk zu Leichtrunk durch und mag mi ogeh. Aber bei dem rutscht mir heut noch a Glasl aus, des garantier i euch …

Jasmin: Rosi, guade Idee, da bin i aa dabei.

Jessica: Was da für Leut dabei san … furchtbar! Des Gschwerl hat's bestimmt aus de Gullideckl am Friedhof drübn rausgschwoabt.

Rosi: Die platterte Freibierlätschn auf jeden Fall … der soll erst amoi wia i dreißig Jahr lang in der Gastronomie werkeln und nur einmal a so an Leichtrunk bedienen, damit er weiß, warum er auf der Welt is.

Jasmin: Bringst eahm halt unseren allseits beliebten und pikant gewürzten Hackbraten „Jäger Art" … da räumt's ihn garantiert drei Tag lang durch.

Rosi: *(lachend)* Stimmt, unsere „Wochenschau aus der Küch" wär bei eahm grod recht.

Jessica: Bei der Frauenbundgruppe letzte Woch, de se scho beschwert hat, bevor sie überhaupts im Saal war, hat's doch auch wunderbar funktioniert …

Jasmin: Hab gheart, drei von dene speibn heut noch.

Rosi: Mädels, ihr seids die Besten.

Jasmin und Jessica: Des wiss ma!

Rosi: Hoffentlich is er ned scho aus?

Jessica: Naa, is er ned, weil ich da Haller Leni grad a Portion davon bracht hab. De war gestern um zehn vor Achte vor mir an der Kass und hat mit dem Inhalt ihrer Spardosn zahlt … 53 Euro in Centstücken … ich hätt s' würgn können … und an der einzig besetzten Kasse war ausgerechnet d'Schlecker Res gsessn.

Jasmin: Varreck! Des is doch de, de bei jedem Trum, des sie übers Kassen-Bandl ziaght, so schnauft wia da Rainer Calmund beim Bodenturnen.

Rosi: Und außerdem is blind wia a Maulwurf!

Jasmin: D'Schlecker Res?

Rosi: Nein, de Hallerin …

Jessica: Deshalb hat sie auch ganz brav ihren Hackbraten aufgessen … Strafe muss sein.

Jasmin: *(lieb)* Na, dann hat s' ja gar ned gsehng, dass de Schwammerl drauf scho grün-gelb-violett schimmern.

Jessica: Schön pikant halt … Und gstorbn is a no Koana dro …

Rosi: Mia san vielleicht gschert. Was mach i, wenn der Platterte a Vegetarier is?

Jessica: Ja, na bringst eahm halt Spätzle mit Schwammerlsoß, des is doch de gleiche Brüah und die Wirkung is dieselbe …

Jasmin: So, Mädels, weiter geht's, Runde zwei im Leichtrunk Bremsinger … Auf in den Kampf!

(Alle stehen auf. Jessica zupft ihre Schürze zurecht.)

Jessica: *(lachend)* Mia wolln doch, dass es auch nächste Woche wieder „a scheene Leich" gibt.

Jasmin: Oder zwei …

Rosi: I do my very best!

(Alle drei gehen lachend ab zur Theke.)

„Weißblau und heiter“

Bühnensketch

Personen: Hedi Hörauf, Rundfunkmoderator / Vroni Wellmeier, singender Spatz aus Dachau / die Heimatpoeten Helmut Schwänzl und Fritz Zacherl

Volksmusikliveübertragung aus dem Studio 1 in der Reihe „5 Minuten Heimat auf Bayern 1“. Hedi Hörauf, eine Legende in Sachen Volksmusik, betritt die Studiobühne.

Hedi Hörauf: *(beginnt in einem eigenwilligen Singsang mit unverkennbarer Stimmmodulation und Betonung sowie Textwiederholungen seine Moderation)* Liebe Leit, heit is wieda a moi so weit. Mia san heit wieda a moi beinand und i gfrei mi ja ganz aufrichtig, dass i do sei derf bei eich. I sog a aufrichtigs Griass God eich alle miteinand, do herinna in unserem festlichen Studio und dahoam an de Rundfunkempfänger, zu unserer heitigen Sendung „5 Minuten Heimat auf Bayern 1“. I bin ja überglückli, dass i wieda z’Gast sei derf als euer Hedi Hörauf, und i daat sogn, mia hoitn uns jetzt gar nimma lang auf, mia macha weita im Programm. Und den Auftakt macht uns jetzt die Vroni Wellmeier, die auch der singende Spatz vo Dachau ghoaßn wird, mit der Wunschmelodie der Woche. Und i daat sogn, mia hoitn uns jetzt gor nimma lang auf und macha weita im Programm. I derf die Vroni jetzt auf die Bühne bitten. *(blickt suchend umher nach Vroni)* Wo is s’, wo bleibt s’, wo hod sa se vaschloffa? *(Vroni, eine gedrungene Volksmusikantin und Sängerin kommt schüchtern auf die Bühne)* Da is s’ ja eh scho! Lass de oschaun! Kimm her zu uns. Schee, dass d’do bist! Ja, liabe Vroni, i hob scho a wenig was über di vazählt, weil mia zwao, mia kenn ma uns scho lang. (zum Publikum) I woaß ned, ob Sie des wissn, aber i verzähl’s Eahna trotzdem. Weil, mia hobn ja scho allerweil als Kinda miteinanda zu vierta schafkopft, dei Papa, du und i …

Vroni: *(etwas gehemmt, berichtigt)* Zu dritt war ma!

Hedi Hörauf: Ja genau, zu dritt san ma gwesn. Und i daat sogn, mia hoitn uns jetzt gar nimma lang auf und macha weita im Programm. Vui Spaß und guate Unterhaltung mit unserem Spatz aus Dachau.
(Hedi geht ab.)

Vroni: *(zu Hedi, der dieses aber nicht mehr hört)* Nein, Nachtigall hoassen s’ mi dahoam.
(beginnt zu singen und grinst einfältig dabei)

„Die Nachtigall von Dachau“

Von draußen kimm i einer, des kennts scho an mein Gwand,
als Nachtigall von Dachau bin i überall bekannt.

Mein Lehrer, der sagt heut noch, i hätt im Hirn was ghabt
und wenn's a Radl z'viel waar, bei mir da hat was gschnappt.
Weil ich keinen Manager hab, fehlt bisher mein Erfolg,
drum sing i bloß am Land draußt, fürs rustikale Volk.
I waar so gern a Superstar oder presst gar auf CD
dann singat i beim Bohlen und in da Hitparade,
doch weil meine Begabung noch niemand hat entdeckt,
arbat i in da Sparkass, Geschäftsstelle Planegg.

Ja, mei Talent is Wahnsinn, des braucht ma koana sagn,
und an dieser großen Bürde, da hab ich schwer zu tragn.
Meine Wollust, stets zu singen, ja de is riesengroß,
„Ein Stern der deinen Namen trägt“ – des hab i aa scho los.
Und gibt's bei uns im Dorf dazua Gelegenheit,
dann schmettert i glei los, denn i bin stets bereit.
I waar so gern a Plattenstar oder presst gar auf CD
dann singat i beim RTL und kriag a goldne Schallplatte,
doch weil meine Begabung noch niemand hat entdeckt,
arbat i in da Sparkass, Geschäftsstelle Planegg.

Mein größter Wunschtraum wäre a Duett mit Stefan Mross,
wenn der für mich bläst, wär des die Riesenchance.
Oder vielleicht aa a Auftritt im nächstn Dschunglcamp,
d Hauptsach, i werd entdeckt – denn ich bin ungehemmt.
Als Nachtigall von Dachau waar i am Schlag bekannt
als singendes Wunder aus dem Dachauer Hinterland!
I waar so gern a Plattenstar oder presst gar auf CD
dann singat i beim Silbereisen in da Olympiahalle,
doch weil meine Begabung noch niemand hat entdeckt,
arbat i in da Sparkass, Geschäftsstelle Planegg.

(Vroni ins Publikum) Danke! Und wenns ma an Manager wissen, der mich berühmt macht, dann bitte gleich zu mir hinter d'Bühne schicken! Ich bin zu allem bereit!
(Hedi kommt erneut auf die Bühne.)

Hedi Hörauf: *(schüttelt Vroni die Hand und schiebt sie zur Seite)* Ja, ein herzliches Vergelts Gott für dieses erbauliche Liad, des einem wieda a moi so richtig ausm Herzen gsprochen hat ... *(schiebt sie zur Seite, damit sie die Bühne verlässt)* ... Und i daat sogn, mia hoitn uns gar nimma lang auf und macha weita im Programm. Denn de Liab zur Hoamat, de komma am Besten ausdrucka in Gedichterl und deswegn homma uns heit a wieda a moi auf vielfachen Wunsch unserer treuen Zuhörer, der Stoiber Karin aus Wolfratshausen und dem Jupp Korschenbroich-Wolaczek aus Mecklenburg-Vorpommern, zwoa Poeten eigladn. Es san des zugleich unsere zwoa Hauspoeten des Bayerischen Rund-

funks. Mit Namen san des da Schwänzl Helmut und da Zacherl Fritz. Es san des auch die zwei tragenden Säulen des weißblauen Geschichterl-Dichterl e.V. Und i daat sogn, mia hoitn uns gar nimma lang auf und i derf sie jetzt auf die Bühne bitten. *(blickt suchend umher)* Wo seids, wo bleibts, lasst eich oschaun, wo habts eich denn vaschloffa?! *(entdeckt beide)* Ja, da sans ja eh scho! Servus, griass eich God! *(Begrüßung der Poeten, er schüttelt überschwänglich beiden die Hand.)* Zja, i hob grod scho a wenig wos über eich vazählt. Dassds ihr die tragenden Säulen seids, und ihr habts uns ja bestimmt heut aa wieda a moi wos mitbracht und vielleicht jetzt glei a moi glei die Frag an di, wos habts uns denn heit mitbracht?! *(wendet sich dabei an Helmut Schwänzl, aber Fritz Zacherl antwortet ungefragt)*

Fritz Zacherl: Gedichterl.

Hedi Hörauf: Gedichterl habts uns mitbracht. *(macht unbeirrt mit einer Frage an Helmut Schwänzl weiter)* Und jetzt doch die Frag an di, wos fir Gedichterl habts uns denn mitbracht?!

Helmut Schwänzl: Ganz nette Gedichterl.

Hedi Hörauf: Zja, ganz nette Gedichterl homs uns mitbracht und i daat sogn, mia hoitn uns gar nimma lang auf. Und i woas ned, wia ihr's macha woits? Vielleicht fangt da oa o und da andere foit nei?! Aba i daat sogn, mia hoitn uns jetzt gar nimma lang auf und fanga jetzt glei o. *(zum Publikum)* I derf eich jetzt dazua vui Spaß und guate Unterhaltung wünschen. Doch zuvor möcht I mi no verabschieden und i sag ein aufrichtiges Pfia God, bleibts gsund, bis zum nächsten Moi, wenn's wieder hoast „Fünf Minuten Heimat auf Bayern 1 mit eierm Hedi Hörauf", Pfia God beinand!
(Hedi geht winkend ab, die Poeten sortieren beide umständlich ihre Textblätter und setzen sich.)

Fritz Zacherl: Nachdem des Fruajohr jetzt scho glei wieda vorbei is, des haost, dass mia glei scho wieda Winta habn, möcht i jetzt a Gedichterl vortragn, des genau in jede Jahreszeit eini passt: „Da Baam".
(wiederholt)

„Da Baam"

(trägt mit fürchterlich falscher Betonung vor)
Mia ham in unserm großn Gartn
an Lindnbaum, an ganz an Zartn.
Und neili wia i drunter steh,
da wird ma drin im Herz ganz weh.
I denk, du guata braver Baam,
wia duast as du so schlecht bloß habn?
Bei Wind und Wetter stehst heraust,
werst gschüttelt und zerzaust.
Drum dua i, weil i nimma zuaschaun kann,

di morgn glei ausgrabn,
und pflanz di in mei Häuserl nei,
da kann koa Wind, koa Wetter nei!

(Steht auf und verneigt sich, Helmut Schwänzl applaudiert begeistert.)

Helmut Schwänzl: So, na fang jetzt i o! „'S Johr".
(wiederholt und betont)

„Das Jahr!"

Wenn 's Johr ofangt, dann dauert's nimma lang – und, es is um!!

(Pause, Fritz Zacherl irritiert, er applaudiert verhalten, Schwänzl lacht) Ja, i hob ma scho denkt, dass mei Gedichterl a wengerl kurz is, drum hob i no a zwoats mitbracht.

„Aas Zwoate"

Im Auto fahr i schnell dahi,
der Himmi, der is blau,
auf oamal kracht's an meina Scheibn
und i schau!
An Herzschlog lang bin i daschrocka,
a VOGERL – dabaazt,
i konn's ned glaam,
des ghört doch ned an d'Windschutzscheibn,
des ghört doch auf an Baam!

(Beide stehen auf, verneigen sich und gehen erfolgserfüllt ab.)

Anmerkung:

Diese Szene bzw. Persiflage mit Hedi Hörauf (fiktiv, männlich) alias Hedi Heres (sehr real, weiblich, Moderatorin von Hörfunk- und Fernsehsendungen sowie Mitglied der Münchner Turmschreiber – heute im weiß-blauen Olymp) löste durch das Absenden im Hörfunk des BR einen erheblichen Eklat aus. Eine stattliche Anzahl an Traditionalisten nahm in zahlreichen Anrufen und Briefen erbost Stellung zur Verunglimpfung ihrer Ikone der Volksmusik. Dabei steckt in jeder Persiflage auch ein Stück Hommage. Berüchtigt waren Hedi Heres' Volksmusik-Wunschsendungen, in der sie bayerische Scheinwelten zelebrierte.

FITZGERALD KUSZ

ach herz

iich reim di ned
aff schmerz
iich väschenk di ned
iich schüdd di ned aus
iich välier di ned
iich drooch di
ned aff dä zungä
iich drooch di
affm rechdn fleck
du schlächsd links

vision

wos mä hindä uns hamm
hammä scho nimmä vuä uns
wos mä vuä uns hamm
hammä aa ämall hindä uns
wos vuä uns is
wiss mä ned
wos mä hindä uns hamm
is nimmä woä
wos mä hamm
des hammä
wos ämall nouch uns is
kann uns worschd saa
des hamm däi
wou nouch uns kummä
nu vuä sich

sunser haus

(„Wer jetzt kein Haus hat,
baut sich keines mehr.“ Rilke)

miä hamm ganz schäi gschwidzd
bis unsä haus gschdandn is
ohne uns schdennerd
kaa schdaa affm andern
ä zeidlang is uns dreckäd gangä
edz gäihds uns goud
miä hamm unsä einkommen
dä hausbesidzer sei auskommen
dou soll blouß annä kummä
miä könnä ned kloong
ä mieder underm dach behaubd
es reengd rei wenns reengd
bei manchn drobfd dä wassähohn
im drebbnhaus is neili
annä ausgrudschd
miä wolln in friedn lehm
blouß di kindä gehm ka rouh
dä hausbesidzer is sauä
in zukumfd schaudä draff:
„weä zu uns ned reibassd
deä kummd ned rei“
es dach werd rebariäd
des houdä väschbrochn
a boä neuerungä
kummä aff uns zou
ändern doud si nix

vollmond

enn hund belln hörn
iich hou scho lang kann hund
meä belln hörn in dä nachd
wou belln di hund nu
di hund nu in dä nachd?
dou denki manchmall droo
wenni ned schloufm koo

schdaa

schdaa in di händ nehmä
an kamm vobeigäih
vom buudn aufhehm

schdaa in dä händ nehmä
ooschauä und umdräihä
väschdeinärungä soung

schdaa in di händ nehmä
gechäränandä schloong
bis di funkn fläing

schdaa in di händ nehmä
in di huusädaschn schdeckn
mid hamm nehmä

und draff waddn
wos däzähln

schbaziän

dä himml gäihd middi wolkn schbaziän
mei kubf gäihd mid miä schbaziän
dä schdifd gäihd mid meinä händ schbaziän
di buchschdoom gängä affm babiä schbaziän
iich gäih miderm gedichd schbaziän

ANTON G. LEITNER

Manifestation Leitkultur: Wiesnzelt
(Poetische Oktoberfest-Studie zum Lazarus-Phänomen*)

Der Oberbayer zieht
Dem Unterfranken seinen Maßkrug über den Schädel,

Der Unterfranke
Dem Mittelfranken,

Der Mittelfranke
Dem Oberfranken,

Der Oberfranke
Dem Niederbayern,

Der Niederbayer
Dem Oberpfälzer,

Der Oberpfälzer
Dem Schwaben,

Der Schwabe
Dem Badener
– wobei den Schwaben bereits unmittelbar nach dem Schlag
die durch unkontrolliertes Überschwappenlassen des Starkbiers
bedingte Geld- und Lebensmittelverschwendung sehr reut –,

Der Badener
Dem Südhessen,

Der Südhesse
Dem Niederhessen,

Der Niederhesse
Dem Thüringer,

Der Thüringer
Dem Sachsen,

Der Sachse
Dem Sachsen-Anhaltiner,

Der Sachsen-Anhaltiner
Dem MeckPommer,

Der MeckPommer
Dem Ostfriesen,

Der Ostfriese
Dem Nordfriesen,

Der Nordfriese
Dem Hamburger,

Der Hamburger
ist sich eigentlich zu vornehm zum Schlagen, aber
ehe er sich versieht, hat ihm auch noch der Bremer
seinen Maßkrug über den Schädel gezogen, woraufhin
der leicht benommene Hanseat aus dem Gleichgewicht
(norddeutsch: Work-Life-Balance) gerät und vermutlich im Affekt
Dem Dithmarscher
seinen Flying Hirsch = Redbulljägermeister
über den Schädel zieht, danach

Der Dithmarscher seinen Maßkrug
Dem dänischen Südschleswiger,

Der dänische Südschleswiger
Dem dänischen Dänen,

Der Däne aus Dänemark
Dem Berliner aus Pankow,

Der Pankower
Dem Kreuzberger,

Der Kreuzberger
Dem Brandenburger,

Der Brandenburger
Dem Polen,

Der Pole
Dem Franzosen,

Der Franzose
Dem Engländer,

Der Engländer
Dem Schotten,

Der Schotte
Dem Iren aus der Republik Irland,

Der republikanische Ire
Dem Iren aus der britischen Provinz Nordirland,

Der Provinznordire
Dem Ami von der Ostküste,

Der Ami von der Ostküste
Dem Ami von der Westküste,

Der Ami von der Westküste
Dem französischsprachigen Kanadier aus Québec,

Der Frankokanadier
Dem Texaner mexikanischer Abstammung,

Der Texmex-Ami
Dem Afroamerikaner,

Der Afroamerikaner
Dem Weißrussen,
weil er ihn mit einem Buren verwechselt,

Der Weißrusse
Dem ukrainischen Separatisten aus der Oblast Donezk,

Der obazde Donezker
Dem Westukrainer,

Der Westukrainer
Dem Zentralukrainer aus Kiew,

Der Kiewer
Dem Donauschwaben aus Ungarn,

Der Donauschwabe
Dem Deutschstämmigen aus Kasachstan,

Der stämmige Deutschkasache
Dem zierlichen Rumäniendeutschen aus Siebenbürgen,

Der Siebenbürger Sachse
Dem Serben,

Der Serbe
Dem Kroaten,

Der Kroate
Dem Australier,
den er im Rausch für einen Montenegriner hält,

Der Aussie
Dem Kiwi,

Der Kiwi
Dem Türken,
der sich auf der Suche nach einem Lammsbräu
Alkoholfrei ins Bierzelt verirrt hat,

Der Türke
Dem Kurden,

Der Kurde
Dem Nächstbesten,

Der Nächstbeste
Dem Niederländer,

Der Niederländer
Dem Belgier aus der Wallonie,

Der Wallone
Dem Flamen,

Der Flame
Dem Spanier aus Andalusien,

Der Andalusier
Dem Katalanen,

Der Katalane
Dem Kastilier,

Der Kastilier
Dem Basken,

Der Baske
Dem Russen,

Der Russe
Dem Tschechen,

Der Tscheche
Dem Tschetschenen,

Der Tschetschene
Dem Slowaken,

Der Slowake
Dem Slowenen,

Der Slowene
Dem Steirer,

Der Steirer
Dem Kärntner,

Der Kärntner
Dem Wiener,

Der Wiener
Dem Burgenländer,

Der Burgenländer
Dem Tiroler,

Der Tiroler
Dem Vorarlberger,

Der Vorarlberger
Dem Deutschschweizer,

Der Deutschschweizer
Dem Rätoromanen,

Der Rätoromane
Dem Südtiroler,

Der Südtiroler
Dem Süditaliener,

Der Süditaliener
Dem Norditaliener,

Alle bereits erwähnten Italiener mit vereinten Kräften
Dem Römer,

Der Römer
Dem Monsignore aus Vatikanstadt.
Der am Ende der Bierbank sitzende Monsignore
murmelt nach dem Schlag unverständliche Worte,
vermutlich ein Gebet, will daraufhin seinen Krug er-
heben, wird jedoch jäh hochgeschleudert, als alle
anderen gleichzeitig von der Bierbank aufstehen,
um den Striptease einer ohnehin ziemlich sparsam
bekleideten Schottin zu verfolgen, was der Monsignore
zu seinem Bedauern im Flug nur noch verschwommen
mitbekommt, bis ihm der Hergott schließlich eine sanfte
Landung am Busen einer resoluten Wiesnbedienung
aus dem Erzgebirge spendiert, die selbst, eher laizistisch
erzogen, die kompromittierende Situation streng weltlich
beurteilt und den mehr oder weniger selig an ihren Brüsten
hängenden geistlichen Würdenträger für einen Otto-
Normal-Saubärn hält und ihm deshalb stante pede
mehrere Maßkrüge auf einmal über den Schädel zieht,
woraufhin dieser, nicht wissend, wie ihm geschieht,
dem Himmel so nah, nur noch Sterne sieht und diverse
Engelschöre frohlocken hört, was

Eine erboste Katholikin aus Oberpfaffenhofen
im deutlich zu knapp sitzenden Dirndl auf den Plan ruft, die
Mitleid empfindet mit dem hohen geistlichen Herrn – und,
wie von inneren Hitzen befeuert, selbiger Bedienung im
heiligen Zorn einen großen, weißfleischigen Hybridrettich
samt versteinertem Riesen-Wiesnherz nachwirft, was wiederum

Eine zugereiste, vegane Protestantin aus Neuperlach
so erbost, dass sie ihr im festen Glauben, mit Essen dürfe nicht
geworfen werden, ihren mit stillem Wasser halb befüllten
Nullkommafünfliterkrug über den Schädel zieht, woraufhin

Die Unterbrunner Blaskapelle,
die für eine Getränkepause länger ausgesetzt hatte als
ursprünglich geplant, unvermittelt mit einem herzhaften Tsching-
derassabumm einsetzt, um alle musikalisch zur Ordnung zu rufen,
bevor sie mit „Oans-zwoa-drei-Gsuffa“ den Startschuss für ein

neues „Prosit der Gemütlichkeit“ gibt, damit alles zur Freude
des eigentlich unter Korruptionsverdacht stehenden Wiesnwirts
(nach der vorsorglichen, von oben verordneten Einstellung
des gegen ihn geführten Ermittlungsverfahrens) wieder von vorne
beginnen kann, wodurch sie

Die japanische Bierleiche aus Osaka
auf der Wiese unterhalb der Bavaria schlagartig

Von den Toten
Auferweckt.

* Das sog. Lazarus-Phänomen bezeichnet in der Medizin das Phänomen der scheinbaren Auferstehung.

GERHARD LOEW

Ach

Wär gern die Schneeflocke
auf deiner Nase
in deinem Stofftierzoo
wär ich gern Hase
auf deinem Cappucino
wär ich gern der Schaum
Wär gern dein
Sommer ... Sommer ...
Sommernachtstraum

Die Flasche

Ja, ich bin eine Flasche
lieg voll intakt im Altglasmüll
gleich wird man mich recyclen
ein scheußliches Gefühl
Ich bin aus feinsten Quarzen
hab Stil Design und Sinn
mein nobles Grün mein schlanker Hals
ich weiß dass ich ein Glanzstück bin
Mein Inhalt war vom Besten
was die Gesellschaft schluckt
die selbst bei einem Irrsinnspreis
nicht mit der Wimper zuckt
Ist das ein faires Ende
das man mir hier bereitet
Wo bleibt der Anstand der Respekt
der meinen Tod begleitet

?

Es steht vor dir als wärs aus Eichen
ein lebensgroßes Fragezeichen
du hast versucht es zu verkrätzen
das Monstrum vor die Tür zu setzen
doch anstatt dass es sich verliert
hat es sich wuchtig etabliert
es schweigt es lässt sich auch nichts sagen
vor allem hasst es deine Fragen
und trittst du einmal mehr ins Fett
legt es sich nachts zu dir ins Bett
ja so ein großes Fragezeichen
kann einem schon zur Last gereichen

Juli

Kein Lufthauch bringt nächtliche Kühle
eine Grille schrillt Liebesgefühle
ein Steinkauz huhuuht
ein Bier tut jetzt gut
am Himmel fliehen
Galaxien
Der Jasmin haucht betäubende Schleier
das Meer dümpelt ruhig wie ein Weiher
Der Mond schleicht herauf
eine Gleichung geht auf
null Temperament
entbrennt
Probleme verwehen wie wandernder Sand
was vorher unlösbar liegt klar auf der Hand
nichts zu beschweren
nichts zu erklären
nur Jetzt nur Hier
und vielleicht noch ein Bier

Köter

Ich bin von Ohr bis Schwanz ein Hund
Nicht grad von edler Rasse
Abstammung und Sozialbefund
Prekäre Unterklasse
Die Mutter eine Schlampe
Der Vater unbekannt
Unter einer Straßenlampe
War es wo ich entstand
Wuchs auf bei einem Taschendieb
Der sitzt jetzt im Gefängnis
Bin seitdem ganz auf mich gestellt
Ist aber kein Verhängnis
Es gibt manch fette Happen
Hier in den Freirevieren
Die muss man sich bloß schnappen
Vor all den anderen Tieren
Gesunder Spürsinn für Profit
Jagdlust und Raffinesse
Dazu ein Herz voll Aggression
Und eine Pokerfresse
Wie soll man überleben
Ohne die Eigenschaften
Das Leben ist kein Streichelzoo
Man muss es hart verkraften

Manch feiger Hund spielt ja schon Golf
In mir lebt unverfälscht der Wolf

Vorsicht

Du bist wie sanftes Feuer
ich kann dich hautnah spüren
das macht mir ungeheuer verstiegene
Allüren

Du Weib du Frühlingssänger zwitscherst
dein Lotterlied
machst mich zum Vogelfänger
der's eigne Netz nicht sieht

Ich muss dich schnell verjagen
aus meinem Flausenbaum
muss aus dem Kopf dich schlagen bleibst
mir als wilder Traum

Parlament

Wie so oft herrscht erbittertes Treiben
politisch geforderte Meinungsschlacht
um profiliert und wählbar zu bleiben Fraktionenhickhack bis die Schwarte kracht
die eine beschwört das gusseiserne Eine
für die anderen führt das direkt ins Desaster
man lässt den bissigsten Hund von der Leine behauptet Verblödung und Lüge und Laster
es zwicken die Kleinen die Waden der Großen
die Großen verteufeln das Credo der Kleinen
ein jeder spuckt in des anderen Soßen
die Standpunkte scheinen sich nie zu vereinen
dann irgendwann wird die Mehrheit entscheiden
die Kontrahenten sind heiser verstummt
keiner wird weiter am Kampfgeschehen leiden Hauptsache ist doch die Wirtschaft brummt

Stammtisch

Ein Kultplatz der Welten Probleme zu lösen
Namen zu nennen die Guten die Bösen
den andern die Zeichen der Zeit zu erklären
die ultimative Idee zu beschwören
Am Stammtisch sitzt lautstark die reine Vernunft
die überall sonst so elendiglich schrumpft

Gesprächskarate lebendigster Form
selbst schüchterne Geister überbieten die Norm Kreuzfeuereifer aus Zweiter-Hand-Wissen
nur bitte nicht ungehört schweigen müssen
Geschürt von Geistern aus Zapfhahn und Flasche steigen Phönixe aus der Nachrichtenasche

Irgendwer lenkt zur Phase der Heiterkeiten Liebschaften, Witze, die alten Zeiten
Verruchtes, Skandale, Erinnerungen
in Ausnahmefällen wird schon mal gesungen
So pflegt man die Freundschaft in jedem Fall
Man trennt sich und freut sich aufs nächste Mal

TV-Serie

„Orkan der Gefühle“
Inhalt der 739. Folge

Glücklich kehren Hironymus und Laura von Santiago di Compostela zurück.

Alexander erfährt von Lissy, dass Robert Charlotte gestanden hat, schwul zu sein.

Helmut entdeckt, dass Werner Aids hat und trotzdem darauf besteht, die ahnungslose Barbara zu heiraten.

Miriam verschweigt vor der Kommission ihren Panikanfall und fällt in Ohnmacht.

Der herbeigeeilte Dr. Gregor kann keine organischen Ursachen feststellen.

Eberhardt gesteht sich seine Erektionsprobleme ein und bucht einen Flug nach Daressalam.

Franz entschuldigt sich bei Oberst Nietreffer und erklärt, warum er auf der Häschenparty von Sybille die Nerven verloren hat.

Astrid versucht sich mit einer Moet-Chandon-Scherbe die Pulsadern aufzuschneiden.

Ihre Tante Huberta alarmiert versehentlich die Wasserwacht. Vor dem endlich eintreffenden Notarzt täuscht sie einen Nervenzusammenbruch vor.

Der zufällig diensthabende Kommissar Raschgreifer glaubt nicht an einen Suizidversuch.

Susi meditiert entrückt inmitten eines Rings von Räucherstäbchen.

Alex erfährt von Miriam, dass sein Großvater Stasispitzel war und betrinkt sich im Bügelzimmer.

Laura zeigt Emil das Versteck ihres Onkels, dem Korvettenkapitän Nasskalt, mit den Wasserbomben aus dem Zweiten Weltkrieg.

Franz wirft vor den Augen seines treuen Dalmatinerrüdens Hopsi seinen Diplomatenpass ins Kaminfeuer.

Gustavo und Olivia ohrfeigen sich gegenseitig, nach ihren Geständnissen beim Austernessen.

Der zufällig anwesende Dr. Gregor stellt bei beiden Ohrensausen fest.

Simon weint vor dem Hochzeitsfoto des evangelischen Landesbischofs.

Helmuts Mutter, Alisiana, wechselt zornig ihren Friseur.

Otto bleibt auf Mallorca.

WOLFGANG OPPLER

Hausmittel

Gegen Weltschmerz und Katzenjammer,
Selbstzweifel und Zukunftsängste,
gegen Missmut, Trübsal, Langeweile,
gegen Beziehungsstress, Liebeskummer,
Arbeitsärger, gegen Heimweh
(und nicht zuletzt gegen Hunger)

hilft allemal eine
Warmeleberkässemmel.

Männer ohne Angst I

Zoowärter
im Raubtiergehege,
Zirkusartisten
beim Todessprung aus der Zeltkuppel,
verdeckte Ermittler
im inneren Kreis der Drogenmafia,
Sprengmeister
beim Entschärfen der WK2-Bombe,
Schauspielerdoubles
beim Motorradsturz von der Klippe,
Feuerwehrleute
beim Großbrand im 24. Stock.

Keine Frage,
allesamt raue Burschen
mit Nerven wie Drahtseile.

Doch ich
habe die Treppenputzordnung
unserer Hausmeisterin ignoriert.
Das soll erst einer nachmachen.

Männer ohne Angst II

Mut ist weiter nichts
als Mangel an Vorstellungskraft,
was alles passieren könnte.

Zweimal täglich

Zweimal täglich
poliere ich ein kunstvolles Gebilde
aus Porzellan, Amalgam und Gold.

Aus alter Gewohnheit
nenne ich das scherzhaft
„Zähneputzen“.

Oktoberfest

Dass er beim „Anton aus Tirol“
von der Bierbank gestürzt ist,
hätte er verschmerzt,
genau wie das Hämatom,
die blutende Nase,
den abgebrochenen Schneidezahn.

Aufgeregt hat er sich erst,
als ihn am Heimweg
zwei Ordner in Gewahrsam
genommen haben,
weil sie meinten, er sei
aus der Geisterbahn abgehaut.

Adventskaffee

Wenn Siegfried Küntzel eines nicht ausstehen konnte, dann waren das Leute mit einem selbstgefälligen Grinsen in ihrem Gesicht. An diesem Sonntag hatte er jedoch selber allen Grund dazu, ein Grinsen aufzusetzen, das an Selbstgefälligkeit nicht zu überbieten war. Diesmal hatte er nicht die kleinste Kleinigkeit dem Zufall überlassen. In 30 Minuten würde Sabine zum Adventskaffee kommen und alles stand perfekt vorbereitet an seinem Platz. Wie oft hatte ihm die junge Frau in den drei Monaten, seit sie sich kannten, seine Schlampigkeit vorgeworfen. Hatte gar den Verdacht geäußert, er habe ihr nur deshalb seine Wohnung bisher hartnäckig vorenthalten, weil diese wüste Junggesellenhöhle zarten Mädchenaugen nicht zuzumuten sei. Ha! Heute sollte sie ihr blaues Wunder erleben. Und dann würde sie Abbitte leisten für die Unzulänglichkeiten, die sie ihm vorschnell unterstellt hatte.

Grinsend schlenderte er durch die picobello aufgeräumte Wohnung. In allen Räumen waren die Böden gesaugt, die Fliesen geputzt, der Staub auf den Regalen weggewischt. Sogar die Fensterscheiben hatte er gewaschen, zum ersten Mal, seit er die Wohnung vor fünf Jahren bezogen hatte. Im CD-Spieler wartete Norah Jones auf ihren Einsatz. In der Küche stand die Kaffeemaschine bereit. Das Wasser hatte er schon eingefüllt, das Kaffeepulver in die Filtertüte gehäufelt.

Im Wohnzimmer hatte er mit viel Liebe den Esstisch gedeckt, hatte extra das gute Service von seiner Großmutter ausgepackt, das silberne Besteck dazu. Der selbstgebackene Kuchen stand gepudert und aufgeschnitten in der Mitte des Tisches. Die Weihnachtsplätzchen, Ausbeute vom letzten Besuch bei seiner Mutter, lagen nach Farbe und Größe sortiert auf einer Kristallplatte zum Zugriff bereit. Stimmungsvolle Festservietten mit rotleuchtenden Weihnachtssternen hatte er zu kunstvollen Pyramiden gefaltet. Neben dem Adventskranz war die Streichholzschachtel platziert. Voller Stolz betrachtete er sein Werk. Diesmal hatte er wirklich an alles gedacht. Normaler Zucker, brauner Zucker, Kandiszucker, Süßstoff, Kaffeesahne, Vollmilch. Es fehlte an rein gar nichts. Obwohl, zu dem trockenen Kuchen würde sich bestimmt ein bisschen Schlagrahm trefflich machen. Da hatte er noch einen Becher im Kühlschrank.

Kurzentschlossen eilte Küntzel in die Küche. Er steckte das Kabel des Handrührgeräts in die Steckdose, dann suchte er im Unterschrank nach der Rührschüssel. Fehlanzeige. Ein Blick in den Kühlschrank. Natürlich, da stand sie. Vor zwei Tagen hatte er darin die Reste vom Apfelkompott aufgehoben. Weil er sich nicht vorstellen konnte, das Kompott noch zu essen, trug er die Schüssel ins Badezimmer, um den Inhalt feierlich im Klosett zu versenken. Da fiel sein Blick auf den Klorollenhalter. Jetzt hätte er fast übersehen, dass kein Papier mehr auf der Rolle war. Schnell stellte er die Rührschüssel auf den Badewannenrand und eilte in die Abstellkammer, wo er seine Klopapiervorräte aufbewahrte.

Als erstes bekam er die Schachtel mit den Christbaumkugeln in die Hände. Die hätten eigentlich zur Abrundung der Adventsstimmung ans Bücherregal gehängt werden sollen. Also trug er die Schachtel auf die Wohnzimmercouch, suchte aus dem Karton mit dem Geschenkpapier ein paar schöne Glanzschleifen heraus und wuchtete den Werkzeugkasten aus der Kammer. Eine Packung mit den passenden Nägelchen hatte er gleich gefunden. Nur der Hammer glänzte durch Abwesenheit. Was kein Wunder war, hatte ihn Küntzel doch erst letzte Woche an den freundlichen jungen Mann aus der Wohnung nebenan verliehen. Siegfried ließ den offenen Werkzeugkasten im Flur stehen und schlüpfte durch die Wohnungstüre, um beim Nachbarn zu klingeln. Schon beim ersten Schritt im Treppenhaus klebte sein Pantoffel an den Bodenfliesen fest. Offensichtlich hatte jemand Saft oder Limonade verschüttet und es nicht für notwendig erachtet, die Sauerei wegzuwischen. Sogar ein paar Glasscherben lagen am Treppenabsatz. Da musste Küntzel wohl oder übel selber Hand anlegen. Schon hatte er den Putzeimer aus der Kammer geholt, den Putzhadern hineingeworfen, eine Verschlusskappe voll „Bims-Allesreiniger“ drüber gegossen und das Ganze in der Badewanne mit heißem Wasser aufgefüllt.

Als er auf dem Weg zurück ins Treppenhaus war, klingelte das Telefon. Er stellte den Eimer im Flur neben den Werkzeugkasten und spurtete ins Wohnzimmer.

„Küntzel.“

„Hallo Siegfried, hier ist der Konrad. Ich such meine Schwester Sabine.“

„Die kommt erst in zwanzig Minuten.“

„Könntest du ihr bitte ausrichten, sie soll dringend ihre Kollegin Regine Bachmann anrufen. Die muss nach Giessen zu ihrer kranken Tante und sucht jemand, der für morgen die Schicht mit ihr tauscht.“

„Kein Problem. Hast du die Nummer?“

„72 73 87.“

„Regine Bachmann, 72 73 87“, wiederholte Küntzel. „Hab ich notiert.“

Er legte den Hörer auf die Gabel und wedelte verstreut mit dem Notizzettel durch die Luft. Wo war er gerade stehengeblieben? Ach ja, der Schlagrahm für den Kuchen. Ab in die Küche, Kühlschranktüre auf, Joghurt, Schinken, Käse und Brot herausgeräumt. Ganz hinten stand der Schlagrahm. Er war noch nicht einmal über das Verfallsdatum. Mit dem Daumennagel stach Siegfried den Aludeckel durch. Ein

satter Schwall Sahne spritzte heraus und tropfte von Siegfrieds Hose auf den Fußboden. Ausgerechnet die neue Jeans. Wenn er das nicht sofort rauswusch, wurde es ranzig und fing an zu stinken. Also geschwind ins Bad. Er ließ lauwarmes Wasser ins Waschbecken, leerte Geldbeutel und Brieftasche, Schlüsselbund und Taschentuch aus den Hosentaschen. Dann weichte er die Hose im Waschbecken ein.

Gottseidank hatte er noch eine frischgewaschene Hose im Schrank. Auf dem Weg zum Schlafzimmer kam er an der Küche vorbei. Den Schlagrahm auf Anrichte und Fußboden musste er wegwischen. Schnell riss er ein paar Küchentücher von der Rolle, feuchtete sie an und kniete sich auf den Fußboden. Aus dieser seltenen Perspektive entdeckte er unter dem linken Unterschrank den Korkenzieher, den er seit Wochen schmerzlich vermisst hatte. „Da haben wir es wieder, ein ordentlicher Haushalt verliert nichts!“, frohlockte er, packte den Korkenzieher und stand ächzend auf. Wieder klingelte das Telefon.

„Küntzel.“

„Ich bin’s nochmal, der Konrad. Könntest du meiner Schwester bitte sagen, sie soll auch die Carla anrufen. Ob die die Schicht am Dienstag übernimmt. Die Telefonnummer hat sie.“

„Dienstag – Carla“, bestätigte Siegfried, legte auf und machte sich auf die Suche nach dem Zettel, um auch den zweiten Namen zu notieren.

Im Wohnzimmer konnte er das Stückchen Papier nirgends entdecken. Da lagen die Schleifen, die Schachtel mit den Christbaumkugeln, das Döschen mit den Nägeln. Ach ja, und neben dem Telefon lag der Korkenzieher. Im Flur standen der Werkzeugkasten und der mit schäumendem Wasser gefüllte Putzeimer, in der Küche die Lebensmittel aus dem Kühlschrank, das Handrührgerät, der Schlagrahmbecher, am Fußboden die feuchten Küchenrollenblätter. Im Bad fand er eine Schüssel von Kompottresten, eine eingeweichte Hose und den Inhalt seiner Hosentaschen auf der Ablage für die Zahnputzbecher. Und immer noch kein Klopapier. Von dem Zettel nicht die leiseste Spur.

Seine letzte Hoffnung war das Schlafzimmer. Da war der Zettel natürlich auch nicht. Aber wenigstens konnte er die Gelegenheit nutzen, sich endlich eine neue Hose an den Leib zu tun. Er legte die frische Jeans auf das Bett. Die Farbe biss sich mit seinem grünen Hemd. Schon hatte er das Hemd ausgezogen und war in ein neues, dunkelbraunes geschlüpft. Beim Zuknöpfen stellte er fest, dass der dritte Knopf von oben fehlte. Also wieder raus aus dem Fetzen, kurzer Zwischensprint in die Kammer, ausnahmsweise das Nähzeug auf Anhieb gefunden, sogar einen geeigneten Knopf und Nähgarn in der passenden Farbe. Erst einmal das Garn durch das Nadelöhr gefädelt. Bereits beim vierten Anlauf hatte er Erfolg. Jetzt nicht lange getrödelt, einmal die Nadel durch das Hemd gezogen, durch den Knopf und mit Schwung mitten hinein in den Finger.

Fasziniert schaute Küntzel zu, wie die Nadel mit dem Faden dran in der Kuppe seines linken Zeigefingers baumelte. Er zog sie heraus. Sofort tropfte ein dicker Tropfen Blut hinterher. „Das fehlt mir gerade noch, dass ich jetzt auch das Hemd einsaue.“ Ab ins Badezimmer. Mit einem Griff fand er das Hansaplast im Hängeschränkchen. Schere? Ach ja, beim Nähzeug. Also zurück durch den Flur. Waren da schon zwei Blutstropfen am Parkett! Schnell ein neues Küchenrollenblatt aus der Küche zum Wegwischen organisiert. Verdoppelung der Ereignisse: Auch hier das letzte Blatt. Zum 35. Mal an diesem Tag in die Kammer. Und weil er schon einmal da war und weil er ein weitblickender Mensch war, der auch unter Stress stets den Blick für das Große und Ganze behielt, nahm er außer der Küchenrolle auch gleich noch ein Klopapier mit.

Da stand er dann im Gang, in jeder Hand eine jungfräulich weiße Rolle weichen Papiers, und gestattete sich eine winzige Sekunde für die Entscheidung, welche er zuerst aufhängen sollte. Vier Minuten vor drei. Jeden Moment musste Sabine erscheinen. Was war jetzt als Vordringlichstes zu erledigen? Natürlich die Sauerei im Treppenhaus. Sogleich legte er die beiden Papierrollen auf den Boden und packte den Putzeimer. Gerade noch rechtzeitig kam ihm zu Bewusstsein, dass er nichts weiter trug als Socken und Unterhose. So konnte er beim besten Willen nicht im Treppenhaus herumturnen, ohne den letzten Rest seines Rufs bei den Nachbarn zu ruinieren.

Flugs ins Schlafzimmer gewieselt. Brav lag die Hose auf dem Bett, aber das Hemd harrte seiner noch unbeknöpft im Wohnzimmer. Hose unter den Arm geklemmt und weiter. Zum 87. Mal sprang er über den Werkzeugkasten. „Und stets mit der gebührenden Eleganz“, wie er nicht ohne Stolz feststellte. Da stand er dann händeringend vor der Couch und fasste den Entschluss, ab sofort total konzentriert und systematisch vorzugehen.

Just in diesem entscheidenden Moment, als er gerade drauf und dran war, alles zu einem guten Ende zu wenden, klingelte es an der Wohnungstür.

„Ja! Sofort! Ich komme!“, trötete er und schnappte sich die Hose. Mit flottem Schwung fegte er dabei die offene Schachtel mit den Nägeln vom Wohnzimmertisch. Die feinen Stifte sprangen durch den Raum und rollten noch in die entlegensten Winkel. Egal. Auf einem Bein hüpfte Siegfried durch den Gang, während er gleichzeitig versuchte, mit dem anderen Bein in die Hose zu steigen. In dieser graziösen Pose stolperte er über den Werkzeugkasten, stürzte auf den Putzeimer, riss diesen um und die ganze schaumige Soße ergoss sich über den Flur, weichte Klopapier und Küchenrolle ein und strömte weiter ins Schlafzimmer.

Unter Absingen eines volltönenden Fluches rappelte sich Siegfried Küntzel in die Höhe. Mit einem resignierenden Schulterzucken zog er die patschnasse Hose vollends an. Dann humpelte er zur Wohnungstür und machte auf.

Draußen stand Sabine, wie immer wie aus dem Ei gepellt, und strahlte ihn an. Ihr Blick glitt über seine ramponierte Gestalt und von da auf den überschwemmten Fußboden. „Was ist denn hier passiert?“

„Ich glaub, das Ganze hat damit angefangen, dass ich einen Becher Schlagrahm schlagen wollte, damit der Kuchen nicht gar so trocken ist.“

Sabines Miene verriet Betroffenheit. „Hab ich dir nie gesagt, dass ich keinen Schlagrahm esse, weil ich davon immer Ausschlag bekomme?“

In diesem bedeutungsschwangeren Augenblick fiel Siegfried Küntzel ein, wo er den Zettel mit der Telefonnummer von Sabines Kollegin gelassen hatte. Der lag im Kühlschrank zwischen dem Romadur und der angebrochenen Fischkonserve.

HOLGER PAETZ

Frühlingsfeucht

Schau im Spiegel nicht so finster.
Trösten wird der Jahreslauf.
Sei's die Akne, sei's der Ginster,
irgendwas blüht immer auf.

Lass dein düsteres Gesabbel.
Musst dich nicht ins Grab verziehn.
Glaub mir: Ampel oder Pappel,
irgendwas wird immer grün.

Frühling lässt sich nicht verscheuchen.
Die Natur mit Saus und Braus.
Knospen, Triebe oder Seuchen,
irgendwas bricht immer aus.

Schlanker werden, Pläne haben.
Geist wär willig, Fleisch ist schwach.
Wenn nicht Bauch, dann Fernsehabend:
Irgendwas wird sicher flach.

Wenn das Firmament seit Tagen
nur noch Feuchtes runterlässt,
raus mit dir, hör auf zu klagen!
Durch den Schlamm zum Frühlingsfest.

Mögen Wolken, fahl wie Schimmel,
Zelte hüllen grau in grau,
sei's der Trinker, sei's der Himmel:
Irgendwer wird sicher blau.

MONIKA PAUDERER

Woikngspui

Magst ned auf mei Woikerl kemma?
Glaub ma's, 's is ned bsonders hoch.
Brauchst aa gar koa Loata z'nehma!
Kimm, geh weida, trau di doch!

D' Woikerl hab i selber gsponna.
Schaug, sie san ganz flockenweich.
Meine Draam san's, de da g'ronna
und an Draam, da bin i reich ...

Sag, warum duasd du di fiachtn?
I hätt Draam, de du ned hast?
'S macht doch nix, wennst bei da Liachtn
mir mei rosa Woikerl lasst!

Meine Draam konnst ned erfüllen,
hast du gsagt. Dees braucht's aa kaam.
Wennst as daadst, um Gottes Willen,
was daad i na ohne Draam?

Schief gelaufen ...

Was einmal schief lief,
wird nie grade sein.

Was man versäumt hat,
holt man nicht mehr ein.

Doch zu Verzweifeln gibt es keinen Grund,
denn eines Tages läuft es wieder rund.

Man kann bisweilen einen Platten haben,
und landet deshalb doch nicht im Graben.

Atme tief durch, du wirst die Sonne sehen,
solltest du auch mitten im Regen stehen.

Denn zum Verzweifeln gibt es keinen Grund
und eines Tages läuft es wieder rund. –

Maschkera

Mei Faschingsgwand, sagt de Marille,
is ganz varreckt. Geh' ois „Bazille".
Erst mach i s' richtig o, de Männa,
dass' fiebrig wern, se nimma kenna,
und wenn na oana pfundig gliaht
und moant, dass gwieß was mit uns wird,
na huast i eahm was, lass'n steh.
Drum wui i ois „Bazille" geh!

Nutzlos

Im Wartezimmer bin i g'sessn
beim Arzt und hab dort Zeitung g'lesen.
I fühl mi scho seit Dog und Stund
a wengl unguad, ned ganz g'sund.
Hätt gern, dass' wieder kommt ins Lot
und lies, 's werd mit Raketen droht.
Mit Pershing, atomarer Macht,
werd uns vielleicht da Garaus g'macht
druckt oana auf'n foischn Knopf ...
Des geht man nimmer ausm Kopf.
Was suach i no im Wartezimmer?
D' Welt is doch krank, und des vui
schlimmer!
Wenn mia uns selber scho vernichten,
was braucht da Dokta da no z'richten?
Weit habts es wieder bracht, ihr Männa!
Ihr lassts euch so gern Helden nenna
und habt's a Freud, wenn's richtig kracht!
Na guad Nacht!

Faschings- und andere Narren

Wenn i amoi ganz ehrlich bin,
na is mei Mo arm dro!
Bin i im Fasching „Königin“,
er grod mei „Narr“ sei ko.
Da kriag i scho de besser Roin,
denn er muaß „lustig“ sei,
weil d’ Leut doch was zum Lacha woin!
Des siehgt er na scho ei.
Doch wenn da Fasching is na rum,
da geht’s glei andast her.
Da räum i vo eahm auf jeds Trum.
Da Pascha, des is er!
Und i, i waar für eahm da Narr –
wenn i des ned vastand,
wenn i koa rechte Frau ned waar,
hätt’n ned in da Hand!
Er duad genau des, was i wui,
aa wenn i d’ Magd darstell’,
So mit a weng Komödiegspui
und mit am Hauch Chanel …

Doch deads ma des ned weitersagn,
sonst kimmt er ma no drauf!
A weng duad jeds a Larven tragn
und hat s“ as ganz’ Jahr auf.
Denn mit da Zeit werd ma erfahrn,
an Unterschied kennst glei:
Mia Frauen machan uns zum Narrn.
A Mo duad’s oftmois sei …

Geschichtliches

Ganz ohne Ast, man glaubt es kaum,
stand auf dem Dorfplatz einst ein Baum.
Kein Ast, kein Zweig, kein Blatt, ganz kahl.
Der Baum sah aus als wie ein Pfahl.
So ohne jedes Blätterkleid
tat er fast allen Leuten leid.
Und kamen Menschen dort vorbei,
dann riefen sie: „Oh mei, oh mei.“
Und so entstand an diesem Ort
der allererste Maibaum dort.

Geteilte Freud

Ich glaub, ich soll euch heut was sagen:
Oft denk ich mir bei manchen Plagen,
bei vielen Mühen und Beschwerden:
Ich muss alleine fertig werden.
Und dann hab ich mit eigner Kraft
auch in der Regel es geschafft.
Doch gibt es etwas, wie ich meine,
bei welchem man nicht ganz alleine,
ganz ohne andre sollt verweilen:
Die Freude, ja, die sollt man teilen.

Bettler der Zeit

Löst du ein Blatt aus einem Buch:
es wird nie mehr als Ganzes zählen.
Zieh einen Faden aus dem Tuch:
es wird ihm immer etwas fehlen.
Knickst eine Blume du vom Stiel:
sie kann allein kaum existieren.
Nimm die Figuren aus dem Spiel:
du wirst es nicht zu Ende führen. –

Wenn eine Liebe du verlierst,
bevor sie sich erfüllt, er-lebt,
kann sein, dass du im Sommer frierst
und dass dein Herz im Schauer bebt.
Dass dich die Unvollkommenheit
viel mehr, als jeder Schmerz bedrückt,
dass immer eine Narbe bleibt.
Und dass sich deine Welt ver-rückt.

Wenn einer geht, nimmt er mit sich
ein Stück von dir. Unweigerlich.
Du gibst dich stark. Du willst dich sträuben. –
Nie kannst du unverletzlich bleiben!
Doch auch von ihm bleibt etwas hier,
das ich gewinn – zugleich verlier.
Sodass wir letztlich auf der Erden
Bettler im Fleckenkleid nur werden.
Ein Stück gegeben. Eins genommen,
selten, was „Glück“ heißt, ganz bekommen …

Gwand und Charakter

De Tatsach', de is wohlbekannnt:
Auf d' Welt kimmt jeder ohne Gwand.
Doch boid drauf führt ma des scho ei,
da duad as Gwand recht wichtig sei.
Denn „Kleider" hoaßt's, de machan d' Leut,
und was ma darstellt und bedeut,
des werd na gmessen oft am Gwand.
Ois ob des wirkle aussagn kannt,
was fia a Mensch da drinnat steckt!
Hat oana, dem sei Gwand vadreckt,
na aa an dreckatn Charakter?
Und ändert se na ois a Nackter?
Schaugt oana richtig gschniegelt drei,
konn er a saubers Früchterl sei!
Freile, a wenig is scho dro:
Ma ziahgt se, wia ma sei mecht, o.
Und oftmois treibt der größte Blender
den meisten Aufwand mit de Gwänder.
Dahoam laft er in seiner Stuum
na gschlampert wia a Strauchdiab rum,
weil's koana, wia er sagt, na siecht. –
Drum de Moral von dera Gschicht:
Schätz neamd bloß nach seim Gwandzeig ei,
da konnst di teischn und foist rei!
Oft macht de äußere Fassad
vui her, doch drinnat is' recht fad.
Und: Ghört a Häusl owaputzt,
hoaßt's ned, aa drinnat is' vaschmutzt!
A „feine Schale" lockt ganz gwieß.
Pass auf, dass ned da Wurm drin is!

Fazzoletti

Verdammter Mist! Jetzt ist doch wieder einmal eines in einer Brusttasche von Hemd oder Schlafanzug vergessen und mitgewaschen worden!

Vorher hätte es sich verkrümeln sollen, nicht erst während des Waschvorgangs!

Wenn es dabei brav in der Tasche hocken geblieben ist, habe ich noch Glück gehabt, dann lassen sich die Flocken mit etwas Geduld und einer harten Bürste entfernen. Aber bisweilen ist so ein Ding dermaßen abenteuerlustig und neugierig, dass es sich auf alle Wäschestücke verteilen muss. Hier ein Bröselchen, dort ein Würstchen, was sich besonders auf dunklen Teilen hervorragend ausnimmt!

Ach, wie war das früher einfach, als sich diese Dinger noch nicht „Tempo" nannten, nach einem Markennamen, der sich für jedes dieser – zugegebenermaßen ansonsten recht praktischen – Papiertüchlein eingebürgert hat. Damals, als die Taschentücher noch aus Stoff waren und jederzeit mitgewaschen werden konnten, ja, gewaschen werden mussten, ohne größeres Ärgernis zu verursachen, höchstens es färbte eines ab, weil es die Temperatur nicht vertrug.

Dabei ist es noch gar nicht so lange her, da galten Taschentücher als ganz annehmbares, ja persönliches Geschenk! Meistens traten sie im Dreierpack auf, mitunter waren sie auch zu sechst verpackt, oder besonders hübsche Exemplare, die dann aber nicht unbedingt für einen ausgewachsenen Katarrh geeignet waren, kamen einzeln in einem mehr oder weniger geschmackvollen Geschenkkartönchen daher, gelegentlich in Begleitung eines Duftwässerchens. Oder sie waren in die Form einer Rose gefältelt, ab und an mit einem Monogramm versehen.

Schenken Sie heute mal jemandem ein Päckchen Papiertaschentücher! Befremden und ein schiefer Blick wären Ihr Lohn und der Beschenkte wäre verschnupft. Allerdings würde ihm dann, in diesem Zustand, Ihr Geschenk vielleicht doch willkommen sein. – Die Stofftaschentücher früherer Zeiten gab es zuerst einmal in zwei Grundausstattungen: im Format von mindestens 30 x 30 cm, blau, grau oder auch weiß, mit farblich passendem karierten Rand für den Herrn. Die kleineren Tüchlein, meist nicht größer als 20 x 20 cm, in zarten Farbtönen, mit oder ohne (Blümchen-)Muster, aus Baumwolle oder auch aus

Batist, für die Dame. (Als ob das weibliche Geschlecht nicht auch hin und wieder von einem massiven Schnupfen befallen würde, vor dem diese zierlichen Gebilde wegen begrenzter Aufnahmefähigkeit kapitulieren mussten!)

Wenn man Taschentücher verschenkte, handelte es sich bisweilen um ganz besondere Exemplare, nämlich um solche, die von Spitze – natürlich selbstgehäkelt! – eingefasst waren. Im Handarbeitsunterricht der Mädchenschulen war das Taschentüchleinumhäkeln noch eine geübte Kunst – wenn man die nötige Geduld und das Geschick dafür aufbrachte.

Dabei ist das Taschentuch selber noch gar nicht sooo lange bekannt. Es kam wohl in der „galanten Zeit", im Rokoko, auf, und da auch erst nur bei den „foineren Herrschaften".

Der Bauer auf dem Felde, der schnäuzte sich in die Hand, was zu den erlernbaren Fertigkeiten zählte und bei Laien bisweilen etwas danebengehen konnte ... Oder man nahm den Rock- bzw. Unterrockzipfel (und „stärkte" ihn damit unbewusst und ungewollt). Von den Langen Kerls Friedrichs des Großen hieß es, sie hätten deshalb viele Knöpfe an den Manschetten, damit sie sich nicht mit dem Ärmel unter die Nasen fahren konnten ... Damals hießen die ersten für den bewussten Zweck eingesetzten Stofffetzen in den „unteren" Kreisen auch einfach „Schneizhadern", respektive Schnupftuch. Wobei ein Schnupfertuch wieder etwas anderes ist, viiiel größer, farbenfroh, blau, rot, grün, mit auffallendem Muster. Die sind ja immer noch nicht „aus der Mode" und die wird es geben, so lange es „an Schmai" gibt! „Tempo" wäre dabei ein totaler Stilbruch!

Das Kavalierstüchlein, das aus der kleinen Brusttasche des Sakkos hervorspitze, *spitzte* im wahren Wortsinn, denn es war spitzenbesetzt, kennzeichnete den eleganten Herrn. Auch waren die zierlichen Damentaschentücher bestens als Flirtmittel bekannt und einsetzbar. „Gnädigste haben ihr Tüchlein verloren!" Bückt sich heute jemand nach einem weggeworfenen Papiertaschentuch? Kann man damit Staat machen, ist es vorzeigbar?

Freilich, „Lochstickerei" hat es manchmal schon, wenn es benutzt und zusammengeknüllt in der Hosentasche verwahrt war, plötzlich und unerwartet gebraucht wird und sich als nunmehr unbrauchbarer – naja, eben „Schneizhadern" – entpuppt. Ja, und das Winken beim Abschiednehmen? Wie wirkte das mit einem Papiertaschentuch? Vielleicht versiegten dann gleich die Tränen, denn das sähe doch wohl ein wenig lächerlich aus, und damit hätte es dann wieder einen positiven Effekt erzielt. Freilich, man hat sich bemüht, die prosaischen „Schnellschneuzlinge" ein wenig freundlicher zu machen, es gibt sie mit Blumenmuster, geprägtem Rand, kleinen Vignetten in einer Ecke, auch in dezenten Farbtönen, aber an die *Fazzoletti*, wie die Taschentücher so wohlklingend auf Italienisch heißen, kommen sie einfach nicht heran, Papier bleib Papier, mag es auch noch so aufgepeppt und mit diversen Düften versehen sein. Wenn es gebraucht wurde (wollen wir hoffen, dass wir immer eines parat haben, wenn wir es brauchen!), ist es unansehnlich und sollte weggeworfen werden. Sollte!

Doch bisweilen bleibt eben eines in irgendeiner Hemdtasche und wird mitgewaschen. Siehe oben. *Dann* sind sie auch noch besonders schwer zu bügeln!

Oiß vabraucht se

wennstd as brauchst
oiß werd kloana
nua mei Liab
zua dia scheint
unerschöpflig z sei
und braucht ned amoi
a Recycling

Weg sei weid weg

ganz aloa
und spürn dasd
mea ois d hoiwe
Woidkugl zwischn dia
und dahoim is
dees is a Gfui
desd manchmoi
brauchsd um z wissn
wia wichtig
s Dahoamsei is

Da Wind redt in de Baam

d Blaadln hörn se selm zua
s is a Gspui grod hea und hi
und i woaß ned wia mia gschicht
mi waaht s leicht und woach
heit o dass i im Traam
no d Stimm vo dem Oktobatog
hörn ko an dem i di
kennaglernt hob

Aungschlof

a paar Sekundn nua
und du dauchstd mi ei
in dei Aufschaung
klaftatiaf

S könnt ja sei

dass i di triff
wann i jetzt fest
an di denk
und dann niwa
in Park geh
s könnt ja sei
dass i dei Stimm hör
wann i di oruaf
und desmoi ned wieda
a fremde Stimm dro is
s könnt ja sei
dass oiß ganz andas is
oi s is

Heut Nacht

hab ich dir den Mond gepflückt
Wirst du ihn sehn
wenn du aufwachst
honiggelb überm Bett?

FREUNDESKREIS DER TURMSCHREIBER E.V.

Ich interessiere mich für eine Mitgliedschaft im

Freundeskreis der Turmschreiber e. V.

Bitte schicken Sie mir Informationsmaterial zu.

Bitte kontaktieren Sie mich via

☐ E-Mail ☐ Telefon

Name, Vorname

Telefonnummer

Straße, Hausnummer

E-Mail

PLZ, Ort

FREUNDESKREIS DER TURMSCHREIBER E.V.

Den Freundeskreis erreichen Sie unter:

Freundeskreis der Turmschreiber e. V.
Ingrid Schönbrunner
Leonhardiweg 64, 81829 München
Tel.: 089-426171, Fax: 089-42036947
E-Mail: Vorstand@Freundeskreis-der-Turmschreiber.de
www.Freundeskreis-der-Turmschreiber.de

Bitte freimachen

Freundeskreis der
Turmschreiber e. V.
Leonhardiweg 64
81829 München

MARIA PESCHEK

Trennung

Zwei Freundinnen

N Weißt schon s Neueste?

P Erzähl!

N Robert und Charlotte trennen sich.

P Was heißt des, habn sie s vor oder sind sie schon getrennt?

N Sie sind schon getrennt aber s is noch nicht offiziell.

P Was heißt „offiziell"? Die warn doch nicht verheiratet.

N Natürlich nicht, ich hab ja auch „getrennt" gesagt und nicht „geschieden".

P Was soll dann des mit dem „offiziell"?

N Sie wolln halt nicht, dass es die Runde macht, bevor sie s selber bekanntgegeben habn.

P Bekanntgegeben? Setzen sie a Anzeige in die Tageszeitung oder kommts in den Nachrichten?

N Nein, aber sie wollen ein Fest machen und da wollen s ihre Trennung dann in einer heiteren, fröhlichen, ausgelassnen Atmosphäre eben bekanntgeben.

P Und wen intressiert des?

N Des machen jetzt viele, auch Scheidungen werdn jetzt oft gefeiert. Des wird halt zum Anlass genommen, mal wieder ein Fest zu machen. Vielleicht hat grad keiner Geburtstag und da haben s halt an Grund gsucht.

P Soso, vielleicht haben sie sich sogar deswegen getrennt, damit s einen Grund zum Feiern ham.

N Könnt durchaus sein.

P Komm, des war ein Witz! Wer is denn so blöd. Und wieso weißt du des alles, obwohl s noch nicht offiziell is?

N Ich habs von der Lisa. Die hats von der Anne-Sophie. Der hats die Charlotte unter Tränen selber erzählt.

P Wieso unter Tränen, wenn sie ihre Trennung sogar feiern wolln?

N Des mit dem Feiern war wohl mehr seine Idee. Sie is kreuzunglücklich. Die Lisa sagt, die Anne-Sophie hätt ihr erzählt, dass die Charlotte den Verdacht hat, dass er das Fest nur machen will, um zu zeigen, dass er wieder im Rennen is und sich auf dem Fest so richtig austoben und ohne schlechtes Gewissen die Sau rauslassen kann.

P Wenn sie des durchschaut hat, warum spielt sie dann mit, die blöde Kuh.

N Die Lisa sagt, die Charlotte hätt zur Annne-Sophie gsagt, die Sau rauslassen kann sie auch. Aber bitte, über was wir jetzt geredet habn, des bleibt jetzt alles unter uns. Erzähl ja nix rum. Ich hab der Lisa sogar schwören müssen, dass ich s niemand weiter erzähl. Vor allen Dingen nicht, dass ich die Information von ihr hab. Also behalt s bitte für dich!

P Klar!

MARIA PESCHEK

Umweltsünder

Gespräch zwischen Nachbar und Nachbarin von Balkon zu Balkon

A Was rennen denn Sie scho wieder im Bademantel rum?

B Ich wüsst nicht, was Sie des angeht, aber bitte: Ich komm grad aus der Dusche.

A Des geht mich sehr wohl was an. Wissen Sie, wie lang Sie geduscht ham?

B Nein, sagn Sie s mir, ich hab nicht auf die Uhr schaun können. Unter der Dusche hab ich keine Uhr dran, die leg ich vorher ab. Und s intressiert mich auch nicht. Ich dusch so lange wie ich Lust hab. Hätt ich Sie erst fragen sollen, wie lang Sie s mir gestatten? Sie Zwangsneurotiker!

A Zwangsneurotiker? Siebzehneinhalb Minuten hat ihre Duschorgie gedauert und ich bin der Zwangsneurotiker, ja?

B Ja, Sie sind der Zwangsneurotiker oder fühlen Sie sich mit Psychopath besser getroffen. Wie darf ich mir des vorstellen, bicken Sie mit dem Ohr an der Zimmerwand, mit der Stoppuhr in der Hand?

A Da muss man nicht mit dem Ohr an der Wand bicken, das Minuten lange Rauschen hört man durchs ganze Haus.

B Und is des so ein unangenehmes Geräusch, Wasserrauschen?

A Ja, einmal am Tag lass ich s mir eingehen, aber nicht mehrmals, Sie habn doch erst heute Morgen ausgiebig geduscht. Sie ghörn doch in Behandlung mit ihrem Waschzwang!

B Waschzwang? Ich mach das, was jeder zivilisierte Mensch macht: Körperpflege!

A Und mit was macht sich ein zivilisierter Mensch so schmutzig, dass er sich gleich mehrmals täglich reinigen muss?

B Ich reinige mich nicht mehrmals täglich. Morgens dusch ich zur Erfrischung, zum Aufwachen, zum Fitwerden. Reinigen tue ich mich erst um diese Zeit und zwar gründlich und ausgiebig.

A Da ghört schon was dazu, siebzehn Minuten und fünfunddreißig Sekunden an sich selber rum zu schrubben und zu schrabben. Reinigen, thh!

B Von dem Bad gestern Abend, des ich mir hab einlaufen lassen, haben S gar nix gsagt. Des hat Sie nicht gestört?

A Für was brauchen S denn am Abend noch a Bad, wenn S schon mehrmals am Tag duschen?

B Des Bad brauch ich zur Entspannung, da schlaf ich besser: Nach einem anstrengenden Tag is des mein Luxus.

A Luxus? Eine verantwortungslose Wasserverschwendung is des, Sie Umweltsünderin.

B Umweltsünderin muss ich mir von so einem Umweltverschmutzer nicht sagen lassen. Dass Sie ein Alkoholproblem haben, is bekannt. Des geht uns nix an. Aber des daraus resultierende Leergut geht die Hausgemeinschaft sehr wohl was an. Des gehört auf alle Fälle nicht in die schwarze Tonne.

A Meine Saftflaschen, die bring ich ordnungsgemäß …

B Saftflaschen! Hahaha, auch wenn Sie ihre Wein- und Schnapsflaschen Saftflaschen nennen, ghörn die nicht in die Tonne. Auch wenn Siemeinen, in einer Plastiktütn versteckt merkts keiner! Glas klirrt und scheppert halt, da müssen Sie s schon reinlegen und net reinschmeißen!

A Des is eine unverschämte Unterstellung! Sie wollen doch nur ablenken von ihrem gestörten Umweltbewusstsein.

B Dann unterstell ich Ihnen gleich noch was, wenn ma schon dabei sind. Aus

Ihrer Wohnung hört ma eigentlich nie a länger anhaltendes Wasserrauschen. Kann des sein, dass Sie a bissl a gstörts Verhältnis zurKörperhygiene und die Tendenz zur Verwahrlosung habn?

A So, ich wollt des mit dem übermäßigen Wasserverbrauch friedlich unter uns regeln. Aber wenn Sie so zuschlagen, dann meld ich s. Da können S sich drauf verlassen, des meld ich jetzt.

B Ja, wenn S schon beim Melden sind, dann melden S doch auch gleich, dass irgendsoeine Umweltsau im Haus des Glas nicht ordnungsgemäß entsorgt. So jetzt haben S mich direkt ins Schwitzen gebracht mit ihrm Schmarrn, kann ich mich glei nochmal duschen. Des habn S jetzt davon.

Wie geht's

Zwei Freundinnen

P Servus, wie geht's dir denn?

N Gut, sehr gut.

P Des freut mich, dass s dir wieder besser geht.

N Wieso besser, was meinst du mit wieder besser?

P S letzte Mal, wie mir uns gsehn habn, da hast doch so geklagt.

N Ich hab geklagt? Wann solln des gwesn sein?

P Bei der Vernissage von der Gerda.

N Da hätt ich geklagt? Wie sich des anhört, „geklagt", so nach griechischer Tragödie, „geklagt".

P Ja mei, wenn s dir besser gefällt: Rumgjammert hast halt, ma hat den Eindruck ghabt, du bist psychisch total durchn Wind.

N Du hast eine Ausdrucksweise.

P Du hast selber zu mir gesagt, dass d so Probleme hast und den Eindruck hast auch gemacht.

N Was für einen Eindruck hab ich gemacht?

P Dass es dir psychisch schlecht geht.

N Also, was immer ich dir da erzählt hab …

P Is gut, müss ma nimmer drüber redn. Wennst jetzt keine Probleme mehr hast, soll s mich freun.

N Meinst net, dass d net eher du ein kleines Problem hast und gern Sachen aufbläst, die s gar net wert sin?

P Dann erzähl mir nimmer so einen Scheiß und heul ma net die Ohren voll, dass d dich nachts schlaflos hin und her wälzt, weil dein Chef so ein fieser Knochen is, und dass d so Angstzustände – nein Panikattacken – hast, weilst immer Angst hast, dass d was falsch machst oder net schnell genug bist.

N Hab ich vielleicht a bissl übertrieben, da hab ich mich wahrscheinlich grad über ihn gärgert ghabt. Nein nein, der is eigentlich ganz nett.

P Fein, und die zwei jungen Kolleginnen, weißt schon, die zwei Hyänen, die sind inzwischen auch ganz nett, nehm ich an? Mobben s dich nimmer?

N Naja, des sin schon zwei Zicken aber mobben …

P Hast auch keine Magenbeschwerden mehr wegen denen und überlegst dir nimmer, obst dich mal a Woch krankschreiben lässt, dass d die zwei a Zeitlang nicht ertragen musst.

N Weißt, du ghörst zu den Menschen, die einen so richtig runterziehn können. Grad war ich noch so gut drauf, musst du mir diese alten Kamellen aufs Butterbrot schmiern. Wenn ma amal a bissl rummotzt, hat ma s bei dir glei mit der Psyche. Ich erzähl dir bestimmt so schnell nix mehr, da kannst lang drauf warten. Mein Vertrauen hast dir auf alle Fälle verscherzt.

ANATOL REGNIER

Weihnachten eines Schauspielers

„Herr von Günther fährt im Winter mit dem Schlittschuh auf dem Eis, denn im Sommer ist's zu heiß." Dieses alberne Verschen ging Hans Marius von Günther, Schauspieler am Stadttheater mit Operettenverpflichtung, durch den Kopf, als er durch die Bahnhofstür ins Freie trat. Es war kurz nach sieben Uhr früh, man schrieb das Jahr 1978, das Datum war der 24. Dezember und das Wetter so unbestimmt grau, wie es zu Weihnachten oft ist. Dass ihm Albernheiten durch den Kopf gingen, wenn seine Lage eigentlich ernst war, kannte er von sich und führte es auf seinen leichtgewichtigen Charakter zurück, gegen den er ankämpfen wollte und auch müsste, wenn er nur wüsste wie. Seine Lage war, kurz gesagt, folgende: Er hatte gestern Abend mit der Operette „Gräfin Mariza" auswärts gastiert und nach der Arie „Grüß mir die süßen, die reizenden Frauen im schönen Wien" Szenenapplaus bekommen, so viel war richtig. Er hatte aber nicht mit dem Rest des Ensembles im Hotel übernachtet, sondern war mit dem letzten Zug nach P. gefahren, wo Renate wohnte, die Mutter des kleinen Robertchens. Die hatte vor etwa zwei Jahren mehrmals am Bühnenausgang gewartet, aus mädchenhafter Schwärmerei für seine markante Präsenz und seine dynamisch geschmetterten Arien. Jung und frisch war sie gewesen, er hatte sich gefühlt wie Fritz Wunderlich und Hermann Prey zusammen, die Süße des Sommers hatte das ihre getan und dann hatte sie die Haustür aufgeschlossen, mit einem schweren, altmodischen Schlüssel, da war ihr Zimmer gewesen und ach! – ihr Bett, wie bei Gretchen im Faust, ja, den hatte er auch gespielt. Verantwortungslosigkeit konnte man ihm nicht nachsagen, er hatte ihr eine Wohnung eingerichtet, ein wenig abgelegen in P., aber immerhin. Scheiden lassen wollte er sich nicht, das hatte er gleich gesagt, aber sie so oft wie möglich besuchen, das ja, wenn sich die Gelegenheit bot, so wie gestern, was leider nicht häufig der Fall war, und ergriffen werden musste. Das kleine Robertchen hatte geschlafen und sie ihn nicht zänkisch empfangen, wie sonst oft, sondern lieb wie die Bajadere im gleichnamigen Gedicht. Entsprechend erfrischt trat er jetzt durch die Bahnhofstür. Er würde in Ruhe frühstücken, dann Geschenke besorgen und gegen Mittag bei Marianne und den Kindern eintreffen, die ihn, da sie ihn vormittags zurückgereist wähnten, nicht früher erwarteten.

Im Café bediente eine hübsche Kellnerin. Die könnte mir auch gefallen, dachte er, aber brachte sich gleich selbst zur Räson: Treib's nicht zu toll, alter Junge! War ja auch nur ein Scherz. Er war kein Lustmolch oder Frauenaufreißer, sondern Hans Marius von Günther, Schauspieler und sorgender Familienvater. Weshalb es geboten schien, darüber nachzudenken, was er wem schenken sollte. Das alberne Verschen summend kam ihm die Idee: Schlittschuhe für Barbara und Ruth, vom gleichen Modell, sodass Neid nicht aufkommen und die Gemeinsamkeit gefördert würde. Manchmal bin ich richtig gut, dachte er. Und kaufte das Gesuchte im Bahnhofskaufhaus, aus weißem Leder mit weißen Bändern und hoffentlich in der richtigen Größe. Der batteriebetriebene Spielzeugporsche für Ruprecht lag schon versteckt in der Garage. Marianne und er schenkten sich nichts, das war seit langem so verabredet.

Aber Renate war zu bedenken, ohne Frage. Etwas Substantielles musste es sein, das Liebe und Wertschätzung ausdrückte, auch seine

Beschützerfunktion gegenüber ihr und dem Kleinen. Es durfte ruhig etwas kosten, musste etwas hermachen. Sie sollte sich freuen und keinen Grund haben, ihn zu kritisieren. Ein Schmuckstück? Nein, sie ging ja selten aus. Etwas für die Küche? Ja, eine Küchenmaschine, die teuerste und beste, die es gab, eine gute Idee. Es gab, wie er entdeckte, ziemlich viele und sie waren zum Teil auch ziemlich teuer. Er schaltete einen Gang zurück und entschied sich für eine gute, aber nicht ganz so teure, mit mehreren Aufsätzen und vielen Funktionen in einem entsprechend großen Karton. Wo sollte er den lassen? Zuhause aufkreuzen konnte er damit nicht. Wie so oft war in seinem Kopf die große Linie vorgezeichnet, aber nicht das Klein-Klein der Umsetzung. Aber schon wieder war eine Lösung da: Wozu gibt es Schließfächer? Gesagt, getan. Und während die Küchenmaschine ihrem Schicksal harrte, fuhr der Schauspieler Hans Marius von Günther mit der Straßenbahn nach Hause.

„Hallöchen!", rief er in den Hausflur. „Ich bin wieder da!"

„Wir auch", kam es aus der Küche. Seine drei Kinder saßen um den Tisch.

„Mama ging es schlecht", sagte Barbara. „Wir mussten sie ins Krankenhaus bringen, jetzt liegt sie oben."

„Wir sind mit dem Taxi hingefahren", sagte Ruprecht, der Jüngste. „Babsi hat es gerufen."

Ruth, die Mittlere, schwieg, stand auf, verließ den Raum.

O Gott, dachte der Schauspieler. Asthma, er wusste es, in letzter Zeit verstärkt und bei Anfällen bedrohlich. Er setzte sich. Bat um Bericht. Und erfuhr: Hilferufe um fünf Uhr früh, die Kinder im Nachthemd, die Mutter keuchend im Bett, ein Krankenwagen, von Barbara gerufen, fuhr sie ins Krankenhaus und Barbara, weil Ruprecht so gebettelt und gefleht hatte, mit ihm und Ruth per Taxi hinterher. Langes Warten im Flur, dann war die Mutter erschienen, sehr bleich, gestützt von einer Schwester, aber außer Gefahr, die Familie mit Taxi nach Hause. „Das hast du sehr gut gemacht, Barbara", sagte der Schauspieler. „Du warst ja nicht da", sagte Barbara.

Im Schlafzimmer war es kühl, der Vorhang halb zugezogen, die Balkontür auf Kippe, Marianne, ihm den Rücken zugekehrt, im Bett. Er setzte sich zu ihr, legte die Hand auf die Decke, spürte Wärme, sie schälte ihren Arm heraus, legte ihre Hand auf seine. „Es war wieder schlimm", sagte sie. „Keine Luft, als ob ich ersticken müsse. Gott sei Dank kam der Krankenwagen schnell. Die Kinder waren fantastisch. Wie war dein Gastspiel."

„Das ist doch unwichtig", sagte der Schauspieler. „Hauptsache es geht dir besser. Bleib liegen, ich mache alles. Und heute Abend feiern wir Weihnachten." „Ich weiß nicht, ob ich was essen kann", sagte Marianne, „aber mach du ruhig." Sie kuschelte sich wieder ein. Er blieb sitzen, obgleich es ihn fortzog. Wollte nicht gefühlskalt wirken und war es auch nicht. Näher darüber nachzudenken vermied er. Es war so, wie es war.

Dann ging er doch nach unten und machte sich daran, den Abend vorzubereiten. Und während er Kartoffeln schälte, Salat wusch und alles Mögliche andere tat, wurde er ruhig. Seine Brust fühlte sich frei und sein Herz war leicht. Was ist schon dabei, dachte er. Es wird niemandem schlecht gehen, dafür sorge ich. Ruth kam herein. „Na, wie geht's dir denn?", fragte er. Ruth sagte nichts. Er legte Messer und Handtuch weg und ihr den Arm um die Schulter. „Was ist, Kind?" Sie wand sich heraus. „Weißt du was", sagte er, „wir kochen jetzt zusammen." Und sah, dass er das Richtige getan hatte. Ruth begann zu arbeiten, sauber und methodisch, es rührte ihn, sie so zu sehen. „Was hattest du vorhin?", fragte er. „Ach nichts", sagte Ruth. „Es ist eben Scheiße, dass du immer weg bist." „Ach Ruth", sagte er, „später wirst du das verstehen.“ Und wusste: Dümmeres hätte er nicht sagen können. Es war ihm herausgerutscht, wie in einem Automatismus. Ruth sah ihm geradewegs ins Gesicht und in ihren Augen blitzte etwas so Schalkhaftes und Wissendes, dass er erschrak und dachte: Dieses Kind ist viel gescheiter als ich. Barbara und Ruprecht kamen herein, gemeinsam bereiteten sie alles Nötige vor. Den Christbaum schmückte er allein. Um sechs Uhr klingelte die Schwiegermutter. Marianne kam im Morgenmantel herunter.

An Christkind und Weihnachtsmann glaubte niemand, sie waren eine moderne Familie. Sie sangen ein paar Weihnachtslieder und machten sich über die Geschenke her. Dabei blieb Hans Marius von Günther die Sprache weg – das kam bei ihm selten vor. Denn es erwies sich, dass die Oma exakt die gleichen Schlittschuhe gekauft hatte wie er, aus weißem Leder und mit weißen Bändern, durchaus zur Freude der Mädchen. Verlegen lächelnd saß er dabei, als sie seine Kartons auspackten – auf der Bühne war so etwas lustig, zuhause nicht. Überall lagen Schlittschuhe herum, wie beim Winterschlussverkauf. Hans Marius, du bist ein Trottel, dachte er. Mit einem hilflosen Witz versuchte er, die Peinlichkeit zu durchbrechen. „Ist nicht schlimm“, sagten die Kinder, „du konntest es ja nicht wissen.“ Der Rest des Abends verlief erträglich, obgleich die Mädchen im Essen nur herumstocherten und Marianne fast nichts aß. Er selbst langte ordentlich zu, die Schwiegermutter auch, der kleine Ruprecht fand das Essen super.

Gegen 23 Uhr begleitete er die Schwiegermutter zur U-Bahn. „Marianne macht mir Sorgen“, sagte sie. „Irgendetwas stimmt nicht. Sie wirkt wie ausgelöscht. Asthma ist ja eine Krankheit der Seele, sagt man. Was könnte sie haben? Eigentlich geht es ihr doch gut.“ „Ja“, sagte Hans Marius, „eigentlich geht es ihr gut.“

Allein lief er durch die Straßen, niemand war unterwegs. Wenn ich jetzt leise das Auto nähme und zu Renate führe, dachte er, das wäre schön. Aber nein, das geht ja nicht, ganz unmöglich. Wie soll ich das erklären? Am Ende ist noch der Führerschein weg. Oder soll ich zum Bahnhof fahren und die Küchenmaschine holen? Nein, geht auch nicht, dann liegt sie zuhause rum und wird irgendwann entdeckt. Dann wenigstens Renate anrufen, auch auf die Gefahr hin, dass sie ungehalten reagiert. Na, hattest du's schön bei deiner Familie? War's nett? Habt ihr schön gefeiert? Bei mir war's sehr anregend. Das Robertchen war ein prima Gesellschafter. Er konnte ihre Stimme schon hören, aber es musste sein. Er wollte es ja auch. Er steuerte eine Telefonzelle an und merkte, dass er kein Geld dabeihatte. Ja, wenn es so kleine Dinger gäbe, mit denen man überall ohne Münzen telefonieren kann, das wäre fein. Aber das ist ja auch unmöglich. Wir können das Leben nicht ändern. Zuhause angekommen stand Ruth auf der Treppe. „Du warst schon wieder weg“, sagte sie. „Ja“, antwortete er, „das war ich. Aber jetzt bin ich da.“ Er kroch neben Marianne ins Bett, rückte gewohnheitsmäßig zu ihr hinüber. „Nein, mein Lieber“, sagte sie, „ich bin heute nicht ansprechbar. Du willst sicher auch gleich schlafen. Du hattest einen langen Tag.“

Der Augsburger Eugen Bertolt Friedrich Brecht und das Bier

Es gibt fast in jedem Werk Brechts eine Szene, in der ein Mensch nicht als Dialektiker, sondern als Kreatur gezeigt wird, die isst und trinkt. Tischgemeinschaften kommen in den Theaterstücken häufig vor. Und oft „kommt das Fressen vor der Moral", wie in Brechts „Dreigroschenoper". Im Leben und im Werk von Brecht ist Bier das meistgenannte Getränk. Er schätzte das Bier der zahlreichen Augsburger Brauereien, aber er meinte auch: „Ich trinke Paulaner mit Rührung."

Bier in New York mit Oskar Maria Graf

Es existiert nur ein einziges Foto, das Bert Brecht mit einem Bierkrug zeigt. Dieses entstand 1943 nicht in Bayern, sondern in New York bei einem Zusammentreffen mit seinem Schriftstellerkollegen Oskar Maria Graf (1894 Aufkirchen – 1967 New York). Die beiden kannten sich aus Brechts Münchner Zeit.

Für den Deutschen Freiheitssender hatte Brecht die Satire „Die Bücherverbrennung" geschrieben. Er geht dabei auf den Artikel von Oskar Maria Graf „Verbrennt mich!" vom 12. Mai 1933 in der „Wiener Arbeiterzeitung" ein, in dem dieser von den Nazis die Verbrennung seiner Bücher verlangt. Grafs Bücher waren nämlich nicht der Bücherverbrennung durch die Nazis zum Opfer gefallen, sondern deren Lektüre wurde sogar empfohlen. Das konnte Graf nicht ertragen. Brecht schrieb voll Bewunderung zu diesem Geschehen das Gedicht „Die Bücherverbrennung" und nannte Oskar Maria Graf „Ein verjagter Dichter, einer der besten …"

Die Bücherverbrennung

Als das Regime befahl, Bücher mit schädlichem Wissen
Öffentlich zu verbrennen, und allenthalben
Ochsen gezwungen wurden, Karren mit Büchern
Zu den Scheiterhaufen zu ziehen, entdeckte
Ein verjagter Dichter, einer der besten, die Liste der
Verbrannten studierend, entsetzt, daß seine
Bücher vergessen waren. Er eilte zum Schreibtisch
Zornbeflügelt, und schrieb einen Brief an die Machthaber.
Verbrennt mich! schrieb er mit fliegender Feder, verbrennt mich!
Tut mir das nicht an! Laßt mich nicht übrig! Habe ich nicht
Immer die Wahrheit berichtet in meinen Büchern? Und jetzt
Werd ich von euch wie ein Lügner behandelt! Ich befehle euch,
Verbrennt mich!

Oskar Maria Graf emigrierte 1934 nach Wien, dann nach Prag; 1938 floh er über die Niederlande in die USA. Im Oktober desselben Jahres wurde er in New York Präsident der „German American Writers Association".

Als am 13. Dezember 1938 der Schutzverband Deutsch-Amerikanischer Schriftsteller in New York einen Kunstabend veranstaltete, bei dem Oskar Maria Graf über die Aufgaben der Emigration sprach, wurden auch Gedichte von Bert Brecht gelesen.

Das nächste Zusammentreffen von Oskar Maria Graf und Bert Brecht war am 14. Juni 1942. Wegen des großen Erfolgs der Aufführung von Szenen aus „Furcht und Elend

des III. Reiches“ fand im New Yorker Palm Garden Theater eine weitere Aufführung statt. Oskar Maria Graf verlieh dort Literaturpreise an die in New York lebenden Autoren Fritz Zorn, Hilde Schottländer und Hans Marchwitza.

Noch einmal sind sich die Dichter begegnet: im April 1943 wieder in New York. Diesmal bei dem Verleger Wieland Herzfelde, der einen winzigen Markenladen (Seven Sea Books) führte und die Gründung eines neuen Verlages mit dem Namen „Tribüne“ plante. Brecht schlug dagegen „Aurora“ vor und sandte später an Herzfeld das von ihm zu diesem Zweck geschriebene Gedicht „Aurora“. Der „Aurora-Verlag“ wurde Anfang 1944 von Herzfelde, Oskar Maria Graf und weiteren exilierten Schriftstellern tatsächlich gegründet.

Bei einem gemütlichen Zusammensein floss viel Bier, was Graf mit einem Maßkrug in der Hand und fröhlich lachend auf einem Foto demonstriert. Brecht im Anzug mit Krawatte lächelt etwas säuerlich dazu. Brechts Kommentar zu seinem Schriftstellerkollegen: „Graf, der kein Wort Englisch gelernt hat, ist etwas vereinsmeierisch, dick, hinterfotzig und glaubt an jahrzehntelange Reaktionsperiode.“

Auszug aus: Martha Schad „Komm' und setz Dich lieber Gast. Am Tisch mit Bertolt Brecht und Helene Weigel“, München 2005.

Ludwig Thoma und die Filmschauspielerin Asta Nielsen

Ludwig Thoma war anfänglich ein großer Gegner des damals aufkommenden Films. Daraus machte er allen Bekannten gegenüber keinen Hehl. Der Komödiant Bertl Schultes erzählte jedoch, dass Thoma im Sommer 1913 ganz begeistert war von dem vor allem in Deutschland populärsten Star, der dänischen Schauspielerin Asta Sofie Amalie Nielsen (1881 Kopenhagen – 1972 Frederiksberg): „Von der schaug i mir jeden Film an.“

Asta Nielsen war der große Star des Stummfilms, im Prinzip sogar der erste weibliche Filmstar überhaupt in der Geschichte des Kinos. Die schwarzhaarige Dänin ließ sich nie auf ein Rollenfach festlegen: Sie spielte sowohl gebrochene, leidende Frauen als auch arme, alternde Dirnen, Tänzerinnen ebenso wie einfache Arbeiterinnen. Ihre Körpersprache war immer dezent, dabei aber ausdrucksstark.

Die „Duse des Stummfilms“ (Kritiker Alfred Kerr) war keine Schönheit: Der Mund war zu groß für das magere Gesicht, die Nase zu lang und die Augen lagen zu weit auseinander. Trotzdem galt sie den Verehrern als Muster der Sinnlichkeit, denn „die Augen sind es hier, nicht das Fleisch, die diese Wirkung ausüben“, wie der Filmbeobachter Bela Bélazs schrieb.

Von 1910 bis 1913 spielte Asta Nielsen in elf Filmen mit und 1913 konnte Thoma sie in den Filmen „Komödianten“, „Die Sünden der Väter“, „S 1“ und in „Die Filmprimadonna“ sehen. Neben ihren Rollen von konfliktbeladenen Frauen hatte sie aber auch Talent für komische Rollen. So war sie beim Filmpublikum vor allem in dem 1914 gedrehten Streifen „Engelein“ so erfolgreich, dass eine Fortsetzung gedreht wurde.

Ob Thoma wirklich jeden dieser Film angeschaut hat, ist nicht überliefert. Aber er machte sich Hoffnungen auf eine Verfilmung seines 1912 in Berlin uraufgeführten tragischen Volksstücks „Magdalena“ mit Asta Nielsen.

Bertl Schultes verhandelte für Thoma in dieser Angelegenheit mit Paul Davidson (1867–1927), dem Generaldirektor der UFA. Nach Thomas Vorstellung sollten alle Darsteller von der Tegernseer Bauernbühne gestellt werden. Für die Titelrolle allerdings

schlug Davidson die Schauspielerin Henny Porten vor. Thoma sagte dazu nur: „Nia!“ Mit Asta Nielsen hätte er sein Stück gerne verfilmt gesehen, aber diese war nicht bei der UFA unter Vertrag.

1913 schwärmte Ludwig Thoma nur von Asta Nielsen; 1921 jedoch verfasste er, wahrscheinlich für den „Miesbacher Anzeiger“, einen Betrag über „Asta, die Göttliche“, in dem er den Berliner Juden Stefan Großmann (1875 Wien– 1935 Wien) angreift. Dieser war ein österreichischer Schriftsteller und Journalist, der aus einer jüdischen Familie stammte und, was Thoma offensichtlich nicht wusste, sich hatte taufen lassen. Zusammen mit dem Verleger Ernst Rowohlt gründete Stefan Großmann 1920 die unabhängige, überparteiliche Wochenschrift „Das Tage-Buch“. Die Zeitschrift entwickelte sich während der Weimarer Republik zur einflussreichsten radikaldemokratischen Zeitschrift.

Thoma spricht in dem Artikel auch den mit ihm befreundeten Musikanten und Volksliedersammler Kiem Pauli (1882–1960) an:

Asta, die Göttliche

Du zahlst drei Mark, kriegst dafür eine Eintrittskarte in das neuzeitliche Kino und kannst dann, wozu sechs Geigen jubeln, weinen oder lachen oder gähnen, solang es Dir beliebt. Alles für drei Mark.

Da siehst die Pola Negri, die Mia May, die Dua Py, die Kia Po und noch viele Chinesinnen aus Haidhausen und Heringsdorf. Die eine ist fett, die andere mager, die eine unterwachsen, alle aber gut bemalt.

Eine lange, eine dünne, eine Art von Schlingpflanze sah ich einmal, die hieß Asta Nielsen.

An die werde ich erinnert, als ich gestern des Juden Stefan Großmann „Tagebuch“, Heft 36, las und darin einen Artikel fand, worin über Asta Nielsen u. a. folgender Schwarm losgelassen wurde: „Sie kann in einem Kleid, das bis zum Oberschenkel geschlitzt ist, auftreten und wirkt nicht einen Augenblick fleischlich aufreizend, ihr langes Bein, ihr schöner Rücken noch wirken geistreich!“ Das ist doch schön gesagt von Stefan Großmann. Gar nicht fleischlich aufreizend!

Der Kiem-Pauli würde es jedoch noch einfacher machen und noch besser, als der Berliner Jude, der würde, wenn er es täte, er tut es aber nicht, die lange Asta folgendermaßen besingen:

Dreiviertel Boaner, Boaner, Boaner –
Oa Viertel Haut, Haut, Haut,
Do möchst fast woaner, woaner, woaner,
wann man's oschaut, schaut, schaut!

Asta, du Göttliche, wer wird Dir und Deiner hohen Kunst besser gerecht, der Stefan aus Berlin oder unser Kiem-Pauli aus Rottach?

Auszug aus: Martha Schad: „Weiberheld und Weiberfeind. Ludwig Thoma und die Frauen“, München 2017.

HARDY SCHARF

Familienfoto

Stehend der Gatte,
sitzend vor ihm
die liebende Gattin,
auf ihrem Schoße,
umkost und verwöhnt,
im neuesten Pulli,
Senta, ihr Pudel.

Miss-Verständnis

Erst
ging sie
eine Ehe ein,
dann ist sie
in der Ehe
eingegangen.

Me too

Kurze Hochzeit,
lange Kochzeit.

Ringelnatz Süd

Zwoa Ameisn vo da Schwanthaler Höh,
de wolltatn nach Australien geh,
kaam kemas in da Au drunt o,
ham eahna sackrisch d Fiass weh to,
und gscheit, wia s san, tean sa si denga,
an Rest, den kennama uns schenga.

Abschiedskuss

Er küsste sie zu lange –
da war die U-Bahn weg.

Jetzt kann er länger küssen,
bis wieder eine kommt.

„Auf Grund einer technischen Störung
fällt die nächste U-Bahn aus."

Da sagte sie:
„Ach, Liebster, komm,
wir geh'n zu mir nach Haus."
Holleluja!

Frau Holle
floh aus dem Himmel,
er war ihr
zu trist und zu grau,
sie wollte den Himmel
auf Erden haben
und fand ihn –
wo sonst? –
in der Holle-
dau.

HARDY SCHARF

Die Liebe geht durch den Magen

Julia, meine Nichte! Ein liebenswertes Geschöpf, seit Jahren auf der Suche nach dem richtigen Mann. Fürs Leben. Oder zumindest für einen längeren Lebensabschnitt. Seit Jahren auf der Suche, sagte ich schon. Und immer vergeblich. Aber jetzt! Jetzt hat sie ihn gefunden, den „Richtigen“, sagt sie strahlend. Doch das Glück – Fortuna! – es wackelt schon. Denn sie hat nicht nur einen „Richtigen“ gefunden, sondern gleich zwei: innerhalb von zehn Tagen. Und beide lieben sie, heiß und innig, sagt sie, und sie liebt sie auch, innig und heiß, sagt sie, den einen mehr als den anderen sogar – und dann den anderen mehr als den einen. Was soll ich bloß machen, fragt sie. Und wen fragt sie das? Mich ausgerechnet. Sie sagte mir nicht, wer vermögender ist, wer gebildeter ist, wer sympathischer ist. Ich weiß nicht, so wie man früher gleich wusste, wer von den beiden katholisch, evangelisch oder ungläubig ist, ich weiß nicht, ob einer von beiden aus Bayern stammt oder aus West- oder Nord- oder Ostdeutschland kommt. Ihr ist, anscheinend, auch ganz egal, ob er Spanier oder Kroate ist, ob er aus dem nicht mehr fernen Afrika oder ob er vielleicht aus Russland kommt oder sogar aus Amerika. Groß oder klein, dick oder schlank, blond oder braun, alles scheint sie überhaupt nicht zu kümmern, jedenfalls hat sie kein Wort dazu bemerkt.

Nur eine Sache fiel ihr auf, in der sich die beiden klar unterscheiden. Denn sie kocht sehr gerne, wie ich lange schon weiß, sie kocht vorzüglich, umwerfend gut, schon oft habe ich ihre Kochkunst genossen. Ganz anders die beiden, die sie so liebt. Für jeden hatte sie ein Essen zubereitet, mit sehr viel Liebe und viel Geschmack. Für den ersten Aspiranten einen gebratenen Rehrücken auf Zimt-Feigen-Blaukraut mit feinstem Kartoffel-Quitten-Püree, für den zweiten, ebenso geliebten, Hartweizen-Spirelli mit zweierlei Spargel, Safran und Zuckerschoten und vielen goldenen Parmesanfäden. Doch beide aßen sehr zögerlich, pickten nur dies oder das heraus. „Dies“, der eine, und der andere „das“.

Um es kurz zu machen: Sie rief mich in ihrer Not gleich heute Morgen an, dass beide nach wie vor für sie die Traummänner seien, aber dass sie jedem der beiden – unfassbar – genau das Verkehrte serviert hatte. Und nun sei sie absolut verunsichert, ob sie in Zukunft lieber mit dem typischen „Fleischesser“ oder dem überzeugten „Vegetarier“ Tisch und Bett teilen solle.

Und ich, ihr Onkel, ihr Lieblingsonkel, der von so vielen Dingen so viel versteht, möge ihr doch, bitte, schnell die richtige Antwort geben.

Weil ich ahne oder fürchte oder hoffe, dass viele Mitmenschen diese Antwort auch interessiert, habe ich sie gerne auch dem renommierten Volk Verlag vorgelegt:

Liebe Julia,

mit deinen rosigen Zukunftsaussichten hast du mich kolossal überrascht.
Endlich ist es so weit, fast so weit.
Und bei deiner Entscheidung für den wirklich richtigen Mann, will ich dir gerne behilflich sein.

Jetzt helfen, freilich, nur klare Worte.
Sie sind die Summe von Einschätzungen, Erfahrungen, Erkenntnissen vieler unterschiedlicher Menschen, die ich im Laufe meines Lebens kennen gelernt habe.
Lass dir Zeit bei deiner Lektüre!
Von Zeile zu Zeile wird dir dann immer mehr ein Licht aufgehen, wer von den beiden dein Herz gewinnt:

Fleischesser sind gierige Menschen.
Täglich gierig nach einem Stück Fleisch.
Schweinshaxe mindestens einmal die Woche.

Grüner Salat muss wirklich nicht sein.
Fleischesser sind außerdem kraftvolle Menschen,
lüstern, draufgängerisch, zupackend, wild.

Vegetarier dagegen sind zarte Menschen, Muße-Menschen,
haben viel Zeit, lassen sich Zeit.
Auch beim Bereiten von Tofu-Salaten, einer Pizza aus Vollkorn
oder einer saftigen Knoblauch-Quiche.
Und auch in der Liebe haben sie Zeit,
Zeit für sehr viel Zärtlichkeit.

Fleischesser sind ferner meistens katholisch,
Vegetarier waren – vielleicht – katholisch,
fahren immer wieder in fernöstliche Länder
und fühlen sich den Buddhisten nah.
Fleischesser sind regierungstreu,
halten fest an Traditionen und gönnen sich oft ein Bier, zwei, drei, vier.

Vegetarier sind eher für Genussmittel offen,
die man ohne Hopfen und Gerste herstellt,
sie sind politisch meist kritisch
und träumen von einer besseren Welt.
Fleischesser fahren gern große Wagen,
sind unruhig, hektisch, schnell am Ziel,
Vegetarier laufen sehr viel zu Fuß
und fahren gerne mit anderen mit.

Fleischesser, schließlich, sind körperlich kräftig,
haben starke männliche Gefühle
und wegen des reichlichen Fleischkonsums
ziemlich starke, weibliche Brüste.
Vegetarier dagegen sind sportlich schlank,
gelenkig, geschmeidig und sehr sensibel.
Von Geburt an schon sind sie Frauenversteher, Frauenverwöhner,
mit viel Gefühl – schon vor dem Ziel.

Ist alles klar, liebe Julia?
Na dann, wunderbar.
Oder kommt es ganz anders, als ich es gedacht?
Weißt du am besten, wer zuletzt lacht?

Auf deinen nächsten Anruf wartet mit Spannung

Dein Onkel H.

HERBERT SCHNEIDER

In a neis Dahoam

„Heit is a scheena Tag, singa de Moasn, heit is da Liachtmesstag, da muaß i roasn ....“ Als Stadtmensch hat man vorgestern eher an den Spruch: „An Weihnachtn wachst da Tag um an Hahnaschroa, an Heilig Drei König um an Hirschnsprung und an Liachtmess um a ganze Stund“ gedacht. Doch nicht nur, wenn da und dort ein schön bemalter Bauernschrank in einer Stadtwohnung steht, auch ein Blick in die Ahnengalerie könnte Hinweise auf eine bäuerliche Vergangenheit, auf einstige Mägde und Knechte geben, und darum wollen wir nun zurückwandern in eine Vergangenheit auf dem Land, als an Lichtmess noch geschlenkelt, also bis auf die Dableiber der Arbeitsplatz gewechselt wurde. Nehmen wir als Beispiel den Hartl, Rossknecht beim Lechnerbauern z'Michelsberg, der einst ausgestanden ist, weil ihm der Bauer zu grob, die Arbeit zu hart und die Kost zu karg gewesen ist, oder die Afra, Mitterdirn in einem stattlichen Vierseithof in Niederbayern, die hingeschmissen hat, weil sich der Bauer als unverbesserlicher Weiberer entpuppt hat, der immer wieder nachts an ihre Kammer geklopft hat, aber die Tür stets fest verriegelt fand, was er ihr mit immer neuen Schikanen heimgezahlt hat.

Nun waren also die Kuferl gepackt und es ist mit den Dableibern ins Wirtshaus zum Feiern gegangen, ist ja das ganze verdiente Gerstl vom Jahr im Sackl gewesen. Der neue Dienstherr ist vielleicht schon mit einem Pferdegespann vor der Tür gestanden zum Abtransport in a neis Dahoam.

Des Gfui, des Ziahgn in da Brust, des trotzig Lustigsei, des Roasn in a fremds, neis, harts Bauernjahr damals an Liachtmess, etliche unserer Vorfahrn ham des, wenn s net bliebn san, wohl no hautnah erfahrn. Vielleicht is vorgestern, wia in da Früah de Kirchnglockn glait ham, in manchen von uns diese Vergangenheit wieder lebendig worn.

Aprilaff mit Maiengesäusel, 2016

„Aprui, Aprui, der woaß net, was er wui ...“, verunglimpft der Volksmund den vierten Monat, doch diesmal scheint er an seinem schlechten Ruf gearbeitet zu haben. Bis jetzt hat er uns viel Sonnenschein beschert, von Schneegestöbern und Graupelschauern verschont. Möchte er vielleicht wie der Frühling den Vornamen „holder“ bekommen?

Auch hat er uns zu seinem Beginn längst nicht mehr so oft in den April schicken lassen wie früher. Oder hat man gehört, dass Landesvater Horst Ilse Aigner in die Staatskanzlei beordert hätte, weil sie wie vorher schon Markus Söder den Schmutzeleien-Orden bekomme? Im Fall des Falles hätte die schlaue Ilse, mit Blick auf den Kalender, sicher dankend abgelehnt und wäre so der spöttischen Titulierung „Apriläffin“ entgangen.

Der Maßschneider muss gestehen, schon als Schulbub auf die Machenschaften einer dreisten Gretl hereingefallen zu sein, die ihn an diesem ominösen Datum zur Kramerin schickte, um dort um a Fünferl a „Ibidumm“ zu besorgen, und anschließend nicht nur mit „Aprilaff“, sondern auch noch mit „Maiaff“ und „gstinkerter Holaaff“ verhöhnt zu werden.

Wenn es die Erderwärmung so weitertreibt, dann wird bald der Text des Volkslieds „Der Mai ist gekommen, die Bäume schlagen aus ...“ in den April vorverlegt werden müssen. Werden die Maikäfer als Frühstarter

dann zu Aprilkäfern? Mit Sorgen zuhause bleiben? Die Tretesel sind längst gesattelt, die Sonnenbrillen geputzt und dem 500 Jahre alten Reinheitsgebot mit vollen Maßkrügen in einem Biergarten die gebührende Reverenz erwiesen.

Ob es heute noch einen florierenden Maikäferhandel gibt? Als Lausbuben waren wir seinerzeit sowohl am Fang wie am Kauf beteiligt, der Preis schwankte zwischen einem Fünferl und einem Zehnerl. Unser Jagdrevier war der Münchner Gollierplatz und die Heimgartenkolonie „Land in Sonne". Gehalten wurden sie in mit Laub gefüllten Schuhschachteln, gehandelt in Zündholzschachterln. Bald durften sie indes wieder in die Freiheit eines Hinterhofs entfliegen. Durch den Spruch „Maikäfer fliag, da Vatta is im Kriag, d'Mutta is im Pommerland, Pommerland is abgebrannt, Maikäfer fliag …", der wohl aus dem Ersten Weltkrieg stammt, waren sie lange Zeit in vieler Munde.

Nun steht schon bald wieder der Mai vor der Tür mit Maibowle, Maibock, Maikammerer, Maiglöckerl, Maidult, Maiandachten, Maitanz und Maibäumen samt dreisten Dieben. Bevor er uns nun zuruft: „Halt jetzt endli amoi dei Mai", tun wir ihm den Gefallen.

Von Kopf bis Fuss

„Mei Huat, der hat drei Löcher, drei Löcher hat mei Huat, und hätt er net drei Löcher, dann waars aa net mei Huat …" Der Maßschneider hat allerdings noch nie jemand gekannt, der einen solchen Ditschi gehabt und sich damit auch noch gebrüstet hätte. Er selber hat nur Hüte mit *einem* Loch, einem ziemlich großen sogar, um ihn problemlos aufsetzten zu können.

Ein anderer Spruch besagt: „De mim Huat san guat, de mim Kaappi san daappi." Aber was ist dann mit der These, dass man sich vor Autofahrern mit Hut am Kopf hüten solle? Und macht nicht ein Käppi einen flotten, sportlichen, spitzbübischen Belli?

Auch einen Trachtenhut setzt er manchmal auf, der ein gewisses Jennerwein-Flair ausstrahlt. Doch einem Deckel à la Udo Lindenberg würde er sich strikt verweigern. Pudelmützen besitzt er dagegen etliche, weil man hierzulande nie vor Hundewetter sicher sein kann.

Am liebsten schreitet er indes, wenn es die Witterung erlaubt, barhäuptig durch die Gegend, trägt seine Frisur offen zur Schau, während er barfüßig nur an Badestränden anzutreffen ist.

Nun vom Kopf zu den Füßen: Mit seinem Schuhwerk geht der Maßschneider sorgsam um. Kein Verständnis hat er für jenen Büffel, der da verlautbarte: „Jetzt woaß i was i dua, jetzt zreiß i meine Schuah, und wenn da Bürgamoasta kimmt, dann flick is wieda zua …" Sein Bürgermeister hat wahrlich Wichtigeres zu tun, als mit lädiertem Schuhwerk konfrontiert zu werden!

Über seine Garderobe gibt es nicht viel zu erzählen. Eines seiner guten Stücke begleitet der Spruch: „Ja so a Lederhosn, de riacht ja net nach Rosn." Die Ausstrahlung der seinen würde er zwischen herb und derb ansiedeln. Einen Gehsthintre (Gehrock) oder einen Smoking besitzt er nicht, weshalb ihm der Besuch des Wiener Opernballs erspart bleibt. Krawatten hat er allerdings im Dutzendpack, was ihn aber nicht daran hindert, sich als Schlips-Muffel aufzuspielen. Das freche Sprücherl „Ein schöner Rücken kann auch entzücken, ein dreckiger Hals ebenfalls" möchte er für sich nur für den Anfang gelten lassen.

Was in seinem Schrank Bügel an Bügel, Halter an Halter hängt, sind Hemden aller Farbrichtungen, leicht ausgebeulte Hosen, Anzüge und Sakkos, die immer enger werden, weil er (leider?) zu gut bekocht wird. Auch ein schwarzer Mantel macht sich für

Trauerfälle breit. Warum er neuerdings Bekleidungshäuser strikt meidet, hängt mit seinem fortgeschrittenen Alter zusammen. Ein alter Hase braucht nicht unbedingt einen neuen Pelz.

Seine Unterwäsche hält er im Verborgenen, wie es sich gehört, doch seines Pyjamas schämt er sich nicht. Aus Kreuzworträtseln hat er erfahren, dass die Unaussprechlichen auch Slips genannt werden, oder bloß weibliche?

Den Beruf eines Schneiders hat er nie ausgeübt, doch seinem Namen nach zu schließen dürfte ein ferner Vorfahr, der in keiner Ahnentafel mehr auftaucht, mit Nadel und Zwirn, Schere und Maßband zugange gewesen sein. Er selber war nur ein einziges Mal als Schulbub bei einer Anprobe bei einem Schneider, der in einem Münchner Bekleidungshaus gearbeitet und ihn mit einem Lodenmantel ausstaffiert hat, in den, als er ihm zu klein wurde, ein jüngerer Cousin hineinschlüpfen durfte: Vetternwirtschaft anno dazumal.

München ohne Erleuchtung

Diesmal hatte sich der Heilige Geist (in seiner gewohnten Gestalt als Taube) auf dem Karlstor zu München niedergelassen. Immer vor Pfingsten fühlte er den Drang in sich, irgendwo zu erscheinen.

Kaum gelandet sah er sich von den gewöhnlichen und, wie man weiß, etwas ordinären Stachustauben umringt. „Eahm schaugts o“, kreischten sie, „einfach so mirnixdirnix in unser Revier eifliagn und uns an Puffmais vom Brot stehln, des mögn ma! Magst di net wieder schwinga, oder soll ma da Flügl macha, ha?“

Der Heilige Geist lächelte in seiner feinen, überlegenen Art, und weil er bekanntlich auch ein Sprachgenie ist und aller Zungen mächtig, antwortete er in reinstem Münchnerisch: „Deats eich fei a bissl zruckhaltn, gell, sunst fahr i eich oane hi, dass moants, a Jumbo-Jet hät eich gstroaft!“

Darauf stürzten sich ihrer zwanzig auf ihn, aber der Heilige Geist teilte in solch atemberaubender Geschwindigkeit Hirnbatzl und Kopfnüsse aus, dass die frechen Fassadenkleisterer schnell seine Überlegenheit erkannten und ihm duckmäuserisch zu huldigen begannen.

„Brechts eich bloß koa Verzierung ab“, sagte der Heilige Geist lächelnd, wie er sie da Kratzfüße machend um sich versammelt sah, und fuhr dann fort: „Ab sofort übernehme ich das Kommando des Stachustaubengeschwaders und befehle, in die Stadt auszuschwärmen und mir jene führenden Persönlichkeiten zu melden, die dringend erleuchtet werden müssen.“

Es war die Taube Agnes, die als erste die Vermutung aussprach, dass der Heilige Geist persönlich unter sie gekommen sei. Da fiel es allen wie Schuppen von den Federn – und sie wurden von einer großen Freude und einem noch größeren Eifer erfasst.

Der Heilige Geist saß indessen wie ein Feldherr auf einer der Karlstor-Zinnen und blickte mit vergnügten Sinnen auf das beherrschte München hin. (Hoppla, jetzt wäre der Maßschneider beinah in den Schiller Friedrich hineingekommen!)

Es verging keine Stunde, da kam die fliegende Truppe wieder angeschwirrt, ließ sich auf den Dächern des Stachus-Rondells nieder und begann, unter der Federführung eines Königshof-Täuberichs, eine Liste zu verfertigen.

Eine lange Liste, eine Liste, die von Minute zu Minute länger wurde. Alle schrieben sich schier die Federn aus dem Leib und immer noch war kein Ende abzusehen.

Endlich riss dem Heiligen Geist die Geduld. „Was soll denn der Unfug?“, fragte er barsch. „Ich dachte an etwa zehn Personen und ihr wollt mir offensichtlich eine

Liste mit Hunderten von Namen unterjubeln."

„Halten zu Gnaden, Heiliger Geist", sagte der Federführer, „mit zehn Erleuchteten ist München nicht gedient! Wie Sie als Allwissender wissen werden, ist die Stadt Sitz der Bayerischen Staatsregierung und des Parlaments. Das gibt allein schon einige hundert Minister, Staatssekretäre, Fraktionsvorsitzende und Abgeordnete, die einer Erleuchtung bedürften. Dazu kommen drei Bürgermeister, Dutzende von Stadträten, die Präsidenten und Trainer zweier Bundesligamannschaften und so weiter und so fort ..."

„Halt, aufhören", rief da der Heilige Geist entsetzt. „Mir reicht's! So eine Stadt ist mir seit Babylon nicht mehr untergekommen." Sprach's, hob vom Tore ab und verschwand mit kräftigen Flügelschlägen in den Wolken.

Dies ist die traurige – un(d)wahre – Pfingstgeschichte, wie die Stachustauben den Bogen überspannten und durch ihre Gschaftlhuberei und Unbescheidenheit die Chance für München vergaben, völlig kostenlos zu einer, wenn auch kleinen Anzahl von erleuchteten Köpfen zu kommen.

Historisches Fronleichnam

Wo gäbe es heute noch ein so typisch originelles Münchner Lied wie das vom „Umgang gehen"? Nach dem „Leibhaftigen Liederbuch" von Walter Schmidkunz ist es vor 1900 entstanden und gleich mehrere Volkssänger der damaligen Zeit machen sich die Urheberschaft streitig. Wie dem auch sei: An Fronleichnam sei wieder einmal daran erinnert.

Während meines Aufwachsens ist es noch allgemein bekannt gewesen und schon als Bub hab ich etliche Strophen auswendig gewusst. Heut noch schreitet „der Prinzregent mit der Kerzn in de Händ, de scho nimmer brennt" frischweg durch mein Hirnkastl.

Im Geist sehe ich dann den alten Herrn mit seinem majestätischen Bart und in seiner Galauniform würdevoll hinter dem Himmel schreiten, anstatt eines Zepters unverzagt, vielleicht aber auch ein bisserl unwirsch, die Kerze tragend, die ihm das Karwendelgebläse, der Föhn, schon längst ausgeblasen hatte.

Ist es nicht herrlich, wie das Lied bei allem Respekt vor dem lieben Gott wie der Obrigkeit die Teilnehmer des Umgangs – wie man damals untertreibend die Große Fronleichnamsprozession zu München genannt hat – liebevoll derbleckt? Und wie selbstverständlich der Regent eingebunden ist ins Volk, angefangen vom Fahnenträger, den das Riesentrumm, das er schleppt, gar noch umreißt, bis hin zum Kocherl, das wegen seines Liebsten mitgeht, der als Kürassier Spalier stehen muss.

Und dazwischen Veteranen, Feuerwehr, Militär, alle in prächtigen Uniformen, Trompeter, die ins Blech blasen, dass einem schier die Ohrwaschl wegfallen, ein angedudelter Paukenschläger, Madln mit gestärkten Kleidern und mageren Wadln, die Angehörigen der Bruderschaften, die man hernach im Augustiner beim Weißwurstzuzeln sieht, und schließlich „a Schuastabua a kloana, a rechta Planer, a Lump wie koana, wia der d' Hartschier siehgt, muaß er woana, weils ham die Sporn so groß und koane Roß!"

Die Hartschiere, das waren die mit Hellebarden bewaffneten Leibgardisten des Königshauses, angetan mit prachtvollen Uniformen, unberitten zwar, aber doch mit mächtigen Sporen an den langen Stiefeln.

„Schön ist's mit dem Umgang gehn ..." Schon diese paar Worte im Lied deuten an, was die Große Fronleichnamsprozession einmal in München gewesen ist: ein glanzvoller Festtag, ein jubelndes Gebet, an dem die ganze Stadt innigen Anteil nahm. Die Straßen im Schmuck junger Birken, Fahnen und Tücher an allen Häusern am Zugweg, blumengeschmückte Altäre, der Jubel der

Domglocken über den Dächern, heller Mädchengesang und getragene Musik, dazwischen dumpfes Litaneiengemurmel. Unter dem Himmel der Erzbischof mit dem Allerheiligsten, vor dem man in die Knie sank, dahinter der Hof, an der Spitze der Prinzregent „mit da Kerzn in de Händ“.

Mit dem Umgang zu gehn oder auch nur Spalier zu stehn, erhob einen zu Würden, die der Alltag nicht zu vergeben hatte. Und dennoch verfiel man nicht in Bigotterie, war ein Augenzwinkern stets erlaubt. Das Lied beweist's.

ALFONS SCHWEIGGERT

Lebenskünstler

Ein Mann, der es versteht,
der Langeweile zu entgehen,
ohne deswegen die Arbeit
zu Hilfe nehmen zu müssen.

Entstehung eines Gelächters, wenn man nicht lachen darf

Es soll nicht, darf nicht,
doch es kommt, steigt hoch,
ein Willnicht presst
zurück es noch. Ein Kitzel
in die Kehle schlüpft, ein Nein,
die Schulter zuckt,
verschluckt
es doppelt stark aufmüpft.

Es müsste, muss,
kann nicht mehr halten.
Hoch würgt es,
zerrt die Lippen breit.
Das Zwerchfell juckt,
zerreißt die Lunge,
die Brust erzittert,
Augen weit.

Geäder schwillt,
die Lider schlitzig.
Blut schießt in Wangen,
Hals gebläht.
Es gluckst – hör auf!
Es meckert, keckert.
Stimmband reißt auf –
Nein! Nicht! – Zu spät!

Das Schicksal mancher Gedichte

Im Strudel der Erinnerungen
sich drei Ereignisse verfingen,
geronnen dann zu zwei Gedanken,
in deren Sog sie still ertranken.

Die Leichen wurden abgetrieben.
Ein Dichter hat sie aufgeschrieben.
Die Verse, die zwei Leser fanden
und lasen, blieben unverstanden.

Was man so über bayerische Politiker redet

Im Bayerischen Landtag sind die Toiletten die einzigen Räume, wo man sicher sein kann, dass alle wissen, was sie tun.

Motto vieler bayerischer Landtagsabgeordneter: Man sollte sich nicht durch Tatsachen beirren lassen, wenn man sich mal eine eigene Meinung gebildet hat.

Es gibt in allen Parteien Leute, die nichts tun, aber das richtig gehetzt.

Wenn bayerische Politiker fallen, dann nur nach vorne. Hinter ihnen stehen zu viele, die auf ihren Platz warten.

Viele Gesalbte haben auch in Bayern als Geschmierte begonnen.

Es gibt Politiker, die nichts mit sich zu tun haben wollten, wenn sie wüssten, wie sie wirklich sind.

Im Bayerischen Landtag gibt es Mitglieder, die eigentlich nichts tun als älter zu werden.

Es gibt Minister, die so empfindlich sind, dass sie sich schon schwerverletzt fühlen, wenn nur ein Schatten auf sie fällt.

Das Schlimme ist, wenn einer ans Ruder kommt, hört er meistens sofort zu rudern auf.

Manche Politiker sind so vorsichtig, dass sie sogar ihre Luftschlösser mit Blitzableitern versehen.

Spruch auf der Toilette des Bayerischen Landtags: „Wer vorwärts kommen will, muss einen Buckel machen", sagte die Raupe zu ihren Kindern.

In Bayern gibt es Minister, die so unbekannt sind, dass sie sich für den Geheimdienst eignen würden.

Diskussionen mit Politikern sind Veranstaltungen, bei denen nur ganz wenige nicht aufhören zu denken, aber viele nicht daran denken, aufzuhören.

Es gibt hohe Stellungen, die man am leichtesten in gebückter Haltung erreicht.

Besucher des Bayerischen Landtags klagen immer wieder, sie seien offensichtlich in ein Irrenhaus geraten. Sie vergessen dabei, dass in einem Irrenhaus wenigstens der Direktor und das Pflegepersonal normal sind.

Die einzigen Gipfelgespräche, die wirklich einen Sinn haben, sind die der Bergsteiger.

Humor gepaart mit Fantasie

Humor und Fantasie. Ein jeder scheint Bescheid zu wissen, was das ist, sind diese beiden Phänomene doch zwei höchst bedeutende Grundelemente menschlicher Existenz, über die jeder auch zu verfügen glaubt. Was aber ist mit Humor eigentlich gemeint und was mit Fantasie? Wen kann man demzufolge als einen humor- und fantasievollen Menschen bezeichnen? Und in welcher Wechselbeziehung stehen Humor und menschliche Fantasie?

Um es gleich zu sagen, echter Humor hat weder mit vordergründiger, satter Wohlgelauntheit und mit selbstgefälligem, auf Leichtsinn fußendem Gehabe zu tun. Aufgesetzte Lustigkeit und stimmungsabhängige Heiterkeit, billiger Witz und plumpe Zote sind ihm gleichfalls fremd. Ebenso wenig treffen gallige Ironie, verletzender Spott und böser Hohn sowie vernichtender Sarkasmus, verächtlicher Zynismus und bissige Satire sein Wesen. Auch boshafte Schadenfreude, die mieseste Äußerung angeblichen Humors, ist nicht gemeint. In gleicher Weise stehen ihm eine rein vom Verstand geleitete rationalistische und eine von Prinzipien besessene moralistische Einstellung gänzlich entgegen. Konträr zu ihm befinden sich auch Menschen wie der stets geschäftige, bierernste Utilitarist sowie die durch einseitige Einstellungen bestimmten Optimisten und Pessimisten oder der grundsätzlich vom Nichts durchstimmte Nihilist, selbst wenn sich alle diese mitunter noch so jovial und heiter geben mögen.

Wer über das Wesen des Humors nachdenkt, der muss sich bewusst sein, dass die Definition von Humor ein problematisches Unterfangen darstellt, ist Humor doch etwas, das man nicht zu besitzen scheint, sobald man es definiert. Deshalb soll im Folgenden an die Stelle einer Definition eine spielerische Meditation über dieses Phänomen treten, scheint sie dem Wesen des Humors doch erheblich angemessener zu sein.

Der Begriff „Humor“ entstammt bekanntlich der lateinischen Bezeichnung *umor*, was in etwa „Feuchtigkeit“ bedeutet. Auch andere „Säfte“ wie „Tau“ und „Wein“ beinhaltet der lateinische Begriff, ja sogar Elemente wie „Blut“ und „Tränen“ – und dies nicht zu Unrecht, wie sich zeigen wird. Die mittelalterliche Medizin kannte gleich vier derartiger Grundsäfte des Menschen, also vier *umores*, deren richtiges Mischverhältnis eine ausgeglichene Gemütsverfassung, ein ausgewogenes Temperament und eine heitere, ruhevolle Laune garantieren sollte. Alles, was Existierendes befeuchtet, erweckt es zum Leben und erhält es am Leben. Wo Humor aufstrahlt, gedeiht zweifellos Leben. Auch „Tau“ und „Wein“ sind bekanntlich belebende Elemente. Der Schriftsteller und Kulturkritiker Theodor Haecker übernimmt in seiner Schrift „Über Humor und Satire“ jene Grundbedeutung, wenn er schreibt: „Der Humor ist das Feuchte, und das Feuchte stellt die Verbindung her zwischen den Teilen, das Trockene und Vertrocknete ist die Isolation, das Steinerne. Verbindung aber ist Leben, und Tod ist Isolation.“

Gleichwohl beinhaltet der Ausfluss von Humor immer auch jene Feuchtigkeit, die sich in Tränen, ja selbst in Blut zeigt. Der Mensch kann weinen und lachen, lachen bis ihm die Tränen kommen. Tränen sind ein Zeichen der Lösung und des Neubeginns und somit Ausdruck echten Humors. Manche sind sogar der Ansicht, Humor sei nur ein gut getrocknetes Weinen oder gar die Lust zu lachen, wenn einem zum Heulen ist. In der Tat bedeutet Humor, mit einer Träne im Auge lächelnd dem Leben beizupflichten. Nicht in der Heiterkeit der Laune, sondern in der Heiterkeit des Wesens offenbart sich diese Seelenhaltung. Der wahre Humor ist sich also bewusst, dass man im Grunde genommen nichts zu lachen hat,

worüber man aber lachen darf bis einem die Tränen kommen. Es besteht also buchstäblich eine Durchwachsenheit von Heiterkeit und Trauer und dies besagt auch, dass Trauer keinen Endgültigkeitscharakter besitzt. Alle Dinge in der Welt haben also ihre eigenen Tränen, denn Leben ohne Leid ist nicht möglich. Dies muss jeder, der echten Humor besitzt, verinnerlichen. Mit Humor scheint es sich wie mit Austern zu verhalten: Eine Perle setzt immer eine kleine Wunde voraus.

Lachen als eine wesentliche Ausdrucksform des Menschlichen bedeutet ebenso wie Weinen die Möglichkeit einer Grenzüberschreitung. „Lachen ist", so Sigismund von Radecki, „verkappte Religiosität. Lachen ist unser Glück. Lachen überbrückt unsere Gegensätze und ist Symbol dafür, dass es hoch über uns einen Punkt gibt, wo diese Gegensätze aufgehoben sind. Wir können nur darum lachen, weil wir etwas wissen, über das es nichts mehr zu lachen gibt." Und eben dieses Wissen befähigt den Menschen letztlich auch zur wahren Heiterkeit des Wesens, zur Heiterkeit des Herzens. Sie gründet zwar auf der Überzeugung, dass das Sinnvolle und Gute in der Welt überwiegt. Zum Ganzen der Wirklichkeit gehört aber bekanntlich auch Leid und Ernst. So gesehen ist Humor die Fähigkeit, heiter zu bleiben, wenn es ernst wird. Und wenn es ernst wird, vernimmt man nicht selten den entlarvenden Seufzer: „Das kann ja heiter werden."

Vielleicht ist die verborgene Quelle des Humors nicht so sehr die Freude, als vielmehr der Kummer. Zur Haltung des Humors gelangt nur einer, der die Welt so zu nehmen bereit ist, wie sie nun einmal ist. Er ist sich bewusst, dass die dem Menschen eigene Verwundbarkeit des Leibes und des Herzens eine entscheidende Voraussetzung für den Humor darstellt, ermöglicht doch erst deren Annahme auch die Möglichkeit zu deren Bewältigung. Humor kann man erst durch die Bejahung der Wirklichkeit entfalten. Wer Humor hat, sieht das Dasein, wie es ist, mit all seinen Härten, Seltsamkeiten und Verworrenheiten. „Humor ist, wenn man trotzdem lacht" – dieser bekannte Spruch bezeichnet mit dem Wörtchen „trotzdem" die Überwindung, die dem Humor innewohnt. Humor gründet auf der Hoffnung, dass diese Überwindung immer aufs Neue gelingen kann.

Eine Verbindung besteht des Weiteren zwischen Humor und *humanitas*, also dem „Menschsein" und all den Normen und Verhaltensweisen, die den Menschen ausmachen. Humor meint demzufolge zweifellos etwas Human-Personales, etwas, das ausschließlich dem Menschen gegeben ist. Humor ist ein über die Endlichkeit hinausweisendes Element der Humanität und damit gleicht er seiner lieblichen Zwillingsschwester, der Fantasie. In der Tat, Fantasie ohne Humor bleibt begrenzt und Humor ohne Fantasie kann sich niemals zu echtem Humor entwickeln. Einem Menschen, der Fantasie besitzt, wohnt die Gabe inne, die Dinge so zu sehen, wie sie sind, aber auch so, wie sie sein könnten. Ihm gelingt es, stets aufs Neue etwas sichtbar werden zu lassen, was andere nicht sehen können oder wollen. Er besitzt Erfindungsgabe und Einfallsreichtum. Er vermag sich dem Spiel der Einbildungskraft hinzugeben, etwas frei zu erfinden, zu erdichten, zu improvisieren. Seine Imagination übersteigt vielfach das den meisten Menschen innewohnende Vorstellungsvermögen. Wer Humor besitzt, bei dem wird man häufig ein überreiches Vorstellungs- und Einfühlungsvermögen entdecken, beides Elemente, die unentbehrlich sind, damit Humor sich in seiner ganzen Vielfalt auftun kann.

Wer den Humor lebenslang pflegt, reift unter Umständen mit der Zeit zu jener Weisheit, die nicht Wissen bedeutet, nein, im Gegenteil eine Haltung darstellt, kraft der

er genau genommen nur eines weiß, nämlich dass er nichts weiß, worüber er aber nicht verzweifelt. Vielmehr zeigt sich seine Weisheit in der Gelassenheit des bewussten Nichtwissens und in der Heiterkeit des Nicht-begreifen-könnens.

Humor beinhaltet auch die Fähigkeit, sich selbst gegenüber stets gesunde Kritik üben zu können. Humorvolle Menschen können über sich selbst ehrlich und herzlich lachen. Sie können sich selber „auf den Arm nehmen". Und weil sie dazu in der Lage sind, gelingt es ihnen auch, Kritik an anderen stets so zu üben, dass sich die Betroffenen dadurch nie verletzt fühlen. Eine solche Kritik ist immer konstruktiv, baut den anderen auf, lässt ihn mitlachen und vermag so, den Starrkrampf des Herzens zu lösen.

Humor ist stets von dem Bewusstsein der eigenen Kleinheit und Ohnmacht durchdrungen, also von der gegenwärtig äußerst unmodernen „Demut" begleitet. In diesem Sinn weiß Humor, dass es etwas gibt, das hoch über uns steht, von dem wir abhängig sind, dass dieses unendlich Große aber immer auch im unendlich Kleinen enthalten ist. Albert Camus drückt das so aus: „Humor tröstet die Menschen über das hinweg, was sie in Wirklichkeit sind."

Am Lachen erkennt man nicht nur den Narren, sondern auch den Menschen mit Humor. Wer Humor hat, will nicht lächerlich, sondern lächeln machen. Im Lächeln dieses echten Humors spiegeln sich immer Güte und Nachsicht, Versöhnlichkeit und Mitgefühl, Duldsamkeit und Geduld. So gesehen ist das letzte entscheidende Kriterium des Humors die Liebe in ihren unterschiedlichen, breit gefächerten Ausprägungen, am präzisesten formuliert wohl so, wie es der Apostel Paulus zum Ausdruck brachte, als er von dem Menschen, der in der Liebe lebt, sagte: Er sei langmütig und gütig, er macht sich nicht groß und bläht sich nicht auf, er sucht nicht das Seine und lässt sich nicht erbittern, er rechnet das Böse nicht an und freut sich nicht über das Unrecht. „Der Humor ist – wie die Liebe – eine Eigenschaft des Herzens", meint Rudolf G. Binding zu Recht, und er fährt fort: „Es gibt Menschen, die nicht lieben können, wahrscheinlich sind es dieselben, die keinen Humor haben." Vielleicht ist die Liebe tatsächlich der Triumph der Fantasie über die Intelligenz, die nur gedeihen kann, wenn ihr Humor zu Grunde liegt. Diese Liebe des humorvollen Menschen kann sich bei entsprechender Pflege mit der Zeit zur Hochherzigkeit entwickeln, in der sich das Element des Humors voll entfalten kann, also zu jener durch Leid und Überwindung geschärften Sehkraft des Herzens, mit der jeder Mensch in der Lage ist, selbst im Unscheinbarsten und Widrigsten immer noch das Bedeutsame und Liebenswerte zu sehen.

JOSEF STEIDLE

Grüaß enk, pfüat enk

„Ja, grüaß enk God“, des is a Sprach,
des is a Klang, a Melodie.
Was bringt dagegn scho „Juten Tach“,
da geht ja gar koa Weg net hi.
Des gleiche guit für „Pfüat enk halt“.
Da spürst a Gmüat, a Herzlichkeit.
Der Gruaß „Auf Wiederseh’n, bis bald“ –
no ja, zum „Pfüat enk“ fehlt’s no weit.

Sagts doch „Grüaß God“
und „Pfüat God“, glaabts,
des mögn aa de, de net da lebn.
Und wenns des teats, ja nacha habts
a Stückl Bayern weitergebn.

De Duin in der Dosn

Lang liegt de Dosn scho in der Schatuin,
doch jetzt fallt’s mia erst auf: Sie hat a Duin.
Wia kimt de Duin bloß in de Dosn?
Jahrzehnte san scho guat verflossen
und net a oanziger hat’s je dableit.
No ja, de Duin is kloa, ’s fehlt net so weit,
sie muaß scho guat zwoahundert Jahr alt sei.
Wahrscheinlich g’hörat da a Puder nei.
’S is aber koaner drin, no nia drin gwen,
seit i de kloane, schmucke Dosn kenn.
Scho auf’n ersten Blick, da woaß ma g’wiss,
dass des a ganz a bsonders Stückl is.
Mei Oma – heit waars’ hundertfuchzig Jahr –
Hat’s mia vererbt, wia i a Büaberl war,
und gsagt, ihr Oma hat’s ihr übergebn.
Und bitt’, sie soll’s als Andenken aufhebn.
Sie hätt’s von ihrer Mutter kriagt u. zwar
wia der Napoleon in München war.
Drum moan i halt, is de schö Dosn
von am Napoleon-Franzosen.
Der hat’s der Urururoma verehrt.
A so a Dosn war gwiss hoch begehrt.
Vielleicht bin i zu dem Franzos’ verwandt?
Warum, frag i mi scho, dass’ net sei kaant.
Ganz gleich wia’s is, de Dosn mit Schatuin
halt i in hohen Ehr’n, trotz dera Duin.

Des wenn uns oana gsagt hätt’

Des wenn uns oana gsagt hätt vor siebzg Jahr,
wia Deutschland bloß a Trümmerhaufa war:
„In dreißg Jahr seids ihr Deitsche wieder vorn,
da seids scho wieder reich und mächtig worn.
Gar koana muaß mehr hungern oder friern.
Und koana braucht mehr Angst vor Bomben spürn.
De Schwerstarbeiten tean dann alle andern,
de weit vom Ausland zu eich einawandern.
Und Urlaub könnts im Jahr vier Wocha macha.
Bei jedem kloana Festtag lassts es kracha.
An Schampus konn se fast a Jeder leisten
und weit in d’ Welt naus fliang de allermeisten.“
Des wenn uns oana gsagt hätt seinerzeit,
dem hän mia z’ruckgeben: Mei, bei dir fehlt’s weit.
Doch ganz genau a so is’ nacha kemma.
Drum sollt ma uns de Zeit scho manchmoi nehma

und denga, wia's im Land selm ausgschaut hat,
damit mia glücklich, z'friedn san – und staad.

Und oiwei wieder solln mia's aussetragn:
Teats net glei kritisiern und eich beklagn,
wenn was grad net so passt. G'stehts es eich ei:
Es kaant heit no ganz anders bei uns sei.

In der Politik

Ein Mensch hat schon in seinen jungen Jahren
vom Aufstieg in der Politik erfahren.
Dass man dort schnell ein „Großer“ ist u. dann
hervorragend dabei verdienen kann.
Er ist auch wie erhofft vorangekommen.
Rücksicht auf andre hat er nicht genommen.
Doch plötzlich kam ein anderer herbei
– und zwar von seiner eigenen Partei –,
der dachte so wie einstens er.
Nach langer Zeit da war der auch schon wer.
Er redete, wie er, sehr viel und laut
und hat sich zum Rivalen aufgebaut.
Ihm bald drauf rücksichtslos den Job genommen,
der Mensch ist deshalb auf den Hund gekommen.
Mit Schrecken denkt er nun tagtäglich dran,
wie's mit der Politik so gehen kann.

Mei Zitronenfalter

Endlich lasst er sich wieder sehng,
mei Liebling, der Zitronenfalter.
Wo is er denn bloß gwen auf d'Läng?
Gwiss is er aa scho in am Alter,
wo ma nimmer so rumfliang mag,
wia früaher in de junga Tag.
Doch lang is er gar net rumgschwirrt,
dann is a Zwoater ogflogn kemma.
Lustig hams mit'nand Tanz' aufgführt.
Da muaßt dir Zeit zum Zuaschaugn nehma.
I fui mi plötzlich froh und heiter.
Tanzts bittschön halt no recht lang weiter,
ihr lustigen Zitronenfalter.
Ihr zoagts mit eirer Leichtigkeit,
den Menschen no in hohem Alter,
was Freiheit is und Lebensfreid.

Wunsch eines alten Münchners (Oamoi no)

Oamoi no möcht i an Bärndreck kaafa,
Oamoi no möcht in am Zelt i schlafa.
Oamoi no möcht i Radlfahrn derfa,
Oamoi no möcht i mit Schneeballn werfa.
Oamoi no möcht i auf d' Kampenwand,
Oamoi no möcht i Burgbaun im Sand.
Oamoi no möcht i zum Drachafliang,
Oamoi no möcht i an Schusser kriang.

Und hundert Mal no möchat i
auf d' Wiesn geh. – Des möchat i.

MICHAEL STEPHAN

Rede bei der Enthüllung des neuen Gedenksteins für Gustav Landauer am Waldfriedhof (Alter Teil, Gräberfeld 95) am 29. Juni 2017

„Gestern nachmittag lernte ich Gustav Landauer kennen, der einige Tage das Schicksal und speziell das geistige Schicksal Münchens – er selber hoffte: Bayerns – bedeutet hat. Nur die lang herabfallenden Haare verrieten den Sonderling: sonst macht der hagere Mann mit dem ergrauenden Vollbart einen völlig kultivierten, weder revolutionären noch proletarischen Eindruck; die großen braunen Augen blicken viel eher gütig als fanatisch, Stimme und Ausdrucksweise sind von geschliffener Milde."

Diese Zeilen vom 18. April 1919 stammen aus dem 2015 edierten „Revolutions-Tagebuch" des Romanisten Victor Klemperer, der die politischen Geschehnisse in München 1918/19 hautnah miterlebt hat. Klemperer hatte vor dem Krieg in München promoviert und sich habilitiert, ab 1915 leistete er Kriegsdienst, den er im Dezember 1918 formal korrekt in München beendete. Ende Januar 1919 kam er dauerhaft nach München zurück, wo er dann (bis zu seiner Übersiedelung nach Dresden 1920) als außerordentlicher Professor an der Universität München tätig war. Klemperer suchte das Gespräch mit Gustav Landauer, weil dieser in der kurzen Zeit der ersten Räterepublik vom 7. bis 13. April 1919 als Volksbeauftragter für Volksaufklärung fungierte und damit auch für die Hochschulpolitik zuständig war.

Landauer hatte am 7. April 1919 zusammen mit dem anarchistischen Schriftsteller Erich Mühsam die erste Räterepublik Bayern ausgerufen; beide gehörten in verantwortlichen Positionen dem revolutionären Zentralrat an, dessen Vorsitz der Schriftsteller und Münchner USPD-Vorsitzende Ernst Toller übernahm. Der 7. April, ein Montag, wurde zum Nationalfeiertag erklärt. Am gleichen Tag schickte Gustav Landauer an seinen Freund Fritz Mauthner, den er seit 1889 aus Berliner Studentenzeiten kannte, eine Postkarte – auf der Vorderseite mit seinem Porträtfoto, auf der Rückseite mit folgendem Text:

„Die bayrische Räterepublik hat mir das Vergnügen gemacht, meinen heutigen Geburtstag zum Nationalfeiertag zu machen. Ich bin nun Beauftragter für Volksaufklärung, Unterricht, Wissenschaft, Künste und noch einiges. Läßt man mir ein paar Wochen Zeit, so hoffe ich etwas zu leisten; aber leicht möglich, dass es nur ein paar Tage sind, und dann war es ein Traum."

Diese erste Republik der Philosophen, Dichter und Träumer endete tatsächlich nach nur wenigen Tagen: Am 13. April kommt es zu dem von der republikanischen Schutztruppe durchgeführten sogenannten Palmsonntagsputsch, bei dem mehrere Mitglieder des Zentralrats der Räterepublik verhaftet werden, darunter auch Erich Mühsam. Der Putschversuch wurde zwar von Soldaten der bayrischen Roten Armee unter dem Kommando Rudolf Egelhofers vereitelt, jedoch verblieb Mühsam in Haft, da er außerhalb der Zugriffsgewalt der Räteregierung inhaftiert wurde – im Zuchthaus Ebrach. Die Räterepublik konstituierte sich an diesem 13. April neu, nun unter kommunistischer Führung, deren sogenannter Aktionsausschuss im Wesentlichen von Eugen Leviné und Max Levien dominiert wurde.

Landauer begrüßte zunächst diese Umgestaltung und erklärte seine Bereitschaft zur

Mitarbeit an dieser zweiten kommunistischen Räterepublik.Doch schon am 16. April distanziert er sich mit folgendem Schreiben an den Aktionsausschuss, in dem in nuce Landauers politisches Denken deutlich wird:

„Ich habe mich um der Sache der Befreiung und des schönen Menschenlebens willen der Räterepublik weiter zur Verfügung gestellt; als der alte Zentralrat von einer Organisation ersetzt worden war, die von dem Vertrauen der Münchner Arbeiterschaft getragen zu sein schien. Sie haben meine Dienste bisher nicht in Anspruch genommen. Inzwischen habe ich Sie am Werke gesehen, habe Ihre Aufklärung, Ihre Art den Kampf zu führen, kennengelernt. Ich habe gesehen, wie im Gegensatz zu dem, was Sie ‚Schein-Räte-Republik' nennen, Ihre Wirklichkeit aussieht. Ich verstehe unter dem Kampf, der Zustände schaffen will, die jedem Menschen gestatten, an den Gütern der Erde und der Kultur teilzunehmen, etwas anderes als Sie. Ich stelle also fest – was schon vorher kein Geheimnis war – dass die Abneigung gegen eine gemeinsame Arbeit gegenseitig ist. Der Sozialismus, der sich verwirklicht, macht sofort alle schöpferischen Kräfte lebendig; in Ihrem Werke aber sehe ich, dass Sie auf wirtschaftlichem und geistigem Gebiet, ich beklage es, sehen zu müssen, sich nicht darauf verstehen."

Als Victor Klemperer Landauer einen Tag später zum Gespräch traf, war also Landauers kurzer Ausflug in die aktive und praktische Politik schon wieder vorbei. Klemperers Tagebucheintrag vom 18. April fährt mit einem Zitat Landauers fort:

„‚Wenn Sie die Zukunft der Universität kennenlernen wollen (sagt er etwas schwermütig), dann wenden Sie sich an Herrn Hoffmann [also den am 17. März vom Bayerischen Landtag gewählten sozialdemokratischen bayerischen Ministerpräsidenten und offiziellen Kultusminister Johannes Hoffmann, der am 8. April mit seinem Kabinett unter dem Druck der Münchner Räterepublik nach Bamberg ausgewichen war]. Hier geht es ja nicht mehr lange so weiter. Und ich kann nichts verfügen, Herr Levien müsste ja alles unterschreiben. Diese Menschen fassen ihre Republik rein materialistisch auf, sie haben auch nur noch die engste Stadtrepublik, das ganze Land ist gegen sie ... Ich dagegen, ich wollte auf den Geist wirken.' Ich glaube es ihm aufs Wort und kann ihn doch nicht bedauern: wer so rasch von den schlimmsten Elementen beiseite gedrängt werden konnte, hat dadurch seine politische Unfähigkeit erwiesen. Die deshalb noch längst keine geistige Unfähigkeit ist. [...] Nein, ich kann nicht bedauern, dass er als Alleinherrscher seine Rolle so rasch ausgespielt hat. Er ist ein Anregender, ein Journalist, eine große, aber ganz kindliche Begabung. [...] Er ist ein Kind und ich wünsche ihm (und uns allen), dass ihn niemand zum Märtyrer mache."

Ob Klemperer mit seiner eher konservativen Einschätzung der Persönlichkeit Landauers richtig lag, sei dahin gestellt, aber seine prophetische Ahnung von Landauers Ende wurde leider Wirklichkeit.

Am 1. Mai 1919 – am Vortag hatte Rudolf Egelhofer, der Kommandant der Roten Armee, zehn Geiseln, darunter Mitglieder der rechten Thule-Gesellschaft, erschießen lassen – zogen Reichswehr und Freikorpsverbände in München ein und schlugen in den folgenden Tagen die kommunistische Räterepublik mit aller militärischen Gewalt nieder; insgesamt forderten die Kämpfe um München 625 Opfer.

Auch Gustav Landauer, der sich im Hause der Witwe Kurt Eisners in München-Großhadern versteckt hielt, wurde am 1. Mai 1919 denunziert und verhaftet. Einen Tag später, am 2. Mai 1919, ermordeten ihn bei der Einlieferung ins Münchner Zentralgefängnis in Stadelheim Freikorpssoldaten auf brutalste Weise.

Erich Mühsam, der zu diesem Zeitpunkt immer noch im Zuchthaus Ebrach saß (wenn man so will – in Sicherheit; später verurteilte man ihn wegen seiner Beteiligung an der Räterepublik zu 15 Jahren Festungshaft), hielt einige Tage später, am 5. Mai 1919, die Ereignisse in München, die er immer nur bruchstückhaft erfuhr, in seinem Tagebuch fest:

„Seit von der Erschießung von Geiseln die Rede ist, bin ich die Angst um Landauer nicht losgeworden. Grade er hätte sich entschieden dagegen gestemmt. [...] Es wäre ja schauderhaft, wenn man grade Landauer tötete. Was wissen denn diese Barbaren von seinem großen, klaren, starken Geist? Was von seinen Lehren, Bekenntnissen, Werbungen, Leistungen, was von den Bereicherungen, die er als Philosoph und Sozialist diesem Volk gegeben hat? Wie tief mich persönlich dies Furchtbare träfe – davon rede ich nicht, jetzt nicht. Denn ich glaubs nicht und wills nicht glauben."

Doch am nächsten Tag erfuhr Mühsam die ganze Wahrheit:

„Landauer tot. Ich will und kann es nicht für möglich halten und muß es doch glauben. [...] Gelyncht also – wie Rosa Luxemburg von einer durch Lügen und verleumderische Verhetzung fanatisierte und mordgierig gemachte Soldateska schnöde ermordet. Es ist so furchtbar – so grauenvoll: mein Freund und Führer, mein Lehrer und Genosse. – Und ich sitze da, eingekerkert von denselben Verbrechern, die seinen Tod verschuldet haben und kann nicht helfen, niemanden trösten, nicht zu seinem Begräbnis gehn, kein Wort des Gedächtnisses für ihn sprechen. Und niemand – auch von denen nicht, die jetzt erbittert sind gegen seine Mörder – niemand weiß, welch ein Geist hier zerstört ward."

Was für ein Geist, was für ein Mensch war Gustav Landauer? Ulrich Linse, der 1974 die politischen Reden, Schriften, Erlasse und Briefe Landauers aus der Revolutionszeit 1918/1919 herausgegeben hat, bezeichnet ihn als „revolutionären Geist" (so der Titel seines Vorworts). Nach ihm gehört Landauer „zu den hervorragendesten theoretischen Vertretern des deutschen libertären Sozialismus in der Wilhelminischen Ära und der aus ihrem Schoß entspringenden Revolutionszeit. In einzigartiger Weise verbindet er deutsches romantisches Denken, jüdisches Erbe und die sozialistisch-anarchistische Tradition der Bismarckzeit und formte sie um in das, was er selbst einen ‚Verwirklichungs-Sozialismus', andere einen ‚Kultursozialismus' nannten, ohne damit Landauers Verbindung von ‚Mystik' und sozialer Utopie voll gerecht werden zu können."

Gustav Landauer wurde am 7. April 1870 in Karlsruhe (also im damaligen Großherzogtum Baden) als zweiter Sohn einer jüdischen Kaufmannsfamilie geboren.

Er studierte in Heidelberg, Straßburg und Berlin Germanistik und Philosophie. Noch in seiner Studentenzeit verfasste er seinen ersten Roman „Der Todesprediger". In Berlin wird Landauer Mitglied des „Vereins unabhängiger Sozialisten" und Mitbegründer der „Neuen Freien Volksbühne"; beides waren Gegenentwürfe, sowohl zur Sozialdemokratischen Partei als auch zu der von der SPD dominierten „Freien Volksbühne". 1892 heiratet er gegen den Willen des Vaters Grete Leuschner, die er in der Berliner proletarischen Szene kennengelernt hat, in Zürich und muss dann aus finanziellen Gründen sein Studium abbrechen. Nach der Rückkehr nach Berlin übernimmt er im Februar 1893 die Redaktionsgeschäfte der Zeitschrift „Der Sozialist", das – so der Untertitel – „Organ aller Revolutionäre". Landauer wird Führer des anarchistischen Flügels des Vereins unabhängiger Sozialisten, der dann ab Juli 1893 auch die Zeitschrift alleine führt (bis 1897). Im August 1893 nimmt Landauer als Delegierter am

Internationalen Sozialisten-Kongreß in Zürich teil, bei dem aber die Anarchisten ausgeschlossen werden. Im Oktober 1893 wird Landauer zum ersten Mal wegen eines Zeitungsartikels zu zwei Monaten Haft verurteilt, die im Dezember 1893 auf neun Monate wegen Aufreizung zum Aufruhr ausgedehnt wird (es sollten noch zwei weitere Gefängnisaufenthalte im Januar 1897 und von August bis Dezember 1899 folgen). Nach der Haftentlassung im Oktober 1894 wandelt sich seine Auffassung vom Sozialismus, die er in vielen Artikeln in seiner Zeitschrift „Der Sozialist“ darlegt. Es kommt in den folgenden Jahren zu einer politischen Isolation Landauers und Distanzierung von der Arbeiterbewegung, schließlich ist auch der finanzielle Niedergang seiner Zeitschrift nicht mehr aufzuhalten. Ab 1897 nimmt er sein Studium der Literatur und Philosophie wieder auf und zieht sich für zehn Jahre ganz aus der politischen Betätigung zurück. 1899 lernt er die fünf Jahre ältere Lyrikerin und Sprachlehrerin Hedwig Lachmann kennen und verlässt deshalb zwei Jahre später seine erste Frau und die 1894 geborene Tochter Charlotte. Mit Hedwig Lachmann geht Landauer längere Zeit nach England, wo Landauer ein enges freundschaftliches Verhältnis zu dem russischen Anarchisten Peter Kropotkin aufbaut. Hier wird 1902 auch die erste gemeinsame Tochter Gudula geboren. Nach der Rückkehr nach Berlin erfolgt 1903 die Scheidung von seiner ersten Frau und die zweite Heirat, 1906 wird die zweite Tochter Brigitte geboren. Landauer hält sich und seine Familie mit Übersetzertätigkeiten und anderen Jobs finanziell über Wasser. 1908 kehrt Landauer wieder in die politische Arena zurück. Er gründet in diesem Jahr den „Sozialistischen Bund“, zu dessen Mitgliedern Erich Mühsam und der Religionsphilosoph Martin Buber gehören. Seit Anfang 1909 gibt er auch wieder die Halbmonatsschrift „Der Sozialist“ heraus. 1911 veröffentlicht er seinen „Aufruf zum Sozialismus“, einen bereits 1908 gehaltenen Vortrag, als Programmschrift zusammen mit den zwölf Artikeln des Sozialistischen Bundes. Darin vertritt er den Gedanken, nicht auf politischen Machtwechsel und den Tag des einmaligen und womöglich gewaltsamen Umsturzes des Bestehenden zur Errichtung von etwas Besserem, Neuem zu warten und abzuzielen. Die Menschen sollen vielmehr selbstbewusst damit beginnen, sich praktisch für ihre Ideen einzusetzen, und zu Tat und Werk schreiten, wenn es auch nur in bescheidenen ersten Ansätzen und Ausmaßen geschehen könnte. Das entschiedene Tun, Beginnen und Werden steht für ihn im Vordergrund. So soll sich das Neue aus dem Alten nicht nur revolutionär, sondern auch evolutionär herausbilden.

Und deswegen ist die Inschrift auf dem heute einzuweihenden Denkmal für Gustav Landauer, das ja ein Zitat aus seinem „Aufruf zum Sozialismus“ ist, so passend. Ich zitiere die Stelle noch einmal in ihrem ganzen Kontext:

„Das Beispiel der Vorausgehenden müssen wir geben. Beispiel und Opfermut! In der Vergangenheit, heute und morgen werden der Idee Opfer um Opfer gebracht: immer um der Auflehnung willen, immer um der Unmöglichkeit willen, so zu leben. Jetzt gilt es, dazu noch Opfer andrer Art zu bringen, nicht heroische, sondern stille, unscheinbare Opfer, um für das rechte Leben ein Beispiel zu geben. Und endlich, endlich wird der Sozialismus, der so lange geglüht und geflaut hat, endlich wird er leuchten.“

Doch Landauers „Sozialistischer Bund“ blieb ohne politische Wirkung. Vor und im Ersten Weltkrieg vertrat Landauer dann als gegen Krieg und Militarismus anschreibender und agierender Anarchopazifist und Antimilitarist konsequent die Position der Nichtgewalt in der Politik, was ihn in dieser säbelrasselnden Zeit noch weiter isolierte. Aufgrund der Zensur musste Landauer seine Zeitschrift „Der Sozialist“ einstellen. Die

zunehmende materielle Not während des Krieges veranlassten Landauer und seine Familie, Berlin zu verlassen und sich in Krumbach, dem Geburtsort seiner Frau, anzusiedeln. Hier starb Hedwig Lachmann am 21. Februar 1918 an einer Lungenentzündung, was Landauer in eine tiefe Depression warf.

Im Oktober 1918 erhält Landauer das Angebot, Dramaturg am Düsseldorfer Schauspielhaus zu werden. Als jedoch am 7. November 1918 die Republik bzw. der Freistaat Bayern in München von dem unabhängigen Sozialdemokraten Kurt Eisner ausgerufen wird, verschiebt Landauer diesen Plan. Doch noch hält ihn die Spanische Grippe, eine europaweite Pandemie, die damals Dutzende von Millionen Menschen das Leben kostete, von der Fahrt von Krumbach nach München ab. Eine Postkarte, die Landauer am 8. November 1918 an den „lieben Kameraden" Eisner schickt, zeugt davon. Der neue bayerische Ministerpräsident Eisner schreibt am 14. November an Landauer:

„Kommen Sie, sobald es Ihre Zeit erlaubt. Was ich von Ihnen möchte, dass Sie durch rednerische Betätigung an der Umbildung der Seelen mitwirken."

Landauer wird nun nach langer politischer Abstinenz plötzlich mitten in den Umsturz hineingerissen und findet für ein paar Monate in den Münchner Räten ein Kraftzentrum, das ihm zumindest ein verbales Aktionsfeld bietet. Auf Empfehlung Erich Mühsams wird Landauer in den „Revolutionären Arbeiterrat" kooptiert, seine dortigen Reden sind gut dokumentiert.

Von Anfang an warnt Gustav Landauer vor zu frühen Wahlen und der Einberufung einer Nationalversammlung, so schon am 14. November 1918 in Briefen an seinen Freund Martin Buber oder an die Freundin Margarete Susmann:

„‚Nationalversammlung' bedeutet, dass die Revolution die Pferde ausspannt und in den Stall stellt. Ganz anderes tut not; und ich hoffe, ich werde durchsetzen, dass Bayern es tut und Wahlen zur Nationalversammlung vor der Schaffung eines neuen Geistes ablehnt."

Doch Eisner kann sich in dieser Frage nicht gegen die Mehrheitssozialdemokraten in seinem Kabinett durchsetzen. Am 12. Januar 1919 werden Landtagswahlen angesetzt. Auch Landauer, der für das Parteienwesen eigentlich gar nichts übrig hatte (wie zur Bestätigung brachte er im Januar 1919 auch eine „Revolutionsausgabe" seines Buches „Aufruf zum Sozialismus" heraus), kandidiert für die USPD in Krumbach. Eisner und seine USPD erleiden mit nur 2,52 % der Stimmen eine drastische Niederlage. Am 21. Februar 1919 tritt der neu gewählte bayerische Landtag zu seiner konstituierenden Sitzung zusammen, bei der Eisner seinen Rücktritt als Ministerpräsident erklären will. Auf dem Weg zum Landtag in der Prannerstraße wird Eisner jedoch von dem rechtsradikalen Attentäter Anton Graf Arco-Valley erschossen. Im Landtag kommt es daraufhin auch zu einer Schießerei, bei der der BVP-Abgeordnete Heinrich Osel erschossen und der führende MSPD-Politiker und Innenminister Erhard Auer schwer verletzt wird.

Bei dem eindrucksvollen Trauerzug für Kurt Eisner am 26. Februar 1919 schienen die Stadt und das Land ein letztes Mal einig. Die Gedächtnisrede bei der Totenfeier am Münchner Ostfriedhof hielt Gustav Landauer persönlich. Doch die Ereignisse vom 21. Februar 1919 wurden zur Zäsur für die politische Entwicklung Bayerns in der revolutionären Übergangszeit. Mit dem politischen Mord an Eisner drang in Bayern die Gewalt in die Auseinandersetzung zwischen revolutionären und gegenrevolutionären Kräften. In der Phase nach Eisner Tod konkurrierten die linksradikal orientierte und in einer klaren Minderheitenposition befindliche Rätebewegung, bei der Gustav Landauer

an vorderster Stelle aktiv beteiligt war, auf der einen und der gewählte bayerische Landtag auf der anderen Seite um das Recht der Regierungsbildung.

Am 28. Februar 1919 stellt Erich Mühsam auf einer Sitzung des Arbeiter-, Soldaten- und Bauernrates im Landtagsgebäude den Antrag, die Räterepublik auszurufen, der jedoch mit großer Mehrheit abgelehnt wird. Soldaten der republikanischen Schutzwehr dringen in der Nachmittagssitzung des Kongresses in das Landtagsgebäude ein und verhaften Mühsam, Levien und auch Gustav Landauer, die jedoch kurz darauf von der Landtagswache wieder befreit werden. Der Landtag bleibt daraufhin zunächst vertagt. Am 1. März 1919 wählt der Zentralrat der Rätebewegung den Sozialdemokraten Martin Segitz zum Ministerpräsidenten und am 17. März zieht der Landtag mit der Wahl des MSPD-Politikers Johannes Hoffmann nach. Der Gegensatz kulminiert dann in der Ausrufung der Räterepublik am 7. April 1919 durch Gustav Landauer und den eingangs geschilderten darauffolgenden Ereignissen, die mit der Ermordung Landauers am 2. Mai 1919 ihren traurigen Abschluss finden.

Landauers Tod wurde erst am 4. Juni 1919, also einen Monat später, an das Standesamt München II gemeldet. Der dortige Standesbeamte trug erst am 12. Juni 1919 unter der Nr. 1382 den Todesfall in das Sterbebuch des Jahrgangs 1919 ein, ohne Angabe der Todesursache, auch der Todeszeitpunkt wurde als „unbekannt“ vermerkt. Als Sterbeort ist die Stadelheimerstraße 12 angegeben.

Noch im Mai 1919 war Gustav Landauers Tochter Charlotte (1894–1927) von Karlsruhe nach München gereist und erreichte am 19. Mai bei General Ernst von Oven, der die militärische Niederschlagung der Münchner Räterepublik befehligt hatte, die Exhumierung ihres Vaters aus einem Massengrab. Ebenso gelang ihr die Freigabe von Landauers schriftlichem Nachlass. Bereits in einem Testamentsbrief vom 22. Februar 1918 hatte Landauer seinen Freund Martin Buber zum Verwalter des literarischen Nachlasses bestimmt, der nach Landauers Ermordung zunächst die erzählerischen und philosophischen, dann auch die politischen Werke neu herausgab. Über Buber gelangte ein Teil des Nachlasses dann in die National Library of Israel in Jerusalem. Der Hauptteil des Nachlasses verblieb jedoch bei der Tochter Charlotte. Sie heiratete im März 1922 den Chemiker Max Kronstein, der nach dem Tod seiner Frau 1927 in den Besitz des Landauer-Nachlasses kam. 1938 gelang es einer Mitarbeiterin des Internationalen Instituts für Sozialgeschichte in Amsterdam, den Nachlass aus Nazi-Deutschland heraus zu bringen; im Institut ist er heute noch gut erschlossen einsehbar.

Landauers Werke werden bis heute weiter ediert, gelesen und rezipiert. Ich erwähne hier nur die seit 2008 von Siegbert Wolf herausgegebene Werkausgabe, von der dieses Jahr der 13. Band erschienen ist. Und gerade dieser Tage kam die von Christoph Knüppel herausgegebene und vorbildlich kommentierte Ausgabe der Briefe und Tagebücher Landauers von 1884 bis 1900 auf den Markt.

Lassen Sie mich zum Schluss noch kurz die Geschichte des Grabes und des ersten Denkmals von Gustav Landauer skizzzieren, das auch ein Stück Münchner Erinnerungskultur darstellt.

Die Kremierung des Leichnams von Gustav Landauer erfolgte gemäß seiner letztwilligen Verfügung am 13. Juni 1919 im Ostfriedhof. Die Urne wurde zunächst im neuen Nordfriedhof an der Schwabinger Ungererstraße verwahrt. Charlotte Landauer bemühte sich, ebenso wie Gustav Landauers langjähriger Freund und literarischer Testamentsvollstrecker Martin Buber (1878–1965), um eine würdige Grabstätte. Am 19. April 1922

bevollmächtigte sie den Münchner Stadtrat Fritz Weigel (er war Mitglied der USPD, bis 1924 im Stadtrat, dann zog er nach Berlin), die entsprechenden Maßnahmen zu ergreifen. Dieser kaufte am 20. Februar 1923 eine Grabstelle im Waldfriedhof, beantragte aber zugleich am 28. Februar im Namen der „syndikalistischen Arbeiter-Föderation Deutschlands und der Freunde Landauers" die Stundung bzw. kostenlose Überlassung. Noch vor einer Entscheidung des Stadtrats erfolgte im Mai 1923 im Rahmen einer Gedenkfeier, an der auch Charlotte Landauer teilnahm, die Beisetzung der Urne in einem eigens dafür angefertigten Betonsockel auf der angekauften Grabstelle. Er hatte die schlichte Inschrift: „Hier ruht Gustav Landauer". Am 25. September 1923 lehnte der Stadtrat die kostenlose Überlassung des Grabplatzes endgültig ab. Schon im August war aber von den Initiatoren der endgültige Kaufpreis bezahlt worden mit einer Laufzeit von 15 Jahren bis zum 21. April 1938. Mittels Spendenaufrufen, Verkauf von Postkarten sowie gedruckten Sammelmarken der „Freien Arbeiter-Union Deutschlands" in München sowie eines „Gustav-Landauer-Gedenkstein-Komitees" gelang es schließlich, dass am 26. Mai 1925 ein würdevolles Grabdenkmal aufgestellt werden konnte. Bei dem Denkmal (Entwurf von Johann Weigl) handelte es sich um eine 5,30 m hohe Muschelkalkpyramide, die von oben durch eine blaue Glasscheibe in einem schrägen Schacht gebrochen ist. Die Urne mit der Asche Gustav Landauers wurde in den Betonsockel des Denkmals einbetoniert, bevor die Pyramide installiert wurde. Als Inschrift auf der Vorderseite wurde das schon genannte Zitat aus Landauers programmatischen Buch „Aufbruch zum Sozialismus" gewählt:

„Jetzt gilt es noch andere Opfer anderer Art zu bringen, nicht heroische, sondern stille unscheinbare Opfer, um für das rechte Leben ein Beispiel zu geben. 1870 Gustav Landauer 1919." – Auf der Rückseite stand: „Errichtet von der freien Arbeiterunion Deutschlands. Anarcho-Syndikalisten Arbeiterbörse München."

In den folgenden Jahren konnten regelmäßig anfangs Mai Gedenkveranstaltung an diesem Grabdenkmal stattfinden, bis die Nationalsozialisten im Jahr 1933 zu einer radikalen Maßnahme griffen. Der Münchner Stadtrat beschloss, auf Antrag der Stadtratsfraktion der NSDAP in einer öffentlichen Sitzung am 22. Juni 1933, dass das Grab Landauers (ebenso wie das von Kurt Eisner am Ostfriedhof) „als erloschen" erklärt werden sollte; „der Abbruch der Denkmäler und die Beseitigung der Aschen (nach den bestehenden Vorschriften) hat unverzüglich zu erfolgen." Die beiden Urnen mit der Asche von Landauer und Eisner wurden am 30. Juni der Israelitischen Kultusgemeine übergeben, die diese im Neuen Israelitischen Friedhof an der Garchinger Straße in zwei Erdgräbern bestattete. In dem im Stadtarchiv München liegenden Akt über das Grab findet sich ein interessantes, anonymes Schreiben, das am 26. Juni 1933 bei der Münchner Stadtratsfraktion der NSDAP einging:

„Scheusale der Kultur!!
Ihr seid doch echte Idioten
lasst nicht einmal in Ruh die Toten
der Geist der Toten lebet fort
trotz brauner Pest u(nd) Nazimord!!
Der Geist der Toten
vom Münchener Ost- und Waldfriedhof"

Im Sommer 1946 beschäftigte sich der Münchner Stadtrat mit der „Zu- und Aberkennung während der nationalsozialistischen Stadtverwaltung", also von Straßen- und Schulnamen sowie von Ehrengräbern. Zu Gustav Landauer meldete das Bestattungsamt am 8. Juli 1946 nicht ganz korrekt: „Die Grabstätte wurde als Ehrengrab geführt. Das Grab wurde aufgelassen und die Asche am 1.7.1933 zum Isr(aelitischen) Friedhof an der Ungererstraße verbracht."

Hans Ludwig Held, der Beauftragte für Kultur, berichtete am 25. September 1946 in dieser Sache an Oberbürgermeister Karl Scharnagl etwas ausführlicher:

„Die Gräber Gustav Landauers [am Waldfriedhof] sowie Kurt Eisners am Ostfriedhof sind aufgelassen. Die Gründe hierfür sind im Grabbuch nicht eingetragen. Ganz abgesehen von der politischen Einstellung der beiden genannten Männer handelt es sich selbstverständlich bei dem Verfahren der nationalsozialistischen Stadtverwaltung um den Ausdruck ihrer antisemitischen Gesinnung. Die Bedeutung Gustav Landauers als Schriftsteller steht außer Frage. Ihn verbanden mit München Freundschaften mit zahlreichen Männern und Frauen des Münchner Schrifttums, dazu kommt, dass er in München den mörderischen Kugeln seiner politischen Feinde erlag. Das Geschehen um Kurt Eisner braucht nicht erst geschildert zu werden, da die Ermordung des ersten bayerischen sozialistischen Ministerpräsidenten noch in der Erinnerung unserer Tage steht."

Auf dem neuen jüdischen Friedhof besteht heute noch ein gemeinsames Grab von Kurt Eisner und Gustav Landauer. Auf dem gemeinsamen Grabstein, angeblich ein Überrest des alten Denkmals vom Waldfriedhof, stehen schlicht nur die beiden Namen untereinander.

Wenn heute hier im Waldfriedhof wieder ein Denkmal (mit der alten Inschrift) steht, darf doch nicht vergessen werden, dass es mittlerweile in München noch zwei weitere Orte gibt, an denen an Gustav Landauer erinnert wird.

Auf Antrag von Siegfried Benker von der Stadtratsfraktion Bündnis 90/Die Grünen wurde am 23. Januar 1997 am städtischen Fremdspracheninstitut in der Amalienstraße 36 eine von dem Bildhauer Josef Fromm geschaffene Gedenktafel enthüllt:

„Gustav Landauer
1870–1919
Philosoph, Übersetzer, Autor und für kurze Zeit
Volksbeauftragter für Volksaufklärung.
Wurde nach dem Ende der Münchner Räterepublik
als Radikalsozialist und gewaltloser Anarchist
am 2. Mai in München-Stadelheim ermordet."

Der Ort der Gedenktafel war natürlich eine Verlegenheitslösung. Da für Gustav Landauer kein Münchner Wohnsitz ermittelt werden konnte (im polizeilichen Meldebogen für Gustav Landauer, angelegt erst am 25. Mai 1919 (!), ist als Wohnsitz vom 24. März bis 12. April 1919 das Hotel Wolff in der Arnulfstraße 4 angegeben), schlug das Stadtarchiv München in einem Gutachten vom 8. März 1996 die Sprachenschule vor, „weil Landauers Leistung auf dem Gebiet der Sprachwissenschaft, vor allem als Übersetzer von Werken aus dem Englischen (Oscar Wilde, George Bernard Shaw, Walt Whitman, vor allem aber Shakespeare), vielleicht bedeutender und jedenfalls dauerhafter war als seine politische Wirkung."

Im Neubaugebiet Ackermannbogen in Schwabing-West wurde im Jahr 2002 eine Straße nach ihm benannt: der Gustav-Landauer-Bogen. Als Mitglied im dortigen Bezirksausschuss habe ich für die SPD-Fraktion die Anbringung von erklärenden Zusatzschildern beantragt, auf denen in ihrer Verknappung nicht ganz korrekt zu lesen ist: „Gustav Landauer (1870–1919 im Gefängnis ermordet). Journalist und Pazifist, Beauftragter der Regierung Eisner."

Es könnte dort auch stehen:

Gustav Landauer steht für ein anderes Bayern, ein anderes Deutschland, ein Deutschland des Friedens, der Freiheit und der kulturellen Verständigung. Denkmal hierauf dem Waldfriedhof.

JOSEF WITTMANN

Kraah, Gickerl, kraah

Kraah, Gickerl,
Zeit is s,
d Sunn geht boid auf und
da Dåg o, s Gfrett nimmt sein Lauf,
es is so wia s ghört, du lebst und bist
jung,
ganz am Anfang, weck auf, weck de
Miadn,
kraah.

Kraah, Gickerl,
z hächst
auf m Mist. Zoag s dein Hof
volla Hena, wia s lafft und wås sei muaß,
rot gschwoina Kampe, greane Federn am
Hois
und dei Schwoaf so lang und so finster
wia d
Nacht.

Kraah, Gickerl,
kraah no.
Du kennst so guat wia den Kiwe
voi Fuada n Hackstock, håst oft
gnuag gsehng,
wia des gäht, wenn ma briaht
und grupft werd,
ausgnumma, gsodn. Und
jetz kraah endlich,
kraah.

Herbst

schee rot
san d Tomatn
beim Nachbarn und
grea
is s kurzgmetzlte Grås.

Politik
sågt da Nachbar
o mei
und übt
s Ihobnixgwußtsong
fia nåch da Wahl.

Über Autobahnen, Flughäfen,
Kraftwerk, Plutonium
und über mi
redt a liaba
mit anderne.

Griaßn
dea ma freindlich.

Zehn Jahr z Tittmoning

S Wasser åbgråbn.
S E-Werk gschleift.
S Kranknhaus vakafft.

Zwoa Begga,
zwoa Kramer,
zwoa Wirt
eiganga.

Da Körbezäuner,
da Bürschtnbinder
und s Farbngschäft
nimmer då.

A Videogrottn,
drei Versicherungsbüros
und a Fitness-Center
dazuagwunna.

Biacha gibt s im Naturkostlådn
und im Kafähaus zwoamoi s Monat
Weißbierjazz.

D Kinder fahrn a Dreiviertlstund
ins Gymnasium. Mit was
lock ma de wieder zruck?

Ensembleschutz
(Ein Loblied für Tittmoning)

Jeda Winkl håd an Nama.
Jeda Schritt is a anders Buid.
Jeds Påår Fensta schaugt di mid an eigna Gsicht o.

Da lange Weg auf d Post:
zwanzg Leid zum Griaßn, zum Stehbleim
fiaran Schmaaz übers Weda und den neiastn Wizz.

Kurze Wochan. Oi Tåg a Geburtståg,
a Vereins-, a Gartn-, Gassnfest,
oder drei Leid, wo zsammkema und sång: So gäht s need!

A betonierte Ståådtmaua glei hinta m Haus.
Kloane Fähla. S Moos wachst barmherzig.
Kloane Naman. Wer merkt si de scho?

A Bahnhof, wo koa Zug nimma fahrt.
A Schui bis zur neintn Klass.
A Busheisl für siem Abfahrtn am Tåg.

Aber a Beisl, wo s d um zwoa no a Bier kriagst,
a Milliladl mid fümfaneinzg sortn Kaas
und oiwei wieder Leit, wo vom Redn blanke Aung kriang.

Muide Winta. D Buachaknospn friah scho voi Ungeduid.
Handwarme Sommernächt bis zum Hellwern
und a unbeschreiblich honiggäibs Liacht jedn Herbst.

De gfesslte Soizach, da Schwerverkehr, s Lebn
rinnan ganz in da Näh nebndro vabei.
Wenn d Wäid untergäht, les ma s mia in da Zeidung.

Aber koa Paradies ohne Gabriel: Schlot fia Schlot
raucht s Flammaschwert. Wurscht, wo zua s d rennst:
rundrum des Land, wo ma lebn.

Hoiwesiemegfrieß

Weil i no di scho wieder siehg!
Kannt s denn need an Rasierspiagl geem,
wo ma bloß d Haud und an Bart siehgd
und koa Gsicht, einfach koa Gsicht?
Vaschwind, Hoiwesiemegfrieß!

I wui den Stirnfoitn-Sturzacker need oschaung miaßn.
De vaknittadn Aunglider,
die fuizige Buzwoi obn drauf,
Aungschliz wia Messastich mid an Gloosscherm drin,
i kon mit dea Larva nix ofanga.

In vierzg Minutn hod de Fassad glatt z sei,
und do schaugt s aus wia auf an eigschdäidn Bau,
wo d Eisn varostn und s Grüst dafeid.
Wach auf, Sepp! Dynamik!
Ziahg need so a wähleidige Fozzn, wos soi der Blädsinn?
Du bist so vui wert wia s d arbatst,
oiso nix wenn s d nix tuast,
und oiß andre is Hirnschiß.

Mensch!
Krone der Schöpfung! Maß der Dinge! Freiheit!
Lauta hirndalligs Gschwafe aus ana andern Zeit!

Entscheid doch, du Ebnbuid Gottes:
Renn dem Wind nooch, dea wo nach Holler und Aunebe riacht,
loos de Amsln zua, laaf barfuaßad im Mäihsand,
reiß deine Aung auf, wenn d Libelln im Liachtfinga
von da Vormittagssunna danzn,

sauf des Gsprenkl von de Flugl und s Gfunkl vom Leib,
wuzl di nur in dem großn Gfui, dass oiß zsammghead,
wos auf da Wäid wazzld und lebt ...
du Depp!
Auf m Reißbredl is de Au scho a Stausee.
S Maß der Dinge hoaßt Arbeitsplatz
und de aalglatte Sau vom E-Werk, wo si des ausdenkt hod,
bindt si jetz genauso d Krawattn wia du
und gähd mid an genauso stoanern Knedl im Moong
in sei Büro.
Warum ko ma sei Gsicht need obschraum?
In a Glooswandl auf s Nachtkastl leng, so wia s dritte Gebiss,
oder d Kinder damit spuin lassn bis auf d Nacht?
I brauch s need, de Larva!
I bin des sowieso need, wos mei Arbat valangt.
Teiln miaßt ma si kena wia-r-a Eidaxl:
De Häifte, wo siehgt, wos oiß gmacht wern muaß,
dass da Betrieb lafft, de hock ma vorn Computer,
und mit da andern Häifte mach i de Kinder d Hausaufgab
und les eahna Gschichtn vor.
So waar s eh gscheida: Mit da Computer-Häifte
waar i a perfekta Fachidiot, von koam Gedankn an s Leem obglenkt,
ohne Rest in da Aufgab aufganga, Teil vom Ganzn wiara
Schuibua vor seine easchdn elektrischn Eisnbahn an Weihnachten.
Und mit da andern Häifte lebat i unbeschwert,
weil i gor nimma woaß, wos de oane oiß ostäid dafia,
dass s ma s Puiver obliefern kon.

Aus jetz!
Sumpfbloodern. Valorne Zeit.
Hoaß brausn, schwoam ma s owe.
Zähnbuzzn.
Rasiern.
Haarwasser, Föhn, Hautkrem.
Desodorant. No oiso.
A frischs Hemad. De blaue Krawattn mim Dagobert Duck.
Neckisch.

JOSEF WITTMANN

Griassee-Suiba

So groß is d Nacht von Rand zu Rand:
Vom Glocknklang von ganz weit weg
zum Reifnrauna auf der draußern Straß
is Flüglschlåg und Flossnplatschn,
is Linden-, Eschen-, Pappegflüster, is s Knistern
von an kurzn Reng,
san unsre hoaßn Händ,
is Nebe auf m Wasser zwischn Uferwoid und liachtn Spiagl,
is Mond und Woikngspui, san d Stern,
san mia und roin den Teppich Käitn
mit unsre Zungan ausanand
und foin ois ob des Fliang waar
von drauß nach drin. So warm,
so nah, so voi mit Glück, so neigeborn;
mia hoitn d Zeit mit unserm Heazzschlåg fest,
mei Heazz hoit d Ungeduid und
d Haut wui Haut wui Haut und
kriagt s und gspürt im Gwinna
den Schmeazz, wenn se s verliert.
Jetz miaßt ma schwendn kenna,
morgn sagn, Lebn, Ewigkeit, jetzt
miaßt ma n Tau auf Hoar und Haut
ganz frei von Schuid aufschlecka,
ganz frei von Schuid.
In unsre hoaßn Händ
is Mondliacht, s Griassee-Suiba,
mei Hemd riacht no nach dir
und s Auto schiabt an Kegl
Liacht in n Montag, so kloa
is d Nacht von Rand zu Rand.

Das Hohelied der Dinge

Ein Märchen mit Liedern für die Theaterbühne

I.

Es war einmal.
So so, es.
Wås werd des scho gwen sei: es?
Nix Gscheids need.
Wenn s wås Gscheids gwesn waar, wissad ma s.
Wikipedia, Google, NSA – mia wissn oiß.
Wås ma need wissn, gibt s need.
Oder gibt s, aber zäiht need.
Wunderland, zum Beispui: zäiht need.
Märchenprinz zäiht need.
Zauberfee zäiht need.
Dann trifft da Märchenprinz d Zauberfee und oiß werd anders.
Aufamoi zäihn Sachan, de wo ma vorher need gsehng håd.
Ma håd s ja går need sehng kena vor lauter Sachan. Wia mächst denn bei so vui Sach umadum no wissn, wås d ålles håst? Bei so vui Zeig konst unmöglich oiß ålle Tåg zäihn, wo kamst denn då hi?
Aber aufamoi werd oiß anderst.
Aufamoi ham d Sachan aa wås zum Sågn.
Furchtbar!
Des miaßt s eich erst amoi vorstäin: Dass ma auf d Baam und d Viecher aufpassn miassn, hamma ja gråd no verstandn. Wenn uns de varreckan, geht s uns an Krågn.
Aber jetz redn d Sachan aa no mid.
Redn mid uns in ålle Sprachn und singan sogar.
Und des fangt in da Friah scho o.

Ballade von der Weckeruhr

Du siehgsd mi,
need lang,
aber wenigstns siehgst mi.

Wia schaug i aus?
Zifferblatt schwarz, weiße Schrift,
Zoaga grea, hättst des gwusst?

Du siehgsd mi,
ganz kurz,
aber du siehgsd bloß dei Zeit.

Aufsteh, hoibe sieme,
de ganze Nacht håb i Sekundn zäiht,
koa oanzige z friah håb i di gweckt.

Meine Phosphor-Stricherl
håb i leichtn lassn in da Finstern,
dass d need aloa bist.

Tiaf håst gschlaffa,
need håst gschaugt, ghört håst mi aa need,
erst in da Friah, wia-r-a di wecka håb miassn.

Ganz kurz håst gschaugt
und umdraaht håst di, weg vo mia,
und nix gsehng, bloß dei Zeit.

II.

Wach is er jetzt, da Märchenprinz. Wia oiwei. Aber aa ganz anderst.
Weil zweng da Zauberfee oiß anderst is.
„Mei Wecker håd doch no nia gsunga", denkt er si.
Und s erste Moi håd er n ogschaugt.
Need wega da Zeit. Need wega de fünf Minutn, de wo er no ausserschindn kannt.
Wegan Wecker.
Wega eahm säiba.
Und gschaugt håd er und gschaugt.
Und nix gsehng, wås anderst gwen waar.
Und trotzdem is oiß anderst.
Da Wecker singt eahm a Liad.
A tots Trumm, a Ding, a Gårnix. Und des singt aufamoi.
Des kennt n.
Es håd sogar recht.
Irgndwia.
Aber:
Wo kim i denn då hi, wenn Tisch und Stui und Wasserhahn jetz ålle s Singa ofanga, håd er si denkt. Des werd ja zum Davolaffa. Des hoit ja da stärkste Prinz need aus. Des werd a Gejodl, dass ma des eigne Wort nimmer versteht.
Weida håd er dawei no need denkt, da Prinz.
Bloß an eahm säiba und dass er sei Ruah mächt.
Radiowecker, håd er denkt: schee und guat. Der singt aa, aber den kon i ausschoitn. Und gråd deswegn håb i koan, weil i des Gsangl need ausschdeh ko in da Friah.
Mei Ruah wui i håm.
Und jetz redt s Sach mid.
Furchtbar!

Wenn des eireißt!
D Türklinkn is dann wenigstns staad gwesn. D Zahnpastatubn aa. Und s Zahnbiaschtl. Und d Soaffa. Und da Wasserhahn, s Handtuach, da Fön und da Kampe aa.
Gottseidank, håd er si denkt.
Es is doch need oiß anderst worn.
Aber dann woit er si oziahng …

Unterhosn-Blues

Mei, du woasst es doch, i kenn di
besser wia s d di säiber unt rum kennst.
Und auf mi konnst di verlassn,
aa wenn s d mi need gern beim Nama nennst.

Deine Schenkl san need går so
kräftig wia s d da säba des eibuidst.
Mit dem Buid von einem Hintern
woaßt, dass d wahrscheinlich verspuist.

Heee, wås glaubst denn?
    Da Unterhosn machst nix vor.
Heee, wås glaubst denn?
    Brauchst går need gschamig toa.

Ach, mid deine allergräßtn Schätze
machst de meiste Zeit glei går koan Staat.
Schlapp und gfoitad, zum Vergessn,
wia wås Gstinkerts gschlampert einidraaht.

Ja, i woaß s scho, gwaschn, eikremt
Is er bei der Fee dei ganzer Stoiz.
Pah, då schmeißt mi aufn Bodn –
lang brauchst need, oiß klar, dei Hand: mia gfoit s.

Heee, wås glaubst denn?
    Da Unterhosn machst nix vor.
Heee, wås glaubst denn?
    Brauchst går need gschamig toa.

Woaßt, i såg da des ganz ehrlich,
bis in jede Faser eini bist ma nah,
gspiah, wia s d schwitzt beim kloanstn Fiachtn,
fia s verbotne Tröpferl bin i aa glei då.

Gfrei mi, wenn s d vor lauter Gsundheit
s Wechsln drei Tåg regelrecht vergisst.
Und vor Angst bin i ganz gstarrat,
boi s d amoi an Tropfa Bluat verlierst.

Heee, wås glaubst denn?
Da Unterhosn machst nix vor.
Heee, wås glaubst denn?
Brauchst går need gschamig toa.

III.

Jetz werd s hint häher wia vorn!
D Unterhosn – voi peinlich. Wenn de auspackt …
Des derf einfach need sei. Es muaß a Recht gebn, dass d Sachan staad sei miaßn.
Fia des san s doch Sachan, dass ma s hernehma ko, wenn ma s braucht, und stehlassn, wenn ma s need braucht, wo bleibt denn då d Freiheit, wenn de aufamoi denka und redn und gspian und singa taatn?
Und woaß da Deifi wås no oiß kimd? Wenn des eireißt …
Fertig war da Märchenprinz.
Dass s sei derf!
Obwoi …
Sie moana s ja irgndwia ålle guat.
Sie mächtn hoid aa wer sei. Need bloß wås.
Is ja wahr aa: dass meine Sachan ganz fia mi då san.
Sie woin nix Schlechts. Sie häiffa, wo s kena. Sie stäin koane Ansprüch.
Aber gsehng woin s wern.
I soid fia sie aa då sei.
Wenn sie scho ganz und går då san fia mi, soit i aa då sei fia sie.
So vui, dass i s siehg. So vui, daß s ma auffoit, dass s då san.
So vui, dass i woaß, wås i håb.
So furchtbar waar des aa wieder need.
Oder doch?

Ballade vom treuen Haferlschuah

I war echt a bissal aufgregt:
Aus da Schachtl und ganz nei
ham s mi einfach vor di higlegt –
der kannt passn, schlupfa S nei.

Unbeschreiblich, wia des Gfuih war!
Dei Fuaß s erste Moi in mia –
so lebendig und verletzbar,
und i sichtbar wia no nia.

Gega schwaare, harte Bergschuah
bin i schmiegsam und ganz woach,
aber need so schlapp wia Stådtschuah,
i bin kräftig, oiso horch!

Aus an woachn, zaachn Leder
bin i, des gibt festn Hoit,
scheuch koa Käitn und koa Weda
und kon glänzn, boi s da gfoid.

Werd di überoi begleitn,
bin zum Anzug elegant,
aber geh aa über d Leitn,
findt går s Wandern intressant.

Woaßt, wia i mi nacha gfreit håb,
wia s d du gsågt håst, i nimm den?
Woaßt, dass i di need bloß heit måg?
Schee waar s, kannt i mit dia redn.

Manchmoi bin i nämlich traurig,
wenns d mi einfach flacka lasst.
Nåß und dreckat, des is lausig,
håb da doch grad so guat passt.

Aber wann s d mi nacha biaschtlst,
eicremst, mit Geduid polierst,
um jeds Fleckerl ummi riaschlst,
woaß i, dass s mi need vadriaßt.

Du konnst di auf mi valassn,
schiach de Strassn oder schee,
deim Fuaß wer i oiwei passn,
s ganze Lebn lang mit dir geh.

IV.

Uiuiui, jetz steckt er drin, da Prinz.
Ja natürlich, derweil amoi bloß im Schuah.
Schee is da Schuah. Schaugt s no gråd, wia r a glänzt.
Und passn tuat er. Und jetz, wo da Prinz woaß, warum, jetz is des Wunder, dass er passt wia ogossn, glei no grässer ois wia davor.
Hoizbodn oder Woikn?
Auf wås lafft er jetz überhaupt?
Und wia-r-a då steht, jetz! Kerzengråd.

A wås, Kerzn! Wia-r-a ionische Säulen.
Gspannt s es? Då is a kloana Hauch wås Göttlichs dabei: Des is jetz fia d Ewigkeit. Des is wås Hähers. Då dro vabiagt si da Tod sei Sans. Des is unzerstörbar.
Oiß is anderst, jetz.
Vazaubert.
Himmlisch.
Moant er.
Und eigentlich ...?
Ja, ganz genau, eigentlich kon des bloß an da Fee liegn.
I bin a anderner wordn. Wenn i in ihrane Augn schaug, geht ma de ganze Wäid auf.
Koa Wunder, dass i Sachan siehg, an dene wo i vabeigschaugt håb.
Dass i Sachan versteh, de wo mi nia intressiert ham.
Dass i Gsangl hea, wo sunst koana heat.
Dass i woach worn bin, wo i hart war.
Oiß is anderst worn.
Vielleicht? Ja, genau, i håb a anderner werdn miaßn.
Sunst hätt i mei Fee går need gfundn.
Sunst hätt i s glatt übersehng.
Und sie hätt mi übersehng.
Feeeee!
Mei Fee.
Eigntlich ... Vielleicht ... Genau ...
Wås soid er jetz macha? Oiß aufamoi? Geht need.
Zerst amoi abwarten. Tee trinka.
Genau, Tee. Aus da neia Kanna.
De håd er si extrig kafft. Wenn d Fee amoi bei eahm frühstückt ...
Na ja, wia standt er denn då?

Teekannen-Tango

Des konnst doch need bringa,
wia håst da n des vorgstäit?
Bringst einfach des Trumm mit
und stäist ma s då her aufn Tisch!
De håd doch koa Form need,
a Fuaßboi mit Schnåbe,
Glasur wia-r-a Urne
fia d Aschn wenn s d gstorm bist gråd frisch:

Dir feit s doch vom Boa weg!
Dei oanzige Kanna bin i!
Fia dein Tee glei zum Frühstück
und den Schluck zum ins-Bett-Geh,
der schmeckat da nia ohne mi.

*I soit einfach daspringa,
scharfe und spitzige Scherbm,
koa Glanz mehr, koa Schimmern,
vielleicht gspannst dann, wås d gråd verlierst.
Wennst einfach de ander,
des protzade Stück då,
des Werk von am Trottel,
über d Kantn vom Tisch åbe stierst:*

*Dir feit s doch vom Boa weg!
Dei oanzige Kanna bin i!
Fia dein Tee glei zum Frühstück
und den Schluck zum ins-Bett-Geh,
der schmeckat da nia ohne mi.*

*Glaub bloß need, i schleich mi
jetz gschlågn, total muatlos,
zum Graffe in n Speicher
und raam kloalaut und gschaamig as Fäid.
Håb a Haut schwarz vom Teestoa,
håb an Bauch voller Hitzn,
håb an griabign Schnåbe
und mei Griff passt da wia gwachsn in d Hand:*

*Dir feit s doch vom Boa weg!
Dei oanzige Kanna bin i!
Fia dein Tee glei zum Frühstück
und den Schluck zum ins-Bett-Geh,
der schmeckat da nia ohne mi.*

*Den grossn Genießer,
begnadeten Kenner,
den Wäit-Überblicker,
den Super-Kulturfuzzi håst gspuit.
Und i Woaserl håb mitgmacht,
finest tippy flower,
gib zua, des warn Zeiten,
und jetz bringst des schialiche Unding daher:*

*Dir feit s doch vom Boa weg!
Dei oanzige Kanna bin i!
Fia dein Tee glei zum Frühstück
und den Schluck zum ins-Bett-Geh,
der schmeckat da nia ohne mi.*

I ko da bloß råtn,
schenk des Trumm weida,
am bestn an Blindn
oder oan, den wo s d need aussteh konst.
Hau ab mit dem Krempe,
i lass mir need ärgern,
boi s d an Funkn Verstand håst
woaßt eh, mit dem Scherbn werst need froh:

Dir feit s doch vom Boa weg!
Dei oanzige Kanna bin i!
Fia dein Tee glei zum Frühstück
und den Schluck zum ins-Bett-Geh,
der schmeckat da nia ohne mi.

V.

Jetz håd de ionische Säuln an Buckl.
Jetz is des Göttliche nausgfahrn wia d Luft ausn Radlschlauch.
Jetz håd er n Dreeg im Schachterl.
Jetz steckt er voi drin.
Es war doch oiß so schee, er und ålle seine Sachan.
Und ålle so stoiz auf eahm.
Und endlich er stoiz auf sie.
Und jetz?
Mei ja … braucht hätt er de neie Kanna eigentlich need.
Iagndwia håd er si hoit gschaamt.
Obwoi … direkt zum Schaama waar s går need gwen.
Vom dastessna Rand und dem Scherbn, dea wo aussabrocha is am Deckl, amoi åbgsehng – de scheenerne Kanna is de oide.
Irgndwia.
Oiwei wieder: irgndwia.
Irgndwia is oiß anderst.
Fee?
Aber i håb di doch eh verstandn, oder?
Meine Sachan gern håbn, oder?
Überhaupts gern håbn, oder?
Und wenn d Sachan need, dann di aa ned, des woitst ma doch zoang? Oder need?
Unheimlich: Wenn s Sach midredt.
Mei Ruah mächt i wieder.
Oder mächt i s need?
Fee, huif ma doch. Wås is richtig?
Fee, bitte …

Joppen-Zwiefacher

Märchen-Prinz, kloana Mo,
kumm, ziahg dei Joppn o,
kloana Mo, groß kimst raus
boi s du mir traust.
Weil i kenn di guat und kon mit deine
krumma Knia toa ois wia,
richt di auf ganz gråd und schee, so
wia s d es gern magst. Und i
richt da deine Waadl fiare,
kerzngråd, waar doch schåd,
aus dir mach i ganz an Stoizn,
boi s d du mir traust.

Märchen-Prinz, schwacher Mo,
hängert dir s Gwand bloß dro,
schaugerst nåch går nix aus,
des waar a Graus.
Aber richtn ko ma vui mit ana
Gürtelschnoin, de kon gfoin,
Suiba-Knepf und Kettn dro, då
schaugst hoid wås gleich. Und i
zaubert nembei aa dei bisserl
Wampn weg, glei vom Fleck,
mit m Krång werst richtig schee, ja,
boi s d du mir traust.

Märchen-Prinz, Weiberknecht,
neba da Fee wenn s d stähst,
wia-r-a Fürst schaugst dann aus
boi s d du mir traust.
Nacha winka ålle Leid mit Fahnderl
wenns d du kimst, wo s du bist,
gfrein si, dass d du då bei eahna
einfach gern bist. Und sie
meng di ålle zwengs da Joppn
ganz gern sehng, glaub s, då schaust!
Eahnan Prinz ham s richtig gern, ja
boi s d du mir traust.

PAUSE

Haustür-Blues

I bin aus oachane Laadn, bin gnuat und valeimt.
I bin aus oachane Laadn, bin gnuat und valeimt,
guat zum Oschaung von aussn,
då kennst need, wia stark dass i bin.
I daschlågat an Ochsn,
der hätt går koa Chance gega mi.

I håb handgschmiedte Angeln und Riegel und Schloss.
I håb handgschmiedte Angeln und Riegel und Schloss,
mi hebt nix aus m Rahma,
koa Brechstang, koa Hebe, koa Gwoid.
Wui s mid mir wer aufnehma,
werd er zahnluckert, kreizlahm und oid.

I bin des, wås s Haus zsammhoit, ohne mi waarst verlorn.
I bin des, wås s Haus zsammhoit, ohne mi waarst verlorn,
i beschütz, wås da liab is,
håb auf oiß, wås im Haus is, a Aug.
Woaß, wia s d schwach bist eiwendig,
kenn dei Angst und woaß, wia i da taug.

I bin stärker wia du, aber doch bloß d Haus-Tür.
I bin stärker wia du, aber doch bloß d Haus-Tür,
bin des, wås dei Muatta
s ganze Lebm woin håd fia di.
Zu mir konst di flüchtn,
boi s da load is, dann loan di an mi.

VI.

Fee, bitte: I woaß nimma weida.
Es is oiß anderst worn.
Und jetzt kenn i mi nimmer aus.
Oachane Laadn. De hoitn her. Gnuat und valeimt, des hoit ewig.
Aber … brauch i des?
Und Riegel und Schloss, Schloss und Riegel –
i wui doch, dass mei Tia offn is und dass d du eina konst
und mia aussi,
dass uns des ganze Wunderland kennt und nix aufhoitn ko.
Aber dann is oiß hart und kantig und unheimlich stark und
irgndwia grinst mi oiß o und sågt, o mei, Prinzerl, wås wuist denn,
mi gibt s lang no, wenn s d du scho gstorbm bist und komplett vergessn,
und de Leit, wo di vagessn ham, wern leben mit mia und sågn:

„Respekt! Guate Arbat, guats Material, håt scho vui ausghoitn“,
und de Leit, wo nåchkumma und de Leit scho vagessn ham, de wo di vagessn ham, de såg vielleicht amoi: „Wås Neis gherat scho amoi her, aber des oide Trumm is no so machtig, des werd ma går nimmer los“, und oiwei so furt.
Mei Sach lacht mi aus.
Je mehra dass i håb, desto mehra muaß i toa, dass i s Sach derhoit,
meine Sachan hoitn mi ois eahnern Hausl,
i muaß toa, wås fia sie guat is.
Need i ziahg am Schnürl, dass si da Kasperl riaht,
sondern i bin da Kasperl,
mi ziahng s am Schnürl.
Fee,
huif ma doch, wås mach i foisch?
Aber d Fee is grad need in der Näh.
Bloß a Bankerl unter da Lindn.
Des håd er si macha lassn.
Weil s Aufschaugn in d Lindn so woi to håd.
Weil n de starkn Äst wieder stark gmacht ham, wenn er si schwach vorkema is.
Weil des Grün von de Blattl seine Augn so woih to håd.
Weil s Summa vo de Bienen a Stimm war.

Lindenbaum-Arie

Du stähst då wiara Kind, schaugst auffe in d Lindn,
so schee grea und voi Liacht, konnst dein Friedn need finden,
tuast ma leid, weil i di eigntlich oiwei no måg,
tuast ma weh, dass i di Oschaung nimma verträg.
He, Prinz, mach an Schritt ausm Scheißdreeg,
he, Prinz, mach an Schritt ausm Scheißdreeg.

Woaßt es no, wia s d mi schreinern und aufstäin håst lassn,
an dem Plåtz, wo s d so gern bist, des war schee, need zum Fassn.
Dann war Sommer und Herbst, i håb auf di gwartt,
und Jåhr und Tåg umasunst, des war hart.
He, Prinz, mach an Schritt ausm Scheißdreeg,
he, Prinz, mach an Schritt ausm Scheißdreeg.

Und d Vogerl am Ast singan piep-piep-piep …

Vielleicht konnst es ois Mensch einfach need besser wissen,
woaßt need, wia s is, wenn ma kafft werd und hintre gschmissn.
Du draahst di um und gehst hi, wo s di gfreit,
I bin då ogschraubt, ko need furt, säibst mit Gwoid.
He, Prinz, mach an Schritt ausm Scheißdreeg,
he, Prinz, mach an Schritt ausm Scheißdreeg.

Schaug no gråd auffe ins Laub vo da Linden-Krona,
waarst gern a Vogerl und mächast im Astlwerk wohna.
Schaug in n Spiagl, der zoagt da, wås d wirklich bist,
bloß a Wichtl, der wo seine Sachan vergisst.
He, Prinz, mach an Schritt ausm Scheißdreeg,
*he, Prinz, mach an Schritt ausm Scheiß*dreeg.

Und d Vogerl am Ast singan piep-piep-piep …

VII.

I håb s doch jetz gern, meine Sachan.
I håb doch glernt, Fee, wås d vo mir woin håst.
I bin doch need schuid an eahnan Jammer, oder?
I håb doch oiß to? Aber sie san need zfriedn.
Sie san ålle unglücklich. Sie woin mehra.
Sie woin mi mit Haut und Hoar ganz.
Sie woin stärker sei ois wia i. Sie woin mi kloa macha.
Sie woin …
Woin s denn überhaupt wås?
Des, wås fia mi aso ausschaugt wia Absicht, is vielleicht koane.
Sie san einfach so wia s san.
Sie san eckert und kantig und schwaar und voi Schiefern,
sie san ghobelt und gschliffa, poliert, sie glänzn wia Goid,
sie san wunder wia gscheit und verlässlich,
san Radl in Radl zsammghängt, komplex wia-r-a Weltall.
Sie san si säiba vollständig gnuag
und bloß wenn s uns ghörn, geht des Gfrett o: Sie nehman uns ei.
Sie verlanga.
So san s.
Sie leem need, sie sterm need. Sie miaßn nix macha.
Aber mia miaßn.
Mia miaßn uns Miah geem, wenn ma Sachan håm woin.
Plåtz schaffa, nåchdenka, arbatn, zoihn, putzn und åbstaum, stoiz sei,
de kurze Zeit, wo ma lebn, miaß ma ållaweil fia sie då sei,
ållaweil aufpassn, dass nix passiert, dass s koan Schådn macha,
dass s need gstoihn wern, dass s need kaputt gehnga, dass s an Wert need verliern.
Unser kloans bisserl Leebm draaht si um d Sachan,
um d Sachan, um d Sachan, oiwei um d Sachan.
Und sie?
Verlanga.
Und mia tean.
Eigntlich verlanga s nix. Eigntlich samma eahna wurscht.
Eigntlich geht s eahna ohne uns besser wia mit.

Eigntlich san s mia, de wo Sachan håm woin, und wenn ma s ham,
dann ghern ma eahna.
Eigntlich is des irgndwia ganz schee daneem.
Eigntlich und irgndwia,
Fee huif ma, i håb mi in da Sprach darennt.

Flöten-Duett

FEE: *Geh Prinz, wås machst denn du fia Gschichtn,*
mia machan d Sachan oiwei Freid.
PRINZ: *Mir aa, bloß spür i aa de Pflichten,*
erfuin ma s need, kum ma need weit.
FEE: *Pah, Pflicht! Es geht doch bloß ums Gernhåbm!*
Was d gern håst, is koa schwaare Last.
PRINZ: *Und doch kim i ma vor wia eigråbn,*
i find vor lauter Toa koa Rast.
BEIDE: *Mia spuin a Liadl auf da Flötn,*
de singt so froh und ganz weit nauf.
Mia lassn uns vom Zeig need nöten,
de wo si gern ham, keman drauf.
FEE: *Beim Flötenspuin verfliang d Gedanken,*
wås schwaar war, werd dann federleicht.
PRINZ: *Aa s Flötengspui håt seine Schranken,*
gedankenlos waar i mir z seicht.
FEE: *Du soist need aufhörn mit m Denka,*
doch denk an des aa, wås gern mågst.
PRINZ: *Håst Recht, ma soit si need verrenka,*
weil d Freid vergeht, boi s d di bloß plågst.
BEIDE: *Mia spuin a Liadl auf da Flötn,*
de singt so froh und ganz weit nauf.
Mia lassn uns vom Zeig need nöten,
de wo si gern ham, keman drauf.
FEE: *S Leem geht need weida ohne Liebe*
und zu da Liab ghört aa as Sach.
PRINZ: *Need untergeh in dem Getriebe,*
sunst woizt di s Zeigl einfach flach.
FEE: *Und wenn man wiaklich Triabsoi blåsn,*
blås ma aa de aus voller Brust.
PRINZ: *Mia machan d Schritt frei nåch da Nåsn,*
boid zweng da Pflicht, boid bloß aus Lust.
BEIDE: *Mia spuin a Liadl auf da Flötn,*
de singt so froh und ganz weit nauf.
Mia lassn uns vom Zeig need nöten,
de wo si gern ham, keman drauf.

VIII.

Oiß klar?
Sowieso is wieder oiß klar:
Wenn ma nimmer weida wissen, dann huift die Liebe.
Mei Liaba.
Märchenprinz und Zauberfee,
vergesst s need, wo ma san: kniatiaf im Wunderland.
Mia ham nix anders versprocha wia a Märchen und scheene Liada.
Des hamma gmacht. Dann samma jetzt fertig:
Schee wars, mia hamma nix denka miassn, war eh bloß a Gschicht.
Aber so leicht lass ma need aus.
S Gernhåbn is da Schlüssl fia s Lebn.
Aber s Sach lebt need.
Des is wås anders:
D Sachan san wia s san.
D Sachan woin uns nix Grobs.
Motorradl, Bombnfliaga, Landminen: Sachan kena Leid umbringa,
aber sie toan s need, weil s des woin,
und scho går need, weil wås gegen uns ham.
De Sachan samma wurscht.
Sie san need unschuidig, sie san wia s san.
Sachan kena guad sei,
unheimlich guad.
Sie geem fia uns Obacht,
des is bequem.
Gernhåbn is nia bequem.
Da Prinz woaß s.
Sei Fee woaß s.
Obwoi bequem guad is,
unheimlich guad,
geem s Obacht.
Auf s Sach,
und auf si säiba.

Ballade vom leuchtenden Edgar

Ich bin die kleine rote Kontroll-Lampe
im Hauptschalter an der Heizungskellerwand.

Ich heiße Edgar wie der Konstrukteur damals
bei Buderus, der das ganze Heizungssystem

für Kleinanlagen in allen Einzelheiten
in seinem Kopf ausgedacht und probiert hat.

Ich bin das sichtbare Zeichen dafür,
dass hinter der Stahltür des Kellers

ein Netzwerk von miteinander verbundenen Maschinen
Tag um Tag jahrein jahraus seinen Dienst tut.

Ich leuchte solange die Heizung in Betrieb ist,
also immer, weil Brauchwasser auch sommers gebraucht wird.

Ich zeige dir verlässlich den Normalzustand an,
der dich indes nicht im Geringsten zu interessieren scheint,

denn wie ich kürzlich einmal kontrollhalber
zwei Tage ausgefallen bin, hast du gar nichts bemerkt.

Ich leuchte nun also wieder, gerade weil du mich
nicht siehst, muss ich dir leuchten.

IX.

A Märchen is, wenn s a richtigs Märchen is,
a bissl schee und a bissl traurig,
a bissl liab und a bissl grausam,
a bissl wahr und a bissl erfundn,
a bissl oidmodisch und a bissl nei,
a bissl kindisch und a bissl ernst,
a bissl verzaubert und a bissl wia-r-a richtige Baustäi, wo d Eisn aussaschaung und da Schutt schubkarrnweis umananda liegt.
A Märchen is a Gschicht, a Gschicht von dem, wås gwesn is,
wås gwesn is, bevor ma aufgschriebn håd, wås gschehng is.
Des, wås gschehng is, is a andere Gschicht wia des, wås gwesn is,
aber aa de Gschicht werd mit da Zeit so wås ähnlichs wia-r-a Märchen,
weil des, wås gwesn is, is oiwei no zum gspian,
aber des, wås gschehng is, werd vagessn.
Gega s Vagessn stäit ma Denkmäler auf,
aber a Generation später san aa d Denkmäler vagessn.
Gega s Vagessn wern Liada gsunga:
„Nach Mantua in Banden / Andreas Hofer ging“ oder
„Prinz Eugen, der edle Ritter / wollt dem Kaiser wiedrum kriegen / Stadt und Festung Belgerad“, und nach zwoa Generationen woaß koana mehr, um wås s in dem Liad geht, und nåch nummoi zwoa Generationen is s Liad säiba vergessn.
Oiso braucht s a Denkmalamt, miaßn Bürokraten her, de wo de Menschen vorschreim, wia ma Putzbräsl im Originalzuastand dahoit –
de san vagessn, bevor s in Pension gehngan.
Erinnern tean si d Sachan.

Des liegt då dro, dass s need leem miaßn und desweng need sterm brauchan,
des liegt då dro, dass s oiwei då san.
Ma konn s vakaffa, vaerbn,
umbaun, vaändern, reseikeln,
ma konn s wegschmeißn, vasenka, vaklappn, vabrenna,
aber sie san oiwei no då,
im schlimmsten Foi ois Altlast.

Khuenburgsaal-Moritat

Viermoi war scho neis Jahrhundert,
achtmoi war a andrer Staat,
waar i Mensch, i hätt mi gwundert,
wia gach si oiß verändert håt.

Wia s mi baut ham, warn gråd d Türken
mit m Heer vor da Stådt Wean.
In de Kepf muaß d Kircha wirkn,
oiso muaß a Kloster her.

D Augustiner warn nia einsam,
Eremit war Nama gråd,
sehr beliebt, weil s beste Bier ham
und des rechte Gspür fia d Stådt.

Hundertzwanzg Jåhr ham s in Frieden,
Bettler gschlacht, Hexn vabrennt,
Protestanten Land-vertrieben,
Gottesgnadentum war s gnennt.

O Leit, o Leit,
es hoit s eich fia gscheit,
aber schnäi kimt de Zeit,
då wo eich oiß reut.
Ihr sehgz need recht weit,
seid s m Untergang gweiht,
aber allzeit bereit –
ihr macht s ma koa Freid.

Wia d Franzosen ålle Heere
gschlågn und ausanand gjågt ham,
war s vabei mit Gottes Ehre,
treibn s bei mir d Soidaten zsamm.

Ålle påar Jåhr andre Fiastn,
neie Gsetze, anders Recht,
Wetter, de wo s Land verwiastn,
Hunger, Kriag, de Leit geht s schlecht.

Bayern wer ma, Kini ham ma,
i wer Gfängnis, d Soizach gråd.
Siebzger Kriag und neia Jammer,
s Brauhaus weg, braucht nimmer d Stådt.

Eisnbahn, n Zug heast pfeiffa,
Industrie baun s anderswo,
Leder gerbm und Messa schleiffa,
Wäitkriag gibt s, braucht jedn Mo.

O Leit, o Leit,
es hoit s eich fia gscheit,
aber schnäi kimt de Zeit,
då wo eich oiß reut.
Ihr sehgz need recht weit,
seid s m Untergang gweiht,
aber allzeit bereit –
ihr macht s ma koa Freid.

Dreißger Jåhr, a Schuihaus wer i,
Deandln lerna s wås ma muaß.
Nazizeit is, häufig hear i
eahnan Tausnd-Jåhr-lang-Gruaß.

Zwoata Wäitkriag, Ami kema,
wieder gibt s an neia Staat
und Reformen, zsammglegt wer ma
mit de Dörfer, d Stådt aufblaaht.

Neie Schui, fian Sport a Halle,
i bin vorerst arbatslos.
Kultur, hoaßt s dann, de brauchan ålle –
i wer aufputzt, ganz famos.

Konzertsaal, Flügl, Eintrittskarten,
Vortragsbühne, Tanz und Gsang –
brauch ma need. Mehr Kindergarten,
das d Leit mehr Zeit zum Arban ham.

O Leit, o Leit,
es hoit s eich fia gscheit,
aber schnäi kimt de Zeit,
då wo eich oiß reut.
Ihr sehgz need recht weit,
seid s m Untergang gweiht,
aber allzeit bereit –
ihr macht s ma koa Freid.

X.

Und so geht s weida und boid hoaßt s:
„Es war einmal."
A Märchenprinz.
A Zauberfee.
A Wunderland.
O mei.
Ihr wisst s säiba, dass s des oiß need gibt.
Wikipedia gibt s. Google gibt s.
Facebook gibt s.
Und es gibt Bosch-Elektronik, VW-Diesel,
Klimawandel.
Und Industriekonzerne. Finanzkonzerne.
Informationskonzerne. Überwachungs-
behörden.
De san wichtig. De san s Maß, mit dem
wo gmessn wird.
De geem d Sprach vor, de wo verstandn
werd.
De ham d Arbatsplätze
fia d Arbatskräfte,
fia gleichmäßig fleißige, dauernd verfüg-
bare, vom Windlbiesln auf stramm nor-
mierte
ferngsteierte Arbatskräfte.
Boid hoaßt s: Stäit s eich vor, es håd amoi
Kulturtage geem.
Es håd amoi a Kultur geem.
Es håd amoi Menschen geem.
Und wenn sie nicht gestorben sind,
dann leben sie noch heute.

AUTOREN 2019

MELANIE ARZENHEIMER

Ist 1972 in Eichstätt zur Welt gekommen, wo sie immer noch wohnt. Die Journalistin, Lyrikerin und Autorin ist Chefredakteurin der espresso-Mediengruppe in Ingolstadt, außerdem arbeitet sie für den Hörfunk des Bistums Eichstätt Radio K 1. Davor war sie Moderatorin beim Hörfunksender Radio 8 in Ansbach und Moderatorin/Redakteurin bei Radio IN. Sie betreibt mit dem Erna Magazin (www.erna-magazin.de) ein eigenes Online-Satiremagazin für die Region Ingolstadt. 2009 hat sie den Lyrikwettbewerb „Hochstadter Stier" gewonnen, wurde 2013 zu den Münchner Turmschreibern berufen und zählt seit 2017 zum Präsidium der Schriftstellervereinigung. Melanie Arzenheimer hat bisher drei eigene Gedichtbände („Die Frisuren der Lemuren", „Unter Spezln", „Der Indianer ist Veganer") sowie zahlreichen Beiträge in diversen Anthologien veröffentlicht. Daneben schreibt sie Theaterstücke für Erwachsene und Kinder. Informationen unter: www.melaniearzenheimer.de

MARGIT AUER

Geboren 1967 in Mühldorf am Inn. Studierte Journalistik in Eichstätt. Arbeitete als Redakteurin und freiberuflich bei verschiedenen bayerischen Zeitungen, bevor sie 2007 mit dem Schreiben von Kinder- und Jugendbüchern begann. Zu ihrem Werk gehören Römerkrimis, Vorlesegeschichten und die Bestseller-Reihe „Die Schule der magischen Tiere". Ihre Bücher werden in viele Sprachen übersetzt, unter anderem erscheinen sie in Spanien, Ungarn, Dänemark und Japan. Alles dreht sich um den geheimnisvollen Mr. Morrison, der in einer Schulklasse sprechende Tiere verteilt. Die „Schule der magischen Tiere" ist mit weit über einer Million verkauften Büchern eine der beliebtesten Kinderbuchreihen in Deutschland. Margit Auer lebt mit ihrer Familie in Eichstätt.

GUSTL BAUER

Gustl Bauer lebt seit seiner Geburt im Jahr 1935 in Hausham. Verwaltungsfachwirt i. R., ehemaliger Leistungssportler im Mittelstreckenlauf, Natur-, Musik-, Theater- und Literaturliebhaber, als Jugendlicher – zumeist per Anhalter – europaweit herumgekommen. Mit der oberbayerischen Bezirksmedaille in Silber für Verdienste im Bereich Kultur ausgezeichnet, 2013 Bayerischer Poetentaler. Moderator bei Volksmusikveranstaltungen, lange Jahre Sprecher bei Volksmusiksendungen des BR, Vertreter bayerischer Mundartdichter bei den „Alpenländischen Begegnungen" in Südtirol und in der Schweiz. Neben zahlreichen Zeitungsveröffentlichungen und Beiträgen in Anthologien sind folgende Bücher erschienen: „I mag Di", „Gedanknflinsal", „De staade Zeit", „A gschenkta Tag", „Blaadl im Wind" und „Hoppala".

MONIKA BITTL

Geboren 1963 im Altmühltal, eroberte von ihrem 500-Einwohner-Dorf aus die „literarische Welt": Tageszeitungsvolontariat in Ingolstadt, Germanistik-und Psychologiestudium in München, Lyrik in Sizilien, Jahresstipendium der Filmhochschule München. Seit 1993 freie Schriftstellerin und mit ihrer Familie sesshaft in München. Sie schrieb rund 30 Drehbücher, darunter „Sau sticht", das mit dem Bayerischen Fernsehpreis ausgezeichnet wurde. Ihre bisherigen fünf Romane verfolgen die bayerisch-anarchischen Spuren. Außerdem schreibt sie heitere Sachbücher, und stand mit „Ich hatte mich jünger in Erinnerung – Lesebotox für die Frau ab 40" über zwei Jahre auf der Spiegel-Bestsellerliste, ein halbes Jahr davon auf Platz eins. 2018 erscheinen von ihr „Ohne meinen Mann wäre ich glücklich verheiratet" und die schwarze Komödie „Man muss auch mal loslassen können".

CHRISTIAN BUMEDER

alias Bumillo, ist dort daheim, wo die Postleitzahlen mit 8 beginnen. Groß geworden ist er auf dem Land, studiert hat er in der Stadt, und das alles verarbeitet er seit 2007 wortgewaltig und mit vollem Körpereinsatz auf der Bühne. Seine Bandbreite reicht dabei von Lyrik bis Stand-up, von Rap bis Kabarett und von albern bis politisch. Er ist Moderator und Gastgeber diverser Kleinkunst- und Musikshows und Gründungsmitglied der Lesebühne „Die Rationalversammlung". Seine Auftritte mit dem Trio „PauL – Poesie aus Leidenschaft" wurden mit zahlreichen Kabarettpreisen ausgezeichnet. Von Herbst 2014 bis Sommer 2017 war Bumillo mit seinem ersten Soloprogramm „VEIT CLUB" in Bayern auf Tour (dazugehöriges Studioalbum beim Chiemgauer Plattenlabel „International Bohemia"). Im Bayerischen Fernsehen führte er von April 2016 bis Juli 2017 wöchentlich durch die halbstündige Kunst- und Literatursendung „SÜDLICHT". Im Januar 2018 fand im Münchner Lustspielhaus die Premiere seines zweiten Soloprogramms „Die Rutsche rauf" statt.

ALEX BURKHARD

ist amtierender deutschsprachiger Meister im Poetry Slam. Außerdem Bayerischer Meister (2017) und dreifacher Münchner Stadtmeister (2014, 2015, 2016). 2013 wurde er mit dem Kulturförderpreis der Internationalen Bodensee-Konferenz (IBK) ausgezeichnet. Er tourt mit seinem aktuellen Programm „Man kennt das ja", einer Mischung aus literarischem Kabarett und Stand Up Poetry, durch den deutschsprachigen Raum. Er ist außerdem Ensemble-Mitglied zahlreicher Leseshows in München und leitet Workshop-Projekte für Kreatives Schreiben im Auftrag des Literaturhauses, des Lyrik Kabinetts und der Stadt München.

Die Geschichtensammlungen „... und was kann man damit später mal machen?“ (2013) und „Benutz es! Von der Kunst, es unnötig kompliziert zu machen“ (2017) sowie die Reiseerzählung „Die Zeit kriegen wir schon Rom“ (2015) erschienen im Satyr Verlag Berlin.

KLAUS EBERLEIN

1941 geboren, sechs Jahre auf die Akademie gegangen, vor 30 Jahren angefangen als freier Künstler Kunst zu machen, viel gezeichnet und gelesen, Holzschnitte geschaffen, Lithos gedruckt, Radierungen geätzt, Plakate entworfen, geheiratet, Vater geworden, fotografiert, Skulpturen in Keramik geformt, für Zeitungen gearbeitet, Bücher illustriert, Akte gezeichnet, Ausstellungen gemacht und noch mehr: Landschaften erlebt, Tiere gesehen, Großvater geworden. Versuche, die Welt in Kunst zu erfassen, begreifbar zu machen, dauern noch an.

HELMUT ECKL

Kam am 20. November 1947 selbstständig in Wolfersdorf auf die Welt. Aufgewachsen ist er langsam und vorsichtig in der Oberpfalz. Er ist verheiratet und hat zwei eheliche Kinder gezeugt. Seine Hobbys sind Bücher schreiben und Radl fahren. Sein Stammtisch hat sich 1976 am Chinesischen Turm gegründet und alle Stammtischbrüder leben noch. Helmut Eckl ist ein glücklicher Münchner. Mit der Rolltreppe am Marienplatz fährt er schwindelfrei. Seit 2002 ist er Münchner Turmschreiber. Altersbedingte Ehrungen hat bislang nicht erhalten, dafür wurde ihm 2011 der Poetentaler der Münchner Turmschreiber verliehen und 2013 der Kaleidoskop-Teller des Münchner Künstlerkreises Kaleidoskop. Helmut Eckl hat bisher dreizehn Bücher geschrieben und eine CD mit Satiren veröffentlicht. Aktuelles unter: www.helmut-eckl.de

FRANZ EDER

Geboren 1942 in München. Lernte Kartographie und Grafik. Lebte zehn Jahre bei den Eidgenossen. War 16 Jahre ständiger Mitarbeiter des Schweizer Satiremagazins „Nebelspalter“. Zeichnete u. a. auch für „Playboy“, „Penthouse“, „Focus“ und „Medical Tribune“. Seit 1987 wurden seine Zeichnungen in mehr als fünfzig Turmschreiber-Büchern und Kalendern veröffentlicht. Er karikierte live in über sechzig TV-Sendungen und gestaltete Schallplatten- und Zeitschriftencover, T-Shirts, Weinetiketten und Filmplakate. Er setzte sich dafür ein, dass es seit 2011 die Werner-Schlierf-Straße in Giesing gibt. Franz Eder bekam 2010 den Bayerischen Poetentaler und ist seit 2013 Mitglied der „Münchner Turmschreiber“.

GEORG EGGERS

Seit 2012 Professor an der Hochschule für angewandte Wissenschaften München. Der als „Grög!“ Eggers bekannte Poetry Slammer und Physik-Kabarettist tritt regelmäßig mit seiner Show „Die Physik des Scheiterns“ auf. Mehr Informationen dazu unter www.phsik-des-scheiterns.de und www.groeg.de

JOSEF FENDL

Der 1929 im Bayerischen Wald geborene Häuslerbub entschied sich nach dem Abitur und einem Studium Generale für die Pädagogik. Er war als „niederbayerischer Gastarbeiter in der Oberpfalz“ fast vierzig Jahre lang Lehrer in Regensburg und Neutraubling, außerdem 36 Jahre Gemeinde- bzw. Stadtrat und 34 Jahre Kreisheimatpfleger. Er sieht sich selbst als „rusticus in urbe“, als einen Bauern in der Stadt. Der „literarische Besenbinder“ hat inzwischen an die siebzig Bücher herausgegeben und ist landauf, landab als temperamentvoller Rezitator seiner Schwänke, Sprüche, und Wirtshausaphorismen bekannt. Elf Jahre lang redigierte er den Straubinger Kalender, den ältesten Heimatkalender Deutschlands. Beiträge aus seiner Feder sind auch in 150 Anthologien, Kalendern und Schulbüchern zu finden.

OTTFRIED FISCHER

Geboren 1953 im niederbayerischen Ornatsöd, wo er auf dem Bauernhof seines Vaters bei Untergriesbach (Bayerischer Wald) aufwuchs. 1980 gründete er, nach einem abgebrochenen Studium der Rechtswissenschaften, mit Freunden das Münchner „Hinterhoftheater“ und trat als Kabarettist und Schauspieler auf. Den ersten Soloauftritt hatte er 1989 mit dem Programm „Schwer ist leicht was“. Seit dieser Zeit verfasste Fischer nicht nur viele Kabarettprogramme, sondern auch etliche Bücher. Von 1985 an arbeitete er in zahlreichen Fernsehspielen, Filmen und Fernsehserien verstärkt als Schauspieler, so z. B. in „Irgendwie und Sowieso“ oder ab 1995 in „Der Bulle von Tölz“. Seit 2003 spielte er die Hauptrolle in der Reihe „Pfarrer Braun“. Im Bayerischen Fernsehen moderierte er mehr als 100 Sendungen „Ottis Schlachthof“. Für seine Arbeit wurde Fischer mit zahlreichen Kabarett-, Film- und Fernsehpreisen ausgezeichnet.

WALTER FLEMMER

Am 26. März 1936 in München geboren. Studium der Deutschen Literatur, Geschichte, Philosophie und Geographie, Promotion zum Dr. phil. mit einer Arbeit zu Herders Lyrik.
Seit 1960 journalistisch tätig für Zeitungen, Zeitschriften und den Hörfunk sowie als Verlagsredakteur. Von 1962 bis 2001 beim Bayerischen Rundfunk, die letzten Jahrzehnte als Stellvertretender Fernsehdirektor und Kulturchef. Von 2001

bis 2011 Präsident der Bayerischen Akademie für Fernsehen. Autor und Herausgeber von mehr als 50 Büchern, Fernsehdrehbuchschreiber und Fernsehmoderator. Vortragsreisen in Asien, Afrika, Lateinamerika und im Vorderen Orient. Ehrenmitglied der Bayerischen Akademie der Schönen Künste, Mitglied und Mitarbeit in einer Reihe von gesellschaftlichen und sozialen Organisationen. Ehrungen u.a.: Bundesverdienstkreuz, Bayerischer Verdienstorden, Bayerischer Fernsehpreis.

KARL FORSTER

1950 im niederbayerischen Vilsburg geboren, war nach gymnasialen Aufenthalten in Schäftlarn, Landshut, Traunstein und dem Abgang während der 12. Klasse von 1969 bis 1971 Berufsmusiker in Bars und Hotels. Nach dem Militärdienst wirkte er in Münchner Krankenhäusern als Pfleger und in der restlichen Stadt als Taxifahrer. Sein erster Artikel wurde im Juli 1977 im Feuilleton der SZ veröffentlicht. Daraufhin entschied sich Forster für die Arbeit als freier Autor. Nach dem Besuch der Deutschen Journalistenschule arbeitete er als Redakteur und Reporter der Münchner AZ, seit 1987 bei der SZ im Lokalteil. Er leitete von 2008 bis 2016 das Ressort Kultur München-Region-Bayern und arbeitet seitdem als fester Autor für das Blatt. Musikalisch ist Forster seit 2007 Chef der SZ-Band „Deadline".

HANS GOETTLER

Sonntagskind vom 3. Mai 1953, in Simbach am Inn im schönen Niederbayern – gegenüber von Braunau am Inn – geboren; dort aufgewachsen in einem Wirtshaus mit Weißbierbrauerei und Kracherlmacherei; Dr. phil.; Akademischer Direktor an der Passauer Universität im Fachbereich Germanistik; Ehemann (1x); Vater (3x); lebt in der Pockinger Heide in Osterholzen (Gemeinde Kirchham bei Bad Füssing) zwischen Inn und Rott. (Vor-)Leser und Sprecher bayerischer Literatur und Sprache; Schrift- und Sprechsteller; Herausgeber der niederbayerischen Autorinnen und Autoren Emerenz Meier, Katharine Koch, Wilhelm Diess, Maria Mayer, Max Peinkofer, Ponzauer Wigg und Robert B. Erbertseder; zahlreiche Preise und Auszeichnungen; wäre auch bereit, für die von ihm edierte bayerische „Weltliteratur" den Literaturnobelpreis anzunehmen! Seit 2005 Turmschreiber.

THOMAS GRASBERGER

Jahrgang 1964 – geboren und aufgewachsen im oberbayerischen Wallfahrtsort Altötting. Er war nie Ministrant, sehr wohl aber Kriegsdienstverweigerer. Nach dem Studium der Politikwissenschaft, Philosophie und Geschichte in München und Bangkok/Thailand besuchte er die Deutsche Journalistenschule in München. Einige Jahre war er Kultur-Redakteur bei der Münchner Abendzeitung. Seither schreibt er für den Bayerischen Rundfunk, vor allem Radio-Features und Reportagen auf Bayern 2. Als Buchautor hat er unter anderem die „Gebrauchsanweisung für München" und eine bayerische Trilogie verfasst, die das Wesen der bayerischen Seele zu ergründen versucht: „Grant. Der Blues des Südens", „Stenz. Die Lust des Südens" und „Flins. Das Geld des Südens". 2017 wurde Thomas Grasberger mit dem Ernst-Hoferichter-Preis ausgezeichnet. Er lebt mit seiner Frau und den beiden Söhnen in der Münchner Maxvorstadt.

MICHAEL GROISSMEIER

geboren 1935 in München, lebt in Dachau. Lyriker und Erzähler. Bürgermedaille der Großen Kreisstadt Dachau, Ehrengabe zur Förderung des Schrifttums, Verdienstkreuz am Bande des Verdienstordens der Bundesrepublik Deutschland, Bayerischer Poetentaler, Ehrengast der Deutschen Akademie Villa Massimo in Rom. Der literarische Vorlass befindet sich in der Monacensia München und im Stadtarchiv Dachau.

GERD HOLZHEIMER

Dr. phil., setzt das Werk seines Vaters als Landvermesser fort, auf literarischer Ebene. Verfasser von über dreißig Büchern, zuletzt Einspielung des Hörbuchs „Da kloa Prinz", Mitarbeit an verschiedenen Zeitungen und Zeitschriften, für den Bayerischen Rundfunk und das Fernsehen, an dem Film Trüffeljagd im Fünfseenland, künstlerischer Leiter der Veranstaltungsreihe Literarischer Herbst im Landkreis Starnberg und Herausgeber der Zeitschrift „Literatur in Bayern". Konzeption und Durchführung literarischer Exkursionen zwischen Ammerland, Feuerland, Amazonas, Mandovi-River und der Würm.

GERALD HUBER

Ist 1962 in Landshut geboren, wo er mit elf Jahren bereits seine erste Zeitung herausbrachte – komplett mit selbstgeschriebenem Fortsetzungsroman. Nach humanistischem Gymnasium, dem Magister in Geschichte und Sprachwissenschaften und zahlreichen weiteren journalistischen und literarischen Fingerübungen kam er zum Bayerischen Rundfunk, wo er unter anderem Autor der „Hubers Bairischer Wortkunde" ist. Daneben hat er eine Reihe von Beiträgen und Büchern zu Geschichte, Sprache und Kultur in Bayern veröffentlicht und tritt mit Lesungen auf. Ausgezeichnet wurde er mit dem Journalistenpreis der Stiftung Aventinum und der Tassilomedaille.

MICHAELA KARL

Geboren 1971 in Niederbayern, studierte Politologie, Geschichte und Psychologie in Berlin, München und Passau. 2001 Promotion an der FU Berlin über Rudi Dutschke. Danach folgerichtig die publizistische Hinwendung zu den rebellischen Figuren in der Bayerischen Geschichte: Räubern (Sozialrebellen in Bayern), Frauen (Bayerische Amazonen) und Räterepublikanern (Die Münchener Räterepublik). Lebt mit ihrem Mann in Bayern und hat noch immer einen Koffer in Berlin. Schreibt bis heute mit Vorliebe über Menschen, die aus dem Rahmen fallen ...

JÜRGEN KIRNER

Geboren 1960 im oberpfälzischen Hemau, lebt in München. Er ist Gründer und Autor der Couplet-AG, eine der erfolgreichsten Musikkabarettformationen Süddeutschlands – ausgezeichnet u. a. mit dem Bayerischen Kabarettpreis –, Moderator und Autor der BR-Sendung „Brettl-Spitzen" und gehört dem Präsidium der Turmschreiber an. Seine Texte und Couplets beleuchten das subversive Innere der bayerischen Volksseele und begleiten auf ganz eigene Art das Leben der Politprotagonisten. Bisher sind neun CDs und zwei DVDs erschienen. Neben zahlreichen, regelmäßigen Rundfunk- und Fernsehgastauftritten gibt es große Tourneen und Konzerte. Mit der Couplet-AG gelang es ihm nicht nur, die totgesagte Tradition der Volkssänger wieder aufzugreifen und der Liedform des Couplets zu einer Renaissance zu verhelfen, sondern diese musikalisch-kulturelle Nische erfolgreich neu zu besetzen. Satirisch-bissige Texte und Couplet-AG-Klassiker wie „Geh peitsch mi", „A Glaserl Eigenurin" und „Bierbauchhasi" sind mittlerweile nicht nur in zahlreichen Liederbüchern und vor allem im eigenen Buch „20 Jahre Couplet-AG" (Volk Verlag) verewigt, sie werden landauf und -ab von zahllosen begeisterten Fans öffentlich aufgeführt.

FITZGERALD KUSZ

Lyriker und Dramatiker. Am 17. November 1944 in Nürnberg geboren, aufgewachsen in Forth, Mittelfranken. Studium der Anglistik und Germanistik in Erlangen. Ein Jahr als „assistant teacher" in Nuneaton, Warwickshire, England. Bis 1982 Lehrer. Seither freier Schriftsteller. Verheiratet. 3 Kinder. Mitglied im PEN, im VS und in der Akademie der Darstellenden Künste. 9 Literaturpreise, zuletzt: August-Graf-von-Platen-Preis, Ansbach, 2011. Auszeichnungen u.a.: Bundesverdienstkreuz, 1992. Karl-Bröger-Medaille, Nürnberg, 2016. 14 fränkische Dialekt-Gedichtbände, zuletzt: „der vollmond über nämberch. die besten gedichte aus vierzig jahren", 2009; „Guuder Moond", 2015. 24 Theaterstücke, darunter: „Schweig, Bub!", Volksstück, 1976; „Burning Love", 1984; „Letzter Wille", 1996; „Der fränkische Jedermann", 2001; „Hänsel und Gretel. ein Familiendrama", 2002; „Witwendramen, Revue", 2005; „Das hässliche Entlein", 2005; „Lametta", 2010; „Die Götter-Soap –Letzte Staffel frei nach Ovid", 2013; „Sag nix – Liebesdialoge", 2015. Film und Fernsehen, darunter: „Gudrun", 1992; „Florian III", 1994. Hörspiele, darunter: „Hermann", 1989; „Die Nibelungen. Eine deutsche Seifenoper", 1992; „Der Alleinunterhalter", 1996". CDs: „allmächd", 1996; „fläiß fluß", 1998; „krouhä", 2009. Internet: www.kusz.de

ANTON G. LEITNER

1961 in München, publizierte bislang zwölf lyrische Einzeltitel, u. a. „Schnablgwax. Bairisches Verskabarett" (2016; auch als E-Book und Audiobook). In seinem Verlag gibt er seit 1993 die buchstarke Zeitschrift „DAS GEDICHT" heraus, die von Herbst 2017 bis Sommer 2018 bundesweit ihr 25. Jubiläum feiert. Darüber hinaus edierte er über vierzig Anthologien insbesondere im dtv. Zuletzt erschienen bei Reclam seine Sammelbände „Heimat. Gedichte" (2017) und „Der Himmel von morgen. Gedichte über Gott und die Welt" (2018). Leitner wurde vielfach ausgezeichnet, u. a. mit dem V. O. Stomps-Preis der Stadt Mainz, dem Kulturpreis AusLese der Stiftung Lesen und dem Tassilo-Preis der Süddeutschen Zeitung.
www.AntonLeitner.de und www.Schnablgwax.de

GERHARD LOEW

Mit dem Theaterstücke-Schreiben befasst er sich seit seinem 25. Lebensjahr. Der Erstling „Da Hochstandjosef" wurde Anfang der 70er Jahre in der „Iberl"-Bühne aufgeführt, für die Loew seine ersten zehn Theaterstücke als deren Hausautor verfasste. Dort entstand auch die berühmte „Grattleroper", die mit mehr als 500 Aufführungen fast schon zur Legende und über die bayerischen Grenzen hinaus, bis ins Hamburger „Ohnsorg Theater", zum viel gespielten Klassiker wurde. Zu seinen weiteren großen Erfolgen zählen unter anderem das bayerische Musical „Kinipfingst", die kommunalpolitische Komödie „Wer ko der ko", die Urlaubssatire „D'Sunn scheint schee", die Wildererposse „Brootznschiaßn", „Der Weihnachter", „Passion", „Ghupft wia gsprunga", die faustische Komödie „Kasperltheater" und „Talk Extra", eine Talkrunde mit historischen Personen aus der bayerischen Geschichte. In den letzten Jahren entsteht regelmäßig ein neues Stück, das er mit seinem Ensemble im Kulturzentrum Oberbräu in Holzkirchen zur Aufführung bringt. Loews etwa fünfzig Theaterstücke sind mehrheitlich im „MundArt-Verlag", Aßling, erschienen.

WOLFGANG OPPLER

Geboren wurde Wolfgang Oppler 1956 in Rosenheim, lebt heute in Ebersberg. Während der Schulzeit in München wurde er Mitglied im Friedl Brehm Kreis. Nach einem Jurastudium arbeitete er drei Jahrzehnte lang als Syndikus in einer Bank in München, bevor er diesen Beruf an den Nagel hängte und eine Ausbildung zum Stadtführer machte. Seit 2013 begeistert er Menschen aus aller Welt und aus Oberbayern für die Schönheiten der Stadt München. Er verfasst Gedichte, Kurzgeschichten, Szenen, Puppentheaterstücke für Kinder und für Erwachsene. Die schweißtreibende Handlung des Schreibens vollzieht er am liebsten im Café, im Biergarten und vor allem in vollbesetzten S-Bahn-Zügen.

HOLGER PAETZ

Kabarettist und Dichter ... wirkt von Schwabing in die Welt. Sei es als satirischer Monatsrückblicker, als Dichter schräger Lyrik im eigenen Verlag oder als Fastenprediger „Pater Paetz". Paetz war Mitglied der Münchner Lach- und Schießgesellschaft und viele Jahre Autor des Nockherberg-Singspiels. Man nennt ihn auch den „Buster Keaton des Wortes".

Preise:
„Münchner Kabarettpreis", „Schwabinger Kunstpreis", „Salzburger Stier" (Pate: Dieter Hildebrandt)

„Paetz ist ein durchgeknallter Unterhalter, schlagfertig und mit obskurem Wortwitz." (Schwäbische Zeitung)

„Er ist nicht nur selbstironischer Paetz-Darsteller, er ist schlicht und ergreifend ein sprachvirtuoser Literat, wenn nicht Poet." (Neue Zürcher Zeitung)

MONIKA PAUDERER

„Vielleicht, weil ich ein Sonntagskind bin (geb. am 14. Juli 1940, aufgewachsen im Mangfalltal und 1960 durch Heirat mit einem waschechten Münchner zur Münchnerin erhoben), habe ich immer ein Quäntchen Glück mehr gehabt im Leben. Auch ohne akademische Bildung und Doktortitel, letzteren nicht einmal auf dem Standesamt erworben, waren die 26 Buchstaben des Alphabets stets mein liebstes Spielzeug, mein erster Setzkasten – der reinste Zauberkoffer. Lesen zu lernen und schreiben zu können, das wünschte ich mir schon sehr früh. An letzterem übe ich allerdings immer noch. Bisher wurden drei Dutzend Bücher veröffentlicht."

MARIA PESCHEK

Geboren am 12. August 1953, Schauspielerin (Otto Falckenberg-Schule), Kabarettistin, Bühnenautorin, zwei erwachsene Kinder, lebt mit Ehemann, dem Schauspieler Helmut Dauner, auf dem Land in Bayern. Nach diversen Theaterengagements erster Kabarettauftritt beim Passauer Scharfrichterbeil Wettbewerb (2. Platz). Erstes Soloprogramm 1986 „Ja wo samma denn" im Münchner Fraunhofertheater. Kabarettprogramme zusammen mit den Wellküren, Tourneen mit Michael Skasa, sechs Soloprogramme, aktuelles Kabarettprogramm mit Helmut Dauner „was war des jetzt", von 2000 bis 2007 wöchentliche Glosse beim Bayrischen Rundfunk als Paula Pirschl. Trägerin des Münchner Kabarettpreises 2009. Aktuelles unter: www.mariapeschek.de

ANATOL REGNIER

1945 in St. Heinrich am Starnberger See geboren, war Gitarrist und Lehrer am Richard Strauss Konservatorium in München, bevor er im Alter von fünfzig Jahren professionell zu schreiben begann. Lebte in Israel und Australien. Chansonsänger, Rezitator, Komponist und Autor in München. Buchveröffentlichungen: „Damals in Bolechów – eine jüdische Odyssee", „Du auf deinem höchsten Dach – Tilly Wedekind und ihre Töchter", „Frank Wedekind – eine Männertragödie", „Wir Nachgeborenen – Kinder berühmter Eltern". Kurzgeschichten bei Rowohlt, Steidl, dtv. Ernst Hoferichter Preis 2005, Schwabinger Kunstpreis 2012.

MARTHA SCHAD

Geboren am 12. März 1939 in München, Dr. phil. M.A., wohnt in Neusäß bei Augsburg. Studium der Geschichte und Kunstgeschichte an der Universität Augsburg, Promotion über das Thema „Die Frauen des Hauses Fugger von der Lilie". Freiberufliche Historikerin und Autorin mit Schwerpunkt historische Frauen. Eine Titelauswahl: „Bayerns Königinnen", "Kaiserin Elisabeth und ihre Töchter", „Frauen gegen Hitler", „Stalins Tochter – Das Leben der Swetlana Allilujewa", „Romanzen auf der Roseninsel", „Briefwechsel Cosima Wagner mit König Ludwig II.", „Gottes mächtige Dienerin – Schwester Pascalina und Papst Pius XII" und "Ludwig Thoma und die Frauen". Zahlreiche Preise, u. a. auch den „Bayerischen Poetentaler".

HARDY SCHARF

Geboren 1939 in Petersweiler, aufgewachsen in Endorf, Studium der Germanistik, Theologie und Zeitungswissenschaft in Bonn, Dublin und München. Zuletzt Studiendirektor und Zentraler Fachberater für Dramatisches Gestalten. Organisator und Moderator des Münchner Schulfestes in der Rudi-Sedlmayer-Halle. Langjähriges Mitglied der Schwabinger Kleinkunstbühne KEKK, Auftritte beim Bardentreffen Nürnberg, im Passauer Scharfrichterhaus. Veröffentlichungen in verschiedenen Zeitungen und im Bayerischen Rundfunk. Bücher: „Spötterspeise & Konfekt", „Sei lachsam", „Nie wieder Stau". Schreibt weiter unter dem Motto: „Ich hänsle, also grimm ich."

HERBERT SCHNEIDER

Erblickte am 8. Oktober 1922 in der Münchner Vorstadt Schwanthalerhöh das elektrische Licht. Ausgerechnet an einem Sonntagabend machte er seiner Mutter diese anderen Umstände. Später ging er in die Schule. Er war ein guter Apfelstrudelesser und ein anerkannter Champion im Schussern. In der Folge übertrumpfte er als Obergereifter den ehemaligen Gefreiten Adolf. Anschließend wäre er gern Radrennfahrer geworden, doch war ihm sein Radl während des Kriegs gestohlen worden. So wurde er kurz entschlossen Journalist und Schriftsteller. Mit den Jahren vergingen die Jahre und er schrieb Bücher, pflanzte einen Baum und zeugte einen Sohn, wie es die Dienstvorschrift befiehlt. 1962 verlieh ihm die Stadt München den Förderpreis für Literatur, 1969 erhielt er den Poetentaler, 1970 die Ludwig-Thoma-Medaille und 1990 den Sigi-Sommer-Literaturpreis.

ALFONS SCHWEIGGERT

Geboren in Altomünster, lebt in München, veröffentlichte Sachbücher, Biografien, Erzählungen, Lyrik, Satiren, den Roman „Das Buch", außerdem Pädagogische Fachbücher. Besondere Beachtung fanden seine Werke zu König Ludwig II.

Nach dem Studium der Psychologie, Philosophie und Pädagogik war er sechs Jahre Lehrbeauftragter an der Universität München. 1993 bis 2009 Institutsrektor am Staatsinstitut für Schulpädagogik und Bildungsforschung in München. Seit 2010 freischaffender Schriftsteller.

1976 und 1984 Bestenliste Deutscher Jugendbuchpreis. 1990 Literaturpreis München-West. 1995 Literatenkerze der Schwabinger Katakombe. 1995 Bayerischer Poetentaler. Schweiggert ist Vorsitzender der „Karl Valentin-Gesellschaft" und war bis Februar 2017 Präsidiumsmitglied der Schriftstellervereinigung „Münchner Turmschreiber".

JOSEF STEIDLE

Waschechter Münchner aus Oberföhring. Jahrgang 1927. Abitur, dann Verwaltungsbeamter der Stadt München, 12 Jahre Referent des Bürgermeisters, 15 Jahre lang für Altenheime zuständig. Schon als Bub leidenschaftlich musiziert, gesungen, Gedichte gelesen und dann gern und viel vorgetragen. Hat acht Bücher mit bayerischen Dialektgedichten und Erzählungen veröffentlicht. Er schreibt ein unverfälschtes Münchnerisch, einen „lupenreinen Randsteindialekt". Komponiert auch aus Spaß an der Freud Lieder, Märsche und Walzer. Seit Jahrzehnten Mitglied der Turmfalken (Damische Ritter), wo er dichtend, textend, singend, musizierend aktiv ist.

MICHAEL STEPHAN

Am 2. August 1954 in Stuttgart geboren, aufgewachsen in München und hier lebend; Leiter des Stadtarchivs München; dort Herausgeber der Stadtviertelreihe „Zeitreise ins alte München" und Autor des Bandes über Schwabing (2015); Mitherausgeber der Reihe „Miscellanea Bavarica Monacensia" mit Dissertationen zur Münchner Stadtgeschichte und zur bayerischen Landesgeschichte. Viele stadtgeschichtliche Vorträge und Publikationen; einer der Schwerpunkte ist die literarische Szene Münchens (u. a. Franz von Pocci, Henrik Ibsen, Thomas Mann, Georg Queri, Max Halbe und Josef Ruederer). Vorsitzender des Historischen Vereins von Oberbayern; Vorstandsmitglied des Kulturforums der Sozialdemokratie in München und der Franz-Graf-von-Pocci-Gesellschaft; Mitglied der Deutschen Schillergesellschaft und der „Saubande", dem Freundeskreis des Valentin-Karlstadt-Musäums. Redaktionsmitglied der Zeitschrift „Literatur in Bayern".

GUNNA WENDT

Geboren 1953 in Jeinsen bei Hannover, studierte Soziologie und Psychologie und lebt seit 1981 als freie Schriftstellerin und Ausstellungsmacherin in München. Neben ihren Arbeiten für Theater und Rundfunk veröffentlichte sie Kurzgeschichten, Essays und zahlreiche Biografien, u.a. über Liesl Karlstadt, Paula Modersohn-Becker, Franziska zu Reventlow, Lena Christ, Maria Pawlowna, Maria Callas, die „Furtwängler-Frauen" und Ruth Drexel. 2017 erhielt sie den Schwabinger Kunstpreis.

ANGIE WESTHOFF

Wurde 1965 in München geboren und arbeitete in der internationalen Lehrerfortbildung, bevor sie 2006 mit dem Schreiben von Kinder- und Jugendbüchern begann. Bisher sind etwa zwanzig ihrer Werke verlegt worden. 2011 wurde das „Buch der seltsamen Wünsche" in die Empfehlungsliste der Internationalen Jugendbibliothek (The White Ravens) aufgenommen. Die Autorin lebt und arbeitet im Münchner Westend, dessen Kulisse wiederholt zum Schauplatz ihrer Bücher wurde.

JOSEF WITTMANN

Geboren 1950 in München, lebt seit 1977 in Tittmoning. Mitglied im Verband Deutscher Schriftsteller, bei den Münchner Turmschreibern und im Internationalen Dialektinstitut. Als Lyriker schreibt er vorwiegend in bairischer Mundart. Bisher sind acht Gedichtbände erschienen, von „kuacha & kafä" (1972) bis zum Hörbuch „Kraah Gickerl kraah kraah" (2014) im Dialekt. „Kleinstadt" (2015) in Schriftdeutsch.

Er übersetzt amerikanische Lyrik ins Deutsche, verfasst Satiren, Theaterstücke und Kabarett-Texte. Beiträge in vielen Anthologien, zuletzt in „Vastehst me" und in „Bairisches Poeticum", beide 2014. Als Buchillustrator hat er u. a. Felix Hoerburgers „Neueste Nachrichten aus der schnubiglputanischen Provinz" gestaltet. Homepage: www.josef-wittmann.at

SABINE ZAPLIN

Geboren 1964 in Herford (NRW), lebt – nach einigen Jahren an verschiedenen Theatern des Landes – als Freie Autorin und Kulturjournalistin mit ihrer Familie in der Nähe von München. Ihr Romandebüt „Engelsalm" (C.H. Beck) wurde während der Arbeit am Manuskript mit einem Literaturstipendium der Landeshauptstadt München gefördert. Neben Prosa schreibt Sabine Zaplin auch Lyrik, Theaterstücke (Förderpreis des Deutschen Sühnevereins für „Bleibt unter uns") und übersetzt aus dem Englischen. Zuletzt erschien ihr Roman „Alle auf Anfang" (LangenMüller).

DER POETENTALER DER TURMSCHREIBER

Die Münchner Schriftstellervereinigung der Turmschreiber vergibt den „Bayerischen Poetentaler“ alljährlich an Persönlichkeiten oder auch Institutionen, die sich um die bayerische Kunst und Kultur besonders verdient gemacht haben. Die Träger der renommierten Auszeichnung sind:

1961
Joseph Maria Lutz
Prof. Eduard Stemplinger
Dr. Dr. Alfred Weitnauer

1962
Prof. Benno Hubensteiner
Ernst Hoferichter
Hanns Vogel

1963
Abt Hugo Lang
Adolf Roth
Dr. Eugen Roth

1964
Gustl Feldmeier
Josef Martin Bauer
Dr. Alois Fink

1965
Richard Billinger
Prof. Carl Orff
Dr. Erwin Schleich

1966
Bernhard Ücker
Ludwig Schrott
Karl Spengler

1967
Marieluise Fleißer
Arthur Maximilian Miller
Wugg Retzer

1968
Wastl Fanderl
Dr. Herbert Schindler
Anton Schnack
Friedrich Schnack

1969
Reinhard Raffalt
Prof. Rudolf Kriß
Herbert Schneider

1970
Dr. Hans Bleibrunner
Hans Fitz
Oskar Weber

1971
Prof. Otto Kraus
Paul Ernst Rattelmüller
Prof. Hans Wimmer
Roider Jackl

1972
Hannes König
Michl Lang
Georg Lohmeier
Otto Schemm

1973
Martin Lankes
Prof. Arthur Piechler
Siegfried Sommer

1974
Annette Thoma
Dr. Emil Vierlinger
Werner A. Widmann
Capella Monacensis

1975
Eva Vaitl
Wolfgang Johannes Bekh
Paul Friedl (Baumsteftenlenz)
Pater Stefan Schaller

1976
Günter Goepfert
Hellmuth Kirchammer
Dr. Michael Schattenhofer
Regensburger Domspatzen

1977
Ludwig Hollweck
Dr. Robert Münster
Prof. Anton Neuhäusler (=Franz Ringseis)
Kurt Wilhelm

1978
Alix du Frênes
Wilhelm Lukas Kristl
Anton Wandinger
Franz Xaver Breitenfellner
Die Förderer
Landshuter Hochzeit 1475

1979
Werner Egk
Helmut Zöpfl
Georg Blädel
Josef Eberwein

1980
Ludwig Schmid-Wildy
Hans Pletzer
Erich Hartstein
Prinz Franz von Bayern

1981
Ludwig Kusche
Hans Hösl
Fritz Straßner
„Augsburger Puppenkiste“

1982
Alois Weichslgartner
Windsbacher Knabenchor
Gustl Bayrhammer
Franziska Bilek

1983
Carl Oskar Renner
Wilhelm Ludwig
Josef Oberberger
Walter Sedlmayr

1984
Fritz Meingast
Toni Berger
Dieter Wieland
Tölzer Knabenchor

1985
Hans Hotter
Prof. Hans Pörnbacher
Franz Freisleder
Hans Breinlinger (posthum)
Jugend- und Musikkorps Bad Kissingen (Jugend-Musikkorps)

1986
Wolfgang Sawallisch
Michael Ende
Max v. Aufseß
Werner Schlierf

1987
Ottfried Preußler
Karl-Heinz Schickhaus
Dr. Leopold Kammerer
Münchner Theater für Kinder (Marianne und Heinz Redmann)

1988
Frieda Sembach-Krone
Richard Lemp
Fred Rauch
Seeoner Sing- und Musizierkreis

1989
Dr. Anton Besold
Alexander v. Branca
Erni Singerl
Harald Dietl

1990
Leopold Ahlsen
Toni Goth
Willy Purucker
Franz Kuchler
Anna Wimschneider

1991
Hans Berger
Dr. Walter Flemmer
Heino Hallhuber
Hans Prähofer

1992
Ellis Kaut
Ernst Maria Lang
Herbert Rosendorfer
Rolf Wilhelm

1993
Manfred Bacher
Werner und Nanette Bald
Die Allgäuer Liederpoeten
(Werner Specht und Peter Zürn)
Michael Stiegler

1994
Dr. Fritz Fenzl
Enoch v. Guttenberg
Prof. Otto Meitinger
Hugo Strasser
Reiner Zimnik

1995
Prof. Ernst Otto Fischer
Kurt Graunke
Abt Odilo Lechner
Alfons Schweiggert

1996
Florian Besold
Veronika Fitz
Peter Grassinger
„Die wilde Gungl“

1997
Prof. Rudolf Seitz
Sepp Eibl
Hans Fischach
Iberl Bühne, Georg Meier

1998
Robert Naegele
Ernst Krammer-Keck
Josef Wahl
Augsburger Domsingknaben

1999
Armin Eichholz
Klaus Kiermeier
Walter Lindermeier
Fraunhofer Saitenmusik

2000
Werner Herzog
Wilfried Hiller
Dr. Ernestine Koch
Dr. Hans F. Nöhbauer

2001
Ruth Drexel
Kreuther Klarinettenmusi
Josef Steidle
Christian Ude

2002
Janosch
Ensemble Zapf'nstreich
Josef Fendl
Christine Neubauer

2003
Silke Aichhorn
Margret Hölle
Jutta Speidel
Helmut Seitz

2004
Jörg Hube
Jutta Makowsky
Couplet AG
Winfried Zehetmeier

2005
Frank M. Barwasser (Pelzig)
Gert Heidenreich
Lotte Roth-Wölfle
Gruppe Haindling / Hans-Jürgen Buchner
Erich Jooß

2006
Hedi Heres
Dieter Hildebrandt
P. Walter Rupp
Günther Sigl

2007
Martha Schad
Michael Skasa
Notker Wolf OSB

2008
Biermösl Blosn
Dr. Norbert Göttler
Gerhard Polt
Prof. Dr. Reinhard Wittmann

2009
Monika Baumgartner
Klaus Eberlein
Michael Groißmeier
Konstantin Wecker

2010
Franz Eder
Bruno Jonas
Monika Pauderer
Hans Roth

2011
Jo Baier
Helmut Eckl
Musiktrio Münchner Saitentratzer
Markus Wasmeier

2012
Bayerischer Rundfunk
Michael Lerchenberg
Hardy Scharf
Josef M. Redl

2013
Gustl Bauer
Ilse Neubauer
Claudia Schlenger & Hanns Meilhammer
(Herbert und Schnipsi)
Zither-Manä

2014
Miroslav Nemec
Asta Scheib
Traudi Siferlinger
Gisela Schneeberger
Udo Wachtveitl

2015
Anton G. Leitner
La Brass Banda
Marcus H. Rosenmüller
Christian Springer
Gitti Walbrun

2016
Werner Asam
Hans Göttler
Lisa Fitz
Elmar Wepper
Tanngrindler Musikanten

2017
Fredl Fesl
Das Team der Serie „Die Rosenheim-Cops"
Toni Drexler
Fitzgerald Kusz

2018
Michaela May
Andreas Giebel
Friedrich Ani
Bob Ross, Gründer u. Dirigent von
„Blechschaden"

Wolfgang Oppler

Zum Tod von Erich Jooß
13. März 1946 – 28. Oktober 2017

Ende Oktober 2017 erreichte die Turmschreiber und ihren Freundeskreis die traurige Nachricht vom Tod von Erich Jooß. Neben vielen anderen wichtigen und hohen Ämtern – wie dem des Direktors des Sankt Michaelsbundes und des Vorsitzenden des Medienrates der Bayerischen Landeszentrale für neue Medien – bekleidete Erich Jooß auch lange Jahre das Amt des Turmschreiberpräsidenten. Für seine Verdienste wurde er nicht nur mit dem päpstlichen Silvesterorden, dem Bayerischen Verdienstorden und der Bayerischen Verfassungsmedaille in Silber aus-gezeichnet, sondern auch mit unserem Bayerischen Poetentaler.

Die Bestürzung über Erichs unerwarteten Tod und die Trauer waren groß, hatten viele von uns doch gerade erst eine sehr intensive Woche mit ihm verlebt. Am Montag noch durften wir Erich Jooß bei der Poetentalerverleihung der Münchner Turmschreiber für sein 17 Jahre währendes Wirken im Präsidium unserer Autorenvereinigung ehren. Es war über all die Jahre zutiefst beeindruckend, wie still und bescheiden er sein Präsidentenamt ausgefüllt hatte. Ins Rampenlicht hatte er sich dabei nie gedrängt und doch die Richtung bestimmt, entscheidende Impulse gegeben, den längst fälligen Generationenwechsel eingeläutet.

Den Dienstag verbrachten viele von uns mit ihm gemeinsam in Benediktbeuren, diskutierten mit Lyrikern aus vielen Ländern über die Zukunft der Poesie. Mit seinem Referat über Gedichte für Erwachsene und für Kinder, zwischen denen er keine Unterscheidung zulassen wollte, und mit seinen engagierten Diskussionsbeiträgen hat er einmal mehr seine große Liebe für die Poesie offenbart und auch für die kleinen und großen Menschen, für die unsere Lyrik bestimmt ist.

Am Mittwoch schließlich trug Erich Jooß bei der Jubiläumsfeier der Zeitschrift DAS GEDICHT einige seiner Werke vor. Wie stets bei Lesungen wirkte er auch hier leise und zurückgenommen und gerade dadurch umso nachdrücklicher – wie auch seine Texte stets unaufdringlich daherkommen, ohne Pathos und Brimborium, sondern mit klaren Worten den Leser bei der Hand nehmen und ihm Einblicke gewähren in unbekannte und dabei doch ganz vertraute Szenarien. Seine Gedichte verstehen diejenigen Menschen am besten, die sie nicht mit dem Hirn, sondern mit dem Herzen lesen.

Die Berufung von Erich Jooß in den Kreis der Turmschreiber war mehr als ein Glücksfall. Als wunderbarer Teamplayer und ausgezeichneter Lenker hat er der Vereinigung Glanz, Ansehen und Reputation verliehen. Sein Wirken, seine Befähigung Menschen jedweden Alters zu begeistern, seine Menschlichkeit, seine Herzenswärme, seine Geselligkeit, seine Klugheit und seine Weitsicht sind legendär und unübertroffen. Mit ihm über Gott und die Welt zu philosophieren, war stets ein Vergnügen ganz besonderer Art. Seine exzellente und hohe Sachkompetenz, sein Witz, seine Güte, aber auch seine ihm ganz eigene Bescheidenheit machten ihn zu einem außergewöhnlichen Menschen.

Als Kenner, Könner und Freund der Lyrik, der Poesie, nicht zuletzt der Satire hat er unser Leben bereichert. Die Münchner Turmschreiberinnen und Turmschreiber verdanken Erich Jooß unendlich viel.

Wolfgang Oppler

Abschied von Leopold Ahlsen
12. Januar 1927 – 10. Januar 2018

Die Münchner Turmschreiber trauern um Leopold Ahlsen, der mit bürgerlichem Namen Helmut Alzmann hieß. Leopold Ahlsen war ein unermüdlicher Schreiber mit beeindruckender Schaffenskraft. Ein Schriftsteller mit enormer Vielseitigkeit, der sich auf den Theaterbrettern ebenso zuhause fühlte wie im Hörspielstudio und bei den Dreharbeiten zu Filmen und Fernsehstücken. Ein Autor, zu dessen Werk neben Lyrik, Dramen, Komödien und Hörspielen auch gewichtige Romane zählen.

Die Themen und Inhalte, die ihm am Herzen lagen, transportierte Leopold Ahlsen nicht selten in einem Umfeld, das uns aus der klassischen Mythologie vertraut ist. Oft war es auch die Weltgeschichte, die der Kriegs- und Nachkriegszeit und immer wieder die der Frühen Neuzeit, die ihm die Schauplätze für seine Stoffe lieferte, ins Gewand des Dramas ebenso häufig wie in das der Komödie verpackt. Leopold Ahlsen war mit großer schöpferischer Kraft ausgestattet, aber auch mit der Gabe, schwere und gehaltvolle Themen so aufzubereiten, dass sie einer breiten Zuseherschaft verständlich und eingängig wurden.

Als junger Mensch gehörte sein Interesse zunächst der Schauspielerei und Regiearbeit, bevor er sich zunehmend der Schriftstellerei zuwandte. Doch auch beim Schreiben war die Arbeit fürs Theater zunächst sein Schwerpunkt. Sein Drama „Philemon und Baukis“ wurde an mehr als 50 Theatern mit großem Erfolg aufgeführt. Seine Stücke wurden in zahlreiche Sprachen übersetzt und in vielen Ländern auf wichtigen Bühnen inszeniert.

Bald erregten die aufstrebenden Medien Rundfunk und Fernsehen sein Interesse. Die Tätigkeit als Lektor in der Hörspielabteilung des Bayerischen Rundfunks verschaffte ihm einerseits die wirtschaftliche Grundlage für sein literarisches Schaffen, aber sie machte ihn auch mit den technischen und formalen Anforderungen dieser damals noch neuen Medien vertraut. Leopold Ahlsen war mit den mehr als 100 von ihm verfassten Drehbüchern ab den 1960er Jahren maßgeblich daran beteiligt, dem Fernsehen den Weg in unserer Gesellschaft zu bereiten. Auch hier deckte sein Werk ein sehr breites Themenspektrum ab. Ob Drehbücher für die ZDF-Krimireihe „Der Alte“, ob historische Stoffe, die als Fernsehspiele oder Mehrteiler ausgestrahlt wurden, ob die 20-teilige Serie über eine Münchner Bierbrauerfamilie, die Wiesingers – stets lieferte er Unterhaltung mit Tiefgang.

Sehr erfolgreich bearbeitete er epische Werke anderer Autoren, um sie an die Bedürfnisse des Fernsehens anzupassen. Um nur einige Höhepunkte seines Schaffens zu nennen, sei an die sechsstündige Dokumentation „Wallenstein“ nach Golo Mann erinnert, an „Simplizius Simplizissimus“ nach Grimmelshausen, an „Die Dämonen“ nach Dostojewski. Neben den Autoren der Weltliteratur lagen ihm besonders auch die bayerischen Schriftstellerkollegen wie Ludwig Thoma, Oskar Maria Graf und Josef Maria Lutz am Herzen.

Relativ spät verlegte sich Leopold Ahlsen zu all dem noch auf das Schreiben von Romanen. Wieder waren historische Stoffe vorherrschend wie etwa bei seinen Büchern über Casanova oder über die Fugger.

Im Jahr 1990 durften die Münchner Turmschreiber Leopold Ahlsen mit ihrem Bayerischen Poetentaler auszeichnen. Es war nicht die einzige Ehrung, die er für sein umfangreiches Werk verdient und erlangt hat. Aber es war eine – so bilden wir uns zumindest ein –, die ihn besonders gefreut hat. Zumindest so sehr wie das Bundesverdienstkreuz, der Gerhard-Hauptmann-Preis, der Goldene Bildschirm der Fernsehkritik, der Hörspielpreis der Kriegsblinden, der Schiller-Gedächtnispreis, die Silberne Nymphe von Monaco oder die Dachauer Literatur-Medaille.

Unter den vielen Themen, die Leopold Ahlsen im Laufe seines reichhaltigen Dichterlebens bearbeitet hat, nimmt eines eine herausgehobene Stellung ein: das Sterben und der Tod. Am Beispiel großer Männer wie Ludwig XI. von Frankreich, Martin Luther und Leo Tolstoi hat er sich mit den letzten Tagen von Menschen auseinandergesetzt, mit Rückschau und Abrechnung.

Nun ist auch Leopold Ahlsen in den weiß-blauen Olymp eingezogen, wird dort in die Runde all der vertrauten Autorinnen und Autoren aufgenommen, die vor ihm gegangen sind. Uns bleibt als Trost sein reichhaltiges Werk, das ihn und uns überdauert.

Wolfgang Oppler

Der Tigerwilli ist tot

Im März 2018 ist Wilhelm Raabe, den meisten besser bekannt als der „Tigerwilli“, im Alter von 70 Jahren gestorben.

Musiker war der Tigerwilli, Dichter, Maler und Philosoph. Aber er war noch so viel mehr. Den erlernten Beruf als Metzger wollte und konnte er nicht ausüben, also holte er mit 27 Jahren das Abitur nach und studierte Geschichte, Kunstgeschichte, Philosophie und Sozialpädagogik. Neben seiner künstlerischen Tätigkeit betreute er, der selber als junger Mensch im Kinderheim viel Arges erleben musste, als Sozialpädagoge junge Handwerker im Wohnheim des Bayerischen Bauindustrie-Zentrums.

Im Alter von 19 Jahren schrieb Wilhelm sein erstes Lied. Der „Isele Rock“, benannt nach seinem Lehrherrn während der Metzgerlehre, begeisterte bis zuletzt sein Publikum. Bald kamen weitere Lieder dazu, auch Gedichte, in denen er nicht selten seine philosophische Weltsicht einfließen ließ. Auftritte auf Kleinkunstbühnen wie dem Schlachthof, der Drehleier, dem Fraunhofer häuften sich, bald wurde der Rundfunk auf ihn aufmerksam. Auch auf Festivals war er schnell gefragt, selbst außerhalb Bayerns war er ein gern gesehener Gast. Seine Fangemeinde wuchs und wuchs. Oftmals hatte er bei seinen Konzerten den Gitarristen Bonzo Keil an seiner Seite, mit dem er sich blind verstand.

Seine Lieder waren von den Balladen der großen Blues- und Rocksänger inspiriert, seine eindringlichen Texte über das Leben und die Lust, über Alltägliches und Außergewöhnliches waren vordergründig deftig, doch bei genauerem Hinhören ungemein einfühlend, oft bittersüß.

Über vieles Schwere, das Wilhelm Raabe in seinem Leben erdulden musste, half ihm seine Liebe zur Philosophie und zur Literatur hinweg. Er las Homer, Shakespeare und Goethe, setzte sich mit den Werken von Schopenhauer, Nietzsche, Kant und Adorno ebenso auseinander wie mit den heiligen Schriften der Inder und dem Alten Testament. Und er fand darin Halt und Stütze.

Wilhelm Raabe war ein Original, wie sie einem in der jetzigen gleichgeschalteten und globalisierten Welt nur noch ganz selten unterkommen. Er war bizarr, skurril, lustig, mitreißend. Schon sein Äußeres prägte sich jedem nach der ersten Begegnung bleibend ein. Den Willi erlebte man nicht anders als mit Mütze und Weste aus Tiger-Imitat. Es

ist wahrlich nicht zu hoch gegriffen, wenn der Tigerwilli in der Presse gerne als Gesamtkunstwerk bezeichnet wurde. Einprägsam waren auch die Titel seiner CDs und Programme: „S'Leben ist a Schindermatz" hieß es da, „Zwischen de Schenkel steckt der Deifi drin", „Da Mond, die geile Sau", „Papageil" oder „Pfui Deifi ist das Leben schee!". Archaische Lebenslust kam in diesen Liedernamen zum Ausdruck, gleichzeitig zeigten seine Texte aber auch viel Feingefühl und Wehmut.

Polarisiert hat der Tigerwilli immer, hat viele Menschen begeistert und manche verstört mit seinen oftmals derben, aufmüpfigen, kritischen, brachialen, ja ordinären Texten, die das Leben so offen und brutal beschrieben, wie der Willi es immer wieder erlebt hatte. Dabei war er ein durch und durch schüchterner und sensibler Feingeist, einer, der vor jedem seiner unzählbaren Auftritte vor Aufregung am liebsten alles wieder abgeblasen hätte. Auch nach etlichen Preisen und Ehrungen fragte er noch immer ängstlich, ob seine Lieder und Texte dem Publikum denn auch wirklich gefallen würden. Ein herzensguter Mensch war er, der alle liebte und nur widerwillig verinnerlichte, dass er den einen oder anderen mit seinen Liedtexten irritierte. Dabei war er den Mitmenschen gegenüber niemals grob, sondern immer liebenswert, höflich, voller Respekt und helfend gegenüber jedermann. Er war in allem, was er tat, authentisch, gerade heraus, ehrlich – war immer er selbst.

DIE KOLLEGEN IM WEISS-BLAUEN OLYMP

Leopold Ahlsen
1923–1994

Manfred Bacher
1923–1994

Wolfgang Johannes Bekh
1925–2010

Hans Breinlimger
1912–1985

Franz X. Breitenfellner
1913–1996

Hans Fischach
1922–2008

Günter Goepfert
1919–2017

Heidi Heres
1939–2010

Ernst Hoferichter
1895–1966

Ludwig Hollweck
1915–1990

Benno Hubensteiner
1924–1985

Erich Jooß
1946–2017

Leopold Kammerer
1925–2004

Hannes König
1908–1989

Martin Lankes
1897–1993

Georg Lohmeier
1926–2015

Joseph Maria Lutz
1893–1972

Jutta Makowsky
1928–2013

Fritz Meingast
1904–1990

Robert Naegele
1925–2016

Hans F. Nöhbauer
1929–2014

Hans Pletzer
1901–1992

Hans Prähofer
1920–2005

Willy Purucker
1925–2015

Wilhelm Raabe
1948–2018

Carl Oskar Renner
1908–1998

Wugg Retzer
1905–1984

Franz Ringseis
1919–1997

Eugen Roth
1895–1976

Herbert Schindler
1923–2007

Werner Schlierf
1936–2007

Ludwig Schrott
1908–1973

Rudolf Seitz
1934–2001

Karl Spengler
1901–1976

Bernhard Ücker
1921–2015

Emil Vierlinger
1909–1984

Hans Vogel
1912–2005

Anton Wandinger
1914–1978

Oskar Weber
1913–2001

Alois J. Weichselgartner
1931–2010

Werner A. Widmann
1926–2010

Kurt Wilhelm
1923–2009

Coverzeichnung / Logo der Turmschreiber: Franz Eder

Die Deutsche Bibliothek verzeichnet diese Publikation in der deutschen Nationalbiografie; detaillierte bibliografische Daten sind im Internet über http://dnb.ddb.de abrufbar.

Tel. 089 / 420 79 69 80, Fax 089 / 420 79 69 86
www.volkverlag.de

Druck: Kösel, Krugzell

ISBN 978-3-86222-292-6